亲爱的面试官

白羽·著

Dear Interviewer

花山文艺出版社

图书在版编目（CIP）数据

亲爱的面试官 / 白羽著. -- 石家庄 : 花山文艺出版社, 2018.8

ISBN 978-7-5511-3944-1

Ⅰ. ①亲… Ⅱ. ①白… Ⅲ. ①长篇小说－中国－当代 Ⅳ. ① I247.5

中国版本图书馆 CIP 数据核字（2018）第 086241 号

书　　名：亲爱的面试官
著　　者：白　羽

责任编辑：李　爽
责任校对：李　伟
出版发行：花山文艺出版社 （邮政编码：050061）
（河北省石家庄市友谊北大街 330 号）
销售热线：0311-88643221/29/31/32/26
传　　真：0311-88643225
印　　刷：天津旭丰源印刷有限公司
经　　销：新华书店
开　　本：787×1092　1/16
印　　张：17
字　　数：290 千字
版　　次：2018 年 9 月第 1 版
2018 年 9 月第 1 次印刷
书　　号：ISBN 978-7-5511-3944-1
定　　价：46.00 元

CONTENTS

目 录

亲 爱 的 面 试 官

亲 爱 的 面 试 官

楔子　琉璃三境

更深露重，冷汗涔涔，恨别惊心。

又做梦了，总做同一个梦，在同一个地方醒来，夜复夜夜，年复年年。

一个既陌生又熟悉的地方，一个似乎曾经去过，还似乎伤过心的地方。

隐隐记得，它有一个好听的名字——琉璃三境。

啊，琉璃三境，是了，就是它。

琉璃，火与水的交融，阴与阳的交锋，男与女，刚与柔。

红尘万丈，情爱，如这琉璃，纯洁无瑕，剔透华光。

用高温淬炼，经雨水打磨，呈实境、幻境、妄境。

三境皆是情爱，又不完全是情爱，是欲念，是执迷，是菩提。

愿化身琉璃，心存菩提，自在我心，诸事随性。

可惜她不懂，无悟，不觉知。

不懂外婆为外公，秀珠为炎生，倾尽一生的无悔；不懂母亲张妍，背负牺牲，错过志鸿，抱憾终身的刻骨。

不懂自己将全副孺慕给了白帆，只换来一个若即若离的背影。他温文宽广的关怀，究竟代表什么，是舐犊，是知遇，还是彼此相悦？

不懂自己用尽十年的缘分，在这红尘情爱里陪顾超然结结实实走了一遭，到头换来的又是什么，是爱，是恨，是悔？他拥有月亮般皎皎华光，又深藏沟坎阴影，教她如何面对，这月亮般的男子鲜为人知的一面？

“我想在你生日前请你吃顿饭。如果没记错的话，今年的 12 月 5 日是你 35 岁生日。几时有空，想吃什么告诉我，我来安排。邀请爸爸妈妈和小林一起。”在毫无征兆毫无特殊可言的某一天，桑静接到了白帆的短信。

一个单身女子 35 岁生日，能到哪里去？每年桑静都加班错过，唯一不错过的是白帆十几年如一日的准时短信，简洁到只有“生日快乐，小寿星。代向爸爸妈妈问好。舅舅”。今年，他提早了近一个月。

一个自从认识开始，就记住你生辰的男子，是不是应该用一生去回报？桑静悻悻地想，最好不要！提到小林，她瞥见手机镜面照出的自己狡黠的笑容。那个神秘的小林，你从不怀疑吗？那个恰巧与你同姓，刚好同样肺部纹理增生、肺炎低烧的小林，那个连我父母都不晓得，却在你耳边甚是活跃的小林。白帆（她一直固执地在自己的世界里直呼他的笔名），你从来没有怀疑过他，或者我吗？算了，该回他短信了。桑静拿起手机，编辑起来。

“我问问爸妈和小林。我要去趟北京，有什么要带的吗？”

沉默，良久，他的沉默她懂，亦如她的意思他懂。

“没有。”又是沉默。

好吧，桑静，你成功地伤了他的心，只有在说到北京说到她时，他才会因你的话而触及心灵深处。可是，你不痛吗？好痛。何苦？桑静的心渐沉在夕阳的影子里。

“几时去？何时回？快年末了，还去？”

“下周，就两天。一家基金公司开年度策略报告会，几个数得上的经济学家都去，姜总没空，让我去。我才做团队负责人，自然多担当些。”

“那边雾霾重，上次我给你的茶带去。”

“晚上别出去乱跑，你北京有朋友我知道，但一个女孩子不安全。”

她注意到他一口气连发了两条短信。

“舅舅，我不是小孩了，我都一个人住好几年了，别担心！”

“最近，北京下雪，看到铺天盖地的北京雪景，手痒，写了首诗，帮我看看。《申城夜话》的小编缺配图短诗，你去北京拍的雪景借我吧！”

桑静也回了两条，字比他多。她深深不齿于自己的计较，可还是暗暗计较着。

“吃饭早点定，你带诗，我带照片。”

意料之中的，白帆还是担心了，意料之外的，他是亲自来表达他的担心的。去北京出差，桑静统共只告诉了两个人，一个顾超然，一个白帆。

顾超然是桑静短信通知的，他倒好，隔了一天发了条短信：“来京后给我电话，晚上别安排，我请你吃饭。切记！”一条短信打发了她也罢了，还一副领导模样自居，自大狂！至于白帆，态度和顾超然截然不同。部门骨干还在讨论明年全行零售条线经营计划和指标，他老人家就给她来了电话。

“舅舅，我在开会，回头回电。”桑静忙摁掉电话，回复短信。

“我在楼下，好了就下来找我。”

“我们开会早着呢，您别等我，先回去吧。”

“没事，我在楼下星巴克。不急。”

“好。”

接下来的会，桑静基本已经听不见胡总在说什么。不停看着时间，嫌时间太快，又嫌时间太慢。下午三点的会，硬生生开到六点半，眼看再晚就吃不到行里的加班餐，胡总格外开恩，让他们先吃饭，再开会。

桑静飞也似的赶到楼下星巴克，白帆果然有备而来，一台笔记本电脑，一个人定定坐着。一件大衣，一条棕色格子围巾，举手投足满是儒雅。桑静直勾勾地看着他，心里涌起一阵凄凉，想就这样看他一辈子，他却抬起了头。

“行服挺漂亮。”他唇角微微上扬，一抹微笑照得她浑身酥麻。

这一幕似曾相识，桑静不由得想起前几年顾超然突然出差来上海，不由分说开车接她去吃午饭，更衣的时间都没给她。看着她穿着一套中式改良西服，调侃道：“原来这套服装还能穿得这么好看？这玫红色的腰线也太醉人了吧！”他上下打量着她，像极了白瑞德第一眼打量斯佳丽。桑静心里只有那句经典的台词：他这么看我，好像我没穿衣服。

那时，她涨红了脸，慌张地问他：“这腰线是挺丑的，你见过这套行服？”

“一家设计师，我们行的小姑娘天天在我面前晃，怎么就没看出有什么好看呢？我知道了，下次招几个好看的，免得影响我们分行的形象！”

桑静拼命甩甩头，怎么又想起他了？被白帆夸完，她同样再次窘得说不出话了。脑子一片空白，忘记要说些什么。

“你这是……”白帆似乎也和她一样，一瞬地走神。

“开会一半，吃饭，吃完饭继续开。找我什么事？”

“给你带了专业口罩，带去用。最近北京空气质量差，你看到PM2.5高了，就戴一个。”

她看着他，眼里除了温柔还是温柔。她心里一暖：他心里是有我的，我知道！

“其实，你真没必要亲自送来，叫个快递就……”她有些语塞。

“退休人士，发挥余热。”他自嘲，又一次笑了。他最近怎么心情不错，她认识他那么多年，他多是来去匆匆，眉眼总有化不开的愁绪。难得看见他笑。

“桑静——”

“同事叫我吃晚饭了。”桑静傻傻地说。

“嗯，快去吧。”

“好。”

“等等。”

“怎么了？”

“路上小心，晚上别和朋友出去，别喝酒，坐计程车小心些。还有……”

“什么？”

“一定戴口罩！”

“知道了！”桑静天南地北地出差也不知多少次了，每次场面上的酒也没少喝过。其实，她酒精过敏，样子挺吓人，他知道。

他这次怎么了？虽然觉得他挺奇怪的，心里是熨帖的。桑静反复地默念着，似乎是要证明给自己看：他真的在乎我，非常在乎，即使仅仅为了母亲。

“桑静！快来啊！再不吃就没菜了。”桑静望望声音的方向，再瞅瞅白帆。

“快去吧。”他抿嘴冲她点点头。

“那，我去吃饭了。”她一步三回头地望向他。

“去吧。我也走了。”

桑静飞快地奔向同事，在一片揣测声中欢快地争辩着、聒噪着。白帆缓缓站起，突然胸口一痛，险些晕过去。

第一章　上海故事，北京酒

一

穿越雾霭沉沉，首都居然以一种清冽的寒冷姿态迎接访客。天空蓝得发亮，金色的银杏一树一树晃得人眼都睁不开。天气格外晴朗，能见度高不说，还出奇的没有风。桑静自忖：这绝对是我人品爆棚！

一到北京，丝毫没有耽搁，桑静直奔会议，记各类笔记，与各色人交换名片。第一天累到虚脱，又拖着行李，从二环打车堵了两个小时回酒店。因为第二天去分行和同业调研，她愣是把酒店订在了金融街。神啊，这堵车，一度桑静看着越来越荒凉的路，心里恐惧陡升。那司机还一路打听户口似的盘问她的情况。看她就是不回复，就急了"嘿，你这小丫头，年纪不大，架子挺大"。桑静心里苦笑：我都快三轮的人了，还小丫头！嘴里没敢说，终于开到熟悉的金融街，一颗心算放下了，沾床就昏迷了。第二天一身小西装，精神满满去调研。

调研完，中午分行非要招待，各种推辞，硬说自己和朋友约了饭局才摆脱。回到酒店，桑静准备完同业访谈提纲，又起身出发。在车上一看手机，一个未接来电，微信里一条语音留言："怎么没来找我？"声音浑厚，又带着金属般的磁性。顾——超——然！天，把他给忘了，回头不定被他怎么折磨。这个男人记仇还爱喝酒，自己非被整死不可。可是，谁让他是前领导，是名义上的师兄，还是于她有知遇之恩的人呢。唉，真是欠他的。季怀说得没错，在自己柔弱的外表之下，有一颗比谁都坚定的心，谁都奈何不了她，除了两个人……一个是白帆，对他，桑静是无可奈何地臣服，一个是顾超然，对他，是黔驴技穷地佩服。戴上那些面具穿梭人前，若说她桑静是孙悟空，他顾超然绝对是如来佛祖，她绝翻不出他的五指山。桑静想了想，还是决定乖乖地打个电话给他，免得他灭了她。念及此，蓦地，她缩了下脖子，拨了他的电话。

电话通了，没等自己没志气地赔不是，就听到那个好听却透着无穷威严的声音排山倒海般地压过来："怎么才给我打电话？"

"我，我那不是没停过嘛。"

"忙是吧？嗯，好。"这"好"字铮铮作响，哪是好，分明就是万万的不好。

"我……"

"下午在哪儿，结束半小时前短信我，派车子来接你。穿得……"

"穿得？"

"漂亮些。"

还没等桑静反应过来，电话已然断了。没有时间辩驳，没时间反对，还要穿得漂亮些。还嫌丢老领导的脸！现在的她，可是已经在总行混的人！虽然不是那种摇曳生姿的，可打扮得也是大方得体。漂亮些，这么抽象，这么主观，就算对自己一百个满意，你顾超然一个"no"（不），还不是不行！

然而，桑静还是在同业工作结束后匆匆回来换了套衣服。月白色的羽绒服，里面一件宝蓝色的羊绒衫，鸡心领露出一枚紫色的翡翠，双耳各缀一颗珍珠，略施了点粉，涂了个淡淡的口红。看着镜子里的自己，桑静还是比较满意的，真的和外婆的一张相片很像，和母亲就是一双眼睛的区别。还没来得及细想，车就来了，司机核对了手机号码、名字，确认她就是他们顾行长要接的人，就载着她一路狂奔而去。钻进黑色的奔驰商务车，桑静在短暂的那么一秒里有种被绑架了的窒息感，想起了白帆，想起了他再三的叮嘱。桑静深深自责起来：确实太草率了，这是个陌生的城市，顾超然也说不上是多熟悉的人，自己就真的一点儿也不担心他有什么叵测居心吗？他不会的。下次不能这样了，她告诫自己。可这次，既来之则安之，且观其变吧。

车子在三环至二环之间堵了一个多小时，桑静用这两个小时想了一堆骂顾超然的话，怎样指桑骂槐地说，怎样心直口快地说，怎样楚楚可怜地骂，怎样不带脏字地骂。当她一头钻出黑色奔驰时，眼前是黑色的幕布下满天的星子，红色的砖瓦，黄色的墙根，耳机里李健的《什刹海》悠悠然哼着，想起早晨摇曳的银杏叶，刹那间就被融化了。这就是她心中的北京。

桑静被领入一个小小的宅院，夜色昏黄，只记得院子里一池子的睡莲灯，灯里飘着雾气，四溢着淡淡的香。扯开厚厚的棉帘子，入眼一片灯光。刚才在车里闷了两个小时，又是夜视后骤亮，头有些晕眩，眼里竟然带着斑斑泪光。满屋子酒味，只见一个身材健硕、面貌英俊的男子被一群人簇拥，眼里都是醉意。他抬起眼，与她月白色的身影相对……

看见桑静的那一瞬，顾超然甚是自责。他怎么就让她来了？今天这个场面，岂是三杯两盏就能了结？他这么贸然让她一个姑娘成了全场焦点，置她何地？可是一想到她明天就回去了，想到她来后拖到现在才打电话，他是有一丝怨怪的。怨怪，他有什么资格怨怪，他顾超然是她什么人？他直勾勾地看着她泪眼婆娑的样子，心里有诉说不出的心疼。刚刚喝过的酒，已然清醒了。

“来，桑静，来坐我旁边。”他第一反应，让他的下属给她挪开个位置。

“哟，这位是行长夫人吧。”果然，不怀好意的眼神齐刷刷聚焦在她身上。桑静求救般地看着他，眼底把这几个北方大汉悉数收入，盘算了他们的酒量和顾超然阵营的实力。毫不犹豫地迈步走向他的左手边。

他也是一脸坦荡，不辩解，不附和。

“桑静，我以前的老部下，非常优秀。到北京出差来看看我。桑静，这是徐总，这是洛总。”

“徐总好，洛总好……”还没来得及说完话，桑静就被顾超然拉了落座。

没待桑静把位置坐热，顾超然腾地站起，雷霆之势举杯走向刚才猜疑她身份的男子：“今天的聚会既是新交的聚会，庆祝这一年我们这几个志同道合的合作伙伴相识相交，感谢两位兄长鼎力相助；又是旧友重逢的聚会，过了今年的最后几天，我们都是跨了年的老朋友，来年更要互助互惠。来，来，来，小弟敬两位兄长，先干为敬。”说罢，拿起白酒杯一饮而尽。

认识顾超然那么久，他从来都是劝别人酒有份，被灌无门。桑静不由得想：这唱的哪出啊，今天竟然主动找酒喝？

“哪里，哪里，超然，我们兄弟谈感谢就远了，兄弟间的感情用酒说话。来，换个大碗。”那人一脸笑意，手下可没闲着，他身边的人拿了个海碗就笑嘻嘻上来了。

“超然，你还是南方腔不改，我们北方人都是大碗喝酒大口吃肉，这样的碗才配得上顾行长。”

还未等顾超然开口，一个瘦小个子的南方人开口了：“徐总，顾行长，我是深圳人，要说南，我大概是这里最南方的人。就让我这个南方人体会体会北方的豪爽。”自己人，桑静心里默默记下。

“超然，你手下的兵也太护主心切了吧，还是怕你顾行长喝这点儿就倒了？超然，好好教育教育。”

“小沈，掺和什么？我这次从澳洲带来些冰酒，去车上拿来。我要好好敬敬两位哥哥。还不快去，愣在这里做什么？知道在哪儿吗？我告诉你。”顾超然一脸的淡然，让人捉摸不透。他轻轻在小沈耳边嘱咐了几句，小沈便退了出去。

“超然，你手下体恤你，我们理解。可是这也太急了点吧。我看小桑，一副巾帼不让须眉的样子，又是你曾经的得力干将，你的这杯酒也别喝了，小桑，来，替你们领导喝了，就算罚了你迟到的酒。”

果然，火引了过来。桑静想着，这火迟早要来的，既然他们有心在顾超然面前试自己，那就给他个面子，好歹替他挡了这第一杯。后面……师兄，你可要救我！她心里默默想着，眼睛一转不转地看着顾超然，右手慢慢抬起。忽然，一只宽大的手按在她的手上，威严有力。她抬起头看着眼前的男子，他仍然一脸的超然世外。

“她酒精过敏。刚刚的酒本来就是我敬两位哥哥的，哪有让人代替的道理？”不容分说，直接抢过碗就往自己嘴里送。

在接下来的两个小时里，桑静自知自己成了顾超然酒桌上唯一但是致命的软肋。但凡有人要向她敬酒，顾超然必定出面化解。这次，大概是他喝得最多的一次吧。

以前在行里，顾超然有个很雅致的别号——酒仙。不仅在于他能喝，更在于酒后，他字字珠玑，妙语连珠。他能让被劝酒的人心甘情愿地喝，他能让平时拘谨持重的人主动请酒。他最擅长走《艺术人生》的路线，通过一次喝酒把你的心路历程摸得一清二楚，还做知心哥哥，在你已烂醉如泥时，帮你分析各种心事。所以，他所到之处，从未输过，换句话说，没有人见过他的醉态。

今天他彻底颠覆了多年来在她心中的形象，他全不似平时的伶牙俐齿，只顾招架，只顾替她挡酒。桑静有些不解，其实，他大可不必如此，自己是真过敏，一喝酒就浑身皮肤发红发痒，但正因为此，她只消一口便可自证。他多此一举又何苦？到底他是挡酒还是求醉？整个筵席，他桌子底下的一只手死死盖在她的手背上，那股力量之大，她竟有些害怕。

终于，几个醉得步态凌乱的人站起身，他也跟着摇摇晃晃站起，小沈连忙上前搀扶。

“各位领导，里屋晾着醒酒茶，到房间里醒醒酒吧。”小沈边将顾超然往另一个门送，一边朝对面的男人们说。

顾超然则借酒势拉着两人往里面走，边走边说。那两人在他耳旁低语，还不时回头瞥了桑静几眼。此时，桑静心里有些慌，却也说不出慌张什么，就听顾超然爽朗的笑声传出：“两位哥哥真会说笑，这是要犯错误的，我家夫人还不和我拼命？”他头也不回，径自往里面走。

那两人带来的手下摇晃着酒杯还想走近前来，小沈已一个箭步走到她跟前：“桑姑娘，顾行长让我送你回去。”谢天谢地，还以为顾超然把她晾一边了。桑静暗自庆幸，这大晚上的让她上哪儿叫车回酒店，嗯，善始善终，够意思！

她坐上奔驰，车窗半掩，小沈坐在副驾驶的位置，一路沿着护城河缓缓而行。小沈这个南方人充当起了临时向导，指给她看哪个是雍王府，哪个是鬼子六的居所，哪条胡同有哪位名人的故居。这一路上，车子开得不疾不徐，这哪是送自己回酒店，分明是圆了她夜走北京的梦。原来，他临别时千叮万嘱小沈的，是别忘了给她讲这老北京的掌故。北京，自己来过多少次，都是用眼去了解她，这次，唯一的一次，她用耳朵去听、用眼睛去看、用心去感受。小沈之所以一杯酒都未替他领导挡，居然是为此一用。而顾超然却为自己，挡了整整一个晚上的酒……想到此，桑静有那么一点儿感怀，可紧随其后的却是怨，怨他这么鲁莽地拉她入局，原本与自己无干的局。所以，归根到底，今天的醉态，是他顾超然活该。

二

最终在 12 月 5 日，一个大雨如注的中午，走进衡山拾玖中餐厅的只有桑静和白帆。这又是个平淡无奇的周末，见完白帆后，它会变得不平淡，至少对桑静他们家来说。

一早桑静的爸妈打电话给桑静说外公又送医院了。近一年了，九十多岁的老人往来于医院和家里，犹如徘徊于黄泉路上。可是，每当病危通知书来势汹汹的时候，这个有趣的老头总能从黑白无常的手里逃跑。就像当年他从汪伪政府的爪牙里机智地逃脱一样。他一直都是一个健谈风趣的人，带着小生意人家的次子应有的势力和圆滑。反正，他老人家福大命大，桑静的父母也见怪不怪，嘱咐她不必在意这无数次匆匆的过程，这个可爱的倔老头还健康得很呢。

“既然和你林舅舅约好了，就去吧。外公有我和你爸，岁数大了，冬天一到，心血管舒张不够，供血不足，心率失衡是正常的。这么多趟来来去去，我们早有准备。你林舅舅那么多年一直独居，最近又从位置上退休成了闲人。想必也是因为这个才给你提早过这个小生日，去吧。”

衡山拾玖中餐厅，中央是一幅落地的织锦，绘着飞天和云彩，色彩鲜艳华丽。地毯是正红色，从电梯口一直指引桑静到中式纱帘屏风后，背景音乐清歌曼妙，空气中弥漫着一种冬天午后特有的暧昧，空调肆意地烘蒸，酒店浓郁的香氛，倦意和醉意袭来。一切朦胧而不真实。白帆原本扶着眼镜看菜单，突然猛抬头迎向她抖落大衣上细密雨珠时慌张局促的眼神，她的刘海被雨水打湿，贴在前额，整个狼狈被他看了去。他没有说话，只是定定地看着，眼中一丝惶惑。她知道他看见了什么，惶惑什么，心里抽痛了一下。他从她哀求告饶的眼睛里，看见了在桑静十二岁那年从她眼睛里看到的，她母亲的眼神。

桑静的父母在他们的年代里据说是很登对的伉俪。从王开曾挂过的那张结婚照来看，父母的自夸所言非虚。她父亲有着英俊的五官，健硕的体魄，一米八的身高在人堆里分外显眼。她母亲则继承了外公所有的优点，大大的眼睛，光洁的皮肤，大理石般的鼻梁，以及玫瑰花瓣般柔软淡雅的唇角。可是桑静却是一个失败的复制品，企图再造完美，却输给了造物主。她从美丽的母亲那里唯一继承的，就是这个敏感委屈不安求助的眼神。即使眼睛的轮廓像极了父亲，却依然是母亲的神韵。

桑静是一个在人情世故方面十分敏感而早慧的孩子，就是用这个眼神，她很早就看懂了贫穷和富贵在亲人眼里的差别，看懂了母亲早年丧母的凄苦，以及母亲柔弱外表下内心的坚强与隐忍。她和母亲是如此不同，一个丑娃娃，一个父母优质基因下的叛变者；她和母亲又如此相同，其实除了那个眼神，她始终都不是一个等待王子解救的“Cinderella”（灰姑娘）。只有季怀知道自己的秘密，他曾经喝醉了酒在桑静的宿舍楼下恨恨地吼：“桑静，你就是一妖孽！所有刚认识你的人，都想保护你，就因为你那看人的眼神，结果谁爱上你谁倒霉，你就是块万年寒冰，还自带极光，光芒万丈，压根就不稀罕人保护。”是的，那无辜柔弱的眼神，并不代表她就同她的名字一样是个安静的需要保护的女孩。在继承了这个眼神后，少女就开始长大了，犹如一颗种子在土壤里拼命延展，却不显露。始终静静地在那里等候，不知道等候了多久，等到了与他的第一次见面，白帆，小小的萌芽破土而出。

一切仿佛回到那年，站在一旁，桑静远远看着十二岁的自己，留着和相片里的母亲一样的童花头，粉色绣金丝线的夹袄，琵琶状盘扣，是母亲的嫁衣。有人敲门，亲娘（奶奶）说：“囡，去应门，问问啥人。”那时，民风淳朴，人与人没有那么多防范和诡计。“吱——呀”门被拉出一个细缝，一个小小的脑袋伸了出来，紧接着是一个羞怯敏感的眼神，似设问又似疑问。

就是这个眼神让林卓倍感熟悉：“我找张妍，我是她……以前的同事。”一抹似是而非的调皮掠过他的脸庞，一闪即逝。

女孩捕捉到了这抹调皮，她很快判断出他的智慧和敏捷。“噢”女孩漫不经心地回答，“爸爸妈妈出去买东西了，快回来了。”她后退一步，门此刻已半开，仿佛测量林卓身体宽度似的，女孩示意他侧身入内。

“那我等等吧。”他并未客套，进门后按女孩的指示坐在房间里。

女孩没有说话，安静地倒茶，然后放在桌上，推至林卓面前。既没有开口说话的意思，也没有转身离开的意思。她坐在对面的椅子上，仔细打量着眼前这个男子。那个眼神淡淡的，林卓看不清里面是什么，就像当年他看不懂张妍的眼神。虽然她的眼神大部分是受惊后的敏感，但偶尔流露出的这种淡然，让他完全不得要领。他更不理解眼前这个十二三岁穿着不合她年龄的衣服，有着比同龄人早熟神情的女孩为何也会有这样的眼神。

漫长的静默，刚好让她看了个够。他简直就是个干瘪的小老头，才过不惑的年纪，人就有些驼背，头发灰褐色还夹杂了几丝白发，亏得这白发，倒使他有了点精神。由于脸孔的骨架小，消瘦使得两颊更加凹陷，鼻梁是挺挺的，下巴微尖，两片薄唇，皮肤是难得的白皙，脸颊和嘴唇没有血色。穿一件黑色的棉风衣，身形如脸颊般瘦削。浑身上下没有任何特别之处。

他很礼貌地垂首，体贴地没有去环顾四周，忽略已经磨得褪了色的红木家具，水渍爬满不断剥落的水泥墙，空气中弥漫着发霉的味道，甚至少女不合身高不合场合的棉衣。

他起先低头，定定地看着地面有些拘谨，他知道这个受惊小鹿般的女孩在打量他。然后，他瞥了一眼书桌上放的《简·爱》，决定用双眼迎接她。

瞬时，这具敏感略带女性气质，明显缺乏生命力的皮囊变得不同了。双眸漆黑如墨，眼神如炬，整个眼睛放着光彩，透着厚厚的眼镜片照亮了自己，也点燃了女孩心中的种子。

“囡，啥人啊？”亲娘从里间走来。

“妈妈同事，亲娘，我招呼伊吃茶。”

“好。”

“你喜欢看书？”他俯下身，靠近女孩，一个成年人迁就一个孩子的身高。

“嗯。”女孩点头。

“还看什么？”

“《三个火枪手》《基督山伯爵》《奇婚记》《福尔摩斯全集》《傲慢与偏见》……”女孩说得极快，是在历数珍宝。那一刻，她的眼睛闪烁着希冀的光芒，充满着自信的光彩。

“最喜欢哪本？”

“《简·爱》”

他看着女孩，深深地看入心中，这次，她是真的慌乱了。我们之所以爱一本书、一幅画、一个人，无非因为他们是我们心中的投射。怎样的心情才会有怎样的喜好。女孩向一个素昧平生的男子承认了自己的喜好，其实袒露了内心的秘密。他的嘴角微微上扬，仿佛似是而非地向她说：“我懂了！”

你懂了吗？女孩在心里微微地颤抖，连她的母亲都不曾懂她的心情。

十二岁的时候甚至更早，她就读懂了舅舅们提起父亲时的轻慢，他们总是对母亲说：“桑从文人是挺好的，就是太懒了，一点儿也不照顾你。”她敏捷地看懂了，妹妹十岁生日是在游船上吃着海鲜过的，她是和父母在家里点着微弱的蜡烛过的。她看懂了，与母亲容貌酷似，甚至连美人痣的位置都一样的妹妹在众人口中是如何乖巧美丽，而她始终是那个鲜少开口脾气倔强的丑女孩。她读懂了，舅舅们每次在牌桌上三两夹击父亲，怪父亲出错牌害他们输，其实是他们不愿承认父亲在这方面的聪明。做惯了领导的人是见不得这种挑衅的聪明的。

父亲为人一向谦让，其实是懒得和人争，唯独在这类竞技活动中，他格外踊跃而且锱铢必较。也难怪舅舅们围攻，上了牌桌他是另一个人，一个善于布局，精于机巧的人，这与他在平时马马虎虎不拘小节的性格形成强烈的反差。外公偶尔也会出来定个调调，虽然他打心眼里喜欢这个玩伴般的女婿，可是总难免要运用生意人的圆滑和制衡："你们别老盯着从文。不过，从文，你要是拿你的聪明才智和你们校长搞好关系，就好了。"所有的争吵归于虚无，女孩的心沉到谷底……

简·爱的所有心情她都懂，那么你懂吗？你怎么会懂，一个陌生人！

"夏洛蒂·勃朗特的第一部小说没有成功，她的早期诗歌被当时非常有名的诗人骚塞否定，诗人甚至说诗歌不是妇女的事业，也不应该是女性的事业，让她非常沮丧。直到后来《简·爱》的成功，在众多赞誉中，萨克雷对她的作品评价最高，也算是英雄惜英雄。所以夏洛蒂把《简·爱》第二版题献给萨克雷，以表示敬意。"他似是在对女孩说，却根本没看女孩，他其实是在对自己说。

但她懂得他是对她说的。那种无人理解和诉说的心境，她懂。

门开了，母亲和父亲走了进来。母亲讶异地张大了嘴，两个明亮的大眸子忽闪忽闪像扑打着翅膀的蝶。惶惑，吃惊，转而惊喜，她的眼睛真会说话，女孩的也会，所以她们都不需要语言。

"林卓，你怎么来了？你怎么找到这里的？太意外了，快坐快坐。实在太突然了……方老师他们好吗？你现在在哪儿？你瞧，光顾着说话，请坐，我给你倒茶去……"

母亲疾风般说着话，一边请林卓进里屋坐在塌陷的沙发里，一边已经递上一杯白开水。她拿出了家里最好的雕花玻璃杯，这个杯子桑静只在每年正月初三外公来她家做客的餐桌上见过。

"林卓，你好！好久不见。"桑从文大而有力的手与孱弱的手用力一握，态度自若。父亲就是这样的人，不太熟稔的人也能聊得酣畅淋漓。反而是林卓对于父母亲的热络有点窘迫。女孩开始觉得越来越有趣了。

林卓摩挲着手中雕花的杯子，人深深地陷在沙发里，全然没有了和女孩相处时的自在。脸上闪过一丝羞涩，然后，他定了定，仿佛梳理过千头万绪，很快她又在他脸上看到了眼神里的敏捷和狡黠。

“张妍，你可让人好找！我先去了街道，方老师退休了，问其他人都说你结婚后就没联系，没有地址和联系方式。我找到方老师，她说只记得你顶替你爸爸去了二十一棉。我去了二十一棉，才知道你们厂和长新集团合并。我又去了长新，找到你们组织科，才打听到你家的地址。”

一口气说完，他似乎没有了刚才的伶俐，缄默了许久，说了句：“方老师，让我望望你。”

父亲适时接起了话题，问起方老师的情况。于是，父母东拉西扯地说着他们的近况，说起桑静，说起外公。似乎，大家彼此很熟悉，可天知道每次话题快要终止时，大家有多小心翼翼地提出新话题，就像当时顽强的女排运动员无比坚韧地接起每个眼看要落下的球。

天际最后一抹红色敛去，奶奶走进屋里，提醒晚饭时间：“一起吃夜饭吧！”

“不了，不了。聊得忘记时间了，还有篇稿子要赶，我先告辞了。”说完，并不走，拿出了一根长长的卷轴，“方老师每年的挂历都是我负责的，以后说定了，你们家的我也负责。”说着，他向女孩走去，“你叫桑静对吧？”他用一种柔和的眼神看着女孩，与父母看她的不同，与外公看她的不同，与同学看她的更是不同，“你很喜欢看书，以后你的书我也负责了。”他俏皮地朝女孩眨眨眼。在女孩和母亲拒绝这两个约定前，和大家道别，轻轻掩上了那扇漏着风、清漆剥落的门。可是，在女孩心底的一扇心门，悄悄地开启了。

“桑静？”她被他低低唤着，猛地从少女时代的记忆中惊醒。

“怎么一个人来的？爸爸妈妈，还有小林呢？”他关切地问。

“舅舅，是不是今天他们不来，这顿饭我就讨不得了？”她娇嗔地问道。你看，长辈和孩子的关系真是方便，她可以在这个关系里对着眼前的男子撒娇，他也会无奈地摇摇头，一副输给她的样子。此时此刻，他嘴角淡淡的笑意和眼神里的宠溺以及眉间蹙起的一小点皱褶都是温暖的。

“外公又去医院了，我爸妈……”

“快回去吧，外公的事是大事。”

“我就说这顿饭我讨不得。没事，我是奉了母上大人的旨意来的，绝对没有半点勉强。外公年纪大了，基本一月一去医院的节奏，打打点滴就缓过来了。爸妈都说没事的。”

“那，小林呢？”

“他加班，他忙着呢！你知道投行的节奏，就是这样。”桑静着实佩服自己撒谎的本领，这样一个子虚乌有的人，他的体贴，他的肉麻，他的才气，他的忙碌，她张口就来。她酸楚地想：小林就是你的临摹，白帆，我可是一个好画匠？

“好，吃什么，你来点。”

“最近刚来吃过，环境不错，菜的名字很别致。就点‘杏之六味’‘荷塘月色’‘翡翠戏鱼’‘蟹粉群宴’……”桑静麻利地点着菜，点评着菜的雅趣，俨然东道主的模样。她敏锐地觉察到白帆的眼睛在探询地打量着自己。五星级酒店毕竟不是一个银行小职员经常会光顾的，她却表现得太熟门熟路。何况她一直在零售线，接待宾客的机会其实不多。桑静有点心虚，低下了头，讪讪地补了句“陪领导见客户呗”。其实，真的没什么。只是顾超然出差回上海，偶尔在这里见见面。陪领导不假，老领导从首都来，叫她和其他以前的部下一起吃吃饭。有些认识的，有些的确不认识，可哪次不是一群人去的？总而言之，她觉得，白帆想多了。

本来，桑静还打算要瓶红酒，后来一看白帆一脸严肃，大有对她陪领导见客户一说细细追究的意思，就点了甘蔗马蹄汁。

他果然不依不饶：“你们做零售的也要陪客户吗？那你还要喝酒？你上次去北京也喝酒了？”

“偶尔也会有合作方宴请，我现在在总行，主要接触合作机构，有些交流也难免。”他的脸果然笼上一层淡淡的雾气，眼里有种复杂的感情，一瞬，他便镇定了。看见他的挣扎，她心里还是微微的疼痛。

“不过，我不会喝酒的。他们都知道。零售就这点好。机构合作，怎么说，我们都是甲方，不会逼着我们喝。”桑静摆出一副无辜的表情，心里却暗道“只要不内部厮杀……”。脑海中闪过顾超然在她面前轻摇酒杯的样子，只是那么一个影子闪过。

菜上齐，饮料斟满，桑静鬼使神差地轻摇一下手中的高脚杯，用杯沿轻点了一下白帆的，侧着头对他微微一笑。一头乌黑的鬈发从头顶倾泻而下，掩住了脸的一侧，另一面则露出她戴着珍珠的耳垂和颈部。今天，和那天见顾超然一样，桑静穿了件宝蓝色鸡心领的羊毛衫，露出整个长长的脖颈，上面只坠着一颗紫罗兰翡翠。自己的每个小动作都没逃过他的眼睛，他薄薄的嘴唇轻抿着。即使没有母亲的美貌，但桑静明白那一瞬她依然是有魅力的。她看出了白帆的不自然，他是不是才发现他的小女孩早就长大而且成熟了？无论是娴熟地干杯还是女性的穿着。那个十二岁站在门口打量他的女孩早已淹没在这个社会学校里，只有他还在努力维持这样简单的纯真，而自己是唯一愿意陪他玩这个游戏的人。

“生日快乐！”

“谢谢。你大可不必给我过的，35 岁又不是大生日。”

“你不懂，35 岁不是小生日，应当隆重过的。”

突然想起自己在第二个本命年里不断发烧打针的场景，隐约又想起季怀握着她的手打点滴的样子。那个暖暖的冬日午后，她以为她可以让这个男孩照顾自己一辈子，可是季怀读懂了自己的心，她这颗早就无处安放的心。她的全部情史在毕业那年的夏天结束了，其实早在十二岁起，她就再也没了爱上别人的能力，从来都只装得下一个人。

原来，白帆，你是来陪我度过本命年前最后的日子，然后让我带着这个生日的温存，度过我人生第三个劫吗？心里念及此，桑静的鼻子酸酸的，想哭。

白帆看着桑静泪眼婆娑的样子，伸手想摸她的头，可是伸出的手悬在半空。毕竟她已不是十二岁的孩子。他伸出的手终究在空中划过又放下，说道：“傻孩子，虽然我没见过小林。听你说起他，觉得这孩子配得上你，别总是忙事业，和父母商量商量，早点成家吧。你也不小了。”

听了他的话，她心里越发难受，强忍着泪，岔开话题。

“我带诗来了，你不是答应帮我看的吗？”

“江南烟雨北国雪，半壁青瓦半壁红。休争软语京韵高，左是家乡右是都！”

“故乡情结，要不认识你，有多少人会误认你是北京人。”

“我喜欢北京，你知道。”

“北京！”他推了推眼镜，眼前的女孩与他对调了身份吧。一个生在上海，却魂系北京，一个家在北京，却只愿把上海当故乡。我们都有着不同的思乡，错乱地把另一个城市当成挚爱。这又是一个他们相似的地方。

桑静怔怔地看着他，默默地想：白帆，你会遗憾我不是你的女儿吗？可是如果母亲选择了你，还有我吗？那个我会像现在的我一样对你那么眷恋吗？

“不太押韵。”

“是不押韵，我又不是专业的。”

他瞥了她一眼，继续思考。

“江南烟雨北国雪，半壁青瓦半壁月。休争吴语京韵绝，左是家乡右是都！”

“略改了，最后一句还是不押韵。我再想想。”

“好很多了。照片照片。”她摩拳擦掌，期待着他的照片。

一张飘雪的故宫，琉璃瓦，红砖墙，一枝孤梅斜插入视线。宁静中的冷冽，看久了竟生出一丝暖意，但终究只是错觉，寒冷和孤独终究是它的主题。

突然电话铃急促地响起，打断了他带给她的这场雪。一声疾似一声，一声盖过一声。

“是妈妈。”桑静解释道，“喂，妈妈！”

“桑静，快来人民医院，外公，不行了！……”

后面的桑静已经听不清楚，母亲悲戚的声音，让她无法喘息。

“对不起，外公不行了，我得赶去医院。我先走了。”

她仓皇地走出酒店，叫了一辆车在雨里飞奔。脑子里只有这个老头坐在父亲对面帮自己装线路板的场景。不记得父亲错接了什么，小灯就是不亮，外公眯着老花眼，看了看，用眼睛架点了点错的地方，又点了点父亲，两个人爽朗地笑了。那是桑静心底最暖的一幕。可是，可是……

雨越来越大，窗玻璃上爬满了雨滴扯出的泪痕。

桑静就这样结束了 35 岁的日子，开始了人生第三个本命年。

凛冬将至，长夜漫漫，极盛则凋，冬虫僵伏，待春历劫，终有一朝，拨云见日！将雪将雪，春归日照。

第二章　炎生与秀珠

三

死亡，人们终将要面对的状态，无论是否有所谓的来世。长眠和永夜终将以一种人们无法预期的狰狞姿态到来。不期，不期，当桑静一家总以为外公是九死于判官生死簿上的一个名字时。偏偏在桑静生日的当天，判官大笔一挥勾去了老头儿的人情债，连同他对妻子长达半个世纪的相思。

1937 年，一个下雪的日子，浙江海宁，金子楼上官府，来了当地米行张家的二公子。炎生站在正厅中央欣赏着彩线在锦缎上绣成的《春》《夏》《秋》《冬》。他手里携着门帖，自知今日所来，肩头不轻。上官家不会轻易答应他的要求，也许连上官老爷也未必能见到。

果然，丫鬟们簇拥着两位女子来到大厅。一个藏青一个月白，两身旗袍都穿得好看。一位盘着发髻，一把梳子斜插着。一位扎着姑娘辫，一根红绳算是装饰。两人如画像中走下来般，柳眉杏眼，高鼻樱唇。她们一坐一立，端华庄重，全身上下只各戴了一件首饰。藏青色女子戴一串珍珠项链，颗颗珠形饱满，色泽白亮。月白色女子耳垂上各一颗珠子。炎生不好意思多看，只拱手作揖。

“在下昌生米行二子张炎生，现在上海长新棉纺厂办事。大哥济生继承父业，经营昌生米行。原本大哥要来，然近日染风寒，怕惊扰上官老先生，特委托我前来拜望，并有一事请教。”

“不巧，近日疾风飘雪，天气骤冷，家父亦感风寒，不能见客。我是上官金珠，上官银楼的二当家，何事你可与我商量，我做得主。”藏青女子一开口便如佩玉相击铮然有声。月白女子静静地站着，自成另一种风姿。

“二当家”炎生一拱手，“听闻上官老先生的长女是位女中豪杰，生意场上有名的飒爽，有幸得见，我不与姑娘行什么虚礼，今日所来无他，求老爷子帮忙周转银两。此为家兄的信，请姑娘转交。”

那藏青女子不接，只是看着他：“所谓周转多久能还上，以何还？如若有去无回，当如何处置？”早就有所传闻，自从张家老爷离世后，昌生米行就每况愈下，如今已到了要向远房亲戚借贷周转的地步。而且传说张家大公子继承父业后，身体一直不佳，如今派二弟出面，想来也不甚好。

“周转期为三个月，三月自当奉还。张家经营米行百年，三代皆在此，这点信用都没有，今后如何立足？是为一；其二，今年新米一月后送到，今年小产，价格也会有所上升，三月后还这笔账的钱定有；其三，三月后一笔外债收回，又是一大补充。”虽这么说，可是米行外强中干，亏空不少，大哥这次若不是赌上性命，把棺材本都投进去分别从多处调来稀缺的大米，意图置之死地而后生。炎生也不会从上海赶回来帮大哥当说客了。

“终究不妥。”上官金珠盘算着，总觉得昌生米行走的是险招，没必要赔了自家的钱做好人，正待拒绝。月白衣的秀珠开口道：“姐姐，我家与张家世代交好，还有姑母的姻亲，还是让爹爹做主吧。”不疾不徐的语调，颇讲人情的性情，如潺潺流水的声线都给炎生留下深刻的印象。他感谢这位姑娘给了他家一线生机。

“你先回去吧，信我会转交父亲。”

桑静不知道信里写了什么，也不关心钱是借了还是没借，她只知道，因为这次借贷，她的外婆见到了她的外公。外公那时真是风流倜傥，头发乌黑梳着分头，明眸皓齿，大大的眼睛乌黑的眼珠闪着希冀的光芒。五官端正，线条好看又不失男子气概，英俊，他当之无愧。一套呢子西服，伶牙俐齿，又有几分滑头。而她的外婆呢，也是江南女子模样，狭长的凤眼，恬淡的笑容，喜欢戴一副珍珠耳环，穿月白色的旗袍，喜欢淡淡地笑。

三生石前，奈何桥头，你我可曾遇见？只此一面，便是一生的牵绊。

反正，米行次子迎娶金楼二小姐，门当户对，郎才女貌。外公的照相簿里有张老相片，是他挽着年轻妻子的手拍的。两人如此年轻，不过十六七岁的样子，正是盛开的鲜花。外公笑得灿烂，像极了春天里的迎春花。外婆则羞赧地依偎着，如清晨带着露珠的玫瑰。在父母之命媒妁之言的年代，他们如此意外地一见钟情，又如此幸运地共结连理。在那个年代简直神奇如童话一般。

心里盘桓着外公外婆的初见，桑静挽着母亲张妍走向碧落厅，厅堂在走廊的尽头。每过一个厅都重复着悲戚痛哭的表情，哀乐在整个火葬场里此起彼伏。那套单位的致辞、子女的表达，都无比真实又无比抽象。那么多人来，为或近或远的故人送最后一程。在这里，他们是子女心中伟大的父母，是单位敬业的员工，是儿孙慈祥的老人。他们生前的爱恨情仇一笔勾销，他们的善，他们的恶，他们的寡情，他们的热忱。在这里他们又变得如来时一样的简单，简单到只是一个名字，简单到只是个符号。他们的功过呢？他们对自己的评价呢？没有。这一生他们可否满意？一切都在这里被总结了，被抚平了，被遗忘了。

碧落黄泉，生死两茫茫。不思量，自难忘。空留余恨数十载，相思意更与谁人说！

姨妈张梅珊一直担心妹妹情绪失控，让桑静搀扶着自己的母亲。走到大厅，看到外公的遗像。母亲还是没有忍住，起先只是哽咽，后来是抽泣，最后是怎么也停歇不了的喃喃声。

桑静看着自己的母亲，不禁感慨：眼前这个女子，她的父母生养了她，自从她的母亲在她十八岁那年离世，她就从孩子变成了母亲。她和姐姐照顾着这个家，照顾着四十岁就开始鳏居的父亲。自从在山西路的老房子拆迁，她的老父就一直随着她和从文一起住。她恨过父亲对幼子的偏袒；怨过他对自己丈夫一向又喜欢又戏谑的不公；鄙夷他不分是非吃苦不记苦的懦弱；深怪他不体贴妻子，任妻操劳过度以致早夭的糊涂。可他毕竟是自己的父亲，是自己用半生来呵护和照顾的老小孩。他给了她几乎相同的容貌，那与生俱来的美丽容颜，给她带来了众人仰慕的热闹。她对老父的感情如此复杂，因而桑静在怀疑那简短的悼词是否足够。还好，悼词是舅舅致的，否则这短短的一页怎么够？

张妍的酸楚怨恼委屈不舍一股脑儿涌了上来，强烈到窒息，她不停地喘息，泪水泣声都时断时续。好在，高大健硕的桑从文总有办法。他两手侧扶张妍上臂，与背脊成一个环，拥住她进入偏厅。看着他们俩的身影，桑静心里松了一口气。父亲总是这样，永远在母亲的身后，在人前看不见，可母亲一转身，父亲傻傻地微笑迎接。从文从来是个安静的旁观者，旁观着能干的妻子在家里指点江山，旁观着练达的妻了在外面待人接物，旁观着美丽的妻子在各个场所被人崇拜和仰慕。他的妻子始终是舞台中央聚光灯下万众瞩目的演员，舞台上形形色色的人来了又走，只有从文是唯一在台下安静欣赏的人。

“是桑静吗？哟，长这么大了，真是和秀珠长得像……”舞台，走到哪里都有，主角缺席，配角偶尔也要表演一下。桑静戴上自己的面具，走上舞台，有些角色她也应付得来，只是不喜欢而已。人们究竟有多少个面具，她也不知道，至少她明白此刻她该演一个孝顺的女儿，八面玲珑地和那群金子楼和米行走出的子子孙孙周旋……

1951 年。

“啪。”一个挽了很好看的发髻、身着月白色夹袄的女子站了起来，“既然偌大一座府邸唯独没有我们张家孩子吃年夜饭的地方，那我们干脆哪个孩子都不带，向婆婆请安后就回去了。”她的声音不高，幽幽的，却满是坚定，声音响彻整个转盘楼。

“弟妹，这又何必呢？我们没别的意思，孩子多，都来不是坐不下嘛，景亭作为长孙肯定要来，不然奶奶该不高兴了。”

“大哥这话就岔了。孩子多？大哥、三妹孩子都不少，都可在这府邸有个座。唯独我们家选个代表，这算什么团圆？大哥觉得张家孩子有差别，在我这做娘的看来，孩子都一样，景亭来，孩子们都来，梅儿、翠儿也来，都是祖母的孙子孙女，要么都不用来。”

外婆这话是有所指的。上官和张家联姻后，上官家替张家解了燃眉之急。外公便不再插手米行的事，仍旧回去做棉纺厂的会计。外婆为随夫君，放弃了金楼的入股，毅然带着嫁妆走入了外公这个最早的打工仔租在山西路的石库门房子。绾起头发，收了首饰，从一个金钗锦带的小姐成了烧饭洗衣的主妇。但不管生活如何拮据，在邻里眼中这位张太太总是梳妆得体谈笑风生，岁月的痕迹毫不留情地爬满每个人的皮肤，独独钟情于她。

七七事变后，战火从东三省一直往南烧，张家早早变卖了家产，举家南迁，一直逃到上海。济生带着自己孩子，还有入赘的三妹全家，仗着变卖的家产定居下来，跟随时局做些不定的生意，将将糊口，却还要摆出一副大户人家的样子。当初变卖家产时，炎生分到了极少的一份，秀珠劝炎生看在在世母亲的分上不要过分计较。可是近年来，张家上上下下越发不堪，干脆今年提出过年让炎生派孩子代表参加年夜饭。秀珠终于霍然站起拂袖离去，为了她孩子的权利，更为了她丈夫的尊严。

“这，母亲还在，秀珠越来越不像话了。炎生，你说说她。”

炎生两难地叹了口气，追了出去。

又是一个雪夜，鹅毛般的雪纷纷扬扬地落了一地。地上积起厚厚的冰碴，纯净的雪混在肮脏的冰里，很快遁没了身形。秀珠出门走得急，伞都没打，白茫茫的雪里一个月白的影子，如此瘦小，又如此纯洁，像极了傲骨的白梅。炎生一路沿着小巧玲珑的脚印追去，看见美丽的妻子双眼挂着冰珠，他跑上去搂住了秀珠，轻轻地说了句：“对不起。”月白色的人伸出手掩住了他的口，紧紧依偎在他怀里。雪还在下着，似乎只是一个美丽的背景。他们的世界，没有雪，没有苦，有的只是他们俩。

那年除夕的黄昏，炎生和秀珠两人把孩子托付给邻居，早早便出门去宅子里拜年。拜完年正待离开，隔壁的徐家姆妈就匆匆闯了进来。“秀珠，秀珠，张先生，景健不见忒了！快点回去啊！”

秀珠心里一紧，问：“他怎么不见的？”

“侬一走，我照着侬讲的帮伊拉讲，啥人要吃馄饨。吃馄饨的，今朝就乖一点，不去转盘楼了。伊拉都讲吃馄饨，不去转盘楼。都吃好，景健就吵了要去转盘楼寻你们，景明突然之间敲碎了只玻璃杯。我快点打扫，景健就伐见忒了。我叫景亭看牢其他人，自己一路寻过来，还没看到景健。哪能办啊？”

“别急，景健跟着我走过这条路，从家出发的路伊应该认得，穿过马路以后伊就不一定。炎生，你先去警察局报警，我和徐家姆妈分头寻。徐家姆妈，你找山西路这头，我找另一头。”即便如此，她还是礼数周全地告辞后才跑出去。

雪一直下，沉重得如抖出来的棉被、褥子里的棉絮，飘了一晚上。秀珠眼珠布满血丝，鬓角的青丝凌乱，月牙色的袍子在雪地里明晃晃地分外刺眼。警察局里，一个半大不小的孩子穿着棉袄站在凳子上吃热气腾腾的烂糊面。炎生站在一侧，心酸地看着从雪里走入的妻子，眼圈红红的。倒是秀珠，一见景健就一把抱住，抬首冲炎生一个暖暖的微笑。

“不是说好吃了馄饨，就不去转盘楼了吗？怎么还跟来。”

“景明哥哥说，那里有糖蹄髈吃，景健也想吃。”

秀珠扑哧一笑，眼里竟噙着泪水，眼圈也是红红的。

“家里孩子数你鬼精。”

秀珠轻轻揉搓着三子软软的额发。景健吃了馄饨，没吃到糖蹄髈，因为不认得路自己投奔了警察局。警察局里，他那拍香烟牌子、打弹子的本事，着实让警察叔叔们凑了钱请他吃了碗排骨面。秀珠知道，这孩子是他们上官家的血脉，将来是断饿不着的。

两个大人领着个五六岁的孩子回家，一进门，家里一片漆黑，原来停电了。小的孩子在哭，徐家姆妈也在哭，景明坐在地上，尤其哭得厉害。

“怎么了，徐家姆妈？景健找到了呀！不就停个电吗？”

“秀珠啊，我们这是交了啥运道啊！哪能办啊！”徐家姆妈一时失了心智，一味就是喃喃。整个房间四个孩子哭成一片，秀珠心头乱得麻麻的，也不知是个什么头绪，景健看得傻了，炎生也愣在当场，不知如何是好。

看见景亭略好些了，秀珠问景亭：“亭儿，怎么回事？”

一旁的景明委屈地说：“妈妈，我突然看不见了，看不见了。”

他伸出的手在空中拼命挥舞着，但没有目标和对象。秀珠走上去，用力抓住景明的手。她最具有领袖意识的儿子，此刻却失去了明亮。在家里，景明是个好帮手，家里的小孩子被景明盯着练字背诗下棋。这个将军般的孩子，因为骄傲，拒绝小孩子们的帮助，才把杯盘打碎了。秀珠渐渐习惯了夜视，拾起破碎的杯盘。趁着黑夜和低头，轻轻拭去眼眶里的泪水。几年前，初初高烧昏迷的样子在她眼前闪过。那个英俊的聪颖的幼儿，在她的怀抱里被死神抽走了最后一缕生魂。那一年，她以为泪水流干了，没想到厄运又一次缠上了景明。为什么老天总喜欢她的孩子，每一个如珍宝似的孩子！她心底有一股酸涩涌上，强忍着没有发作。她知道此刻不能，在外人面前，在孩子面前，在炎生面前，她是他们的支柱，她不能倒。

就在此时，整个世界亮了，光亮刺得人睁不开眼，来电了。景明却意外地说：“妈妈，妈妈，我看得见了！”

夜盲症，秀珠长长出了一口气，眼前一黑。

想来外婆后来的病是那时急火攻心落下的病根，桑静心里隐隐心疼这个坚强又倔强的女子。旧时候，医学不发达，人也格外坚忍，从不将病痛当一回事，最终才发展到无法医治的地步。终于，陪着完成了整个仪式，在将棺木推入灵车的一刻，张妍又支持不住了。整整一年紧绷的弦彻底崩断，泪水如倾塌的洪流，肆意地奔涌，哭嚎的嗓音扯到撕裂。

桑静不禁好奇：母亲藏在心里多年的疑问不知是否有了答案？在送外公和外婆团圆的路上，她亲爱的母亲，可曾真的明白什么是爱了？而她，不过是张妍困惑的延续罢了。桑静不理解秀珠的爱，更不理解张妍曾经的爱。甚至连自己，桑静也搞不清楚。她在白帆身上，到底是在找寻爱，还是找寻自己？

四

大礼结束，桑静一眼在人群里看见了白帆正待离开的背影，快步跟了上去。

“林舅舅！”

他转过头，花白的头发，沉重的眼皮，满是倦意。大冬天，他却穿着一件单薄的大衣，也不打伞，任雪片落在发上、黑色的大衣上。寒风中他像一张纸片，随时会被吹走。桑静赶上前，用自己的伞笼过他头顶的雪。小小的红伞下，他们被迫挨得那么近，空气瞬间逼仄起来。他什么也没说，拿起她的伞，她借势靠了过去，轻轻挽着他的手。她能感到他的迟疑，赶忙开口：“外公生前最爱给妈妈的同学和朋友取绰号。妈妈说外公叫你堂吉诃德。”

他笑起来苍老已现，即使苍老她也如此痴迷。“堂吉诃德？我那么理想主义吗？”

他骨瘦如柴的身形的确和大家想象中的堂吉诃德无异。在那个年代，在街道工作的他，第一个报考了大学。他一个人敲开了张妍家的门，用他这辈子最巧言善变的措辞动员张妍也去考试，所有的人用异样的眼光看他，仿佛他是天外来客。所有的人觉得他奇怪，放着好好的工况不等，又要去读书，有用吗？炎生就以这样的眼光来看待眼前这个突然出现的年轻人，愣头愣脑，不切实际，满口是“用智慧武装自己，知识改变命运”。女儿的命运不需要这样一个虚头虚脑的毛头小子规划。看他啤酒瓶底似的镜片，躬着身，未老先衰的模样，典型的满口幻想的堂吉诃德！

母亲是怎么想的？桑静暗自想着：可惜，她也未能将他当成知音。那时的张妍一心一意等着外公退休，她可以顶替工况，一等等了五年。桑静清楚她的母亲要的只是平淡的生活，所以终究不会理解白帆的抱负。桑静好奇地想着：那么，回首人生，你是否还满意自己呢，白帆？

“我一直觉得你是个为了信念活着的人。你觉得人终其一生，所谓何求？”

白帆看着桑静，不想她有此一问，困倦的眼神迷离遥远，他总是这样，他的眼里不仅仅是他看见的东西，还有远方。

“但求无愧于心。桑静，活到我这个年纪，已无所谓名利、金钱。年轻时，或许我一腔热血追求一个命运的改变，去更广阔的舞台，看更多精彩的人和事。可是，越是年长，我越是深刻体会到我们这些个体如此渺小，我们只是被历史的推手轻轻往前驱遣着完成我们这一代应完成的使命。我们能改变的有限，唯一能做的，是完成历史交托的使命，尽一份心，竭一份力，殚精竭虑，不敢懈怠，不辱使命，无愧于心。”

“那你们的使命是什么？”

“在街道，我的使命是做好宣传。让绝望的人看到希望，让无知的人懂得道理。在出版社时，我是一个文字的传播者，文字里承载着知识的力量、文学的想象，人文的审美和理性的思辨。那是美好的，如此美好。

“桑静，我努力地改你的诗，虽然可以押韵，却总少了一份浑然天成的韵味。写作能力，是老天赐予你的礼物，你却轻抛浪置，浪费了你的才华。你天生是一个‘writer’（写作者），你不应该放弃，放弃你的本质，去追逐那些不属于你的东西，就像我阴差阳错去了宣传部，那也许已经超越了我的初衷，但我很庆幸自己在任期间，下面的刊物、图书、报纸没有出现任何错误。我们恪尽职守地用良心做一个宣传人，传播美好，从来不曾懈怠，你骨子里流着张妍的血，她有一双洞察真相的敏锐眼睛，和一支悠扬婉转的神来之笔，这种传承是不会变的！

“不管你现在从事什么，你心里所关心的、身体所感受的，那自然的生活之美，迟早会指引你的笔如宝剑般出鞘，书写对美的讴歌。你天生就对美敏感，无论你写什么，那喷涌而出的力量都让我期待。”

桑静低着头，回避着他热望的眼神。心里既是愧意又是委屈：我终究还是辜负了你的期待吗？我喜欢写作，一篇一篇的练笔，一首一首的诗歌，注定只能是我生活的一种调剂。这些我全不在乎，从骨子我不想苦守你那份清冷！

看到她的沉默，白帆叹了口气，轻轻唤：“桑静，车站到了，我先走了，别送了。外公走了，妈妈心里一定不好过，多陪陪你妈妈。如果可能，搬回去吧。

你妈妈需要你。”

“嗯。”他终究最放心不下的是母亲，桑静的心突然空空的。雨还在下，看着他远去的背影，她听见雨滴重重敲在心底的声音：吧嗒吧嗒。转身前行在回家的路上，仿佛走在十二岁的邮戳上，走不出的是白帆用心圈住的信纸。桑静赫然发现，自己与白帆的过往竟绝大部分限于纸上。

自从被这个陌生男子许诺，桑静十二岁的生活突然精彩了起来。她总能不定期收到邮差的包裹。在那个快递不发达的年代，拿着邮包单子去邮局领包裹，成了她最大的乐趣。手捧着沉甸甸的盒子，暗自揣测这次又是什么？

第一份礼物当然是《简·爱》，译林出版社出版。还有一本原版小说，一本牛津英语词典。另外，是一本《少年维特之烦恼》和一本《钢铁是怎样炼成的》。每本书的扉页上用蓝墨水钢笔工整地题着隶书体的“赠桑静小朋友！林卓”。一展开书，扑面而来的是新书的油墨香、纸张的清香和钢笔的墨水香，这种奇特的嗅觉体验，让桑静记了二十年，直至今天，想起白帆，就仿佛又闻见这种幽香。她虽不喜欢这种幼儿化的称呼，但不拒绝这个陌生男子的关心。

后来，《男生贾里》、《女生贾梅》、简奥斯汀的全套小说、大小仲马全套小说、四大名著、丁玲翻译的《国外短篇小说集》、四书五经等等，涉猎的内容越来越广泛，频率也越来越高，邮局寄送包裹的人几乎都和她相识了。每次去，他们会打趣地问：“哟，小姑娘，谁啊，给你寄那么多包裹。”

桑静总是欢快地回答：“我舅舅，都是书，没别的。”

“那可真是亲舅舅，你家亲戚真有钱，就是书每次都得好几百了吧。”

舅舅，是张妍让桑静这么叫的，白帆也乐意。舅舅和叔叔是有差别的，你看，舅舅是娘家人的感觉，叔叔则和父亲更紧密。因此，白帆甘当这个舅舅，不用去搞清楚他扮演的是张妍的哥哥还是弟弟，他只是用他柔软的关怀默默给予他心爱的人，甚至是那个人的女儿。桑静深深介怀于自己的这个“title”（头衔），原来在他心底，她也不过是他深深关切的人的女儿，仅此而已。

像海绵一样拼命地吸取，桑静看得越多，就越想写。初一时，白帆送了她一本带锁的日记本，自那时起，她几乎以每年一本日记的速度累积着她对他的诉说欲。她有那么多的话想说，想问。

她想对他说我家后院那一树梨花开了，白色的花瓣晶莹剔透，没有枝叶的繁茂，却是一树的洁白。她想对他说，我在天边的云霞里看见了层林尽染的玫瑰色，那紫红色的燃烧是我短暂的生命里不曾见过的色彩。她想对他说，今年的雪比哪一年都大，漫天的雪成就了我一个打雪仗的梦。她和同学、老师在操场上尽情地喧闹，那年的笑声是她自打懂事以来最开怀放肆的一次。

她想问他，你是谁，为什么会进入我们的世界？为什么给我寄那么多书？你快乐吗？你怎么知道看到这些书我是欢喜的？她把所有的话写入了这本日记，自此她的心里也有一本带锁的心经，里面只有她和他，没有旁人。

第一次见面后，桑静家动迁去了近郊。他们原本住在徐家汇，那里曾是一条臭河浜。随着岁月的流逝，那里逐渐造起商场、高楼，形成商圈。他们却因动迁被迫离开了那些年早已剥落了油漆、暗淡了砖瓦的老宅。那老宅终究也是租来的。桑从文的贫穷一目了然，搬家时唯一几件有些年头的红木家什，由于笨拙和腐朽的原因终究遗留在一片狼藉里。

那时，为了多分点面积，分好的楼层，张妍一直和从文吵架。张妍在外面努力争取，从文便一副老好人的态度被动迁小组做通工作。张妍深怪从文的懦弱，从文却总是笑笑，劝张妍不要和这群猴精的一般见识，吃亏是福。动迁组的人，桑静见过几个，印象都不甚好。在她母亲面前吹胡子瞪眼，几个女的开口闭口拿组织来说事，威胁张妍要停工作什么的。在从文面前，则是另一副嘴脸，桑老师长，桑老师短，什么深明大义，什么人民教师、群众楷模。恰逢他们矛盾的两套模样，桑静都见过，她还见过他们被别人抽耳光时的眼泪，和有人声泪俱下请求他们给特殊待遇时的冷漠。哪个是真实的他们，少女时的桑静不清楚，也许都只是工作中的样子吧。

他们举家迁至偏远的郊区一处临时居所，那里可以在傍晚绯红的夕照里听见声声遥远的轮船鸣笛。他们租住在本地人自己盖的二楼房里，一个大统间，用屏风人为地分隔出女孩的卧室。少女的时代里没有秘密，桑静却浑然不觉贫苦。这几年，随着包裹越来越沉，桑静的世界越来越精彩。她迷上了现代诗，是的，舒婷、北岛、顾城还有无数的外国诗选译文，深深沉醉在用斜杠人为制造的停顿和故作深沉的韵脚里。沉甸甸的日记一页一页都是那种生涩难懂，只有节奏快感，装腔作势的“现代诗”。

桑静在学校的周记本里，写下了这样一段话：

日薄西山／天际划过一片灿烂的桃红／那是天边的流火／燃烧着每一片／棉花糖般的云朵。／人们结束了一天的忙碌／快乐地归家。／此起彼伏地呼喊／是母亲／在叫着夜归的孩子吃晚饭。／阳台上／黝黑的“猫先生”／慵懒地甩着尾巴，／张开嘴／打着大大的哈欠。／我站在窗前／看见／对面微笑的人们，／想／这样的生活／犹如仙境。

当桑静迷醉在这如梦幻般的诗歌意境里时，老师给她的评语无疑是当头的棒喝：“请你认真看看周围真实的世界，还有很多真实可以写入你的周记！”所有的自我膨胀，所有的自鸣得意都在这段评语后土崩瓦解。恼羞成怒，义愤填膺，所有青春期的叛逆似乎在这一刻被点燃。桑静提笔用几乎挑衅的方式向白帆求证，只求一个认同。她相信他懂的，正如几年前，女孩看进他心里那样，她们彼此的懂得，是不需要言语的。从那些书来看，他是那样地懂她，在被放逐到一个穷乡僻壤的乡下去的时候，他几乎用那些书救赎了她，让女孩获得新生。他为她开启了另一道大门，大门里面是瑰丽的梦境，而不是眼前这一望无际的农田，或一阵阵犬吠和鸡鸣。

桑静的信很简单，告诉他她打算投《中学生知识报》，附上了这篇被批得体无完肤的文章，并请他指教。事实上，高傲的桑静根本没有请教的意思，而是请他鉴赏一个怀揣着现代诗梦的少女的作品（自以为的作品）。这便是他们的第一次通信，如今想来是何等可笑。心高气傲的少女找来了她认定的专家来鉴定她心浮气躁的时髦小诗是何等的才华横溢。白帆的回信简洁直接，带着他一贯的文风：

桑静小朋友，你好！

来信已阅，虽然创作热情值得肯定，但窃以为华丽的骈散不如魏晋风流，一个词藻堆砌鲜有真情，一个生发于情理和自然，一个空有形而无神，一个神形兼备。不知你的见解如何，欢迎来信交流。

为了不丢人，桑静去了学校图书馆，半天才弄清楚骈文和魏晋之风。心里虽有万般不服气，却也只得消气。罢罢罢，自己技不如人也怨不得别人。桑静暗暗下定决心，终有一天，白帆，我要让你，赞叹不已！

虽然，周记事件弄得桑静对现代诗意兴阑珊，却成就了她和白帆的日夜通信。

那个年代里，寄出的信件就像是投出的一枚石子，要隔上好一会儿才能看见水底的涟漪。年轻的女孩就在这寄信、盼信、阅信、回信的轮回中挥霍着大把的青春，完全漠视周遭的同学开始的那场轰轰烈烈的早春之恋。

舅舅，您好！

上次的《男生贾里》真好看。感觉很真实呢，仿佛就发生在周围。可是，我觉得同龄的男生好幼稚，他们讨论的东西就是游戏，要么就是一起捉弄一个倒霉蛋。无趣！

有个男生当着其他人的面承认喜欢我，这简直是世界末日！只要我们走得靠近些，他们就会嘲笑我们。要是不巧被老师叫到一起读课文什么的，就惨了，全班都会爆笑。我讨厌死他了，他为什么要那么说，害得我好傻，只能躲着他，好像我心里有鬼一样。

我才不要找这样愚蠢的家伙，我要的爱情是像罗切斯特先生那样的。他不需要英俊的外观，甚至是丑陋的，我也毫不介意。他是智慧的，是懂我的。他尊重我，无论他富有或贫穷。我们的质地是一样的，我们都追求自由平等，就像希茨克里夫对凯瑟琳的爱，是疯狂的，是用整整的生命相爱。而不是那些时髦的毛头小伙，不知深浅的追逐游戏！

桑静小朋友，见信好！

看到勃朗特三姐妹对你的影响，我吃惊不小。古人云："尽信书不如无书。"书中有许多经典的观点，放诸当时背景是先进的。可是未必适合你。我一直在想，你这个年纪看什么比较合适，也许《傲慢与偏见》《奇婚记》更轻松些。看看大仲马的作品，感受一些历险经历。歌德笔下的《少年维特之烦恼》以及屠格涅夫的《初恋》都是美的，可我就是怕你看了会钻牛角尖。

你太一味追求深刻，其实少男少女的朦胧恋情是美好的。千万别小小年纪就如同鲁迅笔下的九斤老太，自己不接受，还排斥一切。你还年轻，爱情对于你还太重。每个人都有喜欢和被喜欢的自由，我觉得那个男生至少很坦诚和勇敢。要知道到了我这个年纪，还有许多人囿于各种因素，不敢敞开心扉说喜欢。所以，年轻人，我还挺欣赏这个鲁莽的男孩。我们谁不曾鲁莽过呢？你一定会问我有没有鲁莽过。我当然有过，我年轻时还没有那个少年的勇敢呢！为了向自己心仪的女孩坦诚，策划了一次电影院的告白。为此我排练了整整一星期。现在想想，即使没有成功，也是依然甜蜜的。啊，“young love”（年轻的爱），多美好！有机会，以不影响学业为前提，你该尝试着和异性正常交往。

白帆

五

沉浸回忆会让人意志消沉，如同桑静的母亲，自从老父走后一直心绪低落，一反常态地就连桑静的生日也不闻不问。可怜的桑静，虽然不是大生日，可以往都是要过的，特别是她搬出去住的那几年，她母亲总命令她回家，煮一碗红烧大排面聊表寸心。今年，桑静估摸着她母亲伤心过度再无心力顾及她，便自作主张兀自逍遥去了。请了几天假连着元旦，桑静约了外企的表姐、表姐夫一干人躲到山林间泡温泉去了。要知道十二月是人家休年假的好日子。她么，偷浮生几日，随喜一下。

在出游前，桑静意外地接到了宋琰的电话。虽然对着白帆说去北京带东西什么的，实际上她根本没顾上联系宋琰。桑静和宋琰，始终保持着一定的距离，而对于这种距离她们更是有一种天然的默契。宋琰的电话大意是说许久没联系，发现联系不上桑静母亲，更联系不到白帆。其实，主要是联系不到白帆，让桑静抽空看看他的状况。起先，桑静也不大在意，回想了一下他来送口罩时温暖的微笑，她似乎没理由担心。可是，临行前一周，桑静又发消息又打电话的，都没有什么回音，心里有着慌。细想之下，外公大礼那天，他气色也确实不大好。桑静又多少隐隐担忧起来。可依母亲最近自顾不暇的心境，桑静也不好央她给白帆电话。等这次出游回来，就再打打电话，不行还得找母亲。他的世界她向来闯入不了，也只能默默在外面候着了，或许只能找她母亲要开门的“钥匙”。

一个鲜为人知的妙境深处。

“谁寻到的这么一处好地方，泡着温泉，喝着伯爵红茶，还能看到孔雀。这地方当真是绝了。”

在香雾缭绕中，隔着透明的屏障看着蓝绿相间的鸟中仙姝在十米见方的园子里悠闲地来回踱步。

“要说这丫头没见识过呢，这就难觅的绝好地方了？这地方太俗，温泉是人工修葺，泉眼也是有的，不过我看哪够那么多人的。孔雀什么的，不过仿云南而已，其实这个酒店还多少有些佛缘。这里本是个人杰地灵的风水之地，唐时有座庙，据说供奉着释迦牟尼的一颗舍利子，香火极旺，而且这一旺就是几千年，倒也福泽众生。可惜，军阀混战时被毁了，就连舍利子都不知所终了。几年前经高人指点，这个酒店的老板买下荒废了的地，建了酒店，并在周边搞了些与佛教有些渊源的建筑。这个酒店叫梵海听泉，温泉叫梵海子，搞了孔雀嘛，是仿古印度的生态，我们身上穿的这朴素的要命的浴袍还多少有些古印度僧人的风尚。不过东施效颦罢了。一会儿带你去个清雅的地方，不过你先吃点点心，别一会儿吃茶吃醉了。”

正午时分，从酒店出来，向半山腰的林子深处走去，走走歇歇，兜兜转转，终于寻得表姐、表姐夫口中的清雅之地——挹翠轩。潇湘密林间，曲径通幽处，绵延而至，手挑竹帘入内，昏黄灯光，香雾缭绕。几案处一架古筝，半掩的琴谱，似是琴女刚好起身离去，茶犹温，曲未散。耳畔是古筝弹奏的高山流水。整个竹屋，采集自然之光彩，屋内外明暗对比，幽静得刚刚好。满架的茶具、檀香，“临江仙”的一道香映入眼帘，桑静把玩了半晌，终是放下了。四周摆着的青瓷瓶里或斜倚或凋谢着残荷、蜡梅、枯枫，恰是应了潇湘妃子最喜的“留得残荷听雨声”。一幅《禅茶一味》的题词，写得甚好，深得陆羽的神韵。

突然来了群人，说说笑笑，闹得慌。桑静一行便找了屋外独临山头的一个包房，其实就是个小竹屋，抬头一看匾额“解忧居”。解忧，解忧，何以解忧，唯有杜康？桑静笑笑，深深叹了口气。

“咦，好端端地，叹什么气。”

“没什么。”

“阿姨又催你相亲？不过，小静，你也老大不小了，你心里怎么打算的？”

“我能怎么打算，没找到就是没找到，烦不烦。我来这儿就是求清净的，怎么姐姐也要提这档子事。”

陆续落座，叫了些茶点零食，因为胃寒，桑静没敢喝绿茶。因红茶刚才喝了，所以就只吃些零食。坐定了，心也静了，烦恼去了七七八八。突然，古筝响起，铮然有力，悠扬之后急走，大有一泻千里之势，第一次见把古筝的铿锵有力演绎得如此淋漓尽致。表姐说："哟，是遇知音了吧。"桑静心头一荡，不免心下悠悠起来。他们要的茶送上来了。不知怎的，就聊起魏晋风度来，少不得讲起这大兴的自然笔风和历代取士的发展。真是由着思绪如脱缰野马，驰骋而去。不知不觉已是傍晚，窗外竹影西斜，到了不得不走的时候。

一路说笑，走到了日暮时分，眼看到酒店了，桑静习惯性地去摸耳垂。

"啊，不好，我的耳环呢？"

"桑静，你怎么了？"

"耳环，我一个耳环掉了。"

"掉哪儿了，记得吗？"

"我记得，在挹翠轩的解忧居里，我在那儿用耳环针当笔蘸茶水在信纸上比画来着，后来可能是忘记了。不行，我得去找回来……"

"不就是一个珍珠耳环嘛，现在流行不对称美，天色不早了，我们赶着吃晚饭，还约了健身和按摩，你别去找了！"

"不行，这是外婆和外公的定情之物，可不能随便就弄丢。我先去找找，一会儿就回来。"

"定情，定情。这老了的物件，你还真那么认真！谁知道是不是呢！快去快回，我们等你吃饭！"

好字都没出口，桑静的人已没在昏黄的傍晚中。小雪刚过，天黑得早。辗转迂回间，找到了几点灯火昏黄在竹林深处，循着灯光，倒也不难找。

"哎，对不起，小姐，包厢满了。"见一女子一个箭步往里钻，穿着茶服的服务员忙拦住了桑静。

"不好意思，我是刚离开的客人，我在解忧居落下一个耳环。你们有看到，或听见客人谈起吗？"

"没有啊，你们刚走，就有客人订了六点到九点的解忧居。"

"现在才五点五十五，你看这屋子里一片漆黑，能让我进去找找吗？这个耳环对我很是重要！"

"我看看，嗯，屋里是没人……可是……"

"谢谢了！"

桑静不由分说，轻而有力地推开了竹门，"吱呀"。屋子一片漆黑，她随即摸到门边的开关，“啪”的一声，温暖的鹅黄色灯光亮起。

一切都太快，桑静又是心急火燎，却不想被照亮后的所见惊了一下，“你？你，你，你怎么不开灯啊！吓死我了！”

“我一个人好端端在这里，你闯了进来，还说我吓人。这哪条规定写着，傍晚须掌灯，不得漆黑一片？”一个醇厚洗练的声音传来。

“我……”桑静再次被这个声音说得无从辩驳，心想那就耍个赖吧，总好过现在不得不面对面的挖苦。“帮我找耳环，耳环掉了，明明就放在案几上的。”

慌忙扫了一眼屋子正中的桌子，信纸还在，可是耳环没有了。呀，这可怎么办才好，桑静心里慌了起来。这可是她外婆在她母亲十八岁时离世后留下的唯一物件。母亲随身戴着，直到桑静穿耳洞，才给了她。桑静忙俯下身子，低着头，拼命在这方寸之地寻找，一头撞上什么。抬头看见一张英俊的脸似笑非笑地看着她。这真是张俊美的脸啊，她心想。一道剑眉，一双狭长的凤眼，眼角扬起，有一种说不出的英武。大理石雕像般线条分明的脸部轮廓，中间高耸的笔挺的鼻梁，薄薄的嘴唇。那播音腔的声音是从那里发出的。

那一刻，他看着她，周遭安静得如同静止，他眼中有些明昧不清的东西在闪烁，炽烈的、压抑的。他单膝跪在她面前，一件灰呢大衣扫到地板，头颈里围着他常戴的黑色羊毛围巾，一件深蓝色背心，里面是白色衬衫，干净、温暖。刚才就是这个胸膛撞到了桑静。突然，心里一阵狂跳，她意识到自己第一次与眼前这个男子独处，竟有些不知所措。

“我……”不知怎的，桑静变回了笨拙的小女孩，当然只有一瞬，“拜托，师兄，我找耳环，你别杵在这儿，帮我找找。”

“哦，我为什么要帮你？”

“嗯，这第一呢，你明明订的是六点到九点的包房，你早到，我不算闯错时间；第二，从你这副从容的样子，想必逗留了会儿。我们五点半走的，之间不会有其他客人，那你看到我耳环的概率最高，也就是说要找不到的话，你捡到或藏了的嫌疑最大。帮我找耳环是帮自己洗脱嫌疑啊；第三，帮我找找哈，这个耳环对我很重要，找到有酬谢！”

“第一成立，这第二嘛，中间服务生有可能进入，论据不足，论点不成立。这第三嘛，可以考虑考虑。”他突然沉着脸，上上下下打量起眼前的女子，“很重要？

定情信物？”

“师兄你开什么玩笑。”

没等她反应，他突然伸出手扶住桑静的肩头，他扶住的地方瞬间滚烫了起来。桑静心里暗骂：顾超然，你这是干什么？身子往后一缩，却被他牢牢钳住。在他霍然站起的同时，用他的双手把她扶了起来。桑静还没站稳，就看他从自己口袋里取出一方手帕，轻轻打开，一颗米白色的珠子静静躺在里面。他连看都不看她一眼：“是这个吗？”

“你，你早知道，为什么还捉弄我！”桑静愤愤道。

“桑静，桑静。”他做了个静声的动作，将修长的手指放在唇边。她立刻收了声。

“刚到不久，看桌上耳环眼熟，却不知是你的。收好，是怕掉，走时给服务生，没有要捉弄你。至于为什么没马上告诉你……主要也是对这颗珠子负责，确定你是它主人。”

“好了，你确定了，可以还我了？”

“这却不能。”

“为什么？”

“我帮你留着耳环，以便物归原主，那么，你怎么酬谢我呢？”

“师兄，你一行之长，”当然是副的，桑静心里暗暗骂着，“还在乎我这么个小主管”，当然也是个副的，她心里暗暗走神，“什么酬谢啊。你看得上的，我也给不起啊。”

“那就留下来陪我。”他突然一改打趣的语气，温柔地说了一句。

“我，我，我还有事，先走了。”桑静慌不择路地拉开门，准备逃也似的躲到黑暗里，免得自己这赤红的脸又招他嘲笑。一阵北风呼啸而过，她被深深呛了一口，不停咳嗽。哗啦啦，一场疾速的冬雨挡在门前。此时的桑静，踌躇着收回了脚，有点犹豫自己尴尬的境地。他走过来，轻轻推上门，取下颈间漆黑如缎的围巾搭在她的颈上。

“所以才让你留下，你跑什么，我又不吃人，一会儿小沈送伞过来，就放你走。天冷了，敞着领子，不咳嗽才怪。这个借给你，这万一病了，我怎么向你们胡总交代啊？”

说罢，自顾端坐在桌前，看着手中一沓材料，完全不理会她的错愕她的羞赧她的愠怒。颈间火辣辣烧着，桑静站也不是，坐也不是，还了他的围巾不是，受着他的围巾也不是，只得无所事事地摆弄着自己的耳环。

“还不戴上？一会儿再丢了，我可没地方去找。难不成……还要我替你戴？”他抬起头意味深长地看了她一眼。

只感觉芒刺在背，桑静赶快戴上耳环，心想：你看你的材料，管我呢！唉，桑静啊桑静，你答应过自己再没有下次了，可又莫名其妙地把自己交给了一个不是很熟的人。这一次是完完全全的独处，眼前这个人一会儿调笑一会儿正经，到底想干什么？伴君如伴虎，自己还是得和这位领导保持距离，免得被他看透了，就不好玩了，毕竟……

门再次被推开，服务生送来了茶。“先生，您的茶。”

“我的是生普洱，小姐是白毫银针，再拿些蜜饯和茶点。对了，点支香，就点你们家的《临江仙》。”

他娴熟地烫着茶盏，将温热的茶杯递给她：“你胃不好，已经不早了，绿茶、红茶都不适宜。喝点温热的白茶，吃点点心，我一会儿让他们准备些茶泡饭。”

“哦。”

第一泡，清淡无香，温润了器皿也温润了脾胃。第二泡，茶汤在青瓷杯盏中盈盈几许的透亮，香气也随着唇齿次第舒卷。白毫银针，真是不负这不染尘埃的名字。桑静想着，忙开口道谢。

“谢谢你。”

“谢什么？”

“上次北京。”

“北京谢我什么？”

“没什么，总之，谢谢你。”

对，谢谢你，过往的一切，你为我做的一切，桑静在心中默念道，然后抬头望向他正回看过来的眼。他看了看她，开口想说什么，却叹了口气，继续看材料。泡饭端了上来，只有她的，他自顾自，也不理她。桑静食之无味，思绪越飘越远。

第三章　初见你时，顾盼生辉

六

十年前，也是这样的初冬时节，桑静一身正装坐在WNS银行总行大楼43楼的会议室里。已经六点半了，她和另外三个211里的二流大学的研究生饥肠辘辘地等候今天最后一场面试。走入考场，见到四个来自不同部门的面试官正襟危坐，脸上呈现出不同程度的倦色。

四对四群面，听前面几轮的面友说，眼前这几位各个身怀绝技，不好对付。比如，最旁边的那位神仙姐姐，人坐那里透着出尘的气质，口语极好听。她如果提问，从来不讲中文，那你回答当然要用英语。边上身材矮胖、眼光锐利的是技术男，但凡信息技术、数据挖掘之类专业的，非问到哭出来为止。中间一位干瘦如柴的眼镜大叔是会计专业的专家，经常抛些专业级问题砸晕别人。他另一旁的是一位翩翩公子，英俊倜傥，说话嗓音如同朗诵，他对人态度最为谦和，却总问些时事观点和看法，其知识面之广，旁人根本无从准备。

完成规定动作，即自我介绍，桑静暗叫不好，与她一组面试的这几位也都非普通人，各个大神啊，一个CPA（注册会计师）、一个高级口译、另外一个好歹是金融专业啊。自己是四人中唯一一个企业管理专业的学生，比起会计、金融、经济，那还是和银行隔着一座山的。当然，桑静清楚得很，自己也有自己的强项，四人中只有她有管理学生会的经历，奖学金也是年年得第一，考官心，海底针，天知道他们喜欢什么。看着眼镜大叔把自己的简历放了下去，桑静的心里凉了半截。

接下来是考官的自选动作，四位考官轮番对感兴趣的毕业生提问。明显桑静他们四人中考出CPA的大哥最得垂青，眼镜大叔对着他一通狂轰滥炸，可惜大哥不争气，连一些基本概念都因为大叔的逼问语焉不详。唉！优势变劣势，CPA在这大冬天一头的汗，桑静居然心生怜悯，不由得替他惋惜。第一个“Game Over”（玩完）了。其他的同学都随便问了几句，也有问央行降息的，还有问格林斯潘的几次财政政策的。天啊！这哪是面试，这简直是知识竞赛！

终于轮到桑静了，她对自己说镇定，镇定，千万别被这阵仗吓倒。当她深深吸完一口气，翩翩公子开口了：“你是EC大学的？”

不问专业知识吗？

“是的，各位老师。我是EC大学企业管理专业的。”

“你有些紧张？”

“有点。”

“嗯，紧张很正常。我们WNS银行是世界五百强企业，多次被《银行家》评为最受欢迎银行。我们这里招募的都是精英，招优秀的人做优秀事是我们的准则。特别是研究生，我们历来只招排名靠前的学校。你觉得自己有什么优势，给我一个招你的理由？”

桑静在心里不知嘀咕了多少遍，你什么意思，嫌我学校不够好就直说！这样我可不服气！她自知内心已经有无数个自己挽起袖子想挥拳头抗议了，可毕竟是在面试，还要在面上故作镇定。她沉住气，把心一横：好吧，你是面试官，没戏反正没戏。你说我学校不好我可不答应。

“再好的学校也有不成器的学生，再差的学校也有闪着光的名人。不说我的母校出了多少有名的校友，就说神五、神六宇宙飞船上就有我们学校的专利。我虽不是这个专业的学生，但我为同是EC人骄傲。

“英雄不问出处，能坐在这里面试的，都是通过一轮网筛、一轮笔试闯过来的，我不认为自己比别人差，也不敢有优越感。我坚信即使渺小如尘埃，只要日积月累地打磨，在一个具有凝聚力的引力场里，就能形成一道耀眼的星云。

“我仔细阅读了贵行的校园招聘启事，认真总结了一下WNS的录用要求：一、有学习能力的人；二、能够与团队合作的人。我四年一等奖学金，在咨询公司、银行、出版社、外高桥保税区平台公司实习过咨询顾问、会计、二校、销售等职位，这里有企业的实习反馈及推荐信，我觉得自己是一个具有跨领域学习能力的人。我大学本科、研究生都担任过管理学院的学生会主席，有比较丰富的组织协调经验和团队合作经验。”

“来面试的有许多和你一样优秀的学生，正如我们 WNS 面临着不少优秀同行的竞争。你如果是我们行的营销人员，你打算怎样打动你的客户？”

“一、了解我的客户。在拜访前掌握足够多的对方信息和偏好；二、知己知彼。了解竞争对手的特点；三、找准定位。根据自己的特色，对标同业，讲出自己行的差异点；四、以情动人。交友贵在交心，打动客户也在于一个‘诚’字。”

“我们这里的工作是高强度的，经常要出差和加班。你能接受吗？”

“开始一份工作，从热爱它开始。有了这份爱还有什么是不能克服的。”

“我们这里风险也很高，需要高度的自律和原则。假如你在支行，为了业务，你的行长让你做违规的事怎么办？”

“熟记和业务有关的每一条法律法规和行规，确保自己不是因为业务不熟而被误导。然后，就秉承一颗‘诚信公正’的心做事。”

桑静注意到，翩翩公子已经从椅子上前倾了四十五度，听完自己最后的话，他甚至长长舒了一口气。桑静以为自己眼花，定睛一看，那人靠在椅背上，环顾其他人：“我没有了，还有谁要问吗？”

其他人穿插地又问了几个问题，都不算很强势也没有太专业。

最后，神仙姐姐开口了：“ Now everyone, after period of Q & A, we all need relax. Well, please describe your feeling now. What's your opinion of your interview?”（诸位，经过一轮问答，我们放松一下。请大家描述一下现在的感受。对这次面试感觉如何？）

继 CPA 出局后，金融专业发挥失常，英语讲的那叫一个结巴。这轮桑静是幸运的第三人，基本腹稿打好，开讲：“Before my description, I'd like to say Happy Birthday to WNS!”（谈感受之前，我想先祝 WNS 生日快乐！）当桑静说完这句话，翩翩公子突然抬起头迅速瞥了她一眼，露出了一个很淡的笑意。“Well, Jing, on behalf of WNS, I shall say thanks to you. You are a very smart girl and well done.”（桑静，我代表 WNS 感谢你的祝福。你很聪明，做得不错。）

“Thank you! Now continued. How to describe my feeling? A little bit nervous, a little bit exciting. As known to all, with development of Chinese economy…”（谢谢！继续谈我的感受，怎么说呢，有点紧张，有点兴奋。众所周知，随着中国经济的发展……）

难为桑静搜肠刮肚，一股脑儿把高级口译有关中国经济金融发展、上海建设三个中心有关的内容都如倒豆子般倒了出来。内容已经没有意义了，只要足够流利，把每个美式发音都字正腔圆地发出来，太有口腔快感了！

“At last but not least, I hope that I can have a chance to grow with WNS, step by step, side by side.”（最后，也是重要的一点，我希望有机会和WNS携手并肩，共同成长。）

说完，桑静长长出了一口气，看见神仙姐姐对自己颔首微笑，并把她的简历从一堆中挑出来放在了最上面。桑静听见心中花开的声音，“Bingo，拿下！”转眼一想，其他人都还好，那位犀利的翩翩公子一定是个不好伺候的主儿，以后如果再相遇，一定要谨言慎行。余光偷瞄了他一眼，不想他正饶有兴趣地观察着她，把自己的五味杂陈尽收眼底。桑静赶快刷新自己的表情，一幅虚心听讲的模样，坐等“高级口译”。

“高级口译”居然发挥很so so（一般），说得中规中矩，而且居然还没她流利。这回，桑静真要偷着乐了，这高级口译她总算没白读，虽然没考出证书。

一场漫长的面试结束，桑静去卫生间整理妆容。对着镜子，一脸的残妆，硬挤了个微笑给自己。走出卫生间，一转身撞见一个人，桑静一抬头慌张了起来：“考官好！考官再见！”说完打算走。

“桑静！”

“哎？！”

“我也是管院的，李红英还在吗？”

“原来是前辈啊！报告前辈，李老师是我辅导员！”

“好，代我向她问好！”

“好，可是敢问我代哪位前辈问好？”

他看着她，怔了怔，随即对她笑了，那笑意暖暖的，都化得开十二月的霜。

“顾超然，顾盼生辉的顾，超然世外的超然。”

顾超然，这个名字桑静记下了，在很长一段时间里，这个名字是属于一个与她只有一面之交的英俊男子的。然而，因为毕业论文、签协议，和季怀为各种理由吵架，桑静终究还是忘记代顾超然问候李老师。不过她毫无愧意，这位翩翩公子早就被毕业前纷至沓来的琐屑淹没了。

接着，报到、入职、培训，每天在近郊的培训中心懒散地上课、做案例、做“presentation”（报告），午睡，下午继续“discussion”（研讨）、“debating”（辩论）。晚上在中心老旧的KTV唱着八十年代的歌曲，打发他们曾以为最无聊实则最幸福的时光。年轻的爱情也在这里潜滋暗长，她却一直在给白帆写信，告诉他入职有多无聊，当然顺便和季怀有一搭没一搭地发着短信。其实，有些事已经变了，或许根本没有改变。季怀说得没错，在桑静心里就没有被人保护的需要。他是傻傻地追求，她却是在寂寞中委曲求全。这样的努力终究在毕业分离前显得格外苍白。终于，在拿着决定实习去向的信封时，桑静下定了决心，发出了一条短信：“季怀，放手吧，放下我吧。我还是没能爱上你，对不起！”隔了很久，他回了一条：“好的，我不怪你。”

七

桑静来到那个地址的附近，面前出现了一个十字路口，路突然中断了，也看不到自己要找的银行。只看到一座雄伟高大的欧式建筑的边门里闪出一个影子。“那个，对……对不起，请问WNS的外滩支行在哪里？”一个高大的男子穿着白色暗纹长袖衬衫，袖口露出两颗很淡雅的袖钉，与这当头烈日显得格格不入。他身材修长，风姿翩然，用锐利的眼睛打量着问路的女孩。未等她开口，指指转弯处另一条路上的一个大门，“那里进。”就冷冷地走开了。那个人，桑静觉得好眼熟，似乎在哪里见过。

顾超然再次见到桑静已是大半年后，当初的印象已经被放在记忆的一角。看到这个身穿白色T恤，下着一条粉色裙子的少女，顾超然几乎一眼就认出了她。她被录用了，而且还被分到自己所在的支行里。今天是周末，这个女孩是来“踩点”的，有点意思。当初，她在总行的一句前辈，叫得他有些心猿意马，这么多年了，他读了名校的博士，对外早就不是EC毕业的研究生，只有他知道在人才济济的WNS，一个来自二流211大学的毕业生有多辛苦，为了获得成功，要比别人付出多少倍的辛苦，甚至有些东西一付出就是一辈子。他苦笑着摇摇头，遁入了艳阳里，今天还有好多事要处理。

周末，仲夏的傍晚，忙完一天的事，如果没有饭局，顾超然喜欢在黄昏的暮色中一个人走走外滩，这是他多年来养成的习惯。吹着江风，听听远处的汽笛声，有时能看见海鸥上下翻飞。特别是天边绯红色的晚霞，小时候的课本里把晚霞称作火烧云，真是贴切。顾超然很喜欢，甚至有些迷恋暮色侵袭的当口，那灼烧滚烫的云朵，在与日落媲美，有一种说不出的苍凉和英武。此时此刻的外滩，很静，人群三三两两，留着大片的空间，互不干扰。同时，这里又热闹，最是市井百态，有观光者的大呼小叫，有恋人们壮士般的誓言，还有失意者的哀鸿喟叹，这不，靠在长堤上的那个女孩突然对着江水哭了起来。起先，顾超然也没太注意，只是抽泣逐渐成了大雨，女孩不停地用手擦脸颊，动静有点大。顾超然侧过脸看见一张熟悉的面孔。

桑静手机里躺着季怀沉默良久发来的一段话，许是在这茫茫人海中留给她的最后的只言片语，她知道这一次是真的，他们终于真的要在这茫茫人海中再无交集了。

“桑静，我好累，两年了，你就像天边的云，而我只是地上的水，追不上你。你心里有伤，却倔强地不让人靠近。你在我身边的分分秒秒都想着另一个人，我却不知道他在哪儿。桑静，我不懂你，我想保护你，你却没有看上去的那么柔弱。当我认清你时，你又没有你以为的那么坚强。我曾经希望给你全部，到了八十岁还陪着你夜游外滩，看飞鸟在船舷上飞舞。可是，我发现我给你的全部却不是你想要的。你想要的我不知道，我也再没力气追寻答案。再见，你，好自为之。”

看了一遍又一遍，桑静终于像所有正常人一样把自己弄哭了。可是，在她满是榆木的脑子里居然都只有白帆。桑静想到季怀，居然只有同情。季怀似乎就是她自己，追逐着世界尽头的白帆，而在白帆心里自己只是一片小小的羽毛。看清这些，桑静开始嘤嘤哭泣，为了季怀，为了他两年里做过的所有傻事。在桑静本命年那段经常发烧打点滴的日子，想起他摸着自己的手，在温暖的午后读故事给她听。那个时候，桑静诚心以为那就是爱情，但终究自己还是不甘心。情绪瞬间崩塌，桑静越哭越凶，开始透不过气来，泪水流了满脸，该死，却没带面巾纸。她上下摸索，只能用一只手挡着眼泪。

一块蓝色的方巾递了上来，桑静毫不犹豫，处理完事故现场，挤出一个微笑，带着哭腔，仰头道："谢谢你。"

看到的是顾超然似笑非笑地看着自己，有种促狭的好奇："你还好吧。"

"我很好，顾……老师。手帕……被我弄脏了。"

"没事就好！手帕放你这儿，洗干净，我们应该还会见面的。"说完，扬长而去，留下女孩一个人在外滩的暮色里。

顾超然转过身，心里有些好笑。这个女孩真有趣，前一秒出现在自己眼前的形象还是新人对入职的憧憬和战战兢兢的踩点，后一秒就哭得稀里哗啦。年轻真好，可以这样真实地活着，他摇摇头叹了口气，这个女孩鲜活生动的形象刻入他心里。

过完周末，平复心情，桑静正式开启了自己的职业生涯。桑静知道，自己不仅仅是一个叫桑静的小女生，她的喜怒哀乐都必须藏在一个叫桑静的银行小职员心中。是的，上次那样被前辈——甚至可能是未来领导看见的事是万万不能再出现了。她熟门熟路地来到位于外滩的 WNS 外滩支行门口，等待着卷帘门徐徐上升，气一提，心一横，进了网点。

新入职的行员被安排在大会议室里，统共三个人，其他两个是男生，其中一个是 SF 的研究生，一个是外国语学校的本科生。那个外国语大学的小男生长得虎头虎脑，微胖，很友善，对她和另一个男生问长问短。SF 的研究生在培训时就和桑静隔一条走廊，有事没事就看《金刚经》，所以暗地里桑静叫他"玄奘"。"玄奘"为人腼腆，看到是桑静，就彼此相视而笑。不错，一个好的开始，至少同僚都还可亲。

过了一会儿进来了一位胖胖的中年妇女，穿着行服，气质很好，雍容华贵，后面缓缓跟着一个人，随后是一群人，一看就是中层干部的样子。一一落座，新行员坐第一排，对着主讲台。一个熟悉的身影端坐在对面主讲台的正中，白色的长袖衬衫，浅灰色的行服。桑静暗自叫苦，不是吧，怎么又是他？真是怕什么来什么。想起上次他意味深长的话，桑静终于明白了为什么他说他们还会再见面。

胖胖的老师开始发话："各位新入职的大学生，欢迎你们来到 WNS 的外滩支行，今后你们将在我们行里工作实习。再过半年或一年，会确定你们的去留和最终的工作方向。这位是我们的顾超然副行长，也是我们行的青年行员职业领航师。职业领航师是我们支行的特色，充分体现了我行人才引领的理念。导师由我们支行的各位行领导轮流担任，为期一年。首先，请顾行长为我们的新成员讲话，大家欢迎。”

顾超然打开话筒，环顾四周，明亮的眸子充满光彩：

“各位，大家早上好！本来我们的郑行长要出席今天的接待会，但他今天临时被总行叫去开会，只能由我代替郑行长欢迎各位来到 WNS 外滩支行。

“首先，要祝贺你们，你们起点很高，外滩支行在全行的各项指标名列前茅，我们外滩人有着属于自己的骄傲历史，更在不断谱写新的篇章。外滩支行历来是人才辈出的，这里培育了一批又一批优秀的干部。

“今天你们不用自我介绍，我不想戴着有色眼镜看你们。英雄不问出处，你们的过去不再重要。你们会被分到柜面，从一线开始做起，这就是你们公平的起跑线。只要足够优秀，你们可以用自己的实际行动让我们认识你们。今后，你们有任何职业规划上的问题都可以找我，有困难有想法都可以，我的座机和手机分别是……”

桑静认真记下了他的手机，万一有用呢。

“接下来我介绍一下，外滩支行的各项要求，最后会告知各位分到的网点……”

一个多月后。插回单箱[1]、打码、复核、审验票等等，除了出纳，桑静几乎把对公业务的所有岗位兜了个遍。六点一刻从家出发，途经大半个上海，在七点一刻到岗和网点一起早起接库，晚上加班到六点多送库。有时合作公司一天无数贷记凭证，还要去公司拿，回来加班打码。中午兼职大堂经理，为整个大堂维持秩序。每天 12 小时高速运转，这昏天黑地地忙碌，哪里是银行职员啊，根本就是纺织女工！不过，桑静似乎习惯了这样忙得没有自己的生活，至少她不会想起白帆，或者季怀。

又是十号，整个网点乌泱乌泱的人。这几天，对公业务稍腾出些许空闲。网点负责人让桑静在大堂里维持秩序，帮着叫号，安排座位。一切在她的穿梭中恢复有序。总算可以靠在立柱上，看着一屋子的人，稍稍放松了下来。

又看见他们了，第二次了，桑静好奇，是不是每个月的十号，他们都会如期

[1] 回单箱：银行为单位客户提供的每个月存放单位账户往来银行单据的设施。

而至？老婆婆是个素净的人，拾掇得很妥帖，整齐的发髻，贴合的刘海，合身的中式薄棉袄，手挽着老公公。老公公鹤发童颜，满面红光，有种画里出来的仙气。

大堂里喧闹得就像个菜市场，其实桑静早已习惯。婆婆朝桑静走了过来，她却没太在意，累得有点失神。婆婆扯了扯她的衣角，她才回了神。婆婆递上来一张纸条和一个号牌。纸条上的字娟秀飘逸："我们听不见，到了我们的号码，请叫我们，谢谢。"她看完，俯下身子，对婆婆指指叫号机，指指自己，又指指婆婆，做了个"OK"的动作。婆婆朝着她报以微笑，眼角乍现的是女孩子欢脱的心情。婆婆开始伸手与公公打着手语，时不时还娇羞地用手掩嘴作大笑的样子。公公也是一脸宠溺，不时用手捏捏婆婆的手。他们说得那么热烈，那么生动有趣。旁人却进不去，甚至无法分享。两人在旁若无人的世界里，如同仙侣。

桑静看着看着有点痴，爱，是可以进入如此化境的吗？可是，为何只有她苦苦地求白帆看见自己，苦苦地求他只看到自己。白帆的眼里却只有母亲的背影。这世间，两个人恰好彼此懂得是如此之难，而婆婆他们浑然天成的契合，让人羡慕。桑静心中浮起白帆的影子，眼底的泪水涌了上来。

路支行行长见桑静心绪不好，中午打发她早早吃饭，还嘱咐晚些去接班。

"姐姐，你别自责了，就一张差错单。我都第三张了！"桑静的这个外国语大学的干弟弟着实可爱得可以，不惜自黑来哄她开心。他们恰巧被分配在一个网点，彼此照顾，相互体贴，完全没有竞争关系。

"可是再过一个月就结束这里的实习了，本来小心翼翼到现在，结果功败垂成。我可不想带着不完美的记录离开这里。"

"姐姐，哪有那么复杂。今天难得老师放我们出来散心，你就不能高兴点吗？"

"吃什么？"

"嗯？"

"问你吃什么，姐姐请客。我可没打算一直难过下去。难得出来放风，买点东西带给大家吃。"

"那我要吃星冰乐，香草味的。"

"你那么胖了，当心你家'小牛奶'不要你！"

"姐姐好讨厌，给人家女朋友取绰号，还咒人家。"他做出撒娇状，桑静就笑作一团。"说正经的，姐姐，这次技能考试你真报了？我们实习生可以不报的。

翻打传票[1]和数钞，你行吗？”

“嗯，翻打传票还行。储蓄出纳我没做过，所以你把你的练功券借我使使呗。”

“行啊，星冰乐，不许说我胖，不许说‘小牛奶’。”

“不说了不说了。”

想起技能考试，桑静抓起手机，踌躇良久，还是鼓足了勇气，给顾超然发了一条短信：“顾行长，您好！我是本届入行职员桑静，周五晚上六点半，您在行里吗？我想将您的手帕还您。”

顾超然接到短信时在开贷审会，这冗长繁复又没有重点的汇报，让他很反感。看到了短信，不禁莞尔，这小丫头又是哪一出，于是故意回她：“你交换给我即可，不必送来。”

桑静很快回复：“我周五七点在支行本部技能考，您如果方便，我六点半先给您送去。这个还是亲自送到您手上比较好。”

顾超然一只手斜支着脑袋，回想起她面试时一本正经压抑脸上各种表情，就回了一条：“六点半，三楼最里面的办公室，我等你。”合上手机，微微一笑，这个女孩果然很有趣。

六点半的总部三楼空空荡荡，如同一座鬼魅的城池。为了节省开支，物业无所不用其极，居然把大部分辅灯都撤了。剩下头顶一盏一盏水晶吊灯豆影昏黄的光晕护送桑静走向三楼的深处。一路是会议室、大办公隔间、独立办公室，幽暗间影影绰绰，总让人怀疑还有人在。整个三楼一片清寂，底楼人吃汉堡准备技能考试的声音若隐若现。桑静走在这迷宫般的地方，暗自盘算，这地方想必白天也很清冷神秘吧。终于走到尽头，唯一一间敞着门的办公室里射出无数的光芒，她被刺得睁不开眼，以至于到了顾超然办公室门口时，还泪眼婆娑。

顾超然的行长办公室中规中矩，甚至可以用将就来形容，没有时来运转的盆景，没有貔貅压阵，也没有藏风纳气的屏风。只有满屋子的书柜和满书柜的书，各种奖状、证书和奖杯。中央一张大大的书桌，叠着很多文件。一张老板椅，隔着桌子对面两张座椅。门边一张长沙发和一张单人沙发，沙发前的茶几上，一副茶具放在茶盘上。茶具倒十分雅趣，有些和风。除此就再无其他了。

[1] 翻打传票：用算盘或计算器对一本传票（账簿）上的数字金额进行加减运算。

“笃，笃，笃。”

“请进。请坐。”顾超然停下案头工作，示意桑静进去在他对面坐下。然后，自己靠在椅背上，手肘支起在椅子的扶手上，双手交握放在胸前，一副自若的样子。

桑静走到座位前，没有坐，而是从口袋里小心翼翼地取出手帕，双手递了过去：“顾行长，谢谢您，这是您的手帕，洗干净了。”顾超然接过手帕，随手放在桌上。看看桑静，看看手帕又看着她，似乎在等她先开口。桑静倒有些不好意思。

“顾行长，上次在外滩非常感谢。那天有点失态，请您见谅，也请替我保密。”

眼前的男子眼神冷冽，周遭的空气降为零摄氏度。他偏头看着她，锐利的眼神似是要将她搅碎。她无辜地看着他，心里想着这个人果真难对付，阴晴不定。自己又哪里得罪他了，还块手帕也错了？她思索了半晌，还是没能想出这整个过程错在哪里，哪里惹他生气，于是干脆委屈地说：“那个，顾行长，我，我要考试去了，晚饭还没吃。如果没有事的话……我可不可以先下去……”后面的话，桑静自己都听不见。

桑静进来的刹那，顾超然突然在想究竟是自己把桑静看简单了，还是把她看复杂了。此时此刻，有两个声音在讨论，一个说：“人不可貌相，别看这女孩一副邻家女孩的样子，也许她真的是特别能来事的主儿。顾超然，你当行长这几年，那些会拉关系，借机攀附的事，你见得少吗？都不容易，也别太为难女孩。”另一个声音不服气：“看她在面试时掩不住的各种情绪，看她在外滩那样动情哭泣。也许真的是单纯，这世界并没有你想的那样复杂。”顾超然冷冷地看着桑静，他想看看这个女孩坚持亲自送来手帕到底为了什么？

“你，没有其他话要说？”

“我，其他话？没有啊。我可不可以下去了，顾行长，我还要技能考试！”

“为什么要亲自归还手帕？我不是说叫交换带一下就好了。”

女孩坚定地摇摇头：“我觉得这样不好，万一别人看见误会什么。我不想因为您对我的帮助，害您被别人误会。”她认真地说出她坚持的理由。

顾超然对于这样幼稚单纯的理由，起先感觉好笑，后来突然有些心酸，这个女孩是周到的，至少在用她笨拙的方式维护着他。

顾超然的嘴角牵起一抹笑意：“谢谢你，桑静。你可以走了。”

看着桑静逃也似的背影，顾超然心里陡然一阵酸楚，他自己也曾这样敏感着周围的一切，步步为营地与那些名校骄子同台竞争。

八

桑静的事再次传到顾超然的耳朵里，是在她即将调来本部轮岗的前几天。第一，桑静凭借自己的刻苦努力，居然在短短两个月实习期内通过了技能考试，而且翻打传票的成绩是全行第三名。第二，在做储蓄时，发现带教老师私自从自己的皮夹里拿钱补了账上少的一元钱，并大义灭亲向网点负责人举报了这一情况。他手里拿着女孩第一阶段的评语，眯着眼看了一会儿。他果然没有看错，这个女孩越来越有趣了。

再次来到本部，桑静觉得既兴奋又感慨。与“玄奘”会师也觉得很快乐。虽然干弟弟对她关心备至，可他实在太黏人了。他的“小牛奶”出国深造，就一副生无可恋的样子。害得她这个知心姐姐还要经常开导他。说到底，桑静是个喜欢静的人，太过紧密的关系会让她窒息，这也许是工作后搬出父母家的原因吧。

搬出去住这件事，她确乎是考虑了良久，实在是上班太早下班太晚，穿越大半个上海，实在太累了。不过这个决定确乎惊动了母亲大人，为此她老人家毅然决然地宣称要和桑静断绝母女关系。幸好从文在这件事上极力支持，外加意外地获得了白帆的外援。在他和父母深谈之后，张妍终于意识到她应该尊重女儿的选择，毕竟她已成年，这是题外话了。

来了本部几天，网点没日没夜的工作节奏和本部闲来无事的工作节奏大相径庭，让桑静唏嘘不已。倒不是本部没有工作，而是她被放在了对公内勤岗。原本这个岗位是要写无数的调研报告，可能因为桑静和“玄奘”都是研究生，支行认为他们最终是要去总行定岗的，在支行轮岗六个月要轮遍几乎所有营销和内勤的岗位，每个岗位只能蜻蜓点水，于是重要的长期的工作反而更愿意给本科生做，或许能留得下，如此也算没白培养。

桑静便多出时间到处走走。公司金融部的老师大多神龙见首不见尾，而且都是些神通广大各有门道的大拿。但凡他们在，三楼中央的办公区就热闹得如同堂会。听他们绘声绘色地讲述 WNS 组建初期的往事，几任外滩支行行长风格迥异的英雄事迹，还有那些大拿如何在季末、年末拉存款，几任行长对他们的器重云云。听得桑静和“玄奘”都激动异常。其中，有位龚老师据说会“看手相”，“玄奘”最近在看《周易》，一听有会看相的老师，如遇知音，两人还非吵着拉桑静搞封建迷信。中午饭毕，龚老师看着她手上深深浅浅的纹路说：“你命里多金，以后银钱是不缺的，但情爱之路坎坷崎岖。姑娘啊，性情不能过于刚烈，须柔和些才好。”

桑静笑笑，不置可否。这位老师见她根本不信，就拉着她非让她瞧。

“你看你生命线很长，事业线却不长，你研究生毕业比别人少些正常。可是事业线还一分为二，可见是要有很大变故，而且还是在你年纪轻轻的时候。你的感情线很乱，特别明显的是二段，有一条从你很小的时候就开始纠缠，不知道是不是青梅竹马？另一条从中间出来，还交会于事业线，这个，小姑娘，情路坎坷，是非多啊。”

这都什么和什么啊，真是无聊。从小纠缠的那句话是戳中了桑静的要害的，所以她恼羞成怒地说道：“龚老师，你，你们欺负我，我不听了。”说完便转身离开，调转头时看见顾超然晃出来找人，结果饶有兴趣地旁听了两个“江湖术士”的鬼话，见桑静看到他，有些讪讪地。桑静红着脸狠狠地瞪了他一眼，心里骂道，你是行长也不能偷听人家私事啊！顾超然突然也锐利地看了她一眼，意味深长地轻笑，让她起了一身的鸡皮疙瘩。

“玄奘”这人很是好玩，知识面广，不苟言笑间总能说些颇有哲理的话。他除了喜欢看什么《金刚经》《周易》这种稀奇古怪的东西外，还是颇为有趣的。自从来到本部，其实聊得来的人不多，桑静就把他当成兄弟。他看《金刚经》以来一直吃素，中午在食堂吃饭时，就自然而然地把他那份里的荤菜给了桑静。她倒也没拒绝，是因为坦然，在整个过程中，她其实从没想过“玄奘”是一个“男人”。他们的交往是中性的，无差别的。然而，空闲是滋生情愫和谣言的温床，桑静却并未太在意。

终于迎来了一年一度的团队建设活动，这次团组织开拔去湖南——毛主席的家乡。一早听说行领导轮流带队，桑静就默默祈祷千万别和顾超然一队。后来听说他要参加中青班，赶不上他们这组，心里别提有多放松了。结果周五早早下班，坐大巴赶往飞机场的时候，一上车，就看他穿着一件棉风衣端坐在第一排，悠然自得地摆弄着一台崭新的数码相机。

“顾行长好！”桑静欢快的脚步变得沉重，走过他时谨小慎微地向他打招呼。

“好。”他头也没抬，继续看他的照相机。

她匆匆瞥了一眼，不由感慨造化弄人，这也太巧了吧！马上要经历人生第一次坐飞机，桑静特意用实习得来的少得可怜的收入买了一台佳能的高性价比的数码相机。其实并不太懂，只是外观不错，价格也尚在承受得起的范围。毕竟还打算用很久，也不能太过将就。结果居然和顾超然的一模一样，连买时附赠的皮套都是一样的黝黑的麂皮绒。桑静悄悄地想，还是尽量离领导远些，免得惹麻烦，尤其这个人还不太好惹。

虽然一路克制，可是实在压抑不住第一次坐飞机的激动。她坐在尾部靠窗的位子，临飞前偷偷拍了几张飞机的机翼。在高空时，又忍不住拍了几张蓝天白云机翼的照片。如今看来这种照片实在不值得一提，可是刚开始玩照相机的桑静，还煞有介事地笔画构图，和“玄奘”讨论角度、曝光度。原本是一场红色之旅，结果因为相机“小白”的一路构图，变成了文艺之旅。堤岸旁一排路灯和杨柳，一个最好的纵深聚焦视角；路边一片失了焦的芦苇荡；青砖绿瓦白墙下的萧瑟一片；古旧的自行车和蹒跚的老人。所有的历史博物馆统统没有拍，所有的到此一游照也统统没有拍，拍的都是小品。游到一处，看见一只红色瓢虫趴在金黄色的花上，桑静靠近时这小东西像是不怕似的仍然优哉游哉在花上爬来爬去。这两个颜色真好看，高饱和度的金黄色和亮红色，给这个略带阴郁的初冬带来一抹生机。她觉得“猎”了它们，永久收藏是个好主意。可是怎么拉也拉不出个好角度。

“微距会用吗？这个用微距！”一个声音在背后猛然响起。她吓了一跳，转眼看见顾超然就站在自己身后看着自己相机的电子取景屏。

“我，我刚买的，好多功能还不太会用。”

“唉，明明是小白，还买这么复杂的，不是为难自己吗？在这里，一朵花，微距。还有你的曝光度开的不对，你没觉得每张照片白平衡不对吗？初入门，这个已经很傻瓜了。你应该先看好说明书再用。”

说完，他一把抢过照相机，就在相机中调着什么，然后还给她：“拍吧。”

桑静看看顾超然，又低头看看照相机，心想：搞什么啊，瓢虫早在你数落我的时候飞走了。然后，又看了看空空如也的花。

“试拍啊！你以为拍张照片那么容易？也要打个草稿，写个提纲吧。”

她看了他一眼，心里那个后悔，然后端起相机就要拍。

“唉，等等。你怎么一个手拍啊？姿势不对，这样。”

他干脆走了上来，用手指拉扯着桑静僵硬了的身体。此时，桑静脑子里嗡嗡作响，满脑子：顾行长，这样不好吧！心脏还突突地跳不停，脸烫得像是煮开了。

“你还拍了什么让我看看。”

桑静不得已，不好意思地递了过去。他一点也不客气地翻看着。

“你看，这张这个角给得太多了，这张要黄金分割你给多了，这张明显纠结，前面也想要，后面也想早，要取舍，主题突出。咦……谁帮你拍的，拍得不错。”

他还相机，还递上了个她不太愿意接的话头。桑静低着头，还是没接。

“哦，懂了。”

“不是您想的，是他们拍的。我们出来，原本没打算拍，后来大家说还是要留点到此一游的照片，就随便拍的。”

“哦，随便找的。”

他回头看看“玄奘”一个人在远处随拍，又转过头。桑静有些着恼，心想：谁帮我拍，关你什么事，真是个什么都要管的领导！眼睛骨碌一转，计上心头。

“顾行长，你拍了什么，让我学习学习呗。”

“好啊。”

他显摆地递给她相机，看了他的照片，她便不再作声。他的视角，他的选题，他的光线，桑静唯有欣赏的份，心悦诚服地看了一张又一张。这是一颗敏感而细腻的心拍的作品，他拍的照片有一种安静的温柔，看着心里会有一种淡淡的疼痛。他和自己是一类人。

“好了，没了。”他突然收了起来。

“还有好多我没看到哪！”

“你可以走了。”

女孩看出了他有一丝慌张，他这样的人也会慌张？这越发激起了桑静的好奇。可惜，她又不能和他抢，只得促狭地看了他一眼，回了句：“懂了。”

他看看她，也不辩解，轻哼了一声，踱着步悠悠走开了，留下桑静迷雾一团。

桑静走开了，顾超然长长舒了一口气。他打开相机，按下下一张的按钮。液晶屏上是一张黄昏下少女站在堤岸，手托相机拍摄的剪影。整张照片，大逆光视角，只有黄昏的霞光是亮的，少女看不清容貌，只有迎风翩飞的长发和玲珑有致的身线。黑色的剪影，美得如此生动。顾超然看得有点发呆，他搞不懂，他为什么要拍下来。他只是羡慕，羡慕这个女孩单纯的笑容、勃勃的生气。她是那么鲜活，喜怒哀乐都在脸上，她就像另一个自己，一个可以不用控制自己五官、肆意发泄情绪的自己，而这个自己早就淹没在很多很多年以前。

KTV 包房里，一群年轻行员凑在一起，为即将到来的红歌比赛进行排练，也不知道是哪个起的头，说在白天参观的路上看到钱柜。湖南当地的同事就起哄，说这里唱歌比上海便宜。团委书记大手一挥，晚上闲来无事，去 KTV 练红歌，团委报销。年轻人便一个个摩拳擦掌，呼朋引伴地包了包房，开始选歌排练。

“如果是这样，你不要悲哀……”

“你怎么老跑调啊。”

“玄奘”非要搭档与桑静对唱《血染的风采》，说是新进行员代表出节目，桑静也是猪油蒙了心，居然答应了。可是他生就一副五音不全的嗓子，真的连团委书记也听不下去。就在“玄奘”声嘶力竭地唱高潮部分的时候，在 KTV 昏暗明灭的包厢里，一只手轻轻拍了他的肩几下。

他转过头，桑静也转过头，看着顾超然霸道地从他手中抢过了话筒，用他醇厚高亢的嗓音撑起了整首歌。为了表演效果，桑静还即兴跟唱了几句，在高潮处，他回望着她，深情款款。她也只能报以同样的表演。一曲结束，掌声雷动，他们这对组合被要求再唱。这一个晚上，但凡对唱，顾超然必定要拉着桑静，她也不便逃之夭夭。顾超然似乎很享受卡拉 OK，不过也难怪，嗓音那么好听，又这么会调动气息，每首歌都被演绎出顾氏风格。但他就是不独唱。能唱的红歌快没了，便说：“你们点些喜欢的流行歌曲。我个人请客。”

“好哦。谢谢领导！”

“谢谢领导！”欢呼声此起彼伏。

他在一片欢腾中嘴唇默默一勾，一个人坐在那里，有种说不出的清寂。

“桑静，唱什么？”

同事们都知道了她是麦霸，给她点了梁静茹的歌。唱了几首，他们都说好听。

“下首歌唱《丝路》吧，不过我不太熟，你们谁陪我唱啊？”

“我陪你。”顾超然打断了下面叽叽喳喳的声音，站起身，再次走到桑静身边，接过话筒，“我唱个低声，你就唱自己会唱的部分。”

他不由分说唱了起来，一句结束，他回过头说：“你唱不唱？”

“我唱。”她赶紧跟上，渐渐唱得自信了，声音逐渐响起来。

不知何时，顾超然停了轻和，专注地看着桑静。她被看得蒙了，停了下来，他又拿起话筒，独自唱起来。他唱歌很用情，唱到情深处，微闭双眼。一段唱完，突然睁开眼看她，示意继续。就这样他们轮流独唱，唱完了这首歌。大家鼓掌称赞，不停地叫着：“再一个，再一个。”

他却礼貌地偏过头，看看女孩，淡淡地说了句谢谢，然后很绅士地摆摆手：“不早了，老年人要睡觉了，你们玩得开心。”看着他离开的背影，桑静竟然有种空空的感觉。人放松了下来，却怎么也提不起兴趣再拿起话筒。

团建活动的最后一天，据说可以吃一顿“好的”。其实就是毛主席家乡的红烧肉、湖南的黑豆腐，不过，晚上有酒喝，而且是米酒。晚餐时间，大家都很放松，三杯两盏间，就开始不太遵守平时的尊卑。顾超然显然心情不错，每个人都向他敬酒，他也是欣然接受，一饮而尽。他举杯抬手倒杯的动作极其流畅，而且很有一种不染红尘的仙气。

桑静还在发呆看大家敬领导，“玄奘”跑了过来，拍了她一下。“我们也去敬敬领导和各位老师。毕竟我们是新来的，今后是否留在支行现在也不好说。”

“好！”

敬酒这一套，桑静实在不在行。从文为了张妍，在年轻时就戒酒，在任何场合都征求张妍意见。由于桑静奶奶一脉都有遗传性的高血压，所以张妍的回答永远是“不”。这个时候，从文会摸摸后脑勺，自嘲道：“我听贤妻的！”所以，桑静决定跟着“玄奘”。

“小桑，你俩这是什么意思啊，搞得像新婚夫妻敬酒，出双入对的。”

果然还是没能过关。公司金融部的老师最喜欢起哄，一个人说了，大家哄堂大笑，于是纷纷给桑静和“玄奘”敬酒。桑静本来就被这场面吓到了，还有那么多酒，一时不知如何是好。大家不由分说地劝酒，说得此刻谁不喝就不给各位前辈面子了。“玄奘”冲了上来替她解围，结果被罚得更严重。

“小汤，你还真是护着新媳妇。”

桑静有些恼怒有些着急，举起酒杯，咕嘟就是一口。喝得太猛，呛到了，拼命地咳嗽。米酒甜甜的，不难喝，好像也不太有酒的味道，她就一仰头喝完了。

大家围了过来，都欢快地说着：“嗯，酒品不错。”

“酒量挺好呀，桑静。来来来，赵老师敬你一杯。李老师的酒你喝了，不喝我的就是不给我面子了。”

人群一拥而上，各个手里一杯，不由分说开始帮桑静倒酒。此刻的桑静感觉身上有万千只蚂蚁慢慢爬了上来，整个人就像烧着了似的通红。

“小汤，光喝酒不行啊。我们得做个游戏——真心话大冒险。”

“玄奘”其实没有想象的那么能喝，米酒后劲很足，三杯两盏间，他已经有点步履发飘，而且很兴奋。“好啊，好啊，怎么玩？”

“我们问问题，你可以选择说出真心话，如果不愿意说可以选择大冒险。我们就说一种惩罚方式，你照做。”

“好啊，你们问。”

“我们问，如果你选择真心话一定要如实回答，不能骗人。”

“我保证，知无不言，言无不尽。”

“你是财经大学毕业的？”

“是。”

“你老家在哪儿？”

“安徽宣城，那个地方盛产宣纸。”

“你实习结束想去总行工作还是留在支行。”

“总行。”

“你想去总行哪个部？”

“资产管理部。”

“你觉得自己能进吗？”

“我觉得可以。”

桑静竖起耳朵，全神贯注地听他如此确定地说着未来的去向，很是吃惊。自己未来的路还在天上飘呢！而且听说这次总行政策是所有研究生都下基层锻炼，他怎么那么肯定就一定能留总行？

“怎么都扯些有的没的，重点重点。”

“好好好，你现在有喜欢的人吗？”

“有。”此时的“玄奘”已经微醺了，兴致极好地对答如流，不似以往的谨慎，一句“有”足以鼓舞其他人问下去。

“你喜欢的人在老家还是在上海？”大家抽丝剥茧，递推式地盘问，可怜的“玄奘”，他们怎么不继续问他为什么那么肯定自己能去总行？

“在上海。”

“那是在我们行，还是不在行里的？”

“是行里。”

“她在我们中间吗？”

“在。”

“她叫什么？”

桑静还沉浸在他刚才的话里，突然觉得周围空气异常紧张，“玄奘”缓缓向她转过头，醉眼迷蒙地望着她。这是什么意思？其实，她隐隐地早就感觉到了，出于礼貌，并没有点穿过他，只是处处提醒他彼此只是普通朋友，没想到今天，他居然要当着大家的面，借着酒劲表白！

“她是桑……还是大冒险吧。”

“不行，不行，不是快说了嘛。大冒险可不简单！”

“我还是大冒险的好。”“玄奘”拼命摇头。

桑静长长松了一口气。

“大冒险就是到外面找个陌生女孩表白。去不去，去不去？”

“玄奘”僵持了一会儿，估计酒醒得差不多了，腾地站起来，朝外面走了出去。还有好事者尾随而去，一会儿跑回来笑得前仰后合：“那个愣头青向一个老婆婆表白，被骂精神病。”

“哈哈哈哈，哈哈哈哈。”

“桑静，轮到你了。”突然有个人枪头一转，逼向了她，“同样问题，自己说。”

“这，我……那我说真心话。”不知哪来的勇气，气血翻涌，她一股脑儿地回答，“我EC大学毕业，上海人。想去总行，也很舍不得大家。所以，没有想好。有喜欢的人，在上海，不在我们行。”

“他是你男朋友？”

“不是，只是喜欢……”她只是喜欢他，很久很久了，情不知所起，一往而情深。

“他，不喜欢你？”

“也许吧。也许他不知道。”是啊，他喜欢我吗？哪怕一点点，与他喜欢那个和他通信的小女孩的方式略有不同？她喜欢他那么久，他可曾知道？他从来没有停下来，听她心里的声音，哪怕一次……眼泪凝结成霜花重重地挂在眼睫上，桑静觉得自己快支持不住了。周围安静了下来。

看见人群中的女孩黯然地垂下眼帘，泪水如同浓重的霜花挂在她的眼睫，双眉蹙起，顾超然突然有一丝异样。他看着这个小小的弱弱的女孩，在爱里如此卑微，如果，有个女人能因为他这样黯然就好了。哦，曾经也是有过的，那是很多年前的事了，只是他用她的泪水交换了别的东西。他也曾努力过，在梁欢那里唤起同样的柔情，可惜……但这不是他的错。他示意李敏去叫桑静。李敏是审计部的部门经理，一个有着灵敏嗅觉、快速执行力的女人。她迅速走入已经意兴阑珊的人群中，捏捏桑静的肩，说了句：“小桑，你们昏头啦！都不向领导敬酒。快去！”于是，拉着女孩从窘境里走了出来。

桑静磨磨蹭蹭走过来的时候，顾超然突然有点火。于是，让李敏倒了一大杯酒，对桑静说：“我们这里有个惯例，新进的大学生都要试试看能不能喝酒。如果将来去营销条线，不会喝是不行的。小桑，不多，一杯，练练。”

桑静看着酒杯，心里想着：不多！你喝着试试！手臂烫得滚开了似的，又一阵一阵瘙痒袭来。女孩抓了抓头颈，摇摇头：“顾行长，我没喝过酒，真的不会喝。但是，在支行有段时间了，承蒙各位老师的照顾，所有的感激之情都化作这杯酒，让我敬敬您和各位老师。”

“这怎么够啊，领导得单独敬！”其他人似乎都不答应。

顾超然看着她，微微点点头：“没关系。第一次喝，就一杯吧。”

桑静拿起酒，一闻，不是米酒，放到嘴里抿了一小口，有点辣，像是一股热辣的泉水从口里通过喉咙滑进胃里。所到之处一股灼烫，整个人通体被烧着了。

“桑静，这酒要一口气喝，哪有一口一口抿的道理。”顾超然摆摆手，示意其他人不要插嘴。周围已经一群人围观。“慢慢喝，不急。你今天的指标就这些。”

女孩端起酒杯，艰难地喝下了杯里的酒。喝完感到天旋地转，胃里有些不舒服，桑静艰难地维持着自己的平衡，向卫生间走去。风一吹，浑身瘙痒，呕吐完的胃有些痉挛。桑静走出卫生间，准备盥洗，看见顾超然靠着盥洗室的门吸烟。“顾行长。”

“你还好吧？”他修长的腿斜支着墙，手里一支细细的雪茄，有股淡淡的香味。

他的额前一绺散乱的头发，半明半灭的灯光下，是冷峻的轮廓。

“我没事，我要回去了。”她一个踉跄，朝他栽过去，他抛开烟，以雷霆万钧之势双手扶住了她的手臂。桑静的手臂猛地抽了一下，烫，全都烫了起来，“痒，好痒。”女孩挽起袖子拼命地抓。顾超然看了女孩一眼走开了。一会儿李老师跑了过来，送她去了医院急诊。酒精过敏，从此以后再也没人找桑静喝酒了，当然她的公金路也就此断送。不过，天真的她是不在乎的，一个研究生怎么可以沦为依靠拼酒来拉存款呢？她自然要做有专业性的工作！那时的桑静还做着总行梦。

九

一阵箫声响起，打断回忆。桑静看看碗里的泡饭，放下筷子，擦净嘴，起身，看见顾超然开着竹扉，站在檐廊前，对着黑暗中的雨幕吹着《枉凝眉》。怔怔听了许久，他回转身，凝望着她，四目相接，顾超然眼中泛起情绪的波澜。今夜，没有月色，只有雨声和不远处的溪水潺潺，眼前的这个男子，与往日如此不同。冬雨飘落在他的大衣上，像是轻轻撩上了一层纱帘。他眉宇刚毅，英气逼人，挑起一边的眉望向她，用薄薄的嘴唇轻覆在箫口，苍凉的箫声缥缈空灵。

“一个是阆苑仙葩啊，一个是美玉无瑕啊。若说没奇缘，今生偏又遇着他。若说有奇缘，为何心事终虚化啊……啊……啊……”心里终有解不开的愁肠，因为在那里有着一个走不近的人，一扇打不开的门。她的心渐渐往下沉，泪水又扑簌簌地往下落。

看着桑静泪眼婆娑地望着自己，顾超然有一丝恍惚。她一池星河的泪水是为自己吗？怎么会，她不懂他，他却懂她。他自嘲地摇摇头，自从在外滩见到她的那天起，他就知道她的心给了别人，而那个人却没有好好珍惜。他叹了口气，放下箫，伸手拉住了桑静的手。

他抓住她手的刹那，桑静本能地退了一步，手被牢牢地抓着，动弹不得。他用另一只手掏出手帕，放到她手心。“不长记性，手帕又没带。”

她拿起手帕，这一幕何其相似。他是老天派来看自己出丑的吗？自己所有的窘迫和失态，他都在场！除了那一次……不过那次，不是他的错。

“领导，回去吗？”

小沈闯了进来，桑静慌忙抽回自己的手，将手帕塞到口袋里。顾超然绕着房间一周，一副若无其事的样子。

“桑姑娘也在啊，我，我，就带了两把。要不，你们先用，我去账台借一把。”

“不用，不用，小沈，你瘦，我俩一把。”桑静可不想和顾超然单独一起走下山的路。

“有劳。”顾超然接过小沈的伞，扬长而去。

“桑姑娘，你先去吧。我还要结账，可以再借一把。”

“这多麻烦啊！”

“不麻烦。再说，顾行长，他……”他瞅了一眼黑黑的夜路，“还在等你。”

女孩顺着他的视线，看见男子静静地站在雨幕里，面朝着自己：“你走吗？”

“我走！”桑静撑起伞踏入一片苍茫。

一路上，他们沉默着，谁都没说话。顾超然一个人大步流星走在前面，桑静跟随在后，始终与他保持一段距离。

一走到宾馆门口，表姐、表姐夫焦急地跑了过来。“你去哪儿了？急死我们了，打你手机也不接。”

“嗯，就是去找耳环了。我手机……”她一摸口袋，糟糕。

“咳咳，”一声轻咳，一只手递上了她的手机，“你刚才落我那儿了。”

瞬间，所有眼光都转向站在桑静半人之前的顾超然。“桑静，你不介绍一下吗？”表姐挤眉弄眼地看着她。

桑静狠狠瞪了一眼顾超然，你，你是故意的，对吧！

“顾行长，我以前的老上司。刚刚路上碰到了，聊了会儿，手机调了振动，没注意。顾行长，我的表姐、表姐夫。”

“哦，行长好！幸会啊！”

“幸会！”顾超然伸出手很官方地和表姐、表姐夫握手。

他们两个不争气地一脸笑意，肆无忌惮地打量着顾超然。

“桑静，我先走了。你早点休息！”他一脸关切地看看她，欲转身离开。

他果然戏弄得自己毫无招架。桑静暗自叫苦，又不得不唤他：“顾行长！”

“怎么了，桑静。”他回头看着她，语调温柔。

“你的伞！”

“哦，谢谢。”他收起她递上的伞，礼貌地向表姐、表姐夫点点头，“晚安！”经过她的瞬间，桑静分明看到他恶意满满的笑容。

“真是太帅了。”表姐从前一秒的紧绷里跳脱出来，花痴本性就暴露无遗，“桑静，这可是你不对了，你说你约个会，干吗躲躲藏藏的。害得我们多担心你！”

“没有约会，只是碰到了。”

“你太狡猾了，这么精英的男友还不让人知道。我阿姨知道吗？”

“姐，他真不是我男友。人家有老婆。”

“啊？地下情！你也太开放了吧，小静。”

“再说一遍，前领导，爱信不信。”桑静一转弯进了自己的房间，图个清静。

桑静一个人站在浴室的镜子前，发了许久的呆。仔仔细细回想了今天发生的一切，顾超然以前也捉弄她，嘴上她就没占过便宜。可是，以往也就是这样，忽冷忽热，难以捉摸，可是玩笑不似今天的调笑那么重，而冷淡也不似今天的沉默那么冷。顾超然是怎么了，还是自己怎么了。也许是自己多心了吧！

隆隆的水声蒸腾起一屋子的水汽，猛地收回视线，调焦至镜前，桑静看见自己满脸羞红，如同火红色的山茶花，一层层地被浸染在深红浅红里，这斑驳的红色如同火蛇爬过她的皮肤，侵入她的毛孔，爬上两颊，吻过嘴唇，滑下耳根，钻入脖颈。而她颈间温暖缠绕着的，是顾超然漆黑如墨的羊毛围巾。围巾上还有他淡淡的雪茄味。那是他特有的味道，比其他人用的古龙水优雅暧昧。

这个得还给他，还有手帕，桑静打定主意，抓起手机就拨了他的号码。电话那头响着铃声，一下两下三下。等等，现在几点？她走出浴室，看了一眼放在床头的手表，十点，晚上十点，一个未婚女子给同住一个酒店的男子打电话，仅仅是为了归还一条围巾和一块手帕。这，不大好吧？她甚是懊恼：桑静，桑静，你怎么那么冒失呢？没打通已经够傻了，要是打通了呢，怎么办？你是让顾超然到自己的房间来，还是自己主动送上门？这要是被谁看到，真是百口莫辩。她赶紧摁掉电话，放水洗澡。

刚打上肥皂，开始冲淋。电话响起了李健的《再别康桥》，是顾超然，她以前把他的电话铃声做了标识，以便第一时间接他电话，免得被他数落。是接还是不接呢？想着自己要光着身子接他的电话，告诉他，你的围巾和手帕在我这里，桑静就鸡皮疙瘩掉一地。算了，算了，就当自己睡着了。眼睛一闭，心一横，明天少不了一顿数落。得想个好理由才是。

洗完澡，把自己收拾停当，一面用毛巾擦拭着湿漉漉的头发，一面打开手机。微信里有一条语音留言：“找我？什么事？”

“我……你……你的围巾在我这里。”

“嗯，那要怎样？”

是啊，那要怎样？你过来，我去你那儿？这太尴尬了！桑静居然想不出说什么。

“我已睡了，你不必今天还我。明天一早我去半山晨跑，你什么时候起床打算几时还我，微信我。手帕洗干净。早点睡吧。明早见。晚安，好梦！”

“晚安。”桑静心中似是有些恼怒，又由衷地感激他，明明是他把自己推向一个无法掌控的局，她却还要感谢他手下留情。这算什么荒谬的逻辑？她要谢谢他，谢谢他礼貌体贴地拒绝了自己颇为尴尬的提议。桑静觉得自己真是太傻了。那种蹩脚的编剧里，三俗的剧情都是从借东西深夜归还开始的吧？怎么看，今晚自己都有挑逗勾引之嫌。他会怎么看她？想到这里，她的整张脸、整个脖子，一直到后脑勺，红得如同番茄。她真想在今天这样一个安静的夜里，挖个深深的坑，把自己埋了！

关上电话，顾超然摇摇头。这丫头，要不是熟知她的为人，真以为她向自己投怀送抱。她就真这么急着还他东西，和他撇清干系？还是，她今晚真的……他苦叹了一下，既然下定决心了，就一定要耐住，再难也要克制住。他欠她的，他会慢慢还清，她欠他的，日后有的是时间清偿。想到这里，他并没有宽衣上床，而是打开了电脑，继续看材料。

第二天，桑静并没有归还围巾，不是她不想，而是他一早有事匆匆离开了。他托前台给她捎信，围巾先放她那里，改天回上海还他。前台是当着表姐和表姐夫的面说的，这样更加坐实了她和他有“奸情”。桑静不禁感慨有很多事由不得自己，每个人都是命运之轮里一颗小小的棋子。做好自己就好，何必非要抗争。如果这是顾超然想达到的效果，那么他成功了。她突然隐隐感觉，那一天在支行里那位龚老师的一派胡言居然……她抬起右手，看到掌心那条纷乱芜杂的感情线，叹了一口气。

第四章　邮筒里的信笺，点亮了所有灰暗

十

一条短信响起，不用看，是白帆。他的短信提示和别人是不同的。

“你找我？”

“没事，北京那里说联系不上你，让我问问你最近怎样。”

沉默，良久的沉默，桑静和白帆之间隔着时空。白帆在二十年前的世界彳亍，桑静在21世纪的第十几个年头徘徊，企图拉他回来。

“三周以后，我们街道的那批人聚会，在琉璃堂。你问问你妈妈去不去，堂主是老范，她认识的，你也认识。我有件东西要当面交给她，她去的话我让秘书接她。”

“好，我问问。那北京那边怎么回？”

“我很好，让她不必记挂，你也是。我最近有些事，不太方便接电话。”

“你怎么了，是旧疾又复发了？我去看看你。”

“不用了，我最近很忙，没时间接待任何人。”

生硬的拒绝，他从来没有过。在她对他的全部记忆里，他从来没有对她说过这么直接的拒绝，他的拒绝是一种温柔而渐进式的，像一场蓄谋已久的慢性自杀，痛得从来不干脆强烈，却是在不知不觉中让爱他的人失去了爱他的勇气。

舅舅，您好！

上次送我的卡带真好听，周华健的嗓音很干净，歌词写得真美！原本很烦流

行音乐，大街小巷充斥着廉价的爱情，单刀直入，毫无美感，做作又颓废。没想到在这样浮躁的世界，还有像周华健这样的清流，歌词也写得好。

桑静小朋友，见信好。

关于流行歌曲的看法，我们颇为相同。我也是挑了歌词不错的推荐给你。其实想来，你喜欢的宋词词牌就是一首首曲子的格律。当时的词人就像现在的作词人。想当年宋词可是流传在坊间的流行歌曲啊。时代不同，优秀的文化却是一样的。任何时代都有伟大的作品，也有很蹩脚的作品。不在于形式，最为重要的还是内容！只要是反映时代的，歌颂真善美的，再朴实的文风、再奇特的形式都是好的。你没有听过美国六十年代的民谣，现在听来苍老颓废，却充满了哲学的思考。对于民主意识的思考，对于种族问题的思考，对于战争伤痛的思考。你现在年轻，也许接受不了，但是要敞开心怀，要接纳一切形式，看中内容和实质。一旦拥有一颗开阔的心灵，就会看见不同世界的美。

舅舅白帆

桑静小朋友，生日快乐！

知悉你最近临摹油画，寄了一本《西方油画名作赏析》给你。

舅舅

舅舅您好！

绘画，你更喜欢谁？提香还是鲁本斯，伦勃朗还是达·芬奇？古典主义的九头比例真是美极了！终于理解解剖学对绘画艺术的贡献！骨骼肌肉线条，人体比例，真是美学史上的突破。欧洲文艺复兴的画即使是神也画得那么肉感！可是这个比例实在太美了！现实世界哪里来的这么理想的比例，简直就是数学、医学和美学的最高融合！舅舅，我不太懂绘画，只是觉得从书里看来，油画就是透视、比例、光影、色彩。看似简单的要素，却又万千变化，真是美不胜收啊！不禁感慨人类真是了不起的物种啊！舅舅，你说，拥有审美情趣，是不是人类区别于动物的又一重要标志？觉得自己好幸福，我面前另一扇大门，徐徐打开。

您最忠诚的桑静

桑静，见信好！

看到你对于艺术的喜欢，甚感欣慰。你母亲年轻时，也是一个对于艺术极其敏感的人。你是继承了她的天赋吧。绘画我所知不多，提供不了什么参考。如若喜欢，给我书单，我可以提供相关书籍。去看吧，在书海里徜徉，你追寻的答案会在那里找到。另外，上次你陪妈妈来拿日历，看见你长高了。小桑静，你长大了呢！听说你们要搬家，定好时间告诉我，那天我去帮忙。代向爸爸妈妈问好！

舅舅，您好！

提前祝您生日快乐！当你看到这封信，就能看到我送你的生日礼物了！你喜欢吗？《1987年维也纳新春音乐会》的卡带！卡拉扬指挥！天啊，他指挥的身姿，太帅了！虽然是个小小的礼物，不过是用我演出的钱买的！怎么样？我现在有不少零花钱呢！我们班级经常可以去一些宾馆和各类开幕式参加演出，每次都有酬劳哟！我现在可是个"富婆"了。

你的小朋友桑静

我亲爱的小富婆，我该怎么表达感谢呢？这是我收到的最好的礼物！每年新年我都会守候在电视机前看中央8套播放的《维也纳新春音乐会》。去年的那次棒极了！对，就是因为他，他的指挥是无与伦比的。他处理过的音乐是有灵魂的！均衡，一直以来是不少指挥家追求的，可他更有个性。他的作品风格更加鲜明，更加有生命力！非常感谢你，我亲爱的孩子，我现在正在听，快乐得也如同一个孩子。

你的白帆

昨天看了新家，有些失望。黑黢黢的一片，我幻想不出这就是我的家。裸露在外的是电线水管和各类我叫不出名字的管子，黑色红色绿色爬满墙壁。地上的砖污秽不堪。天啊，这就是我长达三年住在远郊乡下临时租房等待的结果吗？这漫长的等待啊，没有任何回报。只有一个死沉沉的绝望。我不想搬家。我宁可永远生活在等待里。可是再过三个月就要搬了，我突然留恋起这里毫无遮挡低沉入海的夕阳，清晨乡间的鸡鸣狗吠，留恋房东的热情好客，以及二楼晒台上每日与我做伴不请自来的猫先生。人真是矛盾，起初越是抗拒的，渐渐地越是留恋。说实话舅舅，我喜欢和岁月有关的一切。我要如何度过这搬家前的日子？

搬家那天，他果然依约而来，桑静敏感地意识到自己的亲舅舅们集体缺席。那天，白帆穿了一件老旧的中山装，带着一群人出现在临时租屋门口的时候，颇为戏剧性。他一个人干瘦干瘦的，还略有些驼背，一副啤酒瓶底厚的眼镜，穿着年轻时略宽大的中山装，整个人就像是从教科书里走出来的出土文物。生猛高大的壮汉好似保镖一般，齐刷刷地排列在后面。不过，他的笑容是真诚的，融化一切岁月，融化一切尴尬。

“张妍，我们来了。有什么忙可帮的？”

“林卓，不是叫你别来嘛。这里乱七八糟的。”

“张妍，人都来了。林卓，谢谢你！你的那几个朋友帮我和其他人搬东西。你和桑静看着这里，坐最后一趟车来新家。我估计我朋友这样小的车最起码得来回几次。”从文说道。

“好。”桑静和白帆异口同声。

他拉着她站在屋门口看着壮汉们忙进忙出搬家什，不时还搭一把手。她看着他那纤细的小身板，心里替他捏把汗。

一阵穿堂风，“阿嚏！”桑静迎着风打了个喷嚏，忙拿出手帕。

一件外套重重地披在她身上，“怎么穿得那么少？”

“搬家前几天，天突然大热，暖的衣服都打包了。今天突然阴冷，起得又早，衣服有些不够了。啊……啊……阿嚏！”

他把披在她肩头的中山装又拢了拢，“很久以前的工作衣，搬家穿这个耐脏。”

他轻轻地笑了。他的中山装暖暖的，桑静心底也暖暖的。手顺势伸入中山装的大口袋里，口袋底部依然是温热的，细细摩挲，有两张软软的纸。从手感和大小来判断，是什么票的票根。桑静趁他在招呼其他人时，快速拿出瞥了一眼。两张都快揉烂的电影票根，蓝色皱塌塌的纸张，电影的名字都模糊难辨了，只有座位还看得出，5 排 1 座、3 座。他转过头看她，女孩忙不迭地藏好，尴尬地回望着他。

“我带你去露台看猫太太？”

“好。”白帆狼狈地应着。

来到露台，猫太太慵懒地躺在那里，打了个哈欠，一副闲人勿扰的样子。

“看那里，那些都是梨树，春天时开晶莹剔透的白花，不长叶子。从露台上看夕阳，美得让人心醉……听，有轮船的汽笛声。我没骗你吧，我住在仙境呢！那里是农田，种些蔬菜。白萝卜花在古代日本叫夕颜花，可见是夕阳下的纯洁。这里还有金银花藤，它有个好听的别名叫鸳鸯藤……”

他安静地看她，认真地倾听着。其实，桑静更喜欢在书信里的白帆，而不是现实中的林卓。在信里，他是那么健谈、洒脱、辽阔。可是在四目交接的对视里，空气如此清寂，他是如此遥远，他们的话，他们的心，他们之间的距离。他一直沉浸在她热烈的话语中，以至少女说完许久看着他，他都没有意识。然后，突然，他开口了：“是不是舍不得这里？”

刚才还口若悬河的女孩，瞬时心里一抽，原来自己是这么不舍得这里，鼻子一酸，眼眶红了。

“有些习惯，一旦养成了就很难戒掉。有些病，得了便不会好。”他看着地面幽幽地说，像是对自己说，又像是对她说，“情深不寿。不要太用情。”他抬头看看她，眼里都是复杂的情绪。那个时候的桑静，并不太懂他的话。也许，直到后来，才懂，懂了的时候，她已养成了念他好的习惯，已染上一种绝症，叫相思。

搬完家，学校里风沙（麻疹）肆虐，桑静也没有幸免，还好没有落下疤，只是手背上有一个小小的心形印记，是一个疱破了留下的，粉粉的像个伤疤。那两张面目模糊的票根却成了桑静心底挥之不去的印记，刺在心头，阵阵地疼。

舅舅，您好！

我们班级得奖了！“春蕾杯”华东地区铜管乐比赛金奖第一名！我太兴奋了。从接到消息到现在，我不停地在说话。现在已经快说不动了，嗓子哑了！下个月的三号星期六晚上七点半，我们班级在美琪大戏院汇报演出！您能来吗？妈妈那天要加班赶报表，每月如此，我爸爸去外地进修。我想请您去，请您看看台上的我。还有，想请您送我演出和回家。您要是答应，就请给妈妈打个电话，求求您，求您了！我可不想因为没人接送的原因，没法去表演。附上我们获奖的照片。第二排右边吹双簧管剪短发的是我。

桑静

其实，桑静对白帆还有爸妈都撒了个谎，学校提供班车接送，不过班车有点远，她干脆报名自己来回。一来的确不太方便，二来可以名正言顺地请白帆接送自己。这个小小的阴谋，桑静颇为得意，信一寄出就巴巴地等白帆的回信。等到的却是白帆给张妍的电话。

"这怎么行。这小家伙是越来越不像话了。林卓，我会请假的，带她去。你平时那么忙，不可以的。你想听汇报演出？桑静倒是有两张票。这个……林卓——"

张妍叹了口气，看看女儿："桑静，你林舅舅心里苦，全心全意把你当自己的孩子。可你不能这样把林舅舅呼来喝去地。他毕竟不是你亲舅舅。"

亲舅舅？桑静想，搬家时除了这个冒牌舅舅来了，还有谁来了？那堆成小山的书，又是谁送的？自己为什么不可以找个借口请他来听他们班级的汇报演出。对白帆，自己能做的，就只有让他参与自己的全部重要瞬间了。

张妍见女儿看着乐谱不作声，说道："你林舅舅的事，你不知道。他，他现在孤身一人，你要体谅他，不能总是麻烦他。"

"妈妈！他为什么是一个人，不是每个像他这个年纪的人都有一个家吗？"

"小孩子家别多问。总之，你要对你这个舅舅好些。他是一个……好人。可惜，脾气太犟。"张妍不无惋惜地说道。

桑静的好奇陡然增长起来："妈妈。"

"什么？"母亲抬起头，那双大得出奇的眼睛，里面是一池涓涓秋水。就是那样的眼神，她们拥有如出一辙的眼神。陡然而起的那句话，桑静还是硬生生吞了下去。

"我知道了。我不会麻烦他了。"其实，她想问，那张票根是留给你的吗，那次彩排是留给你的吗？

张妍没有食言，带女儿去演出，只是她不是特地为了女儿……那一夜，本应该是自己至亲的位子上坐着两个对桑静来说顶重要的人，他们都在台下聚精会神地看她。可是在一片灯火辉煌的台上，她却谁也看不见，只有脑海中母亲错愕的表情和白帆尴尬的笑容。她瞒着母亲寄出演出票的时候，张妍正失魂落魄地给从文打电话，嘤嘤噎噎地抽泣。第一次看到坚强的她没了主意。桑静终于明白看似坚强的母亲，实则远没有那么坚强，自己的父亲也许才是母亲心底最后一道屏障吧。

桑静，见信好！

你妈妈怎么了，那天演出的时候，她很憔悴，一直心不在焉。一定出了什么事，方便的话，告诉我。桑静，请一定告知，我不是外人，我是舅舅。

你的舅舅白帆

舅舅，我答应过妈妈不再麻烦你了。所以，你听完后就当作我没说过，保密！

妈妈单位搞一刀切，她被迫提早退休了。这事来得突然，她一点儿思想准备也没有。她单位前阵子盛传厂要收缩业务，可是她们财务科也算是核心部门了，原本以为怎么也轮不到她。没想到，一宣布就是一刀切，没得商量。妈妈找单位领导谈，被告知这次没有办法，工厂不景气，纺织业是夕阳行业，要退出上海，这次要清退三分之一的员工。像她这样提早退休的算好的，还有很多人是待退和下岗，待遇完全不同，拿的打折的退休工资。可是，妈妈当天就垮了，爸爸在出差，妈妈连个商量的人都没有。

所以那天演出，她很反常。如果说她没有和你打招呼什么的，我代她向您道歉。她心里不好受。我们家，爸爸是老师，常年以来清贫，靠着妈妈精打细算来维持一家的体面。体面，对。妈妈是个颇有品位的人，她三两下地拼贴便把我一条破旧的半身裙修改成了有时髦贴图的背带裙。家里处处有廉价的点睛。可是妈妈好辛苦！邻居的眼里桑家有个美丽而能干的媳妇，是桑家的福气。爸爸却是个老好人，没有原则，好到宁可自己委屈，也不和人争。于是，妈妈还要扮演争强好胜的角色，我知道，她不擅长，所以每次仅仅为了维护家里的正常权利，都要拼尽全力。

回来后，妈妈就一个人坐在那里生闷气，什么都不说。那样的妈妈，舅舅，真的好可怕！自从妈妈退休以来，就是这样。已经快暑假了，她把所有的注意力都放在了我身上。我是她唯一的希望。舅舅，我好怕，怕自己会让她失望。怕一不小心触到她的伤心事。外婆早亡，家里有些不公正的氛围，外界的冷言冷语，爸爸的懦弱，我是她唯一的依靠。可是，最近我觉得我们被紧紧绑在一起，我都快窒息了。她除了面试找工作，就是盯我的学习，我知道快初三了。可我也有自己的休息时间，妈妈不让我听流行歌，说是靡靡之音。你知道吗？看着她那么挣扎，我不是恨她，而是悲哀。我恨不能快点长大，现在就工作，这样她就不用那么焦虑了。好了，妈妈回来了，就写到这里。舅舅，一定帮我保密。不知怎的，写信给你已成为一周里我最快乐的时光，闪着金边的时光。

你的桑静

“妈妈，今天你这么早就回来了，还顺利吗？你累不累，我帮你捏捏肩。”

“桑静。”张妍有气无力地唤。“你林舅舅来过了。”

“舅舅他……”桑静暗叫不好，这个白帆居然来找母亲，他来干什么？他不是答应自己保密的？原来舅舅和母亲之间是没有秘密的，即使为了自己，也没有。

“你写信告诉他了？”张妍淡淡地说。

“妈妈，我，是舅舅他……”

“是他问的，我能猜到。桑静，你长大了，该知道分寸。林舅舅对我们再好，也不是家里人。桑静，我们家穷，别人看不起，那更要有骨气。你喜欢《简·爱》，简·爱身上最可贵的是什么？是自尊自爱。穷，不可耻，乞讨才可耻。退休怎么了，我还有双手能找工作。不用别人的施舍和怜悯。还记得简·爱说过的吗？我们穿过坟墓，灵魂是平等的。桑静，妈妈希望和任何人都是平等的，如果因为有所求而低下了高贵的头颅，那才是真正的贫穷！桑静，记住，女孩子更要自尊自爱，切不可为了身外之物轻贱了自己的尊严。”

“妈妈，我没有……我只是……”

“我知道你没有，只是提醒你。”

桑静难过地想，我只是写了封信给他，只为没法驳了他对你的关心。

后来桑静才知道，白帆为母亲安排了一个书店售书的工作，张妍拒绝了。没多久，张妍就找到了工作，在一家颇有实力的民营企业当财务。他们的生活也越来越宽裕，以前不敢问津的超市，已成了常去的地方。为了张妍的事，桑静义正词严地给白帆写了一封很长的信。

您的行为让我很难过。我将您当成一位知心朋友，也无非只是倾诉些当下的感受。我对您敞开的是我心中的世界，从未想过要向您或任何人索要什么。我们是平等的，无论富有或贫穷，无论年长或年轻，无论尊贵或卑微，在洁白的书信上，您和我，是平等的。一个朋友对另一个朋友的倾诉，一颗心对另一颗心的敞开，一个灵魂对另一个灵魂的坦诚。因为我自认不曾向您索取，或有过任何可耻的想法，所以我可以在信里坦陈我的一穷二白，坦陈我的一无所有，坦陈我们的脆弱。我们不需要怜悯，不需要施舍，我们要的是平等。同样高尚的平等！白帆先生，现在和过去，信纸上的我都是一个作为朋友的白羽在向她可以信赖的白帆先生交换对这个世界的看法。所以也请您，或者只需要您以同样的态度来对待……

您忠诚的白羽

白羽女士，您好！

我想其中有些误会，我觉得有必要澄清一下。为张妍女士谋职一事，我的确处理得欠考虑。书店缺人，需要一个爱书、懂书之人加盟。我力荐张妍女士，是觉得多方面都很合适，正好她本人赋闲在家，并非刻意为之。也是我病急乱投医，以至破坏了您与我的约定，陷您于两难的境地。您上次来信的意图已表达得非常清晰，我想向您澄清的是，一直以来，我也以一颗平等的心与您通信，以一个平等的灵魂与您交换着对这个世界的观点。如若我觉得自己比您有些优越感，也是来自我的年龄和经历，您可以完全相信，您的许多情感，我都身体力行过。因此，也自以为可以为您提供一些必要的帮助和引导。希望您能以过去的态度继续与我进行这样的谈话，这使我的精神世界一直处于年轻的状态。

期盼得到您原谅的白帆

桑静自知没有什么理由不原谅她的这位大朋友。他是一位高尚的朋友，用妈妈的话来说是一位真正的君子。桑静记得那天，母亲和自己逛超市买东西，讨论这次中秋节请白帆来家吃饭的事。张妍大约也觉得这次断然拒绝有些生硬，伤了白帆的心，于是和女儿商量是否邀请他来家吃饭。

桑静看母亲心情不错，便试探性地问："妈妈！"

"嗯？"

"我问个严肃的问题。你别说我啊。"

"你问吧。"

"林舅舅对你那么好，他是不是喜欢你啊？"

张妍偏过头想了想，果断地说："没有。他对方老师他们都很好。"

"他真的没有表示过吗？比如约你看电影什么的。"

“看电影，倒是有过一次，方老师说我们写的文章太书呆子气，不贴近生活，让我们多看看乡村题材的作品。林卓提议借机看个电影，不记得是什么电影了，他帮我留了张票，不过那天我被拉去见你爸爸，电影没看成。哎，桑静，小小脑袋里都装了些什么。你林舅舅是我见过的最高尚的人，一个真正的君子。你想多了。”

“妈妈，他对你那么好，你就没想过……”

“想什么？我们那个时候，当他是个小弟弟。他不爱说话，眼镜片很厚。他不算是我们那里最有才情的，但是最努力的。方老师最喜欢他，说他心定，别人比不上。我和他说话不多，他给我的印象就是人特别谦和，待人真诚。听说他爸爸以前是北京的干部，挺大的。后来落了难，生死未卜。他妈妈带着他来上海讨生活的时候用的都不是真实身份，用的娘家的姓，白帆既是他的笔名又是他初来上海后的身份。他爸爸平反以后，他才用林卓的身份参加的高考。考上大学后，进了机关，一直在宣传部工作。

“他和你宋琰舅妈在单位里认识的，结婚后一直没有孩子。你舅妈是个非常出色能干的北京人，在宣传部升得比你林舅舅快。后来被调回北京工作，你林舅舅一直不想回北京，可能是因为他父亲的事，心里有疙瘩，又怕耽误了你舅妈，就和她分手了。所以，桑静，你要对舅舅好些。如果真当他是你舅舅，不该让他为你做这做那地差遣他。”

“哦，那我们到底要不要请他来家过中秋啊？”

“这个我得问问你爸爸，你爸这人最大的优点就是气量大。虽然我知道你爸爸不会说什么，但我还是要征求一下他的意见。”

“征求我什么意见啊？”不知什么时候，桑从文走了上来，“看你们母女两个，什么事这么兴奋啊？”

“老桑，中秋那天，想请老林来吃顿饭。人家一直挺关照我们的，这次介绍工作的事，我做得有点过，挺不好意思的。人家一片好心……所以想征求你的意见。”

“那就请啊。我没什么意见啊。说实话，林卓这个人，我一直挺欣赏他的。”

桑静自豪地承认她的这位父亲，正如母亲说的，有一颗宽广的心。那个时代的人，都有一种特别的骄傲和荣誉。

吃饭那天，照例的冷场，倒是从文很健谈，还特地为白帆开了准备的葡萄酒，请他品酒，张妍破天荒地没有拦着。三杯两盏间，两人都有些醉了，聊起了昆曲，方有种相见恨晚，说着说着还唱了起来。从文非要唱《游龙戏凤》那折，白帆只会唱柳梦梅，于是从文扮起了杜丽娘。桑静才知道原来父亲学过昆曲，他步态扶风，身段婀娜，手势灵巧，眼神伶俐。白帆扮的柳梦梅也是风流倜傥，自有神韵。桑静看得都傻了，一旁放下收拾的张妍，满脸陶醉地看着。她黑色的眸子里闪着光，桑静在眼波中只看见自己父亲的影子。

张妍凑向女儿说："我见过你父亲唱柳梦梅，扮相比你林舅舅潇洒！"

看着母亲一脸小女生的崇拜，桑静的心突然黯然。白帆，你的心，也只有我知道。可怜你痴情一片，母亲却浑然不觉，只当你是个君子。如果那天你叫住母亲，一起去看了那场至关重要的电影，结果会怎样？我会是你的女儿吗？我会有你孱弱的外貌和敏感的神经吗？不会，如果他们结婚了，这世间就不会有桑静。那她便与他永远擦身了！看着喝了红酒的从文和白帆，两个自己最爱的男人唱着一折古老的戏，桑静有种别样的酸楚。

白帆，长夜漫漫，你可会入梦而来，还是在三世前早就遇见？我的那碗孟婆汤被我默默倒了，随着三世的记忆，你已印刻在轮回里。桑静想罢，眼睛已蓄满泪水，背着他们三人，将黯然的泪水擦干。

十一

舅舅，您好！

这可能是初三最后冲刺的时间里给您写的最后一封信。说实话，我有些困惑。学校以组建高中管乐队为由，给了我们班直升名额。以我的成绩直升是肯定没问题的。中考，我既怕又想。三年了，憋着一口气，我曾愤愤地发誓要考出这个普通高中，去上海最好的中学。可是随着时间的打磨，我的逆鳞已没有，我看着那些直升的同学，心里居然对这里有深深的眷恋。我是怎么了？特别是我最好的朋友，她直升了。她在写给我的同学录里留言道："这三年我觉得我不太了解你，我喜欢和你在一起，你的微笑总能感染我。可是，你低落的情绪也会深深影响我。有时我甚至自私地希望你考不进重点，这样你就还会在我身边。"昨天我听了周华健的《其实不想走》，是在街上，一家音像店，开着很大的音响，"其实不想走，其实我想留，留下来陪你每个春夏与秋冬"。冷风一吹，我已潸然泪下。我不想走，你说不要用情太深。可我做不到，在任何地方待久了，总不自觉地投射下自己的影子，也许久了，连自己的影子都爱了。

妈妈和老师都很不理解我，考前突来的情绪波动，他们归结为考前的焦虑。焦虑，也许有些吧。我似乎是一个被逼到悬崖的人，对面是一座陡峭山峰，我唯有纵身一跃才有生机。可是，我怕，我怕力不所达，粉身碎骨。我失败不足惜，可我是全家的希望，我不能失败。愈是不想，却愈是自乱阵脚。这几次模考都不是很理想。我只能在周末，听着张信哲的歌，唱到泪流满面，才能释放心中的恐惧。您能理解吗？那种必须坚强的伪装！

您的小小桑静

我是宝剑，我是火花，我愿生如闪电之耀亮，我愿死如彗星之迅忽。

——高君宇

桑静，这是我最喜欢的诗句，也是我的人生信条。既然活着，就该有所追求，理想是点燃希望的火花。你的心底有理想，那就行动。你不想走，只是给自己的借口。患得患失，是每个瞻前顾后的人的致命伤。桑静，朝前看，拿出破釜沉舟的勇气。生命如果不为理想追逐，又有什么意义？一次考试，成功就是进入梦寐以求的学府。不成功又会失去什么？失去你和母亲的未来吗？

桑静，我到二十八岁才参加高考，这之前我是个没有机会读高中的初中生。但我相信知识可以改变命运。即使如此，我也不惧怕一次失败会带给我什么。我抱着第二年复读再考的决心去考试。想清楚，你都不曾起舞，怎知不能飞翔？你都不开始跑步，你怎么跑完马拉松？不要有借口，不要把妈妈的未来绑在自己的身上，我为你轻装。妈妈一代有他们的使命和责任，有他们的前途道路，不需要你承担。而你自己的道路要靠你自己走完，不当逃兵不退缩。我相信你一定可以为了放飞梦想而翩翩起舞的。逃跑不是出路。

你的舅舅

桑静考虑再三，破釜沉舟，以全校最高分考入梦寐以求的高中。在那个暑假，她从图书馆里找到了有关高君宇和石评梅的故事。少女心中有千百个疑问：你那么爱这首诗是巧合吗？还是以诗明志，愿用一生柏拉图式的爱情守护自己所爱的人及她的家人呢？桑静开始逐渐懂了白帆的喜怒哀乐，懂了他在自己母亲面前的安静。爱，原来真的可以只是一份安静的守候，不温不火，不疾不徐。

仲夏的一个下午，他来接她，这是彼此约定好的，去逛书展，然后去红房子西餐厅吃西餐。让桑静颇为想不到的是她母亲果真对白帆如同自己的弟弟，很爽快地答应了。一路上，桑静负责叽叽喳喳地说些离别时同学给她的留言，说着军训里她怎样被晒得黝黑，说着和老师同学出板报，以及自己在读的《约翰克里斯多夫》和《断头艳后》的传记。他走在她身旁，侧头倾听着，时而发出几声轻笑，时而只是抿着嘴。少女顺从地跟着男子，一步一跳，一会儿发出踢踢踏踏的脚步声，一会儿如小猫般不发出任何响动，时而低着头沉浸在走路的快乐里，偶尔抬起头看看白帆远去的背影，紧跑几步跟上他。

“小心！”

桑静还在踢脚下的石子，白帆突然掉头回身拉起她的手跑起来，没明白怎么回事，桑静已被拉到对面的街道上。这才意识到，刚才一辆卡车临时变道转弯，直向自己冲来。她心里一阵惊跳，扯了扯白帆的袖子。白帆看看桑静，无奈地摇摇头又点点头，她便顺理成章地牵着他的手走了一程又一程。

书展出来，又是一路地走，终于来到了闻名遐迩的红房子西餐厅。周围都在装修，脚手架、帆布遮了一路，独独留了这家店的老招牌赫然招摇。里面的布置，如今想来也不过就是有点小资的调调，当时的女孩却是用陶醉来形容也不为过。

桑静有些拘谨。白帆递给她菜单，她颇为难。白帆立刻体贴地意识到了，于是叫了服务生直接点他常吃的菜。牛尾红汤、红酒烩明虾、胡萝卜布朗尼、橙汁。他自己点了红酒和牛排。菜没上，全套餐具上来了。居然是两套不同的餐具，大小也不同。汤上来了，桑静犹豫着用哪套餐具。他指指外面，从外到里使用即可。女孩心领神会，学着男子从内侧向外侧取了一勺汤往嘴里送。就这样轻点慢吮喝完汤，虾被送了上来。他正慢慢地取出刀叉优雅地切起牛排。她尴尬地看着眼前的大明虾，心里大大的问号，这怎么吃啊！

盛夏，窗外沿街的梧桐舒展着叶子插向红房子二楼的窗户，知了嘈杂地嘶吼着犹如一场交响合唱。桑静进退维谷地看着一盘虾，汗顺着额头流了下来。

“怎么了，空调开得不够吗？”

他体贴地看着她。桑静那捉襟见肘的教养啊，在这样的场合完全应付不来，这是她生平第一次因为贫穷无知而感觉深深羞耻。桑静摇摇头，咬着嘴唇，看着白帆。

再次看见她那双会说话的眼睛里哀求的眼神，他心里微微一紧。他该早些注意到的，她那么敏感犹如当初的自己。

他微微一笑："想怎么吃就怎么吃。你看对面不是吃得很欢吗？"

女孩抬头顺着他的方向看向对面一桌，肥胖的小男孩用手抓着大明虾，拆了个粉身碎骨，手上沾满了油腻腻的茄汁，脸上头发上也沾满了。她也扑哧笑了，尴尬的气氛就这样被吹散了，用刀学着白帆把虾切成几段，用叉子送进嘴里，桑静也大快朵颐起来。吃完，甜点也来了，她吃了几口，看白帆都不怎么动。于是，学着他用餐巾擦擦嘴，"舅舅怎么不吃？"

"我饱了。和你一起吃已经比平时吃的多了。好吃吗？"

"嗯。"桑静使劲点点头。

"喜欢就好。"

桑静笑了，眼睛笑成了一双月牙，这与张妍完全不同。林卓看着桑静，伸出手，用干净的餐巾擦去她脸蛋上的一抹茄汁。桑静有一瞬紧张，被擦的地方腾地燃烧了起来。眼前只有红房子里红白格子的桌布和火红色的康乃馨熠熠生辉。

高中，桑静是一头短发的骑士。几乎一口气把茨威格写的传记和余秋雨的游记都看完了。她参加了文学社，在校内外刊物上发表文章。当然，还忙着和自己怎么都无法理解的物理斗争。

天啊，今天物理力学测验，只考了36分！我简直要崩溃了。我对天发誓，我用尽了所有的脑细胞了！实在不知道怎么做！爸爸说有困难要迎难而上，我真的真的迎着困难上了，然后败下阵来。我是屡败屡战，屡战屡败！另外，也不都是坏消息，我的散文《他》载在这期《中学生》上了，寄给你样稿。猜猜他是谁？

桑静

祝贺你，桑静小朋友！

听说你的散文发表，我很欣慰，这几年的积累有了个不错的成果。希望你能继续自己的创作之路。物理这件事，我是这么看的，尺有所短寸有所长，老天对每个人都是公平的，他给一些就不给另一些。毕竟人无完人，我们可要不到全部礼物，对不对？把物理让给别人，确保正常升级，高三就别选物理了。仅作参考。如果你还想迎难而上，我可以提供参考书！

白帆

舅舅，什么是爱情？她是什么形状，什么颜色，什么滋味？是甜蜜还是苦涩？一个暑假过后，我们班多了好些用我们英语老师说的“couples”（情侣）。大家一提到谁或谁就会有轻笑和咳嗽。我的同桌不和我一起上下学了，路上我见到过她和我前面的男生手牵手回家。男生，一群无聊而简单的物种，幼稚无趣。我真希望自己能回到十八、十九世纪的英国、法国做个杀伐决断的骑士。用刀剑和火枪去赢得爱人的心。爱难道不应该是这样掷地有声的吗？爱难道不应该是刻骨铭心的吗？爱难道不应该是灵与肉的统一吗？哦，天啊，这羸弱的心灵怎么给得起真正的爱情？爱于我，是三境界。第一境界是肉身，来自动物本能的欲望，外表的吸引，肉欲的满足。第二境界是精神，一个谈得来的朋友，一个有着同样情趣的玩伴，一个有着相同世界观的同路人。第三境界是灵魂，两颗同样质地的灵魂。我说，他懂，我不说，他亦懂。这种爱是刻在骨髓里的，要么升华，要么毁灭。吾将千里寻找一生可托付之魂灵，得之吾幸，不得吾命！

桑静

孩子，有些事经历了才会知道。不要急于给答案，当你还只是在出题。

白帆

两年倏忽而过，如同手中的沙。她和他的信足足塞满了两个抽屉。期间，他带着她看了《大河之舞》，听星期交响乐，逛书展，听讲座，一切女孩精神世界的构筑，他都在参与。他送的书堆满了房间，沉甸甸的像是他在桑静心中的分量。她用稿费请他吃饭，席间他只是淡淡的笑。岁月在他们之间不着痕迹地流动。女孩的头发由短到长，再由长变短。男子始终没有变，头发却星星斑灰，眼镜换了超薄，却是越来越深。他那么单薄，在信里却如同巨人，在她的王国里不断伟岸。

舅舅，再一次我站在悬崖边，再一次我面临选择。这次，我当了逃兵。我输不起，对不起。

桑静没有选择参加高考，而是保送进入EC大学，阴差阳错地进了金融系。那年夏天来得特别早，五六月别人正奋力拼搏，她已在家里不知愁滋味。白帆只回了一句话：“既抉择，莫道悔滋味。”

当同学们欢欢喜喜地拿到录取通知单，奔走相告时，桑静终于尝到了自己酿的苦果。许多原本成绩不如自己的同学，都如愿以偿考上了心仪的大学。她手里EC大学的录取通知书成了弃之可惜食之无味的鸡肋。桑静终于明白白帆的那句莫道悔滋味。她把自己锁在房间，听了三天的《*The Secret Garden*》（《秘密花园》）。这三天，犹如梦游般，她机械地起床、吃饭、看书，听音乐，说话。没有情绪，感觉不到自己。仿佛被包裹在一个厚厚的叫作桑静的壳子里，躲在小小的心房里。那里没有白天没有黑夜，她睡着了。那个叫桑静的壳子没有知觉，没有欢喜，没有疼痛。

第四个炎热的午后，桑静被一阵急促的电话铃吵醒。为此她很恼火，至少在梦里自己不用面对无处逃遁的悔恨。悔恨、嫉妒如同一条燃了烈焰的蛇，只要清醒着，它便无时无刻不折磨着她的骄傲，吞噬着她的理智。我错了吗？她不停地拷问自己，我到底做了什么？

“你的理想是什么，孩子？”

“我的理想没那么豪情万丈，没那么高屋建瓴，我只想当一名对外汉语的老师，把中国传统文化传播到五湖四海。你呢？”

“我愿是宝剑，揭开真相的模样，我愿是火花，燃起自由之火。做个独立自由的媒体人，办一个具有独立观点，有人文精神的纸媒。”

“好，那一言为定！”

“定什么？”

“说好了各自的理想，过十年回头看看，是不是做到了！”这是她十八岁生日时，白帆去她家送挂历和她订的。她终究还是负了彼此的约定，金融系，一个陌生的专业，感觉散发着浓浓的市井气息，与理想这样闪着金光的词是沾不上边的。

桑静拿起电话，有气无力地说：“喂，你好，请说。”

“桑静。你好吗？你妈妈说……”

“我挺好呀。我刚刚在休息，所以接得晚了。我在看《天涯》杂文合集，还写了读后感，改天寄给你。很久没写信给你……”桑静像在演独角戏，一直说着，说看的电视，说书，说遇到的人，就是不谈自己的选择。

“桑静。”他叫住了她，声音不轻不响，刚好惊动了壳子里的她。

“桑静，一次选择代表不了什么。人，不能活在一次选择里。要向前看。”他停了下来，等她跟上他。可她没有，她还在遥远的悔恨的影子里躲着。

“桑静，你打算一直不和我说话了吗？长途很贵的。”

“舅舅！”

“我在北京出差，你妈妈说你状态不好……”

“我……”她也不知道怎么了，也不知道自己要怎样。没了方向，迷失在白茫茫的雾霭里。谈不上痛或不痛，只是金融系与对外汉语系，完全的两条路。她在路口，想都不敢想，明明最恨与银钱打交道，偏偏被乱点鸳鸯谱送去了那里。今后的日子会怎样，想怎样，她没了方向，当下只有乱麻一片。

“过几天回来，和我一起吃顿饭。保送进大学，当然是可喜可贺的事。”

“舅舅……”

“什么？”

“可我就是喜不出来，我想哭。”

“那就痛痛快快地哭一场，闷在心里不好。”桑静搁下听筒，泪水已经顺着眼角淌了下来。三年来自己的努力，灯下夜读，闻鸡晨诵，写不完的作文，答不完的题。每个不同的老师对她说过的话，历历在目。最最要紧的，是白帆不间断的书信，那些写着理想滚烫的文字。曾经的曾经，一幕一幕，她想就这样一直哭，直把自己哭回那个选择的原点。

“我是宝剑，我是火花。我愿生如闪电之耀亮。我愿死如彗星之迅忽。”桑静耳边响起白帆的诵读。原来，自己已不由自主地抓起听筒，原来他一直没有挂下电话，他只是听着她的哭泣，用发自内心的力量迸发出这短短的几句诗句。是，要像宝剑，要像火花。要么升华，要么毁灭！

“好点了？等我回来。”

“好！”

这次在王朝，金碧辉煌的雕砌，珠光宝气的摆件，朱环翠绕的色彩，歌舞升平的乐音。整个酒店蒸腾着一种浮华的不真实，但白帆朴素的白色衬衫，无框的树脂眼镜，儒雅的微笑是真实的。点完菜又是长长的沉默。

看了女孩开的书单，男子嘴角勾了一下，“活过来了！”

她心里有一片坍塌后的焦土，他却只是微微一笑，便在那里灌溉出一片欣欣向荣的生机。看着他，她也笑了。她回到家写了一篇《论精神世界的坍塌与重建》，慷慨激昂地寄给了他。

他只回了几句：“同学少年，慷慨激昂，甚欣慰！”

十二

进入大学，桑静忙着军训，参加各类社团，考证。彼此往来的信件从每周一封逐渐变成了一月一封，后来是一季度一封。白帆的态度也有了微妙的变化，以前她是事无巨细地汇报，他也一一耐心作答，有时还会主动写信问长问短。进了大学，他非但从不主动写信，回信也时有时无，即便有也是寥寥片语，主要是叮嘱。

刚开始每天晚上桑静都很早去自修，赶在大家回来前到宿舍给白帆打个电话。其实，电话里也说不上什么，他的话从来不多，气氛冷得如同十二月的霜。可是，有几个星期桑静一连十几天都扑空，家里没人应答。她不想告诉张妍，怕母亲说自己老找白帆。找不到白帆，心里又满是疑团。在第四周的第一天，就在桑静发疯似的准备向张妍和盘托出的时候，她竟然拨通了他的电话。

“喂，哪位？”

“舅舅，你在？！真是太好了！”

“桑静……有事吗？”

“没事……不，有事。老师开了课外书籍的单子，不少原版书。想问问你……”

“好，你报给我。我记一下。你等等。”他的声音孱弱无力，有种虚脱感。

“舅舅，你怎么了？”

“没事，旧疾。天不好就犯，休息一下就好。你说吧。”

“算了，书单我改天寄给你吧。你早点休息吧。”

“好。”他回答得干脆，丝毫没有留恋。

“舅舅？”

“什么？”

“我还能打电话给你吗？”

“可以啊。桑静，随时。不过，我最近有些忙，你不一定能找到我。”

“舅舅。”

“怎么了？”

“我好久没给你写信了。”

他笑了，笑得很轻很淡很克制，桑静听见电话那头被掩住的咳嗽声，好一会儿才听见他沙哑的声音：“傻孩子，你长大了。乘上自己的翅膀，和伙伴们一起飞吧。我只能送你到这里了。”

放下电话，她想了很久，终于鼓起勇气提笔写了一封简短的信：

秋风起兮皓月明，洲头疑雾兮路在心。多年前的答案，风知道，雾知道，只怕天际的孤帆不知道。

白羽

这次得到回复很快，快得桑静都没有勇气速速拆开。白帆，这么多年的心情，终于要等来答案了！

孤帆有孤帆的使命，飞鸟有飞鸟的命运。帆非翼，自己的路，飞鸟要自己走。真诚祝福一尾白羽飞翔在日不落的地平线，与她飞鸟的伙伴一起！

白帆

有一种误会叫无中生有，有一种流言叫以讹传讹。因为桑静的室友不小心撞见过她夜夜守候电话的失魂落魄，所以女孩就“被恋爱”了。对于这个团支书，她们是这么猜测的：第一个版本，青梅竹马，山遥水远；第二个版本，一个长她数岁的已工作的成年男子，无法朝朝暮暮。呵呵，第二个版本更接近吧，可惜他们不懂，桑静的版本只是一个人的“monologue”（独角戏）。

期末考试前，整个宿舍弥漫着紧张的气氛。英语考试前，桑静从来不复习，如同在听力课上只做两件事，睡觉和写诗。众所周知听力课教室真的只适合做这样两件事。自习完，看见同伴带了本《人淡如菊》，一直没翻。桑静好奇地借了来，随手翻翻。翻着翻着，泪水流了下来。

没了你，赢了世界又如何？自己不是那淡然如菊的女子，白帆也不是那个老教授。多可惜不是，至少，他们之间还有过爱。而他们之间呢，为何她一腔女儿心事终究空付流水？白帆如此委婉的拒绝，温和的冷漠，难道就不残忍？当少女长成，心中有了答案，却没了那个要答案的人。那，你的答案呢，你喜欢过我吗，哪怕一点点。好，我就一辈子不婚，等你，等一个我要的答案！那个晚上，桑静彻夜不眠，一口气看完了《人淡如菊》，躲在自习教室哭得一塌糊涂，室友都不知道怎么劝。她们的结论是团支书失恋了。失恋？没有开始的故事，哪有资格结束。第二天英语考试，毫无悬念桑静还是考了第二名。

“桑静，你的电话！”考完试，她还在和电脑编程的实习斗争，张妍来了电话。

“桑静，有空吗？你林舅舅生病住院了。我和你爸爸下午去看他，你能来吗？”

“舅舅他……”女孩脑海中闪过他单薄瘦削的身子和那一晚他气若游丝的电话，“他怎么了，要紧吗？”

“你别着急，他是肺气肿引发的肺炎，持续发烧。”

“他在哪个医院？”心里稍稍松了口气，毕竟不是可怕的疾病，“下午我们小组的方案发布，我主讲，走不开。地址告诉我，我晚点去。”

“人民医院住院部2号楼11楼5床。别太晚，你舅舅需要休息。”

“不会，我讲完就请假去。”放下电话，桑静心很乱，虽然不是可怕的疾病，可是他孱弱的病态长久刻在她心中。她怕。怕一伸手，却什么都抓不住。了解了他的病情，一颗悬着的心突然放下了。桑静暗暗下了一个决心，她要白帆好好地，他等了她那么多年，她要他再许三年？三年里，她一定要融化他的心。

整个下午桑静在浑浑噩噩中度过，“presentation”(报告)做完，就匆匆告假，说家人病了，需要照顾。后来，组员告诉她，那天她在讲台上很不正常，整个报告不知所云，他们的方案仅仅获得通过。谁也不知道一向发挥稳定、大方持重的桑静，那一个下午遭遇了什么。那个下午，她早已神魂分离，心里只有白帆。

她像疯子一样地一路飞奔出了大礼堂，跑出了学校，下了出租车，慌不择路地上楼，找病床。“1床，2床……”“5床！找到了！”原来在特需的病房两人一间，透过门上的一道玻璃，桑静看见白帆靠着窗户躺着。礼节性地敲了门，女孩和那一声“请进”几乎是同一时间到达白帆跟前的。

“舅舅！”

病床前端立着一位庄重的女子，猛一回头，眉眼清丽，只是有了些岁数，眼角挂了眼纹，一身灰色的套裙，端丽持重，让人心生亲近。

“你是？”

吃惊、酸楚、妒忌、无奈，一时间女孩的心如同倾倒了五味瓶，各种滋味涌上心头。她却还要强作镇定，绽出一朵灿若星辰的笑颜。“阿姨好！我是……我是他外甥女，我叫桑静。”桑静指指躺着的白帆。

“外甥女？没听林卓提起过。”

“一表三千里，这个说来有点长。我们也是近几年才走动的。”

那中年女子惶惑地看着她。“坐，我打点水。帮我看看他。”那女子转身给了桑静一个很亲切的微笑，一口京片子，桑静想不是“她”还是谁？

“好。”女孩连忙回笑，表情僵硬得自己都觉得尴尬。

桑静转过身，在白帆跟前的凳子上坐下。又只剩下他们了。沉默一直是他们的相处方式，只是今天的沉默是被迫的。白帆安静地躺在病床上，脸色苍白，双眼紧闭，薄唇轻抿，薄薄的被子盖没了他的身体。灰白的头发，枯槁的身形，他早已如同快要燃尽的油灯，明昧不清，她却只沉浸在书信中他伟岸的博爱里。他的皱纹，他的发丝，他微蹙的眉心，他下垂的眼帘，他白皙修长的手指。这一刻，自己离他那么近，第一次将他孱弱的身形看了个够。即使是病态中的他，在她心间亦是伟岸的。他从来不英俊，不高大，他却用他广博的胸怀俯视她至尘埃。桑静清晰地认识到，自己深沉地爱着眼前的男子。早已超越肉体，她爱他，用平等的思想和精神，她爱他，用同样深邃的灵魂。

“情深不寿，不要太用情。”他的话回响耳畔。桑静深切地看着他，满腔柔情，无限哀怨。手不自觉地抚上了他的手。他的手居然是温热的，无论何时他给的都是这样的温度。不炽烈，不寒冷，暖了手，却暖不了心。念及此，一滴泪水不自觉地滚落了下来，滴在白帆的手背上。他的手一动，退了回去。她看见他双目微翕，一头斑斑灰发，掺着几许银色，苍老中竟有一丝性感。心头一痒，脸热辣辣地烧了起来。

“桑静，你来了。”

“嗯，我下午要做报告，只能现在才来。舅舅，你，好吗……”又是一阵哽咽，执手泪眼，无语凝噎。

“傻孩子，只是肺气肿并发的肺炎。老毛病，气候一变化就发作。”他一副淡然的样子，一阵咳嗽呛得他哑然失笑，抓起桌上的纸巾，送到嘴边擦净，看都不看快速地扔进纸篓。

女孩迅速捡了起来，纸上一口黄痰，腥腥血丝。她瞥了一眼纸篓，十几个纸团明晃晃地横陈在那里。桑静拿着打开的纸问他：“这是什么？”

他看看她：“扔了吧，不卫生。”

“你告诉我，这是什么？”桑静激动地跳了起来。

“桑静，这个是正常症状。不代表什么。你别激动。”白帆微弱地说。

“你为什么不告诉我。那几天，我电话找不到你，是怎么回事？你是不是很早就病了？你为什么什么都不说。我给你电话，你什么都不说。我不好，我早该猜到的。你……你……为什么对我不说……什么都不对我说。”

心中有说不出的怨，却只有反复的几句话。白帆的心，她从不懂。他关上了门，拒人于千里之外，也把自己埋在孤独里。别人走不进，他也走不出。为什么，他就不能陪自己，陪自己一辈子，陪自己一起飞？如果白帆只能泛舟湖上，飞鸟可以永远不飞。只是桑静知道自己的生命里不能没有白帆，“我不能没有你……”她的话轻得只有自己听见，颓然无力地倒在椅子上，如同一个没有牵线的人偶。

白帆看着女孩，眼中有星星点点的烛光：“傻孩子，我又没得绝症。我一直都在你身边，陪你长大。”

陪我长大？桑静轻轻叹息。她要的，他真的不懂吗？她心中的话，明明他听得真切。自己信中的意思，如此昭然若揭，他却置若罔闻。她是要他转过身看自己，要他眼里有自己，要他的心里只有自己！“舅舅，我……”

“小桑，喝茶。”

桑静忍住泪，快速地扔了手里的纸团，接了茶杯，搁在桌上。“谢谢阿姨！”

“你快去吧！我没事，就是晚上换点滴，有护工。秘书都安排好了。”白帆转向了那女子，温和地说道。

“林卓，我先去酒店，晚点来陪你。”那女子深深地看了桑静一眼，又瞥了瞥纸篓，说道，“小桑，请再帮着看一下。换药打铃。”

“放心吧，阿姨，有我。”女孩目送女子拖着行李箱离开，心里怅然若失。女孩明白眼前这个娴静端丽的女子是饱含着对白帆的爱意的，可惜他看不到，他心里也许真的只有过张妍一个，被填满了，再也装不下第二个。可怜又可悲的女子，原来自己也只是五十步笑百步，原来她们彼此有着同样的相思，有着同样的病根。

“哦，对了。”女子突然调转过来，俯下身子，横卧行李箱，娴熟地打开，从里面取出几本书，然后合上箱子，“林卓，这是你托我帮你弄的原版书，我朋友直接从美国邮寄回来的。我不带到宾馆了，也许也不用带回你家了。”她意味深长地看了桑静一眼。桑静心虚地低下了头。

“谢谢你，我是替桑静要的。桑静，好好谢谢你宋阿姨。”

“谢谢阿姨。”桑静再次笑靥如花。

“没事，老林对我鲜少开口，也难得为他做点什么。”女子讪讪地说道，然后，拉起箱子走了出去，干净利落的背影在暮光里斜阳疏离。

桑静转身见白帆一脸倦怠，便让他继续睡。他摇摇头，让她坐在他跟前。“那我给你念书？我在看原版的《牛虻》，你听吗？”

“好。”

“When one of us dies, another one will remember all this. We will forget the noisy and eternal world, we will leave the world together, hand in hand. We will go into the secret halls of death, in the middle of the poppies.Hush,We will be very quiet.”

（当我们之中的一个死去，另一个将记得一切。我们将忘怀喧嚣、漫长的世界，携手共同离去。在罂粟环绕中，我们步入神秘的死亡殿堂。嘘，我们将如此宁静。）

“桑静，桑静！”桑静猛然从酣睡中醒来，原来自己趴在病床边睡着了，浑身酸痛，头轻微地发胀。

“我怎么睡着了？”睡眼惺忪，迷蒙中她想起昨晚的折腾，抬眼看见宋阿姨，还有……自己的母亲？！

“宋阿姨，妈妈！对不起我怎么睡着了。”

“没事。你林舅舅说了，你陪了一晚上，到了很晚陪他看书睡着了。我煮了润肺的汤送来，汤挺多，正好你和你宋阿姨喝些。”

“桑静，谢谢你。昨晚我去酒店办入住，碰到些麻烦，来晚了。你已经帮忙换好液，还倒了水晾着，插了吸管，等林卓喝。谢谢你，本该由我来的。我到时，你大概太累了，所以睡着了。”

桑静是累，熬夜做方案，听说白帆病情又惊又悲，见他人又是悲喜交加。

“咳咳”，三人同时回头看白帆。他在一阵痛苦的猛咳中醒来，看见三个人同时出现在他视线里时，满脸尴尬。他这一生深爱的和深爱他的女子一起立现他眼前，他心绪是复杂的吧？桑静想。毕竟每个人都与他有说不出的千丝万缕联系，填满了他全部的情感世界。他半天没说出一句话，情绪有些激动，只是看着她们。

“糟糕，七点半了。我还有方案点评要参加呢！我先走了。舅舅，阿姨，妈妈，我先走了。”桑静带着一张仿若隔世的脸匆匆忙忙冲了出去，一缕烈烈的朝阳拂面而来，料想今天又是一个酷暑难当的日子吧！

白帆住院的日子，桑静几乎天天去陪他。张妍怕她打扰宋琰和白帆独处，再三叮嘱女儿不用陪夜。而宋琰似乎与桑静达成了某种默契，桑静下午看白帆的两三个小时里，她消失得无影无踪。他们相处的时间里，换作女孩读高君宇的诗，男子只是静静听着，很少再和她说话。白帆出院的那天，张妍上班，因为暑假的缘故，桑静便代替母亲来医院帮忙。忙里忙外地办理出院手续，最后把白帆和宋琰送上车。宋琰从车窗里探出半个身子对桑静说：“谢谢你，桑静，那么照顾老林。”

桑静心里不是滋味，知道自己没有资格。白帆在医院里默许了宋琰这半个妻子的角色，让女孩着实心里不舒服。宋琰回北京前找了张妍一次，促膝长谈了近一个小时。谈完后，两人都红着眼圈告别，热络得犹如亲人，桑静始终不能理解她们的友谊。如果说自己的母亲是全然不知白帆喜欢自己，那宋琰就不怀疑白帆的感情吗？明摆着白帆不愿意和宋一起回北京，宋不好奇牵绊住白帆的理由吗？

“他们不是离婚了吗？”桑静好奇地问张妍，一副闲来无事八卦的无赖相。

“他们是离婚了。宋阿姨这次来上海出差，顺道来看看你舅舅，才发现他病了，通知了我和你爸爸。”

“她和你也认识？”

“当然，你宋阿姨当时也在街道工作，她是团委的，可能干了！”

“她找你谈什么了？”

“没什么。只是问问老林的情况。你宋阿姨一直单身，在等你舅舅。这世间为什么总有这样悲欢离合。”桑静看了母亲一眼，母亲的眼神黯然。

“你想起了他？”

张妍看看女儿：“傻孩子，已经过去那么多年了。想也没有用了。”那一瞬，张妍跳脱了自己所有在女儿面前的威仪和严肃，变回了十六岁的少女，吊唁着一段早已逝去的恋情。桑静看着母亲，心里有说不出的黯淡。

“宋阿姨把林舅舅托给我。快中秋了，给他打个电话吧，让他来过节。”

中秋正赶上周末，张妍做了一桌菜招待白帆。白帆给桑静带了《曹全碑》临帖。

“你不是和你冯叔叔学的颜体，怎么突然想起来临别的。”

桑静红着脸，没出声。

“她看惯了我写隶书，非说隶书好看，要改改风格。年轻人愿意尝试新鲜的东西总是好的。手艺不嫌多。”白帆笑着给女孩打圆场。他所不知的是，但凡是他的，哪怕怪癖，桑静也是喜欢的，也会偷偷地去学。张妍看了看女儿，摇摇头：“简直是你的跟屁虫，崇拜得不得了。”

“我有什么好崇拜的。你该崇拜你妈妈，当初她的文采，真的让人望尘莫及。”

“老林，当初我本就不如你们写得文笔飘逸，现在多久不动笔了，更不济了。”

“你把文采分给了桑静吧。”白帆恬淡地笑了笑，温文尔雅地侧头看桑静。那明眸流转，眼波闪烁，女孩心头一荡，不自在地低下了头。

“你们在说什么呀？”桑从文走过来。

“老桑，桑静现在的文笔真不错。有机会可以到报社或出版社工作，我觉得财经类刊物都可以。我可以推荐实习。”

从文笑了：“桑静像她妈妈，心思细，文笔是不错。不过工作的事还看她自己。”

“我想去银行工作。我们专业进银行最对口了。”

此时，桑静在白帆脸上看见了拼命掩饰的失望。她把头埋得更深了。白帆的一切自己都是欢喜的，唯独他远大的志向无法跟随。曾经的对外汉语老师的梦，随着大学里听见的看见的事物不断冲击，变得越来越远。倒是一件事愈来愈清晰，就是想谋份职业，让自己的家摆脱寒酸。贫穷犹如疾病，在桑静幼小的心中深深扎了根刺，她穷怕了，不想再忍受别人的冷漠和不公。她要赚钱，带着母亲进商场时可以不必那么局促，在别人热情招待她喝星巴克时可以不必那么无措。

午饭。白帆初愈，也不便杯酒，显得意兴阑珊，母亲以为他身体虚弱，需要休息，饭后便打发女儿送他去车站。平时，女孩都是欢欣雀跃地送男子去 A 路的起点站，只怕送他的路太短。可今天，她和他各怀心事，一路上谁都没有说话。眼看到了车站，白帆还是先开口了：“你才大二，职业的选择是一辈子的事，你再想想。这么好的文笔，荒废掉，可惜了。”

走了一路，女孩踢了一路的石子，“我，其实没想好。”

“好，如果你想，我在出版界或者纸媒还是说得上话的。可以先去实习。我上车了，桑静。你先回去吧。再见！”

“好，再见。舅舅！保重。”

“好。”他上了车，坐在靠窗的位置上发呆。桑静背过身，走到马路对面。

一阵秋风吹过，梧桐落了几片焦黄，心头突然萧瑟。桑静在街的对面透过玻璃望着白帆，他低首想着什么。她远远挥手、低喊，都不能唤起他的回眸一顾。

慕情（一）

寒风中，隔着玻璃看你，你端坐，低头注视，眼前一方天地。凭我远远挥手，低喊，你，全然不见。偷偷从你前方走过，与你擦肩错过，在你身后伫立良久，每个角度瞥见的都是你，你终究未见到我。你不见我，因为心中只有天地。我只见你，因为满心满眼只有你。

找出他送自己的钢笔和他去日本带的碾和纸信纸，桑静提笔用隶书写这封永远不会寄出的情书。那信纸是由虞美人花碾压而成的，承载着虞美人短暂的绽放，可惜她最美的花期却只能陪着自己深锁心中的春愁，再无缘与赏她的人相会，如同桑静这段剪不断理还乱的初恋。哦，或许都不能算初恋，只能算，单恋。

第五章　那时，我也为你委屈过

十三

说来也怪，宋琰不知从哪里得到了桑静的地址。自那以后，但凡桑静写信给白帆要原版书，都由宋琰直接寄达。对于宋琰这样的自作主张，桑静有些反感，可是有时她的书比白帆的信更及时些，女孩又不好驳了她一片好意，虽然知道她不过项庄舞剑，可她的情自己也着实承了。就这样既矛盾又安稳地过了元旦，迎来新年。岁月在白帆不回信的日子里，只是黯然虚度。桑静渐渐断了与白帆书信的念头，只把相思写在他相送的信纸、日记本里。她的“初恋”，再无须他的参与。她自此习得了爱可以只是一个人的固执。

临近年关，考试结束，寒假前夕，桑静收到一封简短的信。

桑静，你好！

给你写信或许唐突。思来想去，还是不得不烦劳你帮忙。元月十五抵沪，拟与林卓小聚，又恐不能得偿所愿。想请你替我出面请他，还望勿辞。

宋琰

字迹娟秀，文笔简练，语气淡定。明明是求自己做事，却理直气壮。宋琰阿姨，你怎知我不会推辞？对于这个给自己留下深刻印象，甚至有些许赞叹的女子，桑静虽本能地抗拒，却因购书的事颇承她的情，虽不情愿为她出这个力，又着实好奇她和白帆的关系。

前妻，这个不尴不尬、暧昧不清，甚是委屈的身份，让她照顾白帆的时候，有些名不正言不顺，让她和白帆共进一餐也要旁人相邀。说他们陌路吧，白帆生病时，她忙里忙外，他倒泰然处之，也默认了她女主人的身份。白帆还干脆将自己的书单转给她，连女孩学校的地址也给了她，让她与自己直接互通。他们之间，桑静是越来越看不懂，又越来越有兴趣。

宋琰的这封信来得突然，打破了她与桑静原有的默契。两个一片痴心的女子本可以生出同病相怜的顾惜，偏偏彼此的心事都被对方一眼看穿，心系着同一个人自然又生出几分敌意。这种心照不宣的相互关怀，是猎奇也好，是刺探也罢，你不问缘由，我也不问前因后果。可今次的信件，给了桑静一个提问的由头，她下定决心要借着这由头打破砂锅。想通这些，桑静便一口答应了宋琰的请求，提笔回信：

宋阿姨，您好！

所提之事定当竭力。另，感谢寻书寄书之劳！

桑静

白帆那里倒是好打发，桑静想着只要发条短信说张妍邀他同来吃饭就行。哦，对了，为大三下学期实习方便，桑静央了张妍买了部手机。摩托罗拉 V8088+，淡紫色，翻盖。当时，这台手机不算便宜，桑静在同学中向来朴素，却因此款产品乃新上市，颜色也颇雅致，着实让一些同学羡慕了一阵。她由此再次深切地感受到，金钱真是个好东西，它能带来的岂止是一个体面的退场，更能带来一个华丽的开场。金融系，难道不应该进银行？枯守着一支笔，能做什么？桑静不想如同白帆一般两袖清风，做教师的清贫和不体面，她早已在张妍的家族里感受尽了！想得出了神，桑静的思绪回到邀请上来。其实，她不想牵扯上张妍，要是她知道自己打她主意，一定喋喋不休地教育自己。何况桑静更不想白帆是因为张妍才来。所以，最终抱定主意撒个谎，说自己拿了稿酬，提前给他庆生。

短信发出后，桑静有些期待又有些紧张。买好手机后，第一条测试短信就发给了白帆，“舅舅，这是我的手机号，请惠存。”

“短信已收，号码已存。”

桑静看了下时间，在发出短信的下一秒回的。简直是阿拉丁神灯！桑静也曾想过，如此迅捷的回复，是否就可以替代了书信呢？可是对着闪烁的荧光屏幕，她却怎么也想不出要发什么给白帆。书信中，她和他隔着山水，心却是近的。短信中，心却是如同距离一般远。而且，也就是第一条，白帆用一秒回了她。

桑静再想起，主动发给白帆的那次，是十二月了。上海的冬天是不怎么下雪的，那几日天是真的阴冷，傍晚太阳早早落山，北风肆虐，没多久纷纷扬扬飘起绵密的雪片来。雪越落越大，不一会儿竟成了鹅毛大雪。桑静不知是受了什么启发，借着雪景，居然给白帆发了一条短信：“羽扇轻点，掀起千堆白雪。谈笑风生，已过百年芳华。一任红尘散去，刹那间，望断千秋。午夜梦回惊变，拍阑干，泪湿长巾。雪纷纷，难断尽头。情绵绵，叹无绝期。”

整整一夜，桑静等了整整一夜，等白帆一个回应。他却在第二天早晨回复了一句：“昨天早睡，没看见。倒是首凭怀吊古的好诗。”轻描淡写的凭怀吊古，就磨灭了自己一晚上的辗转难眠。

这一次，他回得还算快，满口答应，还说应该他请桑静全家吃饭，因为他五十岁了！五十岁了，自己却连他一半岁数都没活到，他的世界自己到底又了解多少呢？也许那天该陪他吃饭聊天的，真的应是宋琰。

元宵节中午，桑静如约来到小南国。宋琰知道白帆的口味，喜欢上海小菜，其实她是吃不惯的吧。走进包房，宋琰已经在了，白帆没到。平日，早早候着的一定是他。和宋琰相对无言，甚是尴尬，只得东拉西扯地寒暄，无非就是谢谢她为自己出国或托人带了那么多原版的专业书。宋琰一一作答。

宋琰，是怎样一个人呢？她不寡淡，有问必答，爽快利落，应算健谈，虽与桑静说得不多。说话时，那眼波流转的神采，自是一番温文端丽。与她的大家风范相比，张妍的美顶多只是清新之美。宋琰美得如同央视的主持人，仪态像是严格训练过一般，乍一看还有股军人的英武。宋琰见桑静无限玩味地观察自己，索性放下端着的架势：“桑静，他，会来吗？”

看她热切的眼神，桑静心里好笑。哦，看似铜墙铁壁，原来也是有软肋的。心里突然有一个声音邪邪地催促道：“问啊，此时她已卸下武装，你一口应承此事，不就为找个机会问她。问呀，问呀，等她再荷枪实弹，你还怎么问她？”

嘴上也是不急：“阿姨，他会来的，一定会的。”桑静得意地想自己约他，他哪次不来，心下还揣着几分优越感，“不急。时间没到。”

“林卓他，从来不让别人等。”她说完，低下了头，话语哽在一半，空气中凝重了千万年的霜花。她似乎想到什么，狠是被戳了一下。

而此刻的桑静正要点支银枪挑开那伤，看个究竟。残忍，是吧！这么多年，远远看着白帆对自己母亲默默地关怀，何尝不是挚爱的人给的一场凌迟。不残忍吗？又是谁的错，是自己啊，爱了就错了。“宋阿姨，我讲个故事给你听。”

宋琰防备地看着桑静，淡淡地点点头。

“很久以前，有一个男孩，他在同事们中年纪尚小，自认才华不起眼的很。大家其实很喜欢他，热情地称他小鬼。殊不知这一声小鬼剥夺了他去追求爱的自信。他喜欢一个比他大些的姐姐，怯于天性少语讷言，不善辞令。喜欢姐姐追求姐姐的人不少，他看着他们变着法子讨她欢心。擅长绘画的，整天舞文弄墨画些画还题词给她。会写诗的，一天一首酸文寄情姐姐。他默默守护着姐姐，心底甚是着急。于是，他托了人弄了两张票子，在家排演了数十遍，打算当天向姐姐表白。你猜结果怎样？”

宋琰两眼灼烧着光芒，半截身子缓缓地向桑静靠了过来，“结果她没来。他一个人来的。”她一字一顿地说。

“你知道她是谁吗？”

“你不知道？”

“我以为你知道。”

女孩和女子同时沉默了片刻，桑静看见宋琰的眼底闪着泪斑，自己早已潮湿一片。

“你为什么不问我妈妈？”

“我以为你知道。”她叹了一口气，垂下头。

桑静笑笑，自己怎会知道，这个故事的上阕是她根据白帆写给自己的信胡乱编造出来的，唯一的证据，是那两张都摩挲烂了的票根。她哪还能辨出一张是剪了的一张是完好的。桑静猜过张妍，可张妍一口咬定白帆是君子，君子就不该对朋友同事动心。从张妍的话语来判断，白帆绝对没有任何迹象或举动让她起疑，更别说约看电影这回事。那么，那个人究竟是谁？桑静绕了一大圈，诓宋琰说一个真相，到头来她也不知情。如此说来，也不是宋琰！

“那两张票是林卓托我弄的，那时《追捕》是一部很时髦的电影。我手里有两张，想请他一起去。却不想他主动向我打听购买的途径，我就把那两张送他，自己又弄了一张票。我想看看，他心里的她到底是谁！结果，我远远地坐在那里，直到开场，他才匆匆进来，一个人独自看完了电影。电影散场后，他坐在位子上，坐了很久。”

这是宋琰知道的下阕，原来这个故事桑静自己什么也不知道。

“我原本以为是你母亲。他一直托我带书，也大半年了。他这个人是最不喜欢麻烦别人的，特别是麻烦……我。我以为他是为自己的亲人……到了上海发现他同你母亲又联系上了。”

原来，把自己当成白帆再婚后的“拖油瓶”了，桑静心里瞬间有点火，那你也太小看我母亲和白帆了。

“宋阿姨，我再给你讲个故事？”不及她反对或同意，桑静便自顾说了起来，“有个女孩，叫翠儿，在家排行第五，下面两个弟弟，属于爷爷不疼、奶奶不爱的位置。她是个安分的女孩，安分到一生中并无很大的波澜。直到初中时，遇见志鸿。志鸿出身书香门第，见识广，健谈幽默，一副好嗓子，拉得一手漂亮的手风琴。他说她的翠字不如妍好听，其实是同个意思，不如改了。她说好。他们相恋了，那是白云与山川的相恋，注定刻骨铭心，注定无疾而终。知识青年下乡，志鸿因为成分不好，去了黑龙江。临行前，志鸿让翠儿等他。翠儿去派出所改了名字，以此明志，名字是志鸿给的，此生非志鸿不嫁。

“自志鸿走后，妍就写信，写了一封又一封。可志鸿音信全无。妍一等就等了五年，看着北归的大雁，轻叹志鸿对许诺的空负。五年后，她等来了一封信，志鸿只说‘我结婚了，别等我了’。妍用长长的五年时间疗伤，这五年她哪还有余力爱一个从未开口的人。宋阿姨！”

“桑静，你说的妍，就是张妍！”

“是。”滚烫的泪水流过脸颊，这个伤心的故事从文应该也不知道吧。如果不是桑静十六岁那年，外公山西路老房子拆迁，将一箱子老物件搬了来。自己无意间从箱子里翻找出母亲的日记，并随手读了几页，张妍也是绝不会告诉桑静的。

那如烟的往事也许就会被三缄其口的张妍带到永夜中去。

“宋阿姨，母亲此生倾心爱过的唯有一人。你放心吧，白帆他，不，林舅舅他不过是个朋友，或者一个真正的兄弟。”

宋琰端庄的芳姿已被泪倏忽摧折得凌乱。“桑静，谢谢你！解了这么多年来我的一个心结。”

“你不必谢我，告诉你，不过不想让林舅舅和母亲纯洁的情谊蒙垢而已。”

“桑静！爸爸妈妈呢？宋琰？”白帆吃惊地看着女孩和女子还未擦净的泪眼。

“舅舅，我有个电话。出去接，马上回来，你们先聊。”

“桑静，桑静！”白帆在桑静背后一声声唤着，而桑静心头万千滋味，说不清，心里横竖只有一个想法，腾出时间圆了宋琰的梦。

解释、求饶，以后再说，白帆，这次只能出卖你了。桑静自己也不明白自己，明明应该介意宋琰，偏偏心里满是同情。成全他们，自知不甘心，又不忍宋琰伤心。有些惺惺相惜，不过是看透了彼此同病相怜吧。两个人都病入膏肓，白帆是唯一的药。他谁也不属。故作姿态地让与宋琰，可叹可笑可悲，她桑静有什么资格成全一个同样情毒深种的病人！

出去晃了一圈，估摸他们谈得差不多，桑静又折了进去，发现场面冷得很，白帆桌前堆了一堆补品，还有些书册子。看着书白帆都不客气地收了，这补品就委屈地被嫌弃在一边。母亲曾说白帆重情，桑静看倒未必。他对心尖上的人可谓用心长情，可惜对旁人就凉薄了不少。也许人世间的情分原就只有那么多，给了这个多些，那个便无暇顾及了。桑静冷冷看着，冷冷地想，迟了一步，对于一个心里只能装一个人的人来说，就是误终身吗？若真有三生，你白帆能许宋琰下一世吗？摇摇头，胡思乱想些什么啊！提高嗓子，一副热络的样子加入他们，唉！面具戴久了，桑静固然以为自己就这样了，心还是会委屈的，当了那么多年白帆的乖乖女，她还是会有窒息的痛苦。她听见自己的心不停嘶喊着：“白帆，你再不来爱我，那个恋慕你的丫头在我的躯体里快死了！”

都说邋遢冬至干净年，这倒好，去年冬至就拖拖拉拉的雨夹雪，今年春节也春雨绵绵，今天干脆一场大雨。饭毕，白帆起身就走，说是送桑静。桑静心想，自己都几岁了，还要他老人家送？分明拿自己当幌子，这两位真是有趣，一顿饭统共彼此没说几句，全副精神用在与自己这个龙套说话夹菜上了。桑静觉得自己颇为辛苦，整整一顿饭串场子，原本是他们俩的戏折子，却都拿自己挡。一个满肚子的话不知从何说起，一个是一心一意作哑巴，苦了自己，搜肠刮肚找大家都可以参与的话题，拼命拉两人说话。这种饭局，就两个字——心累。所以，逃也似的出来。

一出来，就看见白帆阴沉的脸，桑静早料到了，所以也不急。“舅舅，阿姨她……”

“桑静，舅舅和阿姨的事你不懂。”

不懂？自己都二十三了，早不是那个写满信纸空谈情爱的初中生。自从她有了那个手机，就莫名其妙收到“情书”，哪一封都没有他关于飞鸟和孤帆的那封婉拒信有文采，哪一封都没有那封决绝。

若说不懂，自己是不懂白帆为何执着于过去，不肯转身看看自己。可宋琰的卑微，桑静是懂的，自爱上白帆后，自己的心是低入尘埃里的，在没有光、没有香、没有华泽的地方，她慢慢地生长，生出枝丫，开出芳花，只为有一天白帆能看见。看见自己小小的心、卑微的心，听见他低低唤自己，对自己说，说他的心里是有她的。她不求承诺、不求同情，只求他一个转身，一个只有她的眼神。自己和宋琰是一类人，只是宋琰比自己有勇气，她追求过白帆，拥有过他。自己呢？她怕，怕跨出去了，连背影都抓不住，连他现在因着母亲对自己的好都吝惜给了。那样低入尘埃的心情，白帆是明白的，而她是永远不会对他启齿的。

她不懂？其实是他不懂，或者说，他不愿懂。他原本是个绝情的人，固执于过去，便与现世无缘，只要他不愿，他便可以不看不听不想。他把一颗相思种在她小小的心里，用温柔灌溉，等她长大后，开出相思的花，他却不想看了，就连曾经的温柔都要统统收回。他怎知，有种爱犹如火种，一旦燃起，要么升华要么毁灭！得不到一个答案，那爱是永远不会熄灭的，除非她桑静死！

“舅舅，你就打算一直数落我吗？我给你准备了礼物，你也不打算要了吗？”

有时，桑静真的恨自己，为什么这么没有志气，心里明明想了那么多，话到嘴边，却怕东怕西，反倒没了勇气。他点点头，表示默许。

“是一艘帆船模型，你回去拆吧。提前祝你生日快乐！”

其实，准确点说是一个玻璃瓶里搁浅着一艘帆船模型，瓶里的模型精致入微，各个细节都被刻画了出来，店员说可以打开瓶塞子，放个纸条什么的，权当漂流瓶。桑静想了想放进一片羽毛，一张小小的纸条，隶书写着：“白羽和白帆forever。”卷成很细很细的小卷，放在船舷怕太刺眼，她悄悄藏在了一格可以打开的船舱里。白帆怕是看不到了吧。她其实很矛盾，既想让他看到，又不想。

“谢谢！”

“客气啥。”她笑得没心没肺，心里却有把钝刀拉锯了一次又一次。

“桑静，下雨了，我带伞了。你靠过来些。”

他送她至车站，还没等车开，就头也不回地走了。桑静看着越来越大的雨，这一天地的雨，眼里热辣辣的东西终究没忍住。

慕情（二）

此番，你我对调际遇。我在车厢左顾右盼，你在幕天席地的雨水中，徒步前行。我挥手、呼喊，你不闻不见。在我眼里，苍茫的雨雾中，只有你黑色的身影，由远及近，由近及远。原来，世间，没有里外之别，只有见与不见。

十四

白帆留给桑静的印象一向温文，从没和谁急过。可是事关桑静大三下半学期的实习，白帆却表现出前所未有的霸道。在桑静还在寻觅面试公司时，他联系了主流出版社，直接通知她去实习。对于工作实习这桩事，桑从文、张妍倒是洒脱，表示由女儿自己选择。当然如果桑静不去白帆那里，自然由她自己去拒绝白帆。拒绝白帆，一想到他阴沉的脸，桑静的心都碎了一地，哪里还有余力拒绝。于是，桑静又极其没有出息地在白帆温柔的霸道里屈服了。

白帆直接给她打的电话，告诉她时间地点找谁，其他一概没得商量。桑静心里其实老大不愿意，自己的人生规划是很清晰的。她，一个金融系的本科生，学生干部，年年奖学金获得者，党员，条条件件都是为银行准备的。当然，当时桑静天真地以为进银行就有了一个体面职业，就可以过上刷卡不用皱眉的日子。俗气对吧，那时她的人生理想真的是俗气。多年的贫穷教会她的是，凭借自己的能力，取之有道，但不迂腐地苦守清贫。

实习一个学期一晃而过，桑静和出版社的人混熟了，文化人自有文化人的优越感，她还颇喜欢那调调。一座小洋房坐落在老干部们居住的街区，一路的梧桐树影，春风吹起，十里长街，千树万树的桃红柳绿，樱花芳菲，海棠无香。桑静就坐在面朝落地窗的书桌前，校对一套《中国当代文学汇编》的书，从诗歌到散文，从小说到杂文，从顾城到海子，从冰心到丁玲，耳熟能详的，不怎么熟悉的，教科书式的，三山五岳闲散的。一字一校，一字一念。桑静是二校，前有一校的基础，后有主编的签字，她分明就是个看书的闲人啊！而且时间上不着急，老师们客气得很，这整整三个月简直是修身养性的好日子。感觉自己是在大师的文字中滋养，何谈辛苦！

当然，额外的复印、打印、打扫、跑腿，桑静可一项都没落下。还顺便用隶书誊了他们党支部的组织生活本，编了个考勤的小软件。也把自己写的诗请教了几位老师。几位老师对白帆的反馈就是满意，小桑这姑娘勤快，能干还挺好学，虽然不是文学系科班出身，专业有待提高，不过有慧根，孺子可教，挺给林副局长脸。

原来，林副局在他们出版界那么闻名遐迩，声名远播！他对工作近乎苛求的完美主义以及他工作的零差错率，犹如一面旗帜。在他们口中，他是个传说，一个没有人性的神。有时，桑静都觉得好笑，那是他吗？原来在工作中，他还那么有威仪啊！想想他病恹恹的样子，在自己面前习惯性的沉默和偶尔流露出的温柔，总觉得他们说的是另一个人，一个自己不认识的林卓。而不是白羽心中那个恋慕已久的白帆。

实习结束时，白帆破天荒亲自去了趟出版社，说是出版集团在附近开会，顺道看看主任。两人说了许久，眼看四点多，主任找桑静东拉西扯地评价她实习期的工作表现，把写完高度评价的评价表还给她，还半开玩笑地说，欢迎她到他们社工作，然后就提早半小时放桑静陪白帆走了。

路上，桑静踢着街边的石子悻悻然跟着白帆。“怎么了，实习结束不开心？还拿到实习工资了。”

“舅舅，飞鸟终要单飞，不能在羽翼下躲一辈子。”

他吃了一惊，看着女孩笑了。“我的小桑静长大了，已经要单飞，不需要白帆了？”

“我不需要的是你今天的做法。你在他们的口中是一个神，为了我假公济私，你和其他人又有何区别？”

他逆光望向她，黄昏的霞光染红了天边的白云。紫红色的云朵如同霞衣携着万千金晖落在白帆单薄的身子上，苍白的衬衫泛着光芒，风一吹，宽大的衬衫迎风徐徐，他如同站在云端俯瞰六界生灵的神祇，穿着仙履霞衣，遥不可及。桑静不愿他因对自己的偏私，而跌下这九霄云宫。

“我本来就是人，没他们说得那么神奇。桑静，我也会偏袒，但你的好是主任和其他人公认的。我的确毫不婉转地表达了对你的欣赏。我看你一路成长，不会看错，你担得起我亲自推荐。”

“我不要攀在你肩头，不要侧身你左右。白帆，我要靠自己的本事，和你脚挨脚，肩并肩。不要你的托举，不要你的俯视，我要我们跨过坟墓，两颗灵魂是平等的！”

他背着万丈霞光，瞅了女孩许久，眼睛里闪过星光重重叠叠。桑静昂着头颅，迎着从他背后砸来的落日金晖，目不转睛地与他对视。夏风撩拨她如瀑布的长发，三年不曾剪过的女儿心事，随风翻飞。此时，头上的红丝带也随风摇曳，恨不得求了月老牵挂他一生一世。

半晌，他败下阵来：“随你吧。只要你愿意，这扇门永远为你敞开。”

自尊再次被深深刺痛，桑静愤愤地说道：“飞鸟有飞鸟的命运，无须旁人引路。”

他的光芒瞬间消失殆尽，颓然地说：“你是对的。你走吧。”

第一次毫不犹豫地转身，留给白帆一个决绝的背影。每走一步，心都在滴血，桑静想跑回去求饶，想做孩子状安慰白帆的心。可她知道，自己终于不再以一个孩子的姿态同他交手。既然要的是平等，便要与他的一切俯身姿态抗衡。自己的未来，再不容任何人置喙，即使是白帆，尤其是白帆！

大四一开学，桑静就一阵折腾，先是选论文课题什么的。等三年学分绩点出来，开始选直升名额。好容易定下直升名额，她就忙着跟导师做课题，还提前免费当“老板”的助教。同时，她还嫌自己不够折腾，报名全国创业大赛，组队写创业方案。那阵子真的没日没夜昏天黑地地市场调研、总结建模、写方案、改方案、参加答辩。

错过了“十一”加中秋，错过了自己的生日，也错过了元旦的小长假。这期间，张妍原打算让女儿请白帆中秋节小聚，桑静却迟迟拖着既没发短信也没打电话。张妍还兼着宋琰的重托照顾白帆，所以只得自己打电话问长问短问寒问暖。还真是个知心大姐姐，桑静想着，她也不怕父亲吃醋。桑从文还真是一字眉心真正的宽广，一心一意地待白帆如知己。唯有桑静心底是虚的，只要能把面对面往后推就尽量推。

白帆倒是没等张妍相邀，便应景地来了电话说自己“十一”值班，中秋也不过去。

自从他上次生病，中秋在张妍家小聚已成惯例。原打算给桑静过个生日，也因她的缺席没有办。年末，白帆主动给张妍电话说如果桑静忙不去取挂历，他就亲自送来，便坚持送上了门。结果，元旦那几日他们依然没有相逢。从张妍处，白帆得知桑静直升，贺了张妍一番便走了。张妍回过头就堵着桑静，劈头盖脸地数落了一顿。

“你和林舅舅怎么了？平时不是小尾巴似的缠着他的吗？他不是你偶像吗？现在倒好，长大了翻脸不认人。连你直升的好消息都是我告诉的。你整天在学校里忙点什么？你这书怎么读的，竟连感恩都忘了！你忘记你林舅舅以往如何待你的了？”

桑静自知理亏，所以母亲的教诲全盘收了。可是，自从上次同白帆说了那么决绝的话后，桑静真的不知如何面对他。只要一想到那日被自己逼退的光芒，心里就隐隐作痛。她终究还是把他扯下了九重天宫。

大年初二，张妍接到一个电话，拖着桑静就往医院赶。电话是白帆秘书打来的，白帆旧疾再次复发，肺气肿诱发支气管炎和肺炎，高烧不退。宋琰远在北京，张妍和从文轮番陪了几夜已显疲态。桑静反正在假期中，便主动挑起晚上陪夜的重任。一连几天守着白帆，看着他逐渐退烧，桑静心里不是滋味。她和他如同磁石的同极，一直互相排斥。一个追一个逃，一个逃时，另一个又回来追。看着他苍白的面色，握着他冰凉的手，她对自己说他能许你的也不过半生。何必那么计较平等，他想怎样就怎样吧，只要他高兴，就做他一辈子的乖乖女又如何？他不见你，他俯视你，就随他吧。只要他想，只要他好，一切便都是好的。

一滴泪落在他的手背上，她听见病榻上熟悉的声音轻声说：“你打算躲我多久？”

“我以为你生我的气。”

“我怎么会生你的气？你那天离开，我一直在反思，是我不对。多年来，我一直想规划你的未来。你是对的，白羽君，你是自由的飞鸟，我不该限制你，咳咳……”

他孱弱得如同一片枯叶，眼里却满是柔情。桑静眼前一片模糊，脸贴上他的手背。他伸出戳满针孔没有一块完好皮肤的手，抚了抚她的头。“中秋节灯会的票子想给你和你妈妈去的，结果你没空。朋友让工匠做了盏按比例缩小的琉璃宫灯给我，挺好玩的，一直想着送你。”

他颤颤的手伸了过去，桑静顺着他指的方向，果然瞧见窗台上挂着一盏六角琉璃宫灯，比正常的尺寸小得多，可是梨花木打的框子，上扇下扇十二块屏上皆有绣花，一点儿不比大的差。屏上分别绣着十二个月份开的鲜花，样子别致，穗子流苏一样不少。掂掂分量，她拿着正好。这灯她欢喜得紧，一看那些花，张口就来了一首《四季调》。

四季调

元月灯二月枫，迎春遇银柳。

三月樱花繁盛雪，一地缤纷雨。

难得人间四月天，最美五月花。

六月溪水潺，谁把知了叫？

七月流火，八月朔风，九月艳阳天。

十月落红舞，醉眼数花黄。

十一寒梅初雪时，十二盼春来！

“文采越来越好，所以说创作要有真感情真性情！咳咳，咳咳……”一阵猛咳，白帆像是要断了气般地拼命喘息，桑静打了铃，护士给他戴上吸氧器，不许他说话。

桑静看着灯，想起黛玉送宝玉琉璃绣球灯的桥段，心里终觉不妥。

他看看她，用手捏捏她的手，轻轻说：“我没事。喜欢吗？”

“喜欢。”

“喜欢就好。”他淡淡地笑，她心里一痛，别过了满是泪痕的脸。

白帆渐渐好起来，宋琰也从北京赶了来。桑静退出了陪伴的队伍。白帆被送去汤山修养。桑静就在这段时光里继续折腾，这一次与上一次不同，白帆会定期发消息报个平安，虽然只是报个平安。开学、答辩、毕业、散伙饭。女孩在一片喧闹里安静地迎来了研究生生活，全新的同学，全新的课制，自己联系导师，好在一切顺利。

一切停当又到中秋夜，女孩摘了挂在宿舍床沿边的六角琉璃灯，爬到三十楼的顶上，点起半截蜡烛，拿个盛了茶的瓷盏，品茶赏月。想起在这丝绒般的苍穹下，白帆与自己望着的是一样的皓月，心下就温暖起来。背后一声箫起，转身，看见一个男孩抚箫而立，对她浅浅一笑。

“季怀？”

“嘘，你继续。”

她看了看男孩，有些不好意思，不想一阵箫声响起，一曲《枉凝眉》已从箫底散逸。想起大学一年级听到的轶事，摇摇头。季怀，认识你四年了，大学同学早就成了“沪女之友”，何必多此一举！小心提起宫灯，转身要走。箫声陡然一断，手被拉住：“桑静，那个故事你没听说过吧？”

“季怀，我不知道你说什么，我要回去睡觉了。”

女孩挣脱了男孩，飞也似的跑下楼，回到宿舍，关上门，心里突突直跳。中秋箫歌是他们学校出了名的佳话，她怎会不知道。这《枉凝眉》自桑静入学以来，被多少痴男怨女吹过，可惜今晚她只能装聋作哑不解风情。把灯插回原处，发现快跑时，宫灯不小心擦到了哪里，下扇有一面被擦了一道痕，正好是白帆生日的月份，一朵粉色的樱花上有些刮花。桑静又气又恼，气的是自己怎么这么不小心，恼得是明明因为季怀却又不能怪他。手指摩挲着这道刮痕，一痛。原来，那个面看不出来，刮痕竟有个小小的裂口，割破了桑静的手指，一滴殷红点在淡粉的樱花上。她一个激灵，回神时又觉得自己多虑了。可惜了这盏灯，更辜负了白帆一片情。

“灯被我不小心刮破了，怎么办？”

“那再做一个。做个什么样子的，等我回来你自己挑。”

关上翻盖，双颊绯红，望望窗外倾泻一地的月光，女孩用纱帐捂了脸。也许，她该谢谢季怀，如果不是破了，白帆怎么会主动提出带她去做灯。这是在约她吗？白帆，我说过的，要融化你。你，真的被融化了？

“什么时候回来？”

“你生日，我们去做灯。”

狂喜，悸动，一夜的辗转难眠，一夜的欣喜若狂。桑静把自己沉在被子里，偷偷地微笑，傻傻地痴笑，捂住脸在被窝里来回翻搅。室友被她闹醒了：“桑静，你怎么了？”“我，我做噩梦了。”她探出脑袋回答。

时光在盼望中跑得飞快，像是骑着单车倏忽而过。桑静不忍惊扰了心底的一池春水碧波，所以便忍着不发短信给白帆。他还是在月初来一条消息：“一切安好，勿念！”她便安安静静地等待他主动约她的那场灯趣。

这段时间，季怀无孔不入地接近桑静，借书、借笔记、借 CD，就差来借人了。桑静友好而策略地与他保持距离，一个异性朋友应该有的距离。一转眼十二月已到，桑静开始掰着手指倒数，还有两天，还有一天。

“桑静，对不起，做灯的事只能下次了。我有些事要去北京。生日给你补过。”

其实，也没什么，不过二十三岁的小生日。桑静用手揉揉眼睛，拼命忍住泪，仰着头，不去看课间白帆突如其来的短信。

一个声音掠过："你以为仰着头，眼泪就不掉下来了？"女孩看到季怀斜倚着课桌俯视着自己。她一脸疑惑的表情，心道，是那个惊慌失措的眼神出卖了我吗？

没有了彩色的希望，江河失色。季怀开始展开猛烈的攻势，图书馆看见他，食堂遇见他，常去的自修教室遇见他。他不和她多说，只是打个招呼继续看书。其实，他所有的努力在她面前统统不起作用。因为桑静的眼里已再没有别人。她和白帆有时真的像，对旁人的决绝一模一样。就这样，过了元旦过了春节，过了2月14日，过了他生日。都错过了，你拿什么赔我，白帆，这错过的光阴？

"回来了，安好，勿念。"

"什么时候做灯？"

"过几天。周六吧。"

"周日。"

"好，14日，早上九点，我去接你。和妈妈说一声，我回来了，就不和她联系了。"

呵，妈妈。"好。"

闲坐一处，自己用笔画着宫灯上的花样子，每块屏上提上《四季调》的一句。十二月一枝白梅上用笔落下"白羽回赠白帆"，用清水轻扫，提句立时不现。桑静轻啜一口青瓷茶盏，一口金骏眉温润入喉，闭眼深吸，一尺沉香香沁心田。抬头看看这间古色古香的厅堂，一块匾额高挑"琉璃三境"。琉璃，火与水的交融，阴与阳的交锋，男与女，刚与柔。红尘万丈，情爱，如这琉璃，纯洁无瑕，剔透华光。用高温淬炼，经雨水打磨，呈实境、幻境、妄境。三境皆是情爱，又不完全是，是欲念，是执迷，是菩提。桑静赞道，这名字取得甚好。坐在这里绘宫灯的花样子，果然不错。桑静隐隐听得有人说话，声音由远及近，听仔细了是这屋主同白帆的谈话。

"原本不过是去省亲的，你倒好，把你年迈的老父招了来，还有宋琰。清明已近，是要过了清明才走了。看你如何安置？"

"父亲来就为清明祭扫母亲。虽外头也住的了，毕竟父亲还有小弟陪着，终归住外面不惯。我腾出住处，让他和小弟住。正好单位分了套房子。闲着。我添置几件东西，就可住了。远是远些，反正暂时。宋琰，只是巧，出差。"

声音到得跟前停了，不见来人。

“那屋里画宫灯的那位呢，你收的学生？还是……老林，你，老树逢春，梅开二度。这梅枝你是摘旧的，还是新的？”

“你自己神仙眷侣，缘何拿我玩笑？进去吧。”

“慢，慢，慢。我在这廊下吸口烟，我们家小叶老师看得我牢，难得抽几口。你在，她不好意思说什么。”

“你啊你……”

“我说正经的。老林，你怎么打算？”

“什么打算？”

“咳，你不要揣着明白装糊涂啊。宋琰，在北京没少往你家走动，你们全家上下都拿她当你太太待。”

“前太太！再说那个家不是我的家。”

“你这么说，可架不住宋琰的殷勤啊。你看，你病着她照顾你。你父亲病了，她陪你回家探望。你父亲来祭扫你母亲，她又陪着。她哪里不好，你这么嫌弃她？老林！”

“她都好，是我负了她。”

“我们不是责备你。我就是不懂，那么好的女人，既然这么多年你们之间没有其他人，为什么不能重新过？”

“别说了。回不去了，何必再说。此生我是负了她，所有的错在我。”

“那她呢？”

“她，谁？”

“屋里那个。我可看过了，她写的毛笔可师承梦龙。我看过，几处带有老冯风骨的地方，都写得很有韵味啊。还有，她描屏的花与老冯的画风很像。我问过她，她说老冯教过她几年字，她还临摹过老冯的画。小才女和你这个大才子正好相配啊！老林，杨振宁娶了翁帆，我娶了我们家小叶老师，这都是佳话啊！老林，那么多年了，除了张妍，你对哪个女子上过心？你不仅亲自挑了样子给她做了个她好提的灯，今天还带她来。你知道今天什么日子？”

“什么日子？”

“今天是 3 月 14 日，我们家小叶老师说了，白色情人节。是女孩子回送心仪男子礼物的日子。那姑娘用墨写了‘白羽回赠白帆’，虽然清水一扫是盖了，可是那行字拓在我的琉璃案几上了。人家姑娘是一片痴心啊！老林，我们家小叶老师说林老师眉宇间有桃花之色，今年会遇桃花劫。”

“你这老顽童，本性难移。她是张妍的女儿。”

“哦，玩笑开过了。难怪总觉得这姑娘身上有个熟悉的影子。她看人的眼神和她母亲如出一辙。你，她，张妍她……”

“以后不要拿她玩笑。我当她是自己的孩子。”

“你还放不下她？”

“老范，有些人错过了就是错过了。张妍也好，宋琰也罢。我一个人那么多年，惯了，不必再去耽误别人。”

一滴泪滴在三月的樱花上，晕染开来，宣纸上已是模糊一片。桑静用手去抹，一搓，破了，看着才完工的花样子，心里的刺痛如同墨迹在宣纸上渲染开来。

灯花的样子最终描好了，还要烧制，当天取不了。二人起身告辞，包里揣着巧克力，如同揣着颗透明的心。桑静选今天的确是因为今天是白色情人节，带了自己做的巧克力准备赠给白帆。桑静不在乎白帆错过了自己生日，错过情人节，她只要他心里有自己。白帆讷于言语也没关系，她来。由她来告诉他，相思有多长。说不出誓言没关系，由她来。她亲自来许他今生同路，来世相依。

“舅舅。谢谢。”

“傻孩子，谢什么？”

“今天带我来做灯。”

“桑静，你我之间，不必言谢。”

“我……我，我做了巧克力给你。”桑静拿出用心包装好的手工巧克力。他一怔，如同乌云掠过皓月，他看了看她手中的礼物，一抹愁云掠过他的眉心，他没有接：“岁数大了，血脂高心脏不太好。甜的东西还是你们年轻人自己吃吧。”

“我自己做的，你都不尝一口吗？”

“桑静，上了年纪多与苦涩的东西打交道，茶、药，都是可以品出人生况味的苦涩。甜蜜的东西，还是应该与年轻人分享，才会格外甜蜜。”

他看着她，眼神平静无澜，她看不到丝毫情绪。哪怕只要有一丝的遗憾，就足以鼓舞她把憋在心里的话说得干干净净。可是，没有，什么都没有。没有喜悦，没有悲哀，没有遗憾，没有叹息。他那样一字一顿说着，好像真的只是同她讨论一味苦茶好还是一味甜品好。桑静说的是这十几年的心，白帆却三两句就云淡风轻地拒绝了自己。他关了心门，叫她怎么办？她是女孩子，自己也有尊严，就算低入尘埃。为何给了她希望，又推她入崖底。他到底要她怎样？她剖了心，捧在手中，呈于他。他却不要。他怎么能不要？他不知道，自从认识他起，这颗心就只属于他了。他是家，是暖，没了他，让这颗心今后如何归家？

她擦了泪，恨恨道："白帆，我再问你一句，今天你答了我，今后我再不问了。那一日我写的诗，你且如何解答？秋风起兮皓月明，洲头疑雾兮路在心。多年前的答案，风知道，雾知道……"不等桑静说完，白帆便答道："桑静，你现在所经历的，我都能理解。多年后，你再来看今天，只会觉得自己是多么意气用事。"

白帆的话，再一次深深伤了桑静。不及听完他的说教，她转身奔跑着遁入人海，耳畔只有白帆声嘶力竭呼唤一遍又一遍。自那天回去后，桑静就开始发烧。

"白帆！白帆！"桑静猛地醒来，是梦！还好是梦！她转过头看见季怀握着自己的一只手，另一只手打着点滴。

"怎么了，又做噩梦了？"

"嗯。"

断断续续低烧了三个月，陪在她身边的一直是季怀，也只有季怀。她对自己说，累了，一直追着白帆的背影，真的太累了。午后慵懒的阳光下，一个男孩陪着她看书，阳光拉长了一切的影子，桑静的、季怀的、点滴架子、医生、护士糅杂在一起模糊了她的前尘往事。人生第二个本命年，桑静终于挥剑斩断了十二年来对白帆的痴念。在她二十四岁那年的四月一日，发了条消息给白帆："我恋爱了。"

然后，就是与季怀的分分合合。白帆对于桑静的恋情自始至终是不闻不问的态度，仍然不温不火地表达着关心。对于她去银行的事，他虽心存芥蒂，却隐忍不发。大约有十年，他们一直保持着如今这样对彼此无所欲求的态度。他，终于对于桑静继承文学梦这件事彻底死心；而她，再不去奢求任何回应。桑静对白帆的爱随着年龄的增长，逐渐由强烈转为安静，由炽热转为理智。她终于已辨识不出，藏在心底的那一池心火究竟是情爱还是孺慕。正如他所说的，多年以后再回想起过去，只有无限惆怅。

第六章　步步为营，处处惊心

十五

从“梵海听泉”回来上班的一周是神奇的一周，桑静拿公休销假时，胡总居然让她进他办公室。除了来总行第一天报到，她基本还没有单独去胡总办公室汇报的待遇。当然，她也不想。胡总是个不怒自威的人，他的决策总是高瞻远瞩，不容置喙，事实证明，他也的确当之无愧。可是，正是他的这种绝对正确的威仪，让人如同惊弓之鸟，战战兢兢、步步生畏，恐怕自己行差踏错，被他当众呵斥。

“桑静，来总行几年了？”

“五年。”

“升了一次职，现在是副主管？”

“是。”

“我听他们说你文笔不错，我们前几年开门红的动员信是你写的。”

“平时喜欢写写东西，那个动员信让领导见笑了。”桑静说得扭捏得很。

“我们现在综合很缺人，你要不要考虑做综合，变成我们部门一支笔？”

“胡总，我现在跟着姜总学习理财业务，很充实很满足。我……”

“好，我知道了。你好好干，你很有灵气，可以的，下去吧。”

回到座位上，心神不宁，桑静立刻找姜总：“姜总，今天胡总找我了。”

“你没答应吧？”

“我没有。”

“前几天，他问我要过你，综合缺个写战略的。我没同意。”她淡淡地道，“你不用胡思乱想，这件事到此结束了。”姜总看看桑静，给了她一个浅笑，示意她离开。她只得讪讪地离开，心里像打翻了酱油铺，七上八下的心倒是落回了肚子里。

第二天，就见到团队里的小陈风风火火地搬座位。

“怎么了？去哪儿？”

“领导，我要去综合部，洪总说我们部门三年规划，每个团队都要支援。本来胡总要派您去做战略规划的副组长的，姜总没答应，就把我牺牲了，我以为姜总对您说了呢。”

“没有啊，姜总没对我说啊。”

“哦，那就当我什么都没说。”

桑静怔怔地看着他来来回回搬工位，半晌，才缓过神。原来昨天那一次简短的谈话就是杀伐决断的一个回合，还好她听从了心意没有任何犹疑。但凡表现出一丝犹豫不决，今天搬家的也许就是自己了。

“姜总，小陈才毕业，他来时，我已和他讨论过他的职业规划，他想做业务。我们团队人员配置，刚好每人一块业务。我才接这个团队一年多，人员就被抽调……”桑静还是没有忍住，抽了个空跑到姜总办公室理论。

“服从安排。”

“可我……”

“他不去，就是你去。我也是两相权衡后推荐他去。现在全行上下都在制定发展战略，他能参与撰写，对他未必是坏事。你也别挡别人的路。”

原来，只有她一个人一厢情愿地以为自己在保护他们。痛，钻心彻骨，脊背寒凉。身体如坠入冰凉的水里，一直一直往下坠，没有穷尽，桑静用手捂住腹部，整个人蜷缩了起来。原以为早就习惯了被安排的命运，原以为早强大到接受一切手中的牌。不过，以前的那只安排别人的手离得好远，桑静总是归结为命运推手。可这一次，近在咫尺，他是具象的，他都不是三头六臂的鬼怪，他是一个人，一个说一不二的人。他的一句话居然可以决定自己的工作内容、工作环境和自己团队的命运。整个人苍白如纸，如纸鸢从高空向下坠，一直坠，腹部有一道裂口拉扯着，是被人提拉牵扯的绳子吗？

桑静被姜总他们送进医院，是急性阑尾炎，马上手术。开刀后的第三天，李敏突然给桑静打了个电话。

“喂，李老师，找我什么事？”

“桑静，你最近碰到过顾行长吗？”

“顾行长……”桑静想起的是那一夜吹箫的顾超然，他是那么不像那个“顾行长”。

“桑静，你怎么了？说话有气无力的。桑静，桑静，我有点急事找顾行长。如果，我是说如果，你见到他，让他联系我！”李敏是个直接的女子，单刀直入果断决绝，同时她也是个锐利的女子，凡事看得通透。

凭什么她以为她找不到顾超然，自己就能够遇到呢？想到此，桑静脸上又似有火蛇爬过。“李老师，到底怎么了？”

“桑静，听我说，顾行长前几天出差回来突然提出休年假，草草交代就匆匆离行了。最近有点非常棘手的事要找他商量，他却怎么都不接手机，有几天了。找了总行安排的酒店公寓不在，问了小沈说他回上海了。可是，他上海的家没人接电话。微信、短信也不回。”

“哦，如果，我是说如果他找我，我会和他说。”挂掉电话，一个念头萦绕心间。顾超然失踪了？想起上次他失踪，桑静心里突然一抽。难道他又出事了？

“你在哪儿？李敏老师在找你，请回她电话。”微信发出去半个小时，没有消息。期间，有几次屏幕上显示对方正在输入，可都没有回复。她再次编了短信发他，仍然没有答案。突然，心里有一种不祥的预感，难道他真的又出事了？“你到底在哪儿？我阑尾炎发作开刀住院了。”

李健的歌响起，由轻至响，由远及近。她连忙抓起电话：“你到底在哪儿？你没事吧！”

“我在上海。我没事，就是有点累。”

桑静听见顾超然轻轻吐吸的声音。“你，抽烟了。”

“都说没事了。你怎么那么不乖，我一不在就出状况？”

嗯？什么状况？他说话的口吻全不似平日的戏谑，又不似平日的威仪。他这是和，和，和情人说话的口吻吧，桑静吓了一跳。“顾行长，你，你，你认错人了吧？”

电话那头的醇厚嗓音凄然一笑，转而咳了起来，在电话里她能听到他胸口起伏的声音。

“你还好吧！李老师是个怎样的人，她找到我寻你，一定是有很急很急的事，回她电话吧。”

“我没事。”他顿了顿用略带沙哑的嗓音继续说道，“能听到你的声音，真好！”

沉默，长长的沉默，这是一个长长的留白，留给顾超然，也留给桑静。他们两个从来没有去定义彼此的关心是什么，往往很多事就是凭着一腔情绪已经做了，才回头来判别到底是否合理，是否合情。

“你又把自己折腾出毛病了，写战略写出阑尾炎了？”他又恢复了气定神闲，桑静又恢复又气又恼。还是这样好，比别人多一点，桑静觉得，一点就好。

“我没去写战略，我拒绝了。”

“拒绝了？哼，你可真是个榆木脑袋，桑静。你去负责写战略，写好了，顺理成章升副科。怎么可能写不好，一群精英！真是仕途坦荡你不走，非要走这羊肠小道。这是你们老胡临走前给你留的礼物，你却拱手相让。真是，这些年白提点你了。”

“我没想要那么多，我只想做产品，真的。”

“你啊你！不过，”他话锋一转，一扫刚才声音里的颓然，又是一副铁齿铜牙的声线，“既然……那你这场病生得也颇为及时。哼，你就乖乖在家养病，坐等看一场地动山摇的好戏吧。所以说，你骨子里还是挺聪明的，只是你自己不知道。”

“什么意思啊？能不能不要和我打哑谜啊？”

“呵呵，过些日子你就会懂了。别管了，好好养病。别再让我担心。”他语调突然温柔了下来，他们仿佛近在咫尺，能听见彼此的呼吸和心跳。

“给李老师回电话！”

他又叹了口气，语气冷冽地说道:“知道了，她找我的事，我大致知道。不碍事。桑静，答应我，以后，前外滩人的所有事你都不要掺和进来，懂吗？总有一天，你会明白我不让你扯进来是有道理的。和他们保持距离，越远越好，还有……”

“什么？”

“每天晚上给我发条微信报个平安。”

“师兄……”

“逗你呢。单位里有大事报我。”

“遵命！哎哟哟哟！”

“怎么了？”

“我和你说话忘了形，做了个遵命的手势，伤口牵着疼。”

“你总让我不放心呢，怎么办？桑静，听好了，我会有段时间没法顾到你。这段时间你就请病假好了，单位里的是非都不要问。等我回来一切就好了，你和我……我是说，你一定要答应我，等我，等我回来。”

“我不懂。”其实，她也不想懂。顾超然，一颗无处安放的心，还是不要有期待的好。

“你不要懂，只要等。行了，早点休息，我得挂电话了。晚安！”

“晚安！”他已经挂了，电话那头嘟嘟的忙音，桑静这头也茫然了。顾超然，你到底是魔鬼还是天使，你引我走的是地狱还是天堂？

时间倒流，桑静仿佛站在九年前的年口，看着单纯的自己在等待着一个注定纠缠的决定。

“桑静，午休怎么迟了？”

“李老师，我觉得党员家庭调访材料用寄还是不太妥当。我看了地址也不是很远，就抽中午时间去了趟把材料交了过去。”

“你还没吃饭？”

“没事，没事。一顿饿不死。”

李敏看了这丫头整理的党支部会议纪要，整整齐齐按照日期归档，有些漏的，按照当时的记忆也补上了。她的字刚劲有力，颇有几番风骨，与她柔弱的外表不符。

“字挺漂亮！”

“哦，谢谢！”

“练过？”

“嗯，妈妈以前的同事，后来当了书画家，拜在他门下，学过几年，不过偷懒，没好好学，也没练出什么。辜负了师父的盛名。”

“你师父是？”

“冯梦龙。”

“是最近在外滩美术馆开个人画展的那个冯梦龙？”

“是。”

李敏看看眼前这丫头，难怪顾行长对她另眼相看，她的确有她的故事。

“桑静，你实习期快到了，你怎么打算啊？”

“今年总行的政策明确了，我们这届研究生必须留在支行就职。可是，李老师，自从并行后，新领导都没见过，我也不知道能去哪儿？”

“哼，新老大已经找他带来的实习生谈过话了，自然对你们爱理不理了。桑静，我问你，外滩也改成了黄浦，我们领导都换了一圈。这里你也待不了，那中欣支行你去吗？”

“中欣支行？”好耳熟，那不是顾行长去的地方吗？

“对，顾行长让我问你，愿不愿跟他走？”

一纸公文，说并行就并行，顾行长也被调任中欣支行，任职副行长主持工作。据说他一人单刀赴会，那里则是群龙盘踞，各个对正行长觊觎窥探，他的日子不好过。桑静内心不想去，可是她又能去哪儿呢？新来的老大早就和带来的实习生谈过具体留任的职位，桑静和“玄奘”就这样被搁着。“玄奘”还是心无挂碍地做着总行梦。桑静却如同鱼肉，明知无路却还要端着一副淡然的样子。

“我去。”

就这样，一个简单的春日下午，决定了桑静在 WNS 的第一步，也许也是和顾超然纠葛的第一步。

去中欣支行之前，桑静也并未觉得从此一帆风顺，只是更没有想过一切从头来过居然这么苦！

“桑静，你怎么搞的？怎么把人家张老先生惹生气？他可是我们的大客户……还有王老师什么情况？她向我投诉，说你有产品没通知。你知不知道，小章休产假后，我和李经理都力荐你直接接她客户。别人做客户经理都从零开始，小章给你留下那么一笔财富，你却把客户得罪了！”

桑静完全被老曹骂得蒙住了。

“不就是让你陪老先生吃个饭嘛。人家只是表达一下对我们行的感谢，增进些了解，你又不少块肉。”

你不少块肉，桑静心里骂着，老头拉着她的手，自己的手上都快掉层皮了！

“你怎么这样啊！看着我干吗？和客户道歉。”

“张老先生，抱歉，我今天中午真的有点事，没法接受您的好意。改天，我请您吃饭。”桑静一字一顿说完。泪水终于涌了出来。

一到中欣支行报到，她就被分配到零售业务部担任理财低柜，辅助客户经理小章——一个年纪比她小一岁的老资格客户经理维护客户。小章是职业专科毕业，工龄长得可怕。她对于桑静笨拙的操作和反复的确认，只有两个字评价：磨叽。

桑静开始正式职业生涯两个月不到的时候，她的首任师傅突然回家安胎了，二百多个客户由桑静临危受命，一人维护。二百多人，小章在的一个多月，频繁接触的核心客户也就五十多个，加上常联系的也就百十来个，还有好多人，在系统里只有一个永远也联系不上的电话。陌生人。桑静只能用这个词来形容他们。那个王老师就是这样，明明手机换了，系统里没有，却要说小章是怎么勤快地和她保持密切联系的。桑静也只能感慨，她这个小师傅似乎并不待见自己，一些客户的资料都藏了起来。

接下来的日子，桑静要在快速熟悉各类具体业务操作和切换频道回想各个客户信息、长相中挣扎着活下来，同时还要见缝插针地出去外拓客户。这个外拓模式是零售部副经理老曹在她身上首创的，当然，小章在时，一切运转正常，桑静按照潜在客户名单做陌生拜访，然后重复自己操练过无数遍的推介话术，让他们填写贵宾卡申请单，回行领取标识卡，第二天再上门送卡。这样的模式，在桑静修改了无数稿的自我介绍和上百次的排演操练下，居然屡有收获。不过，也正是这样，桑静反而渐渐感觉系统里客户的可见信息越来越少。

可是现在只留桑静一个的情况下，每天几十通电话，无数短信提示，柜面日常业务办理，还要兼做代发工资上传、大堂经理、陪着 ATM 加钞，根本没有时间外拓！在银行圈里流行一句话，每次进入一家网点就如同一次投胎，桑静这次算是彻底投错了，可以说她去的就是一片蛮荒之地。适者生存在这里尽显本色，反正没啥资本，全靠自己去争取。而她，一个一没靠山二没资源的平凡女孩，需要在忙得像狗的现实和抬头望月的梦想里挣出个微笑，有多难。

而这一切，居然只为一个人，为了这个人的所谓知遇。这个人把她要过来后，似乎就再没有空理她。后来，李敏调了过来，李敏倒是常来看她，劝她说那个人在这里行事很难，把她调到零售条线实属无奈云云。其实，桑静谁都不怪。只是，老曹间歇性的歇斯底里让她很受挫。

看人，桑静有自己的判断，张老先生和自己气场不合，她做不来温顺柔软的小绵羊，说不来并非发自真心的溢美言词。每天轮轴转的工作环境桑静可以接受，她来就抱着从头开始的决心，可是她忍受不了的是孤寂。一颗骄傲的心在人群里穿梭，哪些是可以依靠可以信赖的？她如受惊的小鹿奔跑在黝黑的森林里，黑暗中是不明的敌人。她孤独无援，明知敌意，却不知从何躲起。办公室的老师可以拜托她帮在大学的儿子写入党申请，柜面的老师可以让她帮着申请办理其他银行的信用卡，老曹可以毫无缘由地当着客户的面数落她一顿，只为平复客户故意的刁难。她觉得自己在孤独的森林里徘徊，谁才是那盏明灯，照亮迷途羔羊的回家路？

“桑静，帮我查一下基金。”一个熟悉的声音响起。

桑静抬起头，错愕地看着他。一秒后，立刻闪回自己的角色。“顾行长中午好！请把身份证给我，谢谢！”

他微笑着递过身份证，她在他的眼里第一次看到的不是冷眼旁观的戏谑，而是温暖。阳春三月，中午的阳光透过大厅旁的落地玻璃照进来，桑静就坐在阳光刚好可以瞥见的地方，阳光下，眼前这个美男子，眉目柔和，温润如玉。他轻轻地说：“眼泪是留给失败者的。你都没开始还没资格流泪。”

她低着头打着他的基金资产单。

“再帮我推荐个定投的基金。”

推荐完，她把申请单递给他。他笑笑：“你都不帮我填的吗？他们可不这样呦！”桑静涨红了脸，突然意识到眼前的男子是在教自己。

“有些骂你的人，不见得是真的讨厌你，他至少关心你的成长。那些当面把你称赞得如同花朵的人，倒是要小心，要么有求于你，要么实则不希望你继续进步。”

她低着头认真地填着，耳朵认真听着，心认真地记下。

“字很中性，不过很漂亮。”

桑静抬起头，回望了他一眼，在心里默默感谢他，嘴上什么都没说。麻利地办好，把所有凭证连同身份证一起叠整齐，交还他。“顾行长，办好了。”

“把专业学好，多观察，少说话。是金子到哪里都会发光。”他顿了顿，“迟些早些的差别！”

说完拿起东西朝行外走去，人影淡在金子般的午后阳光里。

看见老曹当着整个营业厅骂桑静的一幕实属偶然，顾超然正好在给梁欢的信用卡还款。其实，这样的一幕太正常，正常到他连眼皮都懒得翻一下。他只是好奇，在他面前哭过几次的小哭包，又要泪如雨下了吧。她太敏感，太脆弱，也许带她来这么复杂的地方，本身就是错的。可她又能去哪儿呢？

在当时的情境下，他做出了努力，他带她走，好过留下来被另一群不相干的人嫌弃。可是，来这里真的就好吗？如同自己，每个人在自己的位置上都落好了棋子，他的到来，打破了每个人的棋。行领导派他来，不就是为了这个吗？可他们问过他，这样舒服吗？这样顺利吗？一个迷局，他想起梁欢的父亲拍拍他的肩，是这么对他说。对，一个小小的迷局，小小的考验。那么桑静，我带你来到这样一个充满敌意的环境，你能应付吗？柔嫩得如同小小种子的你，能够解开这个生存迷局吗？你也是一步意外的棋，对他们每个人来说。只可惜我插不进公金，对不起，我已尽力了。他迟疑了片刻决定和她谈谈，毕竟是他选了她，多少有些责任吧。

“你和顾行长认识？”老曹嬉皮笑脸地凑了上来。

“哎？”

“还装！他不认识你，干吗推荐你参加我们行第一批 AFP（金融理财师）资质培训啊！第一批的名单都是我们行的明星客户经理，要客户有客户，要资产有资产，就你刚入行的资历，哪轮得到你！我听说，这次是顾行长找了总行零售部胡总，特批了增加我们行一个名额，说支持我们行理财业务。”

“你都说了是胡总支持我们行理财业务，和我有什么关系？”

老曹眯起眼，从眼缝里狡黠地看着她：“你和他真的不认识？”

“原本是不认识。不过拜你所赐，你那惊天一骂，顾行长就认识我了。”桑静对着老曹眨眨眼，笑意盈盈地走开了。

“桑静！”

桑静一个人站在站台，满脑子是怎么与今天名单中的客户进行贵宾卡推荐。记录客户的工作学历，设置见面情景，模拟对话。她不得不佩服自己一个人演戏的能力。当她还沉浸其中时，突然听见有人叫自己。眼睛调焦后，看清一辆黑色宝马停在面前，车窗缓缓降下，露出一个熟悉的身影，探出车窗唤她。

“顾行长，您叫我？”

“你中午不午休吗？”

“我去跑客户。”

“哦。要带你一程吗？”

“不用了，我自己走。”

“你去哪儿？”

“静安寺。”

“我顺路，上来吧。”

桑静犹豫了一下，坐上了副驾驶。“谢谢您，顾行长！您去哪儿？”

“我去总行开会，还早。先带你吧。”

桑静心里默默地说：“领导，去总行，好像不顺路吧。”

“听说你最近工作挺顺利，赢得一干粉丝。汤团吃了不少。”

“这个您也听说了，惭愧，惭愧啊。”

最近，基金疯卖，对面的点心店里一群热心阿姨，天天宝贝长宝贝短地喊她，还硬要送汤团给她吃。桑静只得付钱说买。结果这连买带送，带回来好几盒汤团，只好和营业厅的老师们分。人人都说她这甜蜜的负担真好。没想到顾超然也知道了。

“还有，给对公介绍了一个不错的客户。”

“那个纯属偶然，我做大堂经理时和一个排队很久谈吐不凡的中年妇女聊了会儿，没想到我们都喜欢严歌苓的小说，都喜欢提香的画，还谈到要去看双年展，反正很投契。她给了我名片，我才发现她是家中型公司的财务。后来，她常来找我聊天，干脆办贵宾卡，还帮忙开了代发工资。我顺便介绍了我们行对公理财，把她转给何老师了。”

他边开车边微笑地听着，扔了块薄荷巧克力给她。她大大方方地接了过来，拆了包装认认真真地吃：“好甜啊！”

“我……一个朋友从比利时带来的，我不爱吃甜的，你喜欢就拿走吧。对了，

AFP 学得怎么样？”

“好难啊！案例做到很晚呢！”

“听说你们小组案例被评为最佳案例。胡总也说课程老师对你评价不错。”

“顾行长，你都知道？”桑静红着脸低着头轻声说。

“本来想让你去公金条线，可是一来太复杂，有些事也不是我一人说了算，二来你喝酒过敏，性格也不太适合。我以前分管过零售，是有感情的。零售苦是苦了点，工作也杂，不过近几年理财业务崛起，你的聪明才智一定有用武之地。好好考试，把证考出来，你和我都需要这个证。”

“嗯，一定全力以赴！”

顾超然出门时，心中忐忑，季度总结怎么向行领导汇报，他是准备好的。可是今天却格外紧张，对于这个新的行，新的角色，他没有十分的把握。在转角等红灯时，他心不在焉地来回流转着视线，就见到了桑静。绿灯亮起，他毫不迟疑地转了个弯，开到了桑静面前。

她没看到他，她在手舞足蹈地自言自语。这个丫头，总是这样，一股子鲁莽的冲劲，有时又不失分寸，不失聪慧。他有些喜欢和她说话，一个成年人和幼童逗趣的喜欢。无论她在别人面前怎样拼命忍住眼泪，他还是看出她心底潜藏的委屈和脆弱，她浑然天成的孩子气和假装的成熟就这样不协调地呈现在他面前。好，就让她带给我一个晴空万里的下午吧。他翻了半天，找出梁欢放在他车上的薄荷巧克力。梁欢，心头有种说不出的滋味，如果说梁欢是一杯苦涩的咖啡，那么，桑静这样的女孩甜得就像这个巧克力吧，清新得没有深意，却总是带给人淡淡的愉悦。他摇下车窗，低低唤了声“桑静”。

“老曹，我考出来了！”

“我有一门没过。”

“哦，挺遗憾的。”

“桑静，你也太假了吧。请客，请客。明明心底乐开花了吧。对了，等会儿我有个客户帮我接待一下，我有个会。”

“谁啊？”

“谈律师。”

“没事，你去吧。谈老师，我们很相熟了。”

“我的客户现在都快成你粉丝了，我说桑静，你是不是在挖我客户啊！”

“你客户跑来和我聊天，我都没向你收咨询费。”

“你这个小姑娘现在是越来越不像样了，敢欺负你师父了！”

“你终于肯承认我是你徒弟了。”

“我徒弟那么厉害，我们行第一批AFP，我怎么能不承认呢！我问过总行了，我们行合格率50%！桑静，你怎么了？”

一年了，怀疑、猜忌、责骂、压力，桑静都没有被压垮，可是老曹的那声徒弟却如一支金铸的利箭射穿了堵在她心中的壁垒，射得残垣一地。夏日的风在厅堂里吹着，眼角突然痒痒的，眼眶一热，“你终于承认我是你徒弟了。你老说我笨，丢你脸……唔唔唔……”起先的抽泣成了八月里的阵雨，打得老曹无处躲藏。

“怎么了，老曹又欺负你了？”

“没有，只是……”桑静还在用手背抹着泪，脸上的妆花了一手，抬头看见顾超然绽着浅浅笑靥。

“我听胡总说了，祝贺你，桑静。好多支行可是全军覆没。我们50%合格率，高于全行平均水平啊。老曹，你要加油了。后生可畏，不要让你徒弟赶超了！”

桑静泪眼中看着顾超然，心底一阵酸楚，泪水两行，汩汩不断。

顾超然看着桑静，语气柔和：“傻姑娘，怎么眼泪掉不完，不要成本的吗？”她破涕而笑了。

这是最近听到的最好的消息，是老胡亲自给他打的电话。有些疲倦地放下电话，顾超然燃起一支烟。第一步，这颗小小的种子扎根了。他轻轻吐出一口气，袅袅烟幕升腾。突然，他很想看看，看看她得意忘形的样子。他很久没有见到她笑了。

看到她时，她居然不是如自己预料的得意，而是在哭。起先是低低哀哀地呜咽，后来是伤心地抽泣，直到泪水如同泉水奔涌而出。如果不是他上前制止，老曹怕被桑静的泪水淹没了。原来这一年她这么委屈，憋着一股劲吧。原来自己的无心之举，苦了她。不过也不算彼此辜负，他给了她机会，让她参加第一批培训和考试，让她参加客户经理评级。当然，她果然没有让他失望，但他的期许远不止这些。她能担当他的梦想吗？今天就允许她沉沦在小小的情绪里吧。这一年他说她没资格哭，她便忍了那么久。也许示弱未尝不是一种策略。既然他无法用雷霆手段解决安插在身边，让自己百般不适的人，那不妨亮出柔弱，伺机出击。

秋雨缠绵了一月有余，落了一地的枫红杏黄。坐在空空荡荡的大堂里，落地玻璃外爬满寒凉的湿气，看着檐前落下的水滴打在门口的黑色大理石上，桑静想，这样的日子，何时结束？她要见湛蓝的天空和直冲云霄的银杏树干。

“桑静！”

一声高喝，如同秋夜里的惊雷，她一个激灵，眼见一个身材高挑的女子顺着经警指引的方向朝自己走来。她穿着灰色的大衣，闪耀着明亮的光晕，脸上颈间所有裸露的肤色白得如同瓷器，细腻柔滑透明中还闪着淡粉的红晕。在一张巴掌大的脸上，一道剑眉，长长的睫毛呼扇呼扇，一双深邃的眼睛波光流转，眸子居然闪着暗紫色的光泽。高傲的鼻梁宣布着主权，闪着珠光的柔粉色厚唇半抿着，两个酒窝盛着浅浅的笑意。瘦，干瘦，单薄的上身裹在灰色的大衣里，看不出女性的第二性征。一头齐耳短发，与浓眉、男朋友风衬衣和高腰的阔腿裤遥相呼应，飒爽英姿，率性大气，巾帼须眉难辨。来人美得如同从文艺复兴的画中走出来，只是略中性了些。见桑静看得痴傻，来人说了句：“桑静？”

“您好！我是桑静。”

“你好，我是梁欢。一个朋友介绍我来买些美元理财产品。”

桑静大致问了梁欢金额、用途，为她推荐了一个产品组合，以防止流动性和汇率波动风险。她似乎很满意，还爽气地办了贵宾卡。她语速很快，思维敏捷，手上的表是积家的，大衣是Max Mara，皮夹是Longchamp，香水应该是高定的，淡淡的柑橘味。在桑静办业务时，她一直在看桑静身后的电子屏。

“他的画很特别吧。”桑静看到她的眼神定格在一则广告上，就多说了几句。“他是我客户，一个小有名气的画家，他的画总有一种摄人心魄的力量。他的‘镜像缘’系列，都是从镜中取景，镜外镜中同一人又不是同一人，颇有些禅意。他最近有个圈内的小型个展，您喜欢，我可以推荐您参加。”

梁欢转过头，看看桑静：“那段文字，那段文字也是他写的？”

桑静低下头，红着脸：“那段文字是我看了他的作品，写了送他的，纯粹玩票，广告公司觉得不错就用了。”

“我很喜欢你的文字，桑静。”

“谢谢！”

“谢谢你，你说的那个个展，请帮忙安排。下次见，桑静。如果有需要，你可以找我。”她递了张名片，梁欢，《晨报》电子版编辑。“我们报有个叫《申城夜话》的副刊，你如果还有这种文字可以投稿。”

她收好回单，走向大门，坐入一辆黑色宝马。黑色宝马如一匹黑色的骏马驶入绵绵秋雨里，一转弯，露出车牌。桑静坐在大厅，看着落地窗外幕天席地的潮湿，把这个车牌又看了一遍。

“既然这么匆忙，就不必来了。”顾超然淡淡地说。

“你拜托我的事，我还是要来一趟。”

“我只是随口说说。”

“超然，你从来不随口说说。抱歉，我的车坏了，只好麻烦你了。”

“你不用客气。我本来就该……还是，谢谢你。”

“谢我什么，支持你工作？”梁欢在车头的抽屉里翻找着，“怎么没了？”

“别找了，吃光了。”

梁欢用手捂着半张脸笑起来，银铃般的笑声中透着邪魅。“许久不见，你变了。”

“哼，我妻子送的巧克力，我就不能吃完？”

梁欢收了笑：“超然，你我既有约定，何必自寻烦恼。本来今天我只是好奇来看看，是什么人改变了你，你却破绽百出。是她吗？”

“不知道你说什么。”

“顾超然，顾行长，我父亲的好徒弟，你可是一个从来不会为什么人有什么情绪的人。即使结婚当晚，我和你约定，你也没表示过什么。我本来以为你是台只会工作的机器。你那天扭扭捏捏地暗示我去你们行办业务，我就觉得其中有故事。”

“梁欢，我的事与旁人无关，你不要把你的职业病带入生活。”

“你敢承认你对她没有好感？”

梁欢锐利地看了顾超然一眼，顾超然第一次狼狈不堪，却不知道自己为何这样狼狈。桑静？她不过是一颗微不足道的棋子，一个半大不小的孩子。他沉默了。

“没有？那好，我倒要会会她……啊！顾超然，你干什么？”

顾超然一个急刹车，梁欢猛地被砸在椅背上。“不许靠近她！”

一丝邪魅的冷笑再次浮上梁欢的脸：“这样才像一个有情有欲的人，超然。

本来我以为你是圣彼得呢。呵呵，呵呵。”

顾超然愤怒地盯着梁欢，眼里都是血丝，像是燃烧起的欲火。他也被自己吓到了，仅仅一刻，他收了这把火，他不能纵容这火再烧起来。无论是谁，他都没有资格要，他也再给不起一个未来。梁欢看着顾超然眼中的火由燃起到熄灭，心下黯然，何必去折磨他，困住自己的又不是他。她是五十步笑百步，她不一样是要不起也给不起？手上戒指硌着痛，她取下，放在口袋中。这个戒指从来没有戴过，如果不是要陪顾超然去单位，如果不是要演一出琴瑟和谐的戏码，她才不戴呢！

“你到了。”他绅士地为她开门，为她遮雨，有一瞬，他也以为他这么做是出于真心。原来只是习惯，习惯罢了，对于女人，他一向很体贴。她头也不回地进了大楼。这几年，谁不孤独？

“刚刚那个是顾行长的夫人！”

“真是郎才女貌啊！”

“真恩爱啊。”

“是啊，还要接送，听说他们结婚十年了，没有孩子，但恩爱得还像新婚。”

“……”

桑静望着远去的车牌，心想，这个世界是有这样的幸福的吧。就是你心之所想，也会得到回应。世界那么大，找一个自己真心所爱是如此容易啊，而他恰好也爱自己就没有那么容易了。所以，她开始羡慕起顾超然来，他真是一个成功的典范啊。他长得那么俊朗，又有一副好嗓音，一颗聪明的头颅，一个高高在上的地位，还有一个美得不食烟火的妻子。似乎人生的礼物，他一样不缺，他的人生是被幸运女神祝福过的吧？

而这苍茫世间，不幸就各有各的不幸了，她爱白帆，白帆不爱她。白帆爱母亲，母亲却不爱他。翠儿爱志鸿，志鸿却娶了别人。桑从文爱张妍，张妍梦里却总是莫志鸿。这世间都是痴缠而不得的情爱，他顾超然真是好命，什么都有了。而自己，一个一无所有一无是处一文不名的蜉蝣，注定是为别人作嫁衣裳。眼底一热，泪水如同窗外的雨，疾走直下。她泪眼涟涟的影子刻在落地玻璃窗上，全数收入回行停车的顾超然眼底。他关车锁的手一抖，钥匙落在地上，心底狠狠被水鞭子抽了一鞭。难道，她？是惊诧，是欣喜，是无奈，最终化作疼痛。顾超然背过身，走入办公大楼。

第七章　为你，我已竭尽全力

十六

“那个比赛方案你写完没？”老曹抄起手里的笔记本作势向桑静砸去，她嬉皮笑脸地用手格挡，他便笑停在空中。

“领导，我每天白天要做那么多事，一堆指标，中午兼大堂经理，下班前上传代发工资。我白天哪有时间啊？我都是晚上写的，我每天只睡五个小时，方案已经改了五稿了！你饶了我吧！”桑静告饶。

“铃——。”

“你先接电话吧。”老曹敛了笑，催促桑静。

“您好！中欣支行，请讲！”

“桑静，来我办公室一趟。”

“遵命，马上！”

“老曹，老大找我……”桑静俏皮地指指楼上。

老曹马上会意：“快去，快去吧。”

走出大厅，来到办公楼的大堂，这里桑静几乎是不踏足的，除了偶尔开集体会议。电梯到了十六楼，桑静径直朝里面走去。这还是她第一次进这里的行长室。中欣支行的十六楼比外滩的华丽得多，大厅里挂着一幅很大的油画，会议厅有一盏巨大的水晶吊灯。往里走，一路上每一处都有小摆件，很有设计感。依照前台的指示，到头左转应该是他的办公室。还没走到，已隐约可辨争执声。是个女人的声音，那不是分管公金的刘行长吗？她尖锐的声音完全盖过了一个男人的声音，那声音也不是顾行长呀？桑静好奇地屏气凝神，想将事情原委听个清楚。

突然，一声咆哮："全都给我闭嘴！"眼前仿佛浮现一头金毛狮子逆着斜阳，在山巅怒吼，宣布主权，"你们今天都太激动了，改天一个个向我汇报。现在出去，我还有其他事。"

只见刘行长怒气冲冲地走了出来，地砖被她踩得咚咚响。她如同一只母虎，来去生风。出门发现桑静，便狠狠瞪了她一眼。

"刘行长好！"桑静赶忙招呼，可那位骄傲的行长连头也不回，直接走出了桑静的视线。

在刘行长身后的居然是那位给自己看手相的龚老师！桑静不禁纳闷，莫非刚才和刘行长争的是龚老师？他什么时候来的中欣，自己怎么不知道，到底还有多少事是自己不知道的？

桑静站在门口，看见顾超然走到窗边，低着头看着落地窗外一片霓虹流转，猛猛地吸了一口修长手指夹着的细细雪茄，烟丝从他鼻腔里缓缓溢出。就在桑静进退维谷犹豫不决时，他转身看见了她，眼里还有愤怒残留的余温。桑静在看清的一瞬，本能地退了一步。

"怎么了，又不是第一次进行长室，还要我请你进来吗？"他在轻轻灭了雪茄的瞬间，灭掉了眼底最后一团火星。

"我叫你来有两件事，任务都不轻，你一定要办好。"

"是。"毋庸置疑的权威之下，桑静自觉不能说半个不字。

"年底快到了，校友会一直想邀请我参加他们的活动，我去不了。我准备了点礼物，帮我带去学校送给校友会。另外，准备了一些挂历，帮我送到李老师手里，代我向她问好。"

"好。"这桩事情简单啊，何至于如此郑重嘱托？

"第二，"他看了看她，顿了顿，"总行组织全行参加《晨报杯》全国理财方案大赛。老曹让你报名了，你在写方案。我要了个入围资格。换言之，你一定会被推优。我要你一定要进决赛，我需要这个称号，你必须给我赢来。老曹没这个能力，你有，你自己改，我相信你。等拿到'理财之星'这个称号后，我会在静安寺找一处地方打造一个理财中心。我们行第一批理财中心，我们中欣是第一家也是唯一一家。你明白了吗？”

其实，桑静不是太明白他的最终目的是什么。她只知道，他在勾画一幅宏伟的蓝图，而自己，恰好是一把钥匙。“我懂了，我会全力以赴。”

“我不要全力以赴。我要结果。”他看着她，眸子深邃如同海洋，那闪烁光芒的是星星吗？不，是银河。他那样坚定地看着她，要她承诺。

“我一定会拿到的，赌上我的未来！”

“赌上你的未来？”

“赌上我的未来。”她也坚定地回应。

顾超然听着女孩的许诺，陡然觉得年轻就是这样一个好东西。她徒手一搏，无怨无悔的勇敢，看似赤手空拳，却又有多少可能。自己呢，手里的东西要抓住，还要站在悬崖边摘星。他看着她天真的脸，这个女孩，一头乌黑如黛的发，浓眉，杏目中有惊慌有害怕，但更多的是勇气。眸子里闪烁的光，多可贵！

你就这样舍出了自己的未来吗？你也许都没看到什么是未来，就要赌上自己唯一的东西吗？就是唯一，才最为珍贵！她明明赤贫，却慷慨得如同富翁。桑静，我记下了，你的话。我不会让你做个没有回报的赌徒，我能给的，我一定给，为你打一副飞得起来的翅膀，我要你飞起来，飞跃那地平线，去看比蓝天更蓝的天，比太阳更亮的光！

《晨报》集团大楼的大会议厅里，一场激烈的比赛正在进行……

“怎么样，还行吗？”桑静红着脸从比赛大厅跑出来，正迎面碰上接自己的老曹。

“桑静，没看出来啊，你可真有两把刷子！”

“怎么说？”

“我旁听时，紧张得要死。”

“我也紧张得要死！”

“看不出，看不出，你大方得体。所有人我都看了一遍，你台风棒极了。主评委对你挺感兴趣。我看其他人都是礼节性问问，他是饶有兴致地问你的。”

“我回答得还行吗？”

“行，怎么不行！简直堪称完美！所有评委都在点头。你回答问题一直在微笑。我看其他人都一脸生不如死的样子。”

“其实，我也生不如死啊，领导！”

“哪看得出啊。”

“如果你满意，领导，今天中午你请我吃饭。我都熬了三个晚上了，其实我就怕数字算错，我来回演算了好多遍。我已经饿得困得虚脱了！”

“行，下午放你半天假。这会儿去吃饭。”

老曹骑着小电驴一路大声和桑静说着话。而女孩坐在小电驴上，兴奋得快要飞起来。后来，老曹告诉桑静那天下午她亢奋得像注射了一整罐鸡血。

当天傍晚，看着绛红色的云彩收了太阳最后一丝耀眼，桑静终于把手里的传票都清点好，交给柜面合并上缴。今晚有业务培训，桑静得留下吃晚饭，然后开始一个半小时的基金产品培训。突然，手机响了，是她的那位“干弟弟”。

“姐姐，姐姐，你下班了吗？”

“我刚结束，准备吃饭，一会儿去培训。”

“你能出来吗？我们在办公大楼门口等你。”

“我们？”

“你出来。”

桑静告了个假，溜了出来，一溜儿烟跑到办公大楼门口，看见“玄奘”手里捧着一束花站在大门口。

“你怎么来了，你不是在总行资管部吗？”

“我来祝贺你啊！”

“祝贺我，什么意思啊？”

“祝贺你得了《晨报》杯理财方案大赛一等奖啊！”

“你说什么，你怎么知道的？”

“我们和总行零售部的几个老师很熟，今天我因为产品的事找他们，听见他们在说什么比赛得奖，我本来也没太在意。听到他们提到你的名字，就想起来你在做理财，一打听，你获奖了，我就联系小张了。其实，我，我们早就想来看你。”

事出突然，桑静有些不知所措。“玄奘”手里捧着的居然是红玫瑰。这，红玫瑰代表什么意思，“玄奘”，你知道吗？桑静的心扑扑直跳，看了看自己的“好”弟弟，他一脸坏笑地看着自己和“玄奘”。突然有些尴尬，桑静一时也不知该不该接过花。

突然一个电话打来："桑静，来我办公室一趟，马上。"

"顾行长好！"

"好！"

这花，"顾行长！"桑静头脑一涨，该怎么办？

"玄奘"干脆把花朝桑静手里一塞，对她说："你还有事，你先忙，改天找你聊。"说完，留下发怔的桑静大步流星地离开了。

"哎……"一个晃神，"玄奘"已经走了，桑静叫也叫不住，回头看她那"干弟弟"，他一脸无奈地耸耸肩，也走了。

现在只有自己了，而顾行长还在等她。桑静只好捧着花上了十六楼，把花寄放在前台。前台女孩朝着桑静笑笑，笑里充满意味。桑静有些不好意思，自己明明没有要炫耀，可又无从解释和辩驳，只得径直向行长室走去。

再次来到行长室门口，窗户开着，只见顾超然临风而立，白纱轻拂，一只手搭着窗框，另一只手端着茶盅，轻啜细品。

"顾行长。"

"祝贺你！刚刚胡总给我电话，说你表现不俗，得了一等奖。"

"谢谢领导关心……"

他就这样浅笑盈盈地看着她，嘴角分明多了一丝阴阳怪气。

桑静脑海中闪过"玄奘"手捧玫瑰，自己犹豫不决的一幕，他看到了？这回是跳进黄河也洗不清了。可是，自己需要向他解释什么？他一言不发地看着她，神情自若地自顾喝着茶。桑静被他看得心里直发毛，心想我答应你的事都做到了，你还要怎样啊？

"哼，你答应我的事都做到了？"天，他像知道自己心里的盘算似的，直接接了桑静心底的话，"我让你把挂历亲自送到李老师手里，你怎样，你倒好，随便找了个人托付了，就敷衍了事。"

"李老师那天不在……"

"你可以改天找她啊。"

桑静那么忙，还要改方案，哪有时间一次次去啊！

"该罚！"

“啊！”桑静很是委屈地看着眼前这个男人，心里有一千个一万个不解。

“罚你两天内帮我把这份材料翻译成中文！”他拿起手里一份密密麻麻的英文报告。十五张纸，三十页，全部都出自一家外资银行的零售转型报告。

“两天！”顾超然，你也太狠了吧。桑静简直要惊跳起来了，自己只是没有亲自把东西送到李老师手中，她不是也拿到了吗？顾超然这是欲加之罪何患无辞，就是故意的，明明要人家两天里帮他翻译一篇报告，还要找借口，无聊。

“不许骂我！”

“我没有。”

“腹诽也不行。不然，再罚！”

顾超然，你简直就是疯子！桑静紧闭着嘴，幽怨地看着顾超然。

“又骂了。”

“没有。”然后，她服软了，楚楚可怜地看着他，“顾行长，两天太短了。”

“你英语不是挺好的，那次面试说得挺溜儿。”他把报告塞给她，“实在来不及，还可以叫送花的那位帮你啊。”他促狭地看着她。

“不是你想的那样。”她涨红了脸愤愤地说。

看她粉粉的苹果肌一抹红晕升起，顾超然心里偷偷笑了起来。他是在开会时接到消息的，老胡很高兴，说对方的评委对桑静赞不绝口。顾超然很是得意，一回行里就去了营业厅。她居然不在，也没去吃晚饭，不是马上要培训了吗，还到处瞎跑。

一到大楼门口，见到“玄奘”手捧玫瑰和桑静说着话。此时此刻，他居然有些火，她周围总有这个那个人，他走不近。她那么自由，想哭就哭，想笑就笑，想爱就爱，想承诺就承诺，他羡慕她，他妒忌她。他却不能，不能随心地笑，不能恣意地哭，不能忘情地爱，不能给任何承诺。她明明什么都没有，却仿若有着全世界。他可以塑造她，也可以任她自生自灭，他却什么都没有，连一个真正相信的人都没有。心中突升一股寒意，于是冷冷发话：“桑静，来我办公室一趟，马上。”

拿到一等奖，非但没有鼓励，居然还要受罚。顾超然这个人，桑静自叹越来越看不懂了。熬了两个晚上，总算交了差，毕竟只是翻译人能看懂的文字，又不要信、达、雅。桑静去送报告的时候，顾超然在看文件，让她把东西放下就打发她走了。连句谢谢都没说。粗鲁，剥削狂！

回去后，老曹兴奋地说："桑静，你可立了大功了！总行批准了我们理财中心的方案，我们要办理财中心。地址选好了，有空你去看看，在南京西路上。开业时会打广告，理财之星入驻南京西路理财中心。怎么样？"

"哦。"

"你不是很高兴啊。"

"没有啊，我挺高兴。只是想我要离开本部了吗？"

"没那么快，夏天装修，还要吹吹。原本那里支行的人都要搬来，暂时合署办公。"

"好。"桑静勉强挤出个笑。

她又要开始新的征程了。新的环境，新的同事，新的客户。有一瞬，桑静有些黯然，她其实是个不太喜欢改变的人。桑静恋旧，对于陈旧的散发着岁月气味的东西格外有好感。来到这个银行，她感受到的始终是颠沛流离，归属感是她一直在寻找的。自己到底属于哪里，又应该属于哪里？

半年度工作会议后，桑静他们零售条线单独开了个工作会，请了顾超然来参加。这半年里，中欣的零售业务从原来全行二十四家支行中第十一名晋级综合第七名。大家兴高采烈，颁奖的颁奖，表扬的表扬。桑静也领到行里的奖励，心里暖暖的。会后，大家一起吃饭，一个包厢里热热闹闹。大家向领导敬酒的敬酒，互相碰杯的碰杯。桑静不能喝酒，又不太喜欢酒桌上的热闹，除了礼节性地敬一圈领导，象征性舔舔，乐得安静地做观众。

他们开始玩击鼓传花，被传到的表演节目。顾超然和分管行长欧阳相谈甚欢，一直不停说话，谁也没注意谁站起来表演了什么。其余的人各自寻着相熟的人说话，桑静则忙不迭地和其他网点的客户经理交换意见。鼓声突然停了，一朵艳俗的康乃馨塞到了她的手里。

"桑静，桑静，给大家表演一个节目。"

老曹此时已有几分醉了："欧阳行长，我介绍一下，这个是我们支行的新晋客户经理，研究生，我们行第一批 AFP，全国理财方案一等奖。"

欧阳行长停了与顾超然的谈话，微笑着打量起桑静。欧阳行长是一位颇有威望的老者，他扶扶眼镜："桑静！我们见过了，你还为我推荐过产品。"他慈祥的微笑让桑静觉得暖洋洋的。

“欧阳行长还指出过我向客户介绍时的缺点。”

“专业有余，亲民不够。”他笑着用手点点她。

桑静也笑了：“是啊。亲民不够。”

“欧阳行长，我们桑静可是多才多艺啊！”老曹这家伙，真是恨不得让全世界知道他觅得一宝贝，“桑静，你上次和我们出去唱卡拉OK时，那首歌叫什么来着，《红楼梦》歌曲，真好听。”

桑静此时恨不得找个地洞钻下去。拜托！老曹，你的营销宣传也太投入了，就是不太专业。桑静平时在网点一直很低调，尽量不出头，也不主动参加团委活动。她怕过分高调惹人嫌。只有和几个关系不错的同事出去吃饭唱歌偶尔做个麦霸。

“哦？桑静，给大家表演一个。”

“好，那我就给大家唱一首《枉凝眉》。”

一唱出口，桑静就觉得气氛不太对，那么悲的歌在一个庆功会上唱实在是有煞风景。一曲歌罢，她拼命想缓解这有点冷了的场。

“其实这首歌吧，有个有趣的故事。我刚上大学时，女生宿舍正对着研究生楼。中秋的那晚，几个女生爬到天台上赏月，就听见对面研究生楼里吹出缥缈的箫声，正是这首《枉凝眉》。那晚之后，每天晚上大约九点多，对面的某个窗户里就吹起这首曲子。我是从当空皓月听到了新月涓涓，再从新月听到了月圆。整整一个月之后，就再也听不到了。后来听说是我们管院的一个研究生为追求文学院的院花，吹了整整一个月的箫。据说是顺利追到了。所以，以后每到中秋总有人效仿，吹箫吹笛的都有，成为我的学校颇有趣的佳话。我想借这首歌，祝各位零售的兄弟姐妹不仅拥有我们热爱的零售事业，也拥有一起听箫的有情人。祝大家工作家庭双丰收！”总算拼命圆回来了，桑静此时已一头的汗。

“好，好听，好听，再来一个，来一个，来一个。”声声央求，盛情难却。

就在桑静天人交战的时候，醉了的老曹又做了个广告：“桑静，你再唱一遍那个英文歌。”

女孩白了老曹一眼，心想你早不说话晚不说话，节骨眼儿上来话，真是职业插刀三十载，总嫌别人当你是哑巴！

“不错，不错！桑静，你歌唱得很好听啊。你刚刚唱的，我老头子也知道。小曹推荐的一定是你们年轻人喜欢的，就唱一个吧。”

欧阳行长都发话了，桑静还怎么推托，只得开口道：“好，我为大家唱的是《歌剧魅影》中的一首曲子《*All I ask of you*》（《别无所求》）。”

唱罢，桑静落座，其实听过这首歌的人不多，所以反响反而没有第一首热烈，不过这对桑静来说已经够张扬了，躲在自己一隅的座位上，继续安静地看别人喧闹。鼓是一位老师手机里的一段音乐，鼓点有节奏地响彻包房，大家抛掷着店里已断了半截的康乃馨。花在人们手间交接，每人都逃也似的以最快的速度传给下一个人。桑静如今倒从容，反正自己已经表演过了。鼓声骤停，花稳稳地送到顾超然手中，他刚好接住。这是一次预谋。

“顾行长来一个，顾行长来一个。”

顾超然对于这样一次预谋倒十分大方，欣然站起身，说：“难得大家那么高兴，就来一个。”继而转头向桑静，“桑静，你刚才唱的那首歌是一首对唱歌。你刚才把男女声都一个人包了。我就为大家唱这首歌的男声部分，请桑静帮忙唱女声部分。好吗？”

桑静只得再次站起身成为全场的焦点，陪着顾超然再唱一遍《*All I ask of you*》。

No more talk of darkness/ Forget these wide-eyed fears/ I'm here, nothing can harm you/ My words will warm and calm you

Let me be your freedom/ Let daylight dry your tears/ I'm here, with you, beside you/ To guard you and to guide you

All I want is freedom/ A world with no more night/ And you, always beside me/ To hold me and to hide me

Say you love me every waking moment/ Turn my head with talk of summertime/ Say you need me with you, now and always/ Promise me that all you say is true/ That's all I ask of you.

（不再谈论黑暗 / 忘记所有恐怖 / 我就在这，你不会再受伤 / 我的话语令你温暖、宁静

让我成为你的自由 / 让阳光擦干你的眼泪 / 我在这里，在你身旁 / 守护你，引导你

我想要的唯有自由 / 一个没有黑夜的世界 / 而你，一直陪伴我 / 抱着我，护

着我

说你清醒的每一刻都爱我／谈起夏日时光让我转换心情／说你需要我一直陪伴左右／向我许诺你的话千真万确／除此我别无所求）

清唱自己最喜欢的一首歌。每次唱，都是她一个人独自完成男声部和女声部。这一次只需要被带着唱完。顾超然的气息堪称专业，音很准，节奏也很稳。在重唱部分，两人意外地合拍。一曲唱完，掌声雷动。桑静也很高兴，很久没有遇到可以和自己对唱这首歌的人，或许准确点说不曾有一个人能和自己对唱。以前季怀为了她拼命练过，可这首歌没有良好的嗓音条件和超强的肺活量是唱不上去的。所以，桑静也加入拼命鼓掌的行列里。

唱完，顾超然意犹未尽地看着桑静，许久许久。这首歌是孤独无依的少女克里斯汀向爱人索要誓言的独白，也是她的爱人劳尔许下的永远伴她左右，给她光明，为她指引未来的誓言。誓言飘荡在空中，久久不能散去，可劳尔还是负了克里斯汀，最终是少女奋不顾身为救爱人而献给魅影的惊天一吻，解救了他们俩。此刻的顾超然想到在他毕业前夕打赌能在一月内追到文学院院花的事。其实当时的院花早已芳心暗许，不过是为了赚足风头，才让他为她吹箫一月。他夜夜站在正对着她的窗口，吹《枉凝眉》，终于在一月后，那姑娘开了窗和他对唱。顾超然想要的一定会得到，无论付出怎样的代价。可是顾超然没有想到的是，他和桑静对唱的歌却成了他们的写照。他曾暗暗许下诺言，要为她打造的翅膀，还未丰满羽翼，便要她折翼相报。只是，此时此刻他怎会知道。

十七

桑静又帮顾超然译了不少文章，女孩算是看出来了，顾超然这家伙就是自己懒得读，有个免费的苦力，不用白不用。那段时间，她搬回家里住，只为了吃口热饭，深更半夜查字典，搞得张妍以为女儿要考文学博士。

一次，桑静去交作业。

“坐。”他兴致很高，不像平时总是匆匆忙忙让她留下作业就赶她走了，有时连声道谢也没有。不过，桑静早已习惯了他的喜乐无常，谁让他是领导呢！“中心快开了，装修得很古朴。有机会让老曹带你去看看。”

“好。”

“桑静，我有份私人的东西，想请你帮个忙。”

“顾行长，您别客气。我能做什么？”

“我要去美国交流学习，需要准备一些资料。中文内容你可以问我，需要帮我用英语填好。”

“没关系，什么时候要？”

“一两个月吧，不用太着急。”

“好。”

“谢谢！”

“不客气。”

“要去中心了，有什么想说的吗？”

“谢谢领导的支持和关心。”

“说心底的话，可没让你和我说这么官方的话。”

“没什么，就是有些舍不得本部的同事。”

“哦，老曹也会去。”

“我不仅仅指他。”她说的还有在自己早上九点半到下午三点抢基金时，唯一记得帮她留饭菜并且捂在隔热袋里的丁老师；当她被客户辱骂后，说笑话给她听逗她笑的小赵；还有一起去总行开会围着她师傅长师傅短的新来的小施以及经常来她这里坐坐说些鼓舞话的欧阳行长。当然，最不舍得李敏老师，在她刚来的那段日子，是李敏一直来看她，给她传达所谓顾行长的关怀，其实应该是李敏本人的关心吧。唉，很多，很多，两年了，从陌生到彼此相熟，从淡漠到热络，人心都是肉长的，有些情谊是可以生根发芽的。蝼蚁的心情，顾行长，你怎么懂？桑静抬起头看看顾超然。

“知道了。你下去吧。”

不舍的他们中，有我吗？她的眼睛里看不到一丝痕迹，她那种幽幽的口吻，是说给自己听的，不是说给我听的。顾超然望着她远去的背影怅然若失地想。

也许那些不舍是无关大局微不足道的情绪吧，可是即便如此，他们都没让桑静留下。就在搬“家”前的一个早晨，她如往常一样上班。

“丁老师，你们早饭别吃太多。我带生煎给你们。”

起了个大早，难得大壶春不排队，桑静买了半斤生煎，赶紧给柜面的老师发短信。没有反应，咦？平时这样的短信的后马上一个电话就打过来了。今天有点反常啊。不管了，抱着滚烫的纸袋，桑静兴冲冲地赶到网点。

“丁老师，小赵，来吃生煎。”

一看到柜面里一群人在开小会，女孩就冲了进去。奇怪的是，那群人看见桑静踏进门就散了开来，各自落座，煞有介事地擦桌子喝水。

没人理她。

营业部经理看了看桑静，就说了句：“哟，桑静，你的东西我们可不敢吃。”

桑静一脸疑惑地回头看丁老师，她也像没看见她似的自顾自忙活着。碰了一鼻子灰，桑静只得把生煎放到休息室，自己去换衣服。

一到换衣间门口，就听见有人在说：“真没想到，她是顾行长的人，隐藏得倒挺深啊。”

“是啊，这个桑静不简单啊。”

“不过也是，顾行长是外滩支行来的，她也是外滩支行转过来的。”

“早就该猜到……”见桑静站在换衣间门口，她们的话突然僵住了，嘴像是被封了层蜡，半张着合不上。

“上班了，上班了。”

倏忽鸟兽散尽，只剩下桑静一人。到底怎么了，女孩不解，自己替顾超然翻译的事，还是比较隐秘的。只在中午或下班，给他发消息确认他方便后，才去交付作业承接新使命。这个方便当然也包括避人耳目。再说，自己只是替他翻译，为什么这么多人要以如此的眼神看她，如同她是可怖的瘟疫。

拿了印章和重要空白凭证，失魂落魄地走入大厅。此刻，大厅栅栏外已经排着不少人，吵吵嚷嚷。大厅里却空空荡荡，所有员工的眼光都在上下打量着桑静，女孩再次被好奇、怀疑、猜忌、反感的眼神包围。为什么，自己就要离开待了两年多的网点，可为什么会这样？难道自己要像一条丧家犬般被驱逐被流放吗？

一声电话铃响惊醒了桑静散乱的思绪。

“桑静，你到我办公室来一趟。”老曹用领导的态度没好气地叫她。

她赶快翻起暂停营业的牌子，匆匆跑出了营业大厅，剩下一群诧异的人不解地大呼小叫。

“你脑子短路了是不是？”老曹见到桑静劈头盖脸地骂了过来，一份材料砸在她身上。

女孩疑惑地俯身拾起散落一地的材料——《2008年WNS中欣支行零售条线审计报告》。这是什么，她不解地看着老曹。

“我和你说过什么？他们审计的人，你小心点。外面的人都在传你在审计部李敏面前打我们整个零售条线的小报告。我估计你还没这么大胆，你是被她诓了吧。他们做审计的最会套话了。李敏找你时，我特意提醒你。你啊你，这次被弄得里外不是人了吧。”他越说语气越平和，发泄完也就没什么了。

桑静脑子飞快地转着，搜索着记忆里的蛛丝马迹。没错，事情应该是这样的，原来是这样的。

一个月前，老曹突然陪着李敏来找她，说审计部老师要找她谈谈。对于这个部门，女孩之前几乎一无所知。老曹一面殷勤地接待，一面警告她要小心李敏。

小心，为什么？桑静心里有一百个不乐意在翻腾。在老曹还不知道自己认识顾行长前，在他还有事没事对着自己大吼大叫的时候，在满大厅还冷眼旁观的时候，是李敏抽着间隙来看看自己，问长问短，带来顾超然所谓的只言片语安慰她。在那段压抑得无法喘息的时日里，女孩如同迷失在森林深处的小鹿，整个神经都是紧绷的。如果没有李敏，也许在那个时候桑静就放弃了，放弃了自己，也辜负了顾超然带她来的一片“好意”。那天，李敏来找桑静时，依然是笑靥如花，眼里都是温暖，这样一个人，难道不值得真心相待吗？

“桑静，我和小商一起来看看，例行检查，你别紧张。”

“好，李老师，商老师，你们坐。我给你们倒茶。”

“不用了，不用那么客气。桑静！”

“没事，我自己准备了些好茶，平时请客户喝的。你等等。”桑静殷勤地奉上茶。

李敏一把把女孩拉到一边：“桑静，你帮帮李老师。”

“李老师，怎么了？有什么可以帮忙的您说。”

“小商是个新手，什么都不懂。我原来是审计公金条线的，这零售我实在也不懂。你能多说说你们这里的业务流程，以及可能存在的问题吗？桑静，顾行长交给我这个任务，我要完不成……是对不起顾行长的。”

“李老师，您千万别急。我能帮到的一定帮您。”

于是，女孩把自己在这个大厅看到的有关零售的各个业务的流程、可能存在的风险点以及现实中存在的问题都一一和李敏历数了一遍。几乎把她在柜面学到的、在大厅看到的、在书本上读到的都说了一遍。特别是代开贵宾卡、代客户操作、业务没有授权制度等等，桑静在实际中看到的潜在风险也告诉了李老师。可以说倾尽所有，只换真心。

“太感谢你了，桑静。”李敏的眼底居然含着泪花，“要没你，我，我真的没法向顾行长交代。”

“没什么，李老师。希望可以帮到你。”

看着李敏的泪花打了几个转，落了下来，桑静心里一片凄然。原来顾行长是这样逼人的，李老师，真的希望能够帮到你。

一份厚厚的审计报告搁在书桌边，顾超然看了一眼就放在旁边了。目的达到了，他要的根本不是零售条线的问题，但这次一定要做足文章，他要请尚方宝剑来查对公。李敏来的真正目的是介入对公的业务，两年来，他的手一直在外围，插不进。只是，这份报告又会给营业厅带来怎样的地动山摇？他没时间也没兴趣去了解。他只是没来由地想起那天李敏来找他的对话。

“顾行长，查零售？一直在查，没有太大问题。这文章做不了啊。”

“彻查，把所有潜在问题查出来。”

“可是，零售部曹健和营业厅的李超都不好对付啊。”

“找桑静。”

“找桑静？”

“对，凭她对业务的感觉和细心的观察，她一定能看出来。”

“她，她会对我说吗？”

“这是你的事。”

顾超然冷冽地看了看李敏，李敏只觉得一股寒气逼来。“可，可是如果找她。她以后怎么待在营业厅？”

“哼，她早就是多余的人了。他们那个章芹休完近一年的产假回来后，营业部李超不是一直在活动吗？和欧阳说了多少桑静的不是，要不是我压着，去财富中心的还不定是谁。”当初桑静就是一个意外，顾超然只是捡了一颗别人的弃子。

桑静，你果然做得很好！果然没有错看你，安静的外表下，有一双洞悉一切的眼睛。这厚厚的报告不用问，李敏肯定得到了你的帮助。可是，碰到感情，你就什么都看不清了，他们那么容不得你，也不知道你还留恋什么？这样也好，抹去一切虚伪，还你个干干净净的真相。叫你还敢再真心相待、轻信于人。顾超然望着窗外如流如潮的车水马龙，静静地抽着烟，心头却有一丝烦躁从平静的心湖底下泛起。

原来一切是这样，自己明明被李敏利用了，她却恨不起来。她只是无奈，只是心酸，只是委屈。搬家前的最后一天，桑静怀着复杂的心情关上大厅的后门，留恋地站在门口很久。她不知道自己在怀念什么，自从审计报告出来后全营业厅的人都冷冷地看她，经常还背地议论着什么。连她的徒弟也转去投靠了章芹。自从章芹回来，所有的客户都被要了回去。打了一遍电话，一个个解释她回来了。似乎转了一圈，她又回到了原点。来时冷冷清清，无依无靠，走时依然冷冷清清，无牵无挂。她看了一眼办公楼，心里依然是凄冷一片。李敏在报告出来后找过她，说了很多希望不会连累她的话。她只客客气气说了句："没关系，李老师，希望你已经可以向顾行长交差了。"现在，在这里，真的没有谁是可留恋的了。留下一片干干净净的白色积雪，和一地南辕北辙的脚印。

"桑静。"一个声音在她背后响起，回过头的刹那，泪水还是不争气地顺着脸颊流了下来。

"到我办公室坐坐吧。"顾超然叹了口气。

"顾行长，不早了，我要回去了，明天要搬东西。"这一次，桑静自己拿出了纸巾当着他的面擦干了眼泪。

他看着她，良久没有说话。

"您的材料我准备好了，明天会带来给您的。"

"桑静，不着急。"

"如果不急，我过几天送过去，明天会很乱。以后您还有翻译的话，可以发我邮箱，我会在规定的时间完成的。"桑静努力从僵硬的脸上挤出一个笑容。头也不回地向车站走去，她不能让他看到自己低落的情绪。这不怪李老师，更不怪顾行长，是自己没有处理好这两难的人际，是她桑静自己的问题。

搬到理财中心后，一切从头来过。桑静居然有一种千帆过尽的超脱，总部的全部是非离她很远很远。李超因为上次的审计结果，调到其他网点做负责人了，来的人有些眼熟，桑静在大会上碰到过几次，点过几次头，才恍然来人是外滩支行下辖网点的某个网点负责人。老曹的上司、桑静部门的负责人因为和欧阳行长不合，辞职了。顾超然去美国交流学习一个月。据说，李敏在这一个月里在全行公司业务条线搞了一场轰轰烈烈的审计，审计问题罄竹难书。可是，据说这份报告还没有被送到总行就夭折了。顾超然应该是没有请到尚方宝剑。风险管理部又换了很多人。那个算命的龚老师因为一笔坏账，被派去做核销。章芹辞职了，据说去了外资银行的理财中心，做客户经理。

冬去秋来，春回大地，这是桑静去中欣的第三个年头。在南京西路一幢欧式的小洋房的二楼格子窗户里，她看着窗户上的霜花。

“铃——”，电话铃又响起。

“喂，您好！南京西路理财中心。”

“桑静。”

“顾行长。”

“到我办公室来一趟。”

“顾行长，急吗？不急我下班再过去。”

“晚上六点半，我在行里。”

来理财中心已经三个月了，在这期间，桑静仿佛与世界隔绝了。这种感觉真好，女孩忙着骑自己的折叠单车去拜访系统里的潜在客户。因为审计关系，已经不能将贵宾卡带出行，只能上门请客户填资料，再请客户亲自来中心开办贵宾卡。流程上有些周折，好在飘着咖啡和奶茶香味、挂着老上海风情画的理财中心实在很有吸引力。

其实，这样很好，桑静本就喜欢简单的关系。投缘的一望便知，气场不对的她也绝不恳求。这样下来，客户数在慢慢恢复。这里的人际关系也很简单，一个全新的网点开门迎客，完成指标是第一要务。没有人关心谁是谁的人，先把全网点的指标完成再说。

再次受到顾超然的宣召，桑静有些恍惚。她有多久没有见过他，听到他的声音？开会时，见到或听到也是有的，只是远得再也看不到那个曾经的顾行长。其实，这样挺好，她要的并不多，只是不想再站在风口浪尖。

下了班，匆匆坐车去本部。再次走进办公大楼电梯时，有一种说不出的压抑。电梯偏巧在十楼打开了，有人下去。桑静在一群排队等上电梯的人里看到了李敏。她也正好在电梯开门的刹那看到了她。李敏的表情不是很自然，桑静却笑着对她点点头。门关上了，电梯继续向十六楼而去。

十六楼灯火通明，只是偌大的一层楼空空荡荡没有人，好安静。左转到底，看见顾超然在看材料。桑静敲了敲门，被叫了进去。

“桑静，怎么样，理财中心的工作还习惯吗？”

“嗯，那里环境很好，客户很喜欢。氛围也好，大家都很想把业务做好。”

“很好。听说，你最近业绩不错，总行业绩排行榜200多个客户经理里能排前二十。”

“还行，柜面转介不少，网点互相很支持。”

“嗯，那里环境比较干净，适合想做事的年轻人。”

“顾行长，你叫我来有事吗？”

“没什么，又有些翻译资料，我怕丢，就烦请你来一趟了。”

“没关系的，有事您随时叫我。”

“这个不急，不用着急，等你有空了再说。”

不着急为什么要自己大老远赶一趟？“您还是给我一个‘deadline’（截止日期），免得我忘记误了您的事。”

“两三周后给我就行。你的专栏，我一直在拜读。”他扬起桌子上的《晨报》。

“总行老师让我试试。”

“好。总行一直在打造明星团队，以后机会不少，好好把握。你不是一心想去总行吗，不可能一辈子做客户经理。”他的语气波澜不惊。

他是什么意思？做客户经理是他顾超然安排的，现在又不希望自己做了？桑静困惑地看着顾超然，他到底是什么样的人？

“你最近很低调。”说着，他站了起来，她跟着也站了起来。

“坐，坐。”

他拿了茶盘开始悠然地烫茶盏泡茶叶，丝毫没有让她走的意思。其实，桑静不太确定他们之间有什么可以再说。第一杯，第二杯，浅浅的青瓷盏，剔透莹润。

“你有些紧张。”

从什么时候起，自己对眼前的男子有了戒备？是因为李敏吗，是他授意让她找自己的吗？原来自己还是介意的。她怕，一颗滚烫的真心可否托付？

“呵呵，这个世界，你看到的未必真实。只有心不会骗你，要用心看。来，你的。”

桑静双手接过他递来的温热的茶盏。

“金骏眉。试试。”

未喝便是浓郁的香气，浅浅一口，生津甘喉。

他摆好茶具，自己那杯没有动，看着她：“懂吗？”

桑静点点头，旋即又摇摇头。顾超然笑了，不是那种讥笑，而是一种高高在上的俯视。“你会懂的。到时候，我还能信任你吗，桑静？”

“您一直可以信任我。”

“我的小朋友，那你还信任我吗？”

她看着他，他的眸子里有着希冀的光芒，女孩在他炙热的注视下，点了点头。她有选择吗？如果连他都不相信，自己还能去信谁呢？

自从那次谈话以后，用老曹的话说，桑静的“好事”接踵而来。除了理财专栏继续约稿，一周一次，从不间断，她还参加了一档交通台的理财节目，总行买断了一年的广告，他们回馈几档节目。试播了一下，胡总和其他老师都很满意，后面几期就定了桑静独播。总行还为几个理财中心录制宣传片。各个网点大大小小的海报架上放着桑静和其他几位明星理财师的肖像。她出席了一次沪港台三地客户经理的交流活动，因有人觉得桑静形象气质佳，便提议让她做主持。最后，桑静在五月去了趟香港交流学习了整整两周，回来被老曹逼着写了篇港行营销模式借鉴的文章。这次破天荒地，顾超然亲自过问了一下，推荐在核心刊物上。

这短短的半年里，桑静从一个默默无闻的普通员工，一跃成了总行各类活动的座上宾。从弃儿到宠儿的落差好大。女孩一直都不明白那天喝茶时顾超然对自己说的话。那些荣耀是他给予的，与自己无关。可顾超然加载在自己身上的这些东西，到底意欲何为，而她自己又要以什么回报？

桑静开始出席各类大小活动时，老胡是很关注的，不仅因为顾超然的推荐，而是他在女孩身上看到了一些他们想要的。一个全新的形象，干练得体，亲和朝气，他需要一支这样的队伍，她似乎就是他在寻找的代言人。所以，但凡有一些需要客户经理代表出席的场合，老胡必钦点桑静。也应着和顾超然的投契，经常和他半开玩笑地要人。顾超然一般不露声色地笑笑，从来没有正面回答。

“你看看，这个海报，WNS 理财专家团队，不错吧。”老胡慵懒地坐在顾超然对面，两人在办公室的沙发上吸着烟。

“您定的方案，当然没错。”

老胡戴上老花眼镜，点点照片：“这个就是桑静，化了妆，有点认不出，她还挺上镜。这么出色的人才，不来总行可惜了。”

“好啊。”顾超然一反常态，答应得干净利落，“不过，你要答应我，用好她。”

老胡点点头，和顾超然一起吐出了烟云。看着海报上的桑静，顾超然嘴上挂着笑，心里却有些不自在。她变了。曾经在她眼里闪着的光，在浓浓的妆容下消失殆尽。外表越表现得自信职业，越失去了少女天真的光彩。她最美的时刻，依然静静地藏在那台佳能的 SD 卡里，即使被删除，都抹不去他心底的一瞥。

从香港回来，桑静给顾超然发了条短信。

“顾行长，何时方便？交作业。”

“晚上，六点半后。”

走到行长室门口，女孩听见来回的踱步声。她敲了门进去，顾超然让她坐下，空气中弥漫着烟的味道，烟灰缸里有散乱的烟蒂。他明显心神不宁，对于她的作业也全无兴趣，只是自顾拿着她的翻译稿上下打量着她，深邃的双眸像两个深潭，漆黑不见潭底。他似乎在盘算着什么，最终仿佛下了很大的决心，从抽屉里拿出一个厚厚的文件袋，上面已封口。

“还记得你对我说过的话吗，桑静？我一直可以信任你。”

“是。”

“现在，我确实相信你，只相信你。而你，能像过去一样再相信我一次吗？”

“我相信你！”这一次桑静没有犹豫，她相信自己的心。

他把文件袋塞到她手里，对她说：“里面的东西你别打开，你知道得越少越好。也许永远用不上，那最好，有一天我会亲自问你要回来。但如果，我是说如果哪天发生了大事，会有人去找你，这个人你应该会认识，你只要把这个给他就是了。如果有人问起，不要隐瞒，按照实情说就是了。”

“什么事，这么复杂？”

“你别问了，知道这些够了。你只要相信我，我绝不会害你。”

“我相信你。只是我不明白，要发生什么吗？也许我能帮忙。”

会发生什么事呢？他那么严肃地看着自己，神情复杂，分明心头纷繁涌动，还要故作镇定。他还是那样看着她，深深地，狠狠地，要看透灵魂的那种。有疑问有犹疑。这次，她没有低下头，昂首迎着他的目光，就这样对视着。他的目光里满是探寻，她的目光只有坚定。她仿佛要用如炬的目光告诉他：如果说，你还怀疑我的可靠，那就问吧，我愿意为你做任何事，只为知遇，如果需要粉身碎骨，那就拿去！

看着桑静那种视死如归的眼神，顾超然突然想笑。他，何时居然要靠一个无知无畏的少女来替自己启动这个局了？可无论如何，她已经在局里了，无论是否是带她来的初衷。好在她只是一条备用的支线，用到她，一定是前面的大戏都没上。怎么可能？他安排了那么多条线。桑静啊，桑静啊，你怎么就那么相信我，你就真不怕我害你吗？你不会，我信你。一个小小的声音在心底呼唤着，那个声音是她的，对面小小的人的。可何时那声音在他心底扎了根？桑静，你等我，我一定会保护你，一定把你拉出这个局，这个他们困我的死局！

“你回去吧。”

“好，顾行长再见！”桑静起身准备离开。

“外面下雨，小心！”

“没事，我带伞了！再见！”

“再见。”

她说要走，那一刻他不想她走。他怕，怕这只小小的鸟儿这一走，从此就飞出他的视线了。他曾当着众人的面许她的诺言，已像飘散在空中的雨，如露如尘如闪电。他想保护一个人都做不到，还要将她布在棋局中。他和她之间，又有什么理由相留？她转身走出他的办公室，走出他的视线，他仿佛看见她走下楼梯，转身走出大楼。他站在窗前，看到那个小小的点汇入繁花似锦的夜景中，离他越来越远，心里猛地一抽，说不出的惆怅惘然。

桑静此刻的心如同被一条蛟龙搅动的潭水，心乱如麻。顾超然是怎么了，他有心事，有很严重的事。究竟有多严重？只信自己，难道他不信其他人吗？李敏呢，他也不信吗？那些从外滩支行来的人呢？为什么只信自己？自从走出中欣支行的办公楼，这些问题一直萦绕着她，不能散去。

回到家，桑静感到筋疲力尽，早早就躺下睡了，隐约中是做梦了。梦里，她一个人在原始森林的尽头奔跑，树木高耸，遮蔽了天际的阳光。斑驳的日光透过枝叶洒下来，时而耀眼的光斑晃得人睁不开眼，时而又被这遮天蔽日的树木阻挡，黢黑一片。她在这绝对光明和绝对黑暗里奔跑，身后远远的是一群猎人和猎狗发出的呼啸声。身边的光影纷纷退却，她听见自己的喘息越来越重。拼命地奔跑，可不知道该去哪儿？哪里才是安全的。一阵劲风刮过，桑静扯了扯身上少得可怜的衣服。寒冷比恐惧更快地占领了她。漫无目的狂奔着，身后的声响越来越近。

"嗖"，"嗖，嗖"，"嗖，嗖，嗖"。

第一声擦破了自己的脸，印出一道血红，那咸腥顺着脸颊滑了下来，流在她的唇间。第二第三第四声分别贴着她的右肩、左小腿和右肘，只觉得一阵冰凉。她转过头，看见人群中一个俊美的少年手执弓箭，大力击发。他一箭比一箭快，一箭比一箭狠。手肘被穿透了，股骨里深深没入一支箭，她的右腿已经千疮百孔。他冷酷地看着自己，眼里没有丝毫情感。那张英俊的脸，她认得，是他！她疑惑地看着他。他用箭指着她的胸膛，如果没有猜错，这一箭是要结束她的痛苦了吧。桑静绝望地闭上了双眼。

"嗖"，耳边响起箭在风中发出的金属的撕裂声，胸口一震，却发现箭没有插入自己的心脏。它贴着她的耳朵朝着另一个方向飞去，顺着箭的方向，她看到一个形容枯槁的人，双手反缚在一棵粗壮的树上。一张英俊的脸死灰一般，他低着高傲的头颅，他已经死了吗？箭在朝他的胸膛飞速地疾驰。她不知从哪儿来的勇气，不顾身上血肉模糊，奔跑起来。就在箭即将刺入他胸口的一瞬，她从侧面迎了上去。听到"咔嚓"一声，她被钉在了那个男子的身上，血从自己身体里汩汩流出，倾泻一地，染红了周围的花草。她没有疼痛，甚至没有知觉，只有一股彻骨的寒冷袭来。身后的男子凄厉地叫着自己的名字，她却什么也听不见。两张俊美的脸庞重叠在了一起，一个是猎人，冷酷无情，一个是逃犯，痛哭流涕。他们居然是同一张面孔，她终于看清，刺目的白光下，看清了他们。他们都是顾超然！

自从那天的谈话后，桑静一直隐隐忐忑于即将发生的一切，可一切却异乎寻常的平静。只是全行上下盛传顾超然要走了，连去向都言辞凿凿。女孩心想这样也好，总觉得这不安和不祥是来自中欣的。如果他能全身而退，她与他便两不相欠了。从此，桑静只是桑静，再不是谁的人。在接下来的近三个月里，他们在大会小会上打过几个照面。只是彼此点头示意。他没有再以任何理由找过她。她想这大抵是真的要走了。

突然，在一个深秋的午后，有人敲开了桑静的房门。她从猫眼里看到的居然是梁欢！

“你好，桑静。”

“您好，梁老师。”

“我来拿个信封。”

先是一怔，随即很快意识到，梁欢就是顾超然说的那个自己应该认识的人。“进来坐吧。”

“不了，我站门口等你。”

桑静留了门，飞速地从带锁的抽屉里取出顾超然给自己的厚厚的信封，转身带上抽屉，走回门口，交给了梁欢。梁欢接过材料，定定地看着她，“如果有人问起这件事，你就照实说。顾超然拜托你给我，就是这样。不必有任何顾虑，记住，说你知道的一切。”

她突然伸手捏住了女孩的手：“记得保护好自己。一定！顾超然能遇到你，真是这辈子最大的运气！”梁欢使劲捏了捏桑静的手，调头就走，如一阵风，来去自由。桑静看着手，站在门口，待了很久。

十八

冬至那天下起了雪，纷纷扬扬地落了一地。屋檐上、树枝上盖满了雪，桑静坐在二楼阳台上看着雪从白天的洁白变成黄昏时的灰暗。今天下午理财中心格外空寂，因为冬至和下雪的关系，客人来得很少。天从铅灰色转成墨色，雪还落得紧，铺天盖地，又是一个注定没有星辰和月亮的夜晚了。

“冬至夜，还不收拾收拾早点回家。”老曹探了半个脑袋进桑静办公室，示意她早点回去。

一阵急促的电话铃声划破了女孩的游梦。

“喂，你好！中欣理财中心。”

“你是桑静？”

“是的。”

“我是总行安全保卫部的。请你来一趟中欣本部十六楼会议室，配合我们调查。”终于还是来了。心底一片茫然。害怕？谈不上。可是桑静的心不由飞快地奔跑，就像是那晚的梦。

“再问一遍。你叫什么名字？”

“桑静。桑麻的桑，安静的静。”

“你和顾超然什么关系。”

“上下级。”

“你为什么会有这沓材料？”

“顾行长一直让我帮他翻译材料。三个月前他给了我这个信封，让我帮他保管。”

“材料你看过吗？”

“我没拆过，一个月前顾行长的太太来找我，我交给了她。”

“为什么帮他保管材料？”

“他让我翻译了一年的材料，我以为和平时一样。”

“关于材料，他还和你说过什么？”

“叫我不要打开。还说有人会来拿，来人我应该认识。”

“你怎么认识梁欢？”

“她是我客户。”

“顾超然介绍的？”

“她自己找我的。”

……

一间十平方米的房间，没有窗，没有灯。桑静第一次知道他们行里还有这样一个房间，平时应该是储藏室吧。如今撤得干干净净，空气里一股霉气。墙上贴着“坦白从宽，抗拒从严”，一角堆着一堆残破的椅子，像是被人抛弃的义肢，黑暗里影影绰绰，像是一群吃人的邪物。室内只有一盏亮得出奇的灯，照着自己。女孩在这绝对光明和绝对黑暗中回答一个看不清轮廓的人的问题。这样的对话从她七点半踏入中欣这个离奇的房间就开始了。每当她意识模糊，似乎要进入睡眠的时候，就有一个居高临下的声音问她同样的问题。

这个房间没有暖气，这盏灯是唯一的光源，一切都是阴冷的，像是一场可怕的疾病。女孩被黑暗浸淫，寒冷遍体。冷，好冷。她好想睡觉，想睡觉。

“醒醒，我再问一遍。你叫什么名字。”

“桑静。桑麻的桑。安静的静……”

女孩的心底有个声音悄悄升腾：“桑静，你就是块万年寒冰，自带极光，压根就不稀罕人保护！”

“我是宝剑，我是火花，我愿生如闪电之耀亮，我愿死如彗星之迅忽。桑静，还记得吗？我最喜欢的话。桑静，坚强起来。”一道耀眼的闪电划过，女孩猛然清醒。桑静，你在干什么？

“你好，我叫桑静，桑麻的桑，安静的静。顾超然和我是上下级关系。顾行长一直让我帮他翻译材料。三个月前他给了我这个信封，让我帮他保管。一个月前他太太找我，问我要材料。材料我没有拆，顾超然叫我不要拆。他太太是我的客户，是她找的我。”

一遍又一遍，桑静反而越来越平静。没有恐惧没有害怕，心底有一股热微微地燃着，那里有白帆的声音。

“你可以走了。”

走出办公楼，耀眼的光芒包围着女孩，玻璃门上一片霜花。她觉得浑身好冷，开始战栗。人却越来越烫。

“我发烧了，老曹。今天请假。”

“你昏头啦，今天礼拜六。”

“哦。忘记了。周一请假。”

一转，走到街口，车水马龙，人流如潮，她被嘈杂的噪音裹挟着。一刹那，突然不知道自己该去哪儿。人越来越烫了，背脊却越来越凉。自己这个样子不能回爸妈那里。可她能去哪儿呢？音乐响起，是白帆的来电。

“喂，桑静，在哪儿？昨天打了你一晚上的电话，没人接，手机关机。你去哪儿了？”

“舅舅，舅舅……”

“我是宝剑，我是火花，我愿生如闪电之耀亮，我愿死如彗星之迅忽”，他念的诗在耳畔久久萦绕。女孩已经泣不成声。

“桑静，你怎么了？你在哪儿？”

“舅舅，我想你。你在家吗？”

“在。”

“我能来吗？”

“来，早饭吃了吗？”

“没有。”

“你多久能到，我给你下面。”

桑静挂了电话，站在街口，再也忍不住泪水。顾超然，你到底是什么，恶魔还是天使？我为什么要信你，一次一次？

“半小时后。”女孩发了短信，打车直奔白帆家。

这个地址，自己念得茧子都出来了，写了无数封信，还是第一次去。桑静没有勇气再和白帆通话，她怕自己会在电话的这头彻底崩溃。

心很乱，一团乱麻，周围的景色麻木地倒退着，胃翻江倒海，她却什么也看不见，听不见。桑静不知道自己是怎么走上白帆三楼的公寓的。白帆开门的瞬间，她所有的坚强全部坍塌，眼前一黑，连人带灵魂栽在了白帆的怀里。

白帆看到桑静时，吃了一惊，她蓬头垢面，面如死灰，额头滚烫得像是被沸水煮过。她的泪水，连同她的人栽入自己怀里时，他好心疼。这个他看着长大的孩子犹如残破的风筝重重地摔在了地上。她怎么了，失恋了？他在她脸上看到的是重创。是谁这么伤害了她？他的手紧紧攥了起来，毫无生气的脸上升起了愤怒的火红。

桑静不停地重复着同一个梦，黑暗中的流亡和追逐，一次次被顾超然在梦里杀死，一次次替他挡箭。桑静在黑暗中惊醒，一身冷汗，然后又昏昏沉沉地睡下。迷蒙中，感觉到一只手像甘泉一样冰凉，她把它贴在脸上、额头上。他轻轻呼唤她：“我是宝剑，我是火花，我愿生如闪电之耀亮，我愿死如彗星之迅忽。”一道耀眼的闪电划破黑暗。

到白帆家的第三天，桑静醒了，迷迷糊糊睁开眼睛，眼前是一个陌生的地方。一间十几平方米的卧室，干净得几乎只有一张床，除了地上堆满的书，也不剩什么了。桑静摇摇晃晃地走出去，隔壁是一间书房，白帆伏在书桌上，上面堆满了书稿，一副眼镜叠好放在一旁，眼镜的镜片好厚。与卧室不同，这个书房几乎可以用拥挤来形容，四面都是书柜，柜里都是书，放不下的就堆着，到处堆着，还编了码。估计这里不够放的就堆到卧室去了。她在他书房里吸了吸鼻子，一阵书香扑面而来，在芬芳刹那，女孩心里的伤在慢慢自愈。顾超然，从今后，你我互不相欠。

桑静抱了一床被子盖在白帆身上，他微微翕动双眼，疑惑地看着她。女孩跪在他面前。他心痛地伸出手，摸了摸她的头。她用手搭在他的膝头，用脸贴在自己的手上。他有些尴尬，却没有推开她，用手再次抚了抚她的头。“无论遇到什么，都不要伤害自己。”

女孩抬起头，泪珠子顺着脸颊一滴一滴地滚落下来。

他看着她，再次伸起的手滞在空中。“桑静，年轻时以为终生难忘的，终将淡忘在岁月里。唯有你坚信的东西，才会随时间历久弥坚。你总有一天会懂的。给妈妈打个电话，这几天回去住。你来的事，我会替你保密。”

这是唯一一次，桑静和白帆之间有了一桩张妍都不知的秘密。

“你今天不用去上班？”

“我请了假，你这样，我不放心。”

女孩的泪水再次涌了出来：“你可以抱抱我吗？”

他迟疑了一下，扶起她，用枯瘦的双臂拥抱了她。“桑静，我的孩子。我多么希望你能快乐！”

女孩伏在他肩头哭，泪水湿透了他的肩。他用手托着她的后脑，像抱一个婴孩。她贪婪地享受着他拥抱的温暖。

“我喜欢你的书橱，里面好多书，都在我想看的书单里。”

“那我送你。想要什么都拿去。”

我想要你，桑静心里默默地叹息。如果你知道你的孩子带着这样的邪念拥抱着你，你还能如此坦荡吗？她环住了他的腰，把自己更深地埋在他的怀里。他有片刻的挣扎，然后用手轻拍她的背：“傻孩子，你打算哭湿我的衣服吗？”桑静红着脸，收了手。

她什么都没有对他说，只求一个拥抱，就像孩提时做错了事寻求母亲的怀抱。

她在他面前就是一只透明的玻璃杯。她在等待有人把她心底填满，他愿意在她被填满前守护着她、注视着她。可是三天前她说她想他，她来找他，昏睡了整整两天两夜。迷蒙中，她惊呼着一个人的名字，一个男子的名字。然后，是他读给她的诗。

她经历了什么？她抱住他的一瞬，他感觉到她女性的曲线，她已经不是一个孩子，她已经是一个女子。岁月就在他与她通信的你来我往中溜走了。她已经成长为一个成年女性，一个有着恋爱烦恼，会伤心会痛苦的女性。她再也不是初见他时的少女，不是和他纸上谈兵地交换着灵魂、精神和肉体的爱情的想法的女孩。她有灵魂，有精神，她更有肉体。她已经不再是抽象意义上的桑静，而是具象后的形象。她长大了，他心里有种深深的眷恋与不舍。他想过与他心中的小女孩告别，可是每次都对自己说再晚点、再晚点。她是那么纯洁、那么美好，她在他心中留着永远无法磨灭的、敏感羞怯的眼神。

回到单位，太阳照常升起。没有人关心那晚桑静去了哪儿，说过什么。因为，中欣上下乃至整个总行都在经历着地动山摇。有一段时间，顾超然音讯全无。足足三个月后，才众说纷纭。据说案子发生在三年前，顾超然将去未去中欣的日子，与他本人无关。由于假借对公理财产品之名，期限又很长，客户一直没有发现。顾超然花了整整两年时间才查出蛛丝马迹，可是那份报告没有被送上去，具体原因无人知晓。原本顾超然打算离职后发难，不想有人在他离职审计期间检举了他。有很多对他不利的因素和迹象，最后一份材料完整呈现了案发过程，顾超然才得以昭雪。该进去的人都进去了，顾超然也离职了。这场龙争虎斗终以两败俱伤草草收场。

又过了半年，才真正看出潮水退却后谁在裸泳。总行委任了新的行长、副行长，班子成员几乎焕然一新，会计结算部、风险管理部辞了一大批人，从总行来了一大批人。这半年里，整个支行经历着某种恐怖。谁也不允许谈起那件案子，每天随时都可能有审计会计条线来的总行、支行的人要求员工停下手头工作，接受检查。谁也不知道哪天下班后又要接受一场合规意识培训。每个人神经都异乎寻常的高度紧张，生怕一句话一件事说错做错。

以前在中欣的老外滩的人一个个相继辞职。桑静和他们也不甚相熟，也不参与他们的送别。理财中心又来了一批新进的研究生，青春活力，能说会道，深得新领导的欢喜，也是各种场合的热闹。一副但见新人笑，哪闻旧人哭的景象。

老曹安慰她说：“你不可能一辈子冲在前面，你也该考虑转型了。”

桑静看老曹嬉皮笑脸没个正形的样子，突然觉得很奇怪。他的立场到底是什么？李敏非但没有走，还摇身一变成为总行委任的总行审计部驻中欣支行的审计专员，留在行里，为新来的行长主持各类内审工作。女孩是越来越看不懂他们这些人。

再没有什么《晨报》的约稿、座谈会、海报拍摄，一切热闹离桑静越来越远。再一次，桑静成了一枚被丢弃的棋子。日复一日地和相熟或不相熟的客户重复着差不多同样的话。看不到这份工作的未来，难道就真的这样一辈子了？心中曾熊熊燃烧的希望在慢慢陨落熄灭。她终于变得越来越沉寂，那种随时检查的恐怖蔓延在空气中，女孩感到压抑得无法喘息。

一天，下班前，老曹叫桑静："桑静，我们晚上有活动，你来不来？基金公司的老范、董胖、年小姐，有几个同业的朋友认识认识。"

"不了，我有些累，想早点回去休息。"

"还有个老朋友想见见你。"他轻挑眉毛，做出无比招人厌的样子。

"老朋友？谈律师？他怎么老是盯着我不放啊？"

"他喜欢你呀！"老曹朝她眨眨眼。

她两颊一红，"我不去了。"

"去吧，去吧。自从上次……发烧回来，你神经一直都紧绷着，放松放松。你放心，我骑小电驴送你回家。"

"好。唱歌吗？"

"唱！你个麦霸！"

桑静笑得像一轮新月，老曹看了心头一酸，这个姑娘有多久没有这样笑过了。

订了一个小包间，老曹让桑静先去，自己在那里磨叽。他说的人一个都没到，女孩却已经一个人在 KTV 里自顾嗨起来了。当她还在深情地唱着《会呼吸的痛》时，一个人推开门进来了，坐在她旁边的沙发上，安静地听着。女孩没有太注意，来人头发有点长，遮了脸，坐在黑暗的角落里，只大致看清了轮廓，人很高，干瘦。她有点后悔，自己怎么不开个大灯。放下话筒，起身开灯。

"桑静，我来。"一个熟悉的声音，旋即屋内一片光明。夜视后的骤亮，桑静看见一个人从光辉中出现，高大得如同神祇，清癯枯槁面如死灰，穿着一件蓝色条纹衬衫，两眼深邃，直直地盯着她。

"顾——行——长！"

“叫师兄！”

随着这句话，过往如潮水般汹涌而来。她拼命挣扎，绝不在他面前落泪。你我两契，再无瓜葛。他灼热的目光里面星河闪烁，心底的恐惧、寒冷又开始慢慢扩散。他冷酷猎杀自己的片段不断回显，穿插着过往的点点滴滴。你到底是天使还是魔鬼？半年了，没有你的消息。我在黑暗中挣扎的时候，你在哪儿？你不是不再管我了吗？今天为什么来找我？这又是你的局吗？我真心相待，你还要我怎样？万千头绪，化作泪水，不听使唤，不受控制。理智缺席，今天且让我把这四年的泪哭完。桑静没来由地竟同孟姜女般哭个不停。看到桑静的那一刻，崩溃的不只是她。他的心头也是情绪万千。我没有不管你，我怎么会，我的誓言是作数的，不管你信或不信。我不再是你的行长，我们已经破局。今后，你我真心相待，我只做你师兄。

“本不方便来，但还是想亲自告诉你，你的调令最迟三个月，最快一个月到。总行零售部。你准备一下，你的路终于上正轨了。还有几个月，剩下的日子有多苦，都忍着。有事短信或电话。我手机，没变。”

他伸出手捏了捏她的手，转身走出包间，只剩下梁静茹在包间里循环地唱着：“想念是会呼吸的痛，它活在我身上每个角落。”

好，既然我已无路可退，那我就全心全意扮好你的师妹，希望你是一把大伞，为我挡风遮雨。桑静心下打定主意。

老曹敲了敲门，走了进来：“我送你回家。”

一路上安静得出奇，老曹出现的一幕幕在桑静脑海闪现。到了家，下了车，女孩看着老曹，突然问：“你从什么时候起……”

老曹笑嘻嘻地看着她：“没什么时候，一直就是。”

刹那间，女孩觉得可怕，眼前这个好大喜功、喜欢情绪化的男人，其实隐藏得那么深。他到底是怎样一个人，顾超然是怎样一个人？顾超然信他，才让他约自己。顾超然信他比信李敏还深？算了，不想再追究了。她累了，既然有顾超然这棵大树，自己乐得坐享他的庇护。

又是一天临下班。

“桑静，有空吗？”女孩停下手里的凭证整理，注视着老曹，“我要走了！”

“去哪儿？”明知故问，她就是要从他口中听到。

“北京。”

“北京？”她甚是惊讶。

“顾行长没对你说？既然他没说，你就没必要问了。”

“到底怎么回事？”桑静不依不饶，穷追不舍。

“他在北京，那天来上海出差特地去看你的，当天晚上高铁回的北京。我会推荐你作零售部副经理，你接我也放心。”

“老曹。我也要走。”

“你怎么那么傻。我是带着职务走的，你什么都没有，我跟顾行长走是拼命去的。你在这里好歹也这么几年，有眼睛的人都看得出你优秀。你跟他走，一切从头来过，你真的傻啊！我走了，我的就是你的。你，你，真是气死我了。”

看着他暴跳如雷地骂自己糊涂，女孩突然温暖地笑了，你才更像是我的兄长呢！“我去总行。顾行长没告诉你吗？”

“他没告诉我，不过他知道你肯定会告诉我，也就没必要告诉我了吧。你啊你，身在福中不知福！”他笑着，顺手拿起桌上的凭证作势砸过来，女孩用手格挡，他轻轻放下。真心假意，若说难辨也不难，若说容易，桑静想起顾超然，也真不容易。自己身在福中吗？他的关心总隐隐让人不安。

中欣零售的传统，每次有人走，大家都会凑份子一起吃一顿饭，送走的人一份礼物。自从来到中欣，桑静送走了小章，送走了林总，送走了欧阳行长，最后居然把自己送走了。老曹这个要辞职的人，由于行里压着辞职报告，反而还是桑静的调令先到了。饭桌上，彼此不知客套了多少，新的零售部经理还一个劲敬她酒，说是去了总行不要忘记自己曾是中欣人，今后零售条线的事要多多关照云云。她只是小口抿酒，点头答应着。最后，送礼物的时候，老曹站起来，手里一只浅紫色的丝绒盒子。“桑静，在拍卖行挑的，东西不贵，一片心意，希望你紫气东来、鹏程万里！”

女孩接过礼物，说了许多不舍以及一定常想着中欣的话，结束了这次离别。走到马路上，天色已经漆黑，月朗星稀，云淡风轻。桑静长长舒了一口气，庆幸自己在前一天晚上去了一趟中欣本部，在那里等到了丁老师。在中欣，自己走的事没有和任何人透露，包括李敏。知道的自然知道，不知的也没必要，这是她从顾超然那里学来的哲学。但丁老师，她想再去看看她。再次相见时，彼此淡然一笑。

“我要去总行了。”

“我知道，这里困不住你。”

“过去的事……”

“过去的事就过去吧。桑静，好好干，不要再卷入任何的纷争。你，不适合。”

最后，她们相拥告别。过去的，终究已经过去。

回到家，打开盒子，一枚紫色翡翠静默地躺在里面。这枚翡翠被雕成了一朵舒展的祥云，细看之下，又是如意的样子。翡翠表面暗淡没有光泽，淡淡的紫色，古朴简拙，又有不失古韵的一丝雅趣。的确不算上品的翡翠，有色翡翠对于正统的翡翠几乎就是不入流的货色。可是，它小小的，自有自己的清雅。用手将它温热，连同红线，她贴着自己的身佩戴在胸前。没人希冀你，就让我希冀，没人疼惜你，就让我疼惜你吧。短短的几秒，桑静便和它定下誓约，彼此珍惜，不离不弃。

坐在酒店式公寓的床上看材料，床边白炽灯发出温暖的鹅黄色灯光，朦胧间有种回家的错觉。家，在哪儿，哪里才是家？窗外一轮明月，硕大圆满。今晚，又有多少家庭是圆满的？已经两点了，他有些疲倦地揉了揉太阳穴。一眼瞥见放在床头案几上的淡紫色丝绒盒子。他打开盒子，一枚紫色翡翠静默地躺在里面。这枚翡翠被雕琢成一朵舒展的祥云。细看下，又是如意的样子。翡翠表面未经包浆，没有光泽，发出暗淡的紫色，古朴简拙。没人疼惜，没有打磨，原来是块浑然天成的璞玉。不妖不浊，不卑不亢，自有一番清雅。不就像极了她吗？小小的，却不媚俗不流浊，清气自成，孤芳自赏。她不需要万般呵护，再贫瘠的土壤，只要一些温热，就能独自生长发芽，就能开出一片又一片的花海。她在他心里种的花呀，何时开放？哦，原来早就开了，原来已是情根深种，原来早已放不下。他用手抚着这枚翡翠，一寸一寸地摩挲，一寸一寸地温润。短短几秒，他与这翡翠定下誓约，旁人不曾希冀你，我希冀你，旁人不曾疼惜你，我疼惜你，哪怕已没有权利再要，那你就代我陪着她，不离不弃。念及此，他给老曹发了一条消息。

再相逢，又是一年春夏与秋冬。顾超然每次从北京来总要弄好大的动静。每次都高朋满座，有太多相干或不相干的人。看到他都是各种应酬的形态，说实话，桑静真心不喜欢这种场合。他却若无其事地每次都让老曹来叫她，看老曹为他鞍前马后地跑来跑去，一唱一和，她觉得特别不真实。在女孩心中，他们都不是那样聒噪的。在她心中，顾超然的本心是他展示给她的那一幅幅宁静的照片，而老曹是一个暴躁蛮横的兄长。

八月，就像是放在蒸笼里闷着，到处蒸腾着热气。一天晚上又被老曹拉去，济济一堂的居然有欧阳行长、老曹、李敏、龚老师，还有些在大大小小的聚会中已认识的顾超然的新部下。桑静是最后一个到的，其他人都有些醉。她一身白裙闯进包厢的时候，里面已经又唱又跳，好不热闹。已经醉到没有人招呼她了，桑静嫌恶地看了一眼坐在当中冷眼旁观的顾超然。

“对不起，走错了。”她掉头就走。

走出酒店，“站住。”顾超然叫住了她。

明明心虚还要强作镇定，先发制人。“不是说小范围庆生吗？那么多人，又喝成那样。我要考 CFP（国际金融理财师），要回家复习了。”

“不是还有人没醉吗，你可以看不醉的呀！”

女孩愤愤地看男子。他嘴角挂着一抹讥诮，这个表情是在外滩时他笑自己的表情，在中欣再没见过。

“他们平时压力大，难得释放一下。”

“那你为什么不选择这种方式释放？”她昂着头颅，看着他。

他俯视着她，笑了：“翅膀硬了，敢和师兄叫板！”

哼，我不怕你，你现在又不是我上司，你能拿我怎样。她挑着眉看他。

他眉宇一低，森森英气，“总要有人清醒着收拾残局吧。”

顿时，她有些发怔。

“都知道庆生，也不给我带个礼物。”他料定女孩匆忙一定没带礼物。

“给，这个给你，就当礼物吧。”

“《致加西亚的信》？”他一愣，随即接过书，恍然大悟地笑了，“还送我英文版，就不怕我叫你两天内帮我翻译出来。”

想得美！女孩心里想着，嘴上不敢怠慢：“中文版还没读完，要写读后感。看完、写完，中英文版都送你。”

“不留点文字吗？别人送生日礼物还写个卡片。你只言片语都没有吗？”

“师兄，生日快乐！说完了，我回家了。再见！”说完转身离开。

“等等。”

“我真要考试！”女孩一转身，一头长发甩在空中，紫色的翡翠在空中画了个圈，啪，贴在了她的胸前。

“翡翠很漂亮，谁送你的？”女孩突然有些不好意思，红了脸，低头看看胸前的紫翡翠，又看看顾超然，“生日快乐！晚安！”

“谢谢！”他扬了扬手中的书，笑说，“晚安。”

目送她一跳一跳地离开，他笑着摇摇头。想起那天把她拖出来吃午饭，她心神不宁地看手机。他凑过去问她：“怎么了？”

“还不是因为我们家小主，我在等快递送书啊。”

“小主？”

“就是分管我们的那个奇葩副总啊。”

“哦，你们洪总。”

“最近不知从哪个兄弟部门听说，那个部门从领导到员工都在看《致加西亚的信》，看完还要写读后感。说是要学习人家的执行力！有没有搞错啊，形式主义！他最喜欢这一套，还和老胡说我们部门现在缺乏执行力，所以要好好读读。天知道，一向英明神武的老胡居然答应他了。真是猪油蒙……”

“不许胡说八道。老胡岂是你随便叫的。且不说你叫惯了，在领导面前露了马脚。就是凭你的资历，也不应该这样不尊重你们胡总。”他收起笑意，厉色道。“我一直很尊敬他。”他看着远方淡淡地说道。

她涨红了脸，低着头不说话，像个做错事的孩子。

“书到了借我看看，我也推广给我们分行。”

没想到，她居然拿了这本书当作礼物，这丫头在自己面前是越来越没规矩了。可是心里又不免欢喜，看她浅笑盈盈地调皮着，仿佛回到了从前。如果一切真能从未发生过，未尝不是一种幸福！小小的人，一身白色衣裙，美得如同白色的玫瑰，颈间的坠子紧贴她的胸前，随着她的欢笑和奔跑起伏。就这样看着她离去，他心里是笃定的，他的小小鸟是飞不出他的目光的。

《了不起的盖茨比》是顾超然唯一喜欢的一本小说。小说里男主人公盖茨比为了能找到爱人黛茜，夜夜笙箫，纸醉金迷。其实，在顾超然心底某个不愿被窥见的角落，他和盖茨比一样自卑和软弱，他是不愿承认在潜意识里他用大费周章的聚会来制造的仅仅是一个又一个与桑静相遇的理由。在这些喧闹背后，他清醒地等着她，只为千里迢迢的思念，只为咫尺天涯的寂寞。桑静，你知道吗？他们只是背景，披星戴月回来，要见的，只有你！

第八章　兜兜转转，早已分不清因果

十九

和顾超然的过往实在无法定义是谁亏欠谁，之所以最近老想到他，可能还是因为阑尾炎开刀后的闲暇吧。要不是母亲说要把伤口养好，逼着自己回家住，桑静早萌生了回去上班的念头。

桑静一直没把开刀的事告诉白帆，一来怕他担心，二来怕耽误他的事。既然他没空接待任何人，定然是有更重要的事，重要到可以把母亲和自己搁在一边。那就更不该再给他添乱了，毕竟，同他看中的事相比，自己这个大龄女青年的事也确没什么打紧的。至于顾超然，桑静想了想，还是阳奉阴违地装聋作哑。他倒没有闲工夫来追问自己为什么不微信向他汇报。这几个星期她也确乎无事可报。倒不是一个小病就让她对单位里发生的事死活不管，说也奇怪，自从开刀后，本来姜总说来看她，也因为什么耽误了；桑静他们团队的小赵和小张，更是没给她这个团队负责人打过一个电话，发过一条消息。这不是他们的作风，记得自己初接这个团队时，有一次发烧回家，路上就接了不下五个电话。莫非他们都成熟了？细细想来，其实近半年自己一直在外面出差，他们对她的依赖的确渐渐少了。或许，这就是成长。如同她对白帆的眷恋，渐渐也就淡了。

眼看和白帆约好的街道同事聚会快到了，张妍却临时爽约了。那天，桑静慵懒地躺在家里沙发上晒太阳，听得一阵铃声大作。她像摸着电门般条件反射地从沙发上跳起来接电话，难得有个人说说话，桑静都快被憋死了。

“喂，你好！请讲？”

“喂，桑静？你怎么在家！”

“阿姨啊！哦，阑尾炎动了个小手术，在家休息一段时间。没事，没事，挺好的，我人都胖了许多，没脸出门见人了。阿姨你找妈妈吧，我叫她。母亲大人？筱雯阿姨找你。”

“你啊，长不大！喂？筱雯，你好！聚会？可我已经……什么？志鸿他，他，他，好吗？回来？多久？半年？他，一个人？他，不是……我……我不能。我不知道。那么多年了，我从没想过，还能见到他。”

原本听壁角不是什么光彩的事，桑静也向来对这种行径并无兴趣。可是，她家的客厅也就那么大，女孩坐在沙发一角看一本叫《在薄情的世界深情地活着》的书，张妍先是站在桑静面前挡着光线，颇为碍眼。突然，她有些激动，整个人抖得厉害，似是支撑不住，猛地跌入沙发的另一头。于是，娘儿俩就并排坐在沙发上，母亲那副失魂落魄的样子被桑静瞅了个清清楚楚。张妍放下听筒，一双硕大的眼睛空洞地盯着桑静，她的焦点显然在女儿之后，如同元神出窍。

“妈妈。”桑静轻轻摇了摇她。张妍收了神魂，茫然地看着女儿，“他回来了。他是一个人，一直一个人。回来半年了。他也要去。不行，桑静，我得去，我得去。我有话要问他，要问他……”

桑静心里清楚得很，眼前这个女子如此刚强，只有志鸿回来才会让她如此狼狈露怯。“妈妈，琉璃堂那里我去吧，毕竟你原本都说好了。一来，不驳舅舅的面子；二来，受托于宋阿姨瞧瞧舅舅，也不大清楚他的近况；三来，我也很久没见到冯老师，当年他也算帮过我，得谢谢他。”其实，自己不过存私，想找个机会见见多日未谋面的白帆。

“你看着办吧。”

“喂，筱雯，筱雯，我去。我去。我要去问问他，问问他……”挂上电话，张妍陷入沉思，豆大的泪珠从她储着一池子水雾的眼睛里滚出。曾经，桑静以为外婆走后，母亲的泪槽已经干涸了，即使有时和父亲偶有争执母亲都没有这样着慌地落泪。莫志鸿，终归是母亲的心结，她人生最华美章节里的一个死结，一个困住她一生深情的死结。那是一个遥远的故事，那个时候她的母亲还不叫张妍……

翠珊在家排行第五，大家喜欢唤她“翠儿”，其实她是第六个孩子。在他们家中，曾经有个小名叫初初的大哥，他曾是全家的希望，听说她的奶奶很宠溺他。原本他们是与大伯家分住的，由于奶奶的缘故，父亲母亲曾有过一段与大伯、三叔共处的时日。翠珊曾兴奋地追问过母亲，初初长什么样，大伯家那时什么样，是不是像现在这般拥挤不堪。母亲提起那段往事总是冷冷的，提起初初时却两眼装着一池的星河。

“初初啊，长得特别像你爸爸，两个眼睛大大的，从小特别聪颖，两岁不到就会说话。特别喜欢笑，跑起来，满屋子飞，那时大伯住在霞飞路上的公馆里，有着转盘楼梯，上上下下一家人住在二三十个屋子里。初初就在各个屋子里躲来躲去，他总能找到特别的地方让阿姨（年长女佣）找不到。那时只有我能找到我的初儿。他三岁就会背唐诗，五岁《三字经》《百家姓》倒背如流。初初，我的初初……”一颗泪珠子从秀珠眼中落下，“哪来的风，我眼里迷了沙子，翠儿，去给妈妈拿帕子来。”

翠珊慌慌张张去拿帕子，她还有好多问题没有问妈妈呢，关于后来，关于初初的后来。回身看见秀珠面朝着墙，手撑着头，背脊一抽一抽地，还发出一阵嘤嘤噎噎。仔细一辨，原来是在抽泣。“妈妈，你怎么了？”

“没事，翠儿，妈妈没事。”秀珠用双手抹了一把脸，拭去脸上游走的泪痕。

“翠儿。”

“二哥？”

“过来。”

“噢。”小翠珊乖巧地走出母亲的屋子，她隐约感觉出自己让母亲伤心了，可是为什么呢？

“你笨啊！不知道初初很早就死了吗？大哥为什么会挑食，你知道吗？初初刚死，大哥成了家里的长孙，奶奶忘不了初初，还动不动拿大哥与初初比。死了的人有什么好比的，自然是大哥处处不如那个初初。结果每次吃饭，奶奶就不许他上台子。给他一个凳子，让他在角落里吃，经常莫名其妙挨奶奶骂，还叫他小东西。奶奶很是看不起大哥。后来大哥长期对在大屋子里吃饭有阴影，所以什么都不敢吃，小小年纪营养不良。母亲为了这个，央着父亲与那个家分了。你老问老问的不是勾妈妈伤心吗？”二哥恨恨地说。

小翠珊虽然不太明白二哥说了什么，却模糊也懂了，初初是不能说的，母亲会伤心的。

那一晚，翠珊做了个梦，梦中的自己浑身滚烫，眼皮沉重。

“热，妈妈，我好热。”她听见一个稚嫩的男孩声音。

“怎么那么烫！阿姨，快，快遣人去喊大夫。阿姨，阿姨？怎么没人？炎生，炎生？”

“妈妈抱，妈妈抱……”

“景亭，别闹，哥哥，哥哥病了，妈妈去楼下找人，你陪哥哥。”

“妈妈，妈妈，你别走，我怕，我怕！”

小翠珊的眼前一片漆黑。只有耳边的哗然。“吵什么吵，才买了辆新车，今天我们家瑞儿十岁生日，才坐一会儿，就惦记上了。有本事自己买，派对都被搅了。”

“少啰唆，我用车送孩子看病，你是借还是不借？”

“啊呀，老二，你看秀珠，瑞儿生日派对上撒什么疯啊。”

“秀珠！”

“你不用管。你说借还是不借，我找母亲去。”

“什么事情吵吵嚷嚷，今天请的都是公司的股东和一些有头脸的人。秀珠，你别做得过分。”

“母亲，初初，初初，他高烧不退，要送医生，或者请大夫啊。”

“什么，怎么不早说，快送人。”

翠珊隐约感觉自己被人抬起，一路颠簸，眼前一片漆黑，漆黑中的视野晃动不已。忽然天昏地暗，她又沉沉睡去了。

第二天，翠珊烧退了，昨天的晃动，是母亲背着她去医院时一路的颠簸，哪儿来的用人和汽车，连父亲也因为加班，根本没顾上家里的状况。好在，虽是肝炎，也不过在家隔离了几周就又生龙活虎地去学堂了。当年那个叫初初的孩子却在一群用人的簇拥下和一辆迟到的汽车的护送下进了灵柩，在秀珠心中留下一根深深的刺。这是第一次，她怨了炎生和他那个冷漠的家，她在坟前哭了很久，整整一个月她像游魂一样冷冷说话、冷冷看人。一个月后，他们搬出了张家。

“你好，我叫筱雯。”

一片哗然的教室里，一个皮肤黝黑、眼睛忽闪忽闪的女孩跃入张翠珊的视线。翠儿羞怯地看着她，一双眼睛里都是求助。

“你叫什么？你真好看！”

翠儿一点儿也不习惯眼前女孩的热烈，在那个年代，筱雯是特立独行的，穿着白色的衬衫，一条花裙子格外耀眼，仿佛时间静止，眼前女孩明亮的大眼睛满是真诚、坦率和羡慕。翠儿垂下眼帘，涨红了脸，心底升起的是一片欢愉。

“我叫张翠珊。”从此，友谊生根。

筱雯住在山西路的另一头，上学时都是筱雯来叫翠儿，放学时又是筱雯送她到家。有时，筱雯邀她去家玩。筱雯家里是独栋的小别墅，翠儿抬头看清了门牌写着“吴宅”。她们家很大，也有转盘楼，和伯伯家很像，唯一的不同是他们家上上下下唯有筱雯的父母和筱雯，还有用人一家，不似老宅里上上下下不知多少口，每次去都是各种琐碎各种磕绊。

筱雯父母都是有文化的人，说话的口吻和母亲很像，柔柔地，慢慢地，和王家阿姆以及其他邻居不同。他们为人十分慷慨，每次都用糖和水果招待她。她记住母亲的话，到筱雯家里去总捎些东西，喝茶吃东西就只捡一样。筱雯总笑她拘谨，她也羡慕筱雯的洒脱。她们，一黑一白，形影不离，在学校俨然成了一道风景，却不自知。

操场上，两个女孩刚把国旗收下来，就看见几个高中男生对着她们指指点点。

“翠儿，那边的人真怪，他们干吗老看我们？”灵动的筱雯冲了过去，“喂，你们干吗老看我们，有什么好看的！”

“你们自己拍的照片放在那里给人家男男女女看，我们这会儿看看怎么了。”

“什么照片，你们胡说什么？”筱雯挺起腰，一副天不怕地不怕的样子。

“哟，还是个小辣椒。来，来，来，让哥哥好好看看。”说话间，几个男生就围了上来。

“你们，你们想怎样？”筱雯和翠儿此时是真的慌了。翠儿护着国旗，边退边说，“我们伟大的国旗在这里，你们想干什么？”

“哟，这个也很水灵啊！不怎样，哥几个就是想看看你们。”

眼看几个人抓住了筱雯和翠儿的手臂，推搡中听到一声断喝：“住手！”

“墨白哥哥！”夕阳下，一个少年站在远处的地平线上，身后是万丈金光，整个人在逆光里是一个凹陷的阴影。

“嘿，英雄救美啊！就凭你。”

一群男孩终于找到了荷尔蒙的发泄处，齐刷刷地奔少年而去，一群人扭打在一起。筱雯急得满头是汗，她毕竟是个女孩子，平时再娇蛮，此时也没了主意。眼看她的墨白哥哥满脸挂彩，眼角还有血痕。翠儿此时一点儿也没了勇气，吓得直发抖。

就听得远处传来一片哗然：“体育老师来了，老流氓来了，快逃啊！快逃啊！”

那几个校外的高中生也没看清什么，像一群黄蜂仓皇出逃。翠儿用受惊的眼睛望去，夕阳下一个穿着的确良衬衫、戴着一副眼镜的少年站在那里，身边几个小伙伴捧着肚子笑。

莫志鸿，翠儿班上的班长。

“张翠珊、吴筱雯，你们现在可出名了，学校里都在传你们的照片挂在王开照相馆的事。也难怪人家慕名来看你们。”

“你还不是自己冲着照片发呆！”其他家伙都不怀好意地笑个不停，窘得志鸿不知道说什么好。

突然，不知道哪个坏分子起哄道：“班长喜欢张翠珊，哦！班长喜欢张翠珊。”

翠儿低着头，红着脸，转身就走，志鸿追了上去：“张翠珊，你的国旗！”

翠儿转身，与少年四目交接，心突然突突地跳起来，接过国旗就朝教室跑去。只剩志鸿傻愣愣地站在夕阳下，他的影子被拉得长长的，像个魁梧高大的成年男子。

墨白站起身，拉过筱雯：“没事吧？”

“没事，墨白哥哥，你呢？”

“我没事，多亏你们班长。他这招敲山震虎用得好！”

“你啊，满脑子都是戏折子里的故事。墨白哥哥，你怎么来了？”

“哦，刘导，你记得吧，说是要拍部《兄妹探宝》的片子，想起我和你，让我问问你。今天放学早，我想着送你回家，问问干娘。刚才那姑娘挺漂亮啊！”

“哈哈，墨白哥哥，色即是空，空即是色。阿弥陀佛！”

“傻姑娘，想什么呢！”墨白用手揉了揉筱雯的额发，“我看他俩有戏。”

筱雯嫣然一笑：“我看也是。”

秀珠和筱雯的母亲都被叫去学校了，校方勒令双方家长与王开照相馆交涉，把挂在外面的照片撤下。

“什么照片啊？”筱雯莫名地看着翠儿，翠儿亦是一脸无辜地回看她。一瞬间，筱雯眨动了漆黑的明眸，睫毛呼扇，俏皮地说：“翠儿，应该是那张照片了！”

原来，筱雯生日那天，妈妈带她去王开拍照，在照相馆门口碰巧遇上替母亲跑腿的翠儿：“翠儿！今天我生日，在这里拍照。”

翠儿摸遍全身，也没摸出个像样的东西，不好意思地回道：“筱雯，今天是你生辰，祝你生日快乐！本来我应该送点什么，可是……”

筱雯一把抓住她就往照相馆里走：“陪我照张相，就当礼物！”

两个女孩，如同白杨般挺拔，一个美得健康，一个美得柔弱。

照相馆的师傅不禁感慨：“两位姑娘真好看，你们的照片借我们放几天吧。”

“不行，不行！”筱雯摆着手，拉着翠儿风儿似的跑开了。

没想到师傅自作主张把照片挂在了橱窗里。起初，只是路人们来回欣赏，觉得这对姐妹真是生动。结果，不知道哪里来的好事之徒，呼朋引伴地说王开来了新模特，两个女孩如同以前“双妹牌”年历片上的姑娘。于是，一传十，十传百，学校里原本就有不少人注意到她们，如今一听可以“免费参观”，自然成群结队地来了，还吸引了不少外校的学生来偷看。最后才有了这么一出。

不过，因祸得福，翠儿和筱雯因为这件事得到了格外的照顾，班主任命班长和几个男生送她们回家，免得被校外男生纠缠。于是，莫志鸿得了这鸡毛差事，可以堂而皇之地送翠儿。翠儿只是一味不说话，任志鸿同旁人大声讲着，长长一本《三国演义》就在这短短的相送中说完了。翠儿听着听着醉了，有时走过了家门也不自知。

志鸿总是笑笑，提醒道：“好了，张翠珊的家都过了，今天就到这里吧。”

故事总是刚巧在翠儿家附近告一段落，翠儿从不必担心会因为志鸿他们送筱雯的那段路而错过什么。虽然嘴上不说，但翠儿知道，有些故事是说给自己听的，有些人是为自己等的，虽然她不大懂志鸿，可她懂得他对她好，只是对她一个人好。

学校组织歌咏比赛，不知道哪个不开眼的，居然把筱雯和翠儿报上去了。这可把翠儿急坏了：“筱雯，我，我五音不全，怎么唱啊！”筱雯一脸不在乎：“反正，我和他们说，独唱我不唱，要么张翠珊去，我去唱，要么都不唱。”翠儿彻底没辙，筱雯啊筱雯，你自己生就一副好嗓子，非要拖着我。

“筱雯，我听阿姨说你在张翠珊家，就过来寻你。”

“什么事啊，墨白哥哥？”

“听说你们报名参加学校的歌咏比赛，愁得不行，特来帮忙啊！”

“帮忙？比赛？你怎么知道的？”

墨白看了翠儿一眼：“你们班长告诉我的。”

翠儿的头更低了些：“我们班长怎么会告诉你？”

“还记得上次打架的事吗？”

“记得啊！”

“认识了呗！莫志鸿，这个人真是有趣，80分打得好极了，象棋也不错。我们经常玩，他住得离我们家不远。你们班长可有集体荣誉感了，他说有你们两个，一定要拿个全校第一。那小子上一次那句‘老流氓来了’，着实救了我。帮助我救命恩人的班级取得全校第一，义不容辞啊！”

“哦……”筱雯意味深长地应了一声，“那怎么帮啊？”

“走，到你家。”

“怎么去我家？”

“你家有琴啊！我帮你们伴奏。”于是，以后每天来送人的队伍里又多了一个人。

“不行，不行。现场没伴奏，到时候还得清唱！”筱雯急了，听说歌咏比赛现场是一架钢琴，可是那个老师不大会弹《莫斯科郊外的晚上》，还是建议各班自己出人伴奏。但齐墨白不是他们班级的，没法上台表演。一路上，筱雯就急得直跺脚，墨白也傻了眼。

“你们不介意的话，我来吧。”志鸿在旁边听了半天，自告奋勇地提出伴奏，不过不是钢琴，而是……手风琴。

这下可热闹啦，每天放学男孩女孩都聚到筱雯家去排练，筱雯家够大，足够他们闹的。他们先去筱雯家做作业，然后就排练到四五点，再各自回家。有时筱雯家有事，他们也会成群结队去翠儿家。男孩女孩都知道，筱雯家里有架大钢琴，翠儿家有个眉目清秀、叫得出每个孩子的名字、温文可亲的秀珠妈妈。秀珠妈妈会煮水泼蛋给他们吃。志鸿的手风琴拉得真好啊，秀珠最喜欢听。不排练的时候，志鸿会拉些其他的曲子：《喀秋莎》《这里的黎明静悄悄》《红梅花开》《三套车》《在那遥远的地方》《山楂树》等等。当然，翠儿并没有因为志鸿的加入，就把五音不全治好，可是她却能忘情地唱歌了。原来总是有顾虑，怕这怕那，可是在他悠扬的琴声里，她终于放飞了自己的歌声。歌喉，不必婉转，乐音，不必动听，只要有你在我身旁，我便是夜莺，歌唱是我的生命。秀珠看着女儿的变化，什么也没有说。

翠儿自十岁那年得了肝炎后，身子就一直弱得很。下乡学农，这天空做帐，草地为席的日子怎么习惯？在学校里，她那种恹恹病色，犹得到了诸位老师的疼惜，班主任甚是宠着她。所以，她虽是和同学吃住在一道，干农活儿这种事，却不必沾手了，老师交了她给大家煮饭的差事。美其名曰：为大家服务。实在比每天运送大粪、在田间捉棉铃虫强多了。

筱雯就没那么幸运了，她生就一副好身材，健康的脸蛋总是红扑扑的。不过，她也不觉辛苦，在田间晒着烈烈的毒日头，居然来了革命浪漫主义，扯开嗓子唱起了歌："唱山歌来，这边唱来那边和，那边和。山歌好比春江水，不怕滩险弯又多喽弯又多，不怕滩险弯又多喽弯又多，又多喽弯又多，不怕滩险弯又多喽弯又多！"一曲歌罢，好多同学都放下手头的活儿聚拢过来。筱雯歌唱得真好，婉转悠扬，那句险滩急弯真是曲折委婉，疾走奔流。

"唱山歌来……"另外一个声音响起，那是莫志鸿的嗓音，他的歌喉高亢嘹亮，如同金色的军号吹醒黎明。还处在午困的同学，一下子都醒了，不少男同学也加入唱了起来。女孩子们也退却了往日的羞怯，走了过去，听着，合着，鼓着掌。翠儿站在临时搭出的炊事帐里，满头汗滴，远远望着。这首歌，妈妈去看了《尤三姐》的电影，回来就一直哼。她虽五音不全，可母亲那甚是陶醉的心情，她是能体会的。

本来只是他们班级在唱，后来变成了整个年级唱。本来只是一场初夏的恣意抒情，却变成了一场斗歌。男孩们从《赞歌》唱到了《送战友》，女孩唱着《英雄儿女》，又把《马铃儿响来玉鸟儿唱》哼起。歌声此起彼伏，飘荡在十里八方的田间。农民们看着这群放歌的少男少女，笑了。这一天的下午劳作就是在一群少男少女清润的嗓音中度过的。

日薄西山，他们送着晚霞，在暮色中收工，来吃翠儿做的不甚可口的小米稀饭。翠儿在志鸿的碗里重重地加了一勺稀饭，志鸿在落日余晖下眼睛眯成一弯月牙，笑看着翠儿。饭毕，在黄昏的掩映下，几个男孩秉烛夜读。

"班长又开始说书啦！今天讲《基督山恩仇录》"男孩们围起了莫志鸿。这家伙搬了个小板凳稳稳坐在当中，手里拿着一支洋蜡烛，书就躺在两腿上，绘声绘色地开讲。还有不少女孩远远地听着。在大谷仓空旷的院子里，天空是蓝丝绒的幕布，地面就是大草席，男孩女孩听得出了神。老师摇摇头，坐在帐子里，借着昏黄的烛光看书。纺织娘、金铃子在草丛中叫着，成群的野虫嗡嗡地飞来飞去，田间还有田鼠到处乱窜。此刻，女孩们或站或坐，凝神静听。男孩更是忘记了扇扇子或抓蟋蟀，只是一个劲问："后来呢？"翠儿靠在帐篷的杆子上，听着听着，神思飘远了。

学农的日子很快就过了，回到学堂，要出一期学农的板报。老师钦点了班级的几个宣传积极分子，其中就有莫志鸿和翠儿。翠儿是因为文笔好，什么样的文章，提笔就成。这次，学农归来写了篇《在学农的日子》，更是将同学们与农民同志深厚的友谊，他们向农民同志学习吃苦耐劳的事迹写得栩栩如生，感染了不少老师和同学。她的作文在各个班级传阅，一时间声名鹊起。于是，老师就安排翠儿节选她的作文誊抄在黑板报上。而志鸿呢，他写得一手好字啊，还有编排版式以及粉笔画的功夫也是了得。他们自然成了这个板报小队中的灵魂人物。

"好，好，大家过来。我知道，大家回家还要做饭、照顾弟妹，事情很多。为了又快又好地出好这期板报，我先大致画了一个草图，大家先看看，我给大家分配了任务。每人一块，各自对自己承担的部分提提意见。没问题就按照这个法子做。'白猪'你负责左边的素材，主要写内容，找篇《毛主席选集》里有关向农民同志学习的内容。张翠珊，你抄你的作文，右边位置。我会先帮你们把位置都用铅笔勾好。'汤司令'你负责当中的大图。我会最后润色，把艺术字描好，把图勾好，加过度的花纹。明白了吗？"

"明白！"

"是，司令官！"

翠儿点点头表示明白。

放学时，几个同学分工明确，各自完成一部分，一切有序进行。翠儿早早抄完作文，甩甩有些酸的手，准备整理书包回家。

"张翠珊。"翠儿听见志鸿在唤她，转过身，"今天，嗯。没办法送你了……"

翠儿扑哧笑了，原本端着的矜持顿时消失，少女的调皮爬上她的脸："谁要你送了！我和筱雯自己回家就行了，早就没事了。"

原本在看书等翠儿的筱雯凑了过来："班长，我倒不是要你送，是想听你讲《基督山恩仇录》！"

志鸿讪讪地笑，又用手挠了挠头，"等等！"他飞快地跑回自己的座位，拿出一本厚厚的书，"这是上册，我早看完了。看完，来换下册。"

筱雯接过书，眼神一转，露出个俏皮的笑容："谢谢啦！班长，我们走了。感谢你为班级荣誉做的一切，早点回家。"

"感谢你……们，张翠珊……和吴筱雯。再见！"

路上，翠儿不作声，只顾低头向前走。筱雯用书轻拍了一下翠儿："喏，拿去！"

翠儿睁大了眼睛，瞧着筱雯。筱雯银铃般的嗓音响起："替你借的！"

"你怎么知道我想看！"

"我是谁？是你最要好的朋友嘛。你的心事都写满脸上了。"

"真的！"翠儿摸着滚烫的脸，一脸讶异地看着筱雯。

"对。"筱雯歪着脑袋看着翠儿，"写着：我要看《基督山恩仇录》！"

翠儿被她逗乐了，脸却是比熟透了的红苹果还红。两个女孩欢快地回家了。

书，起先是一本两本，后来越借越多。起先就是书，突然有一天夹了一张信纸。翠儿只当是书签，也没打开。

倒是筱雯有心："信纸怎么不打开看？"

"当书签夹着吧。别人的隐私，偷看多不好！"

筱雯打开一看，字迹工整，笔力遒劲，一手漂亮的好字，抄的是《沁园春·长沙》："独立寒秋，湘江北去，橘子洲头……"

一句恰同学少年，风华正茂，书生意气，挥斥方遒。活脱脱一个莫志鸿在学农时帮老师给大家分配任务、身先士卒一起挑担干活的样子。

"我们也回吧，翠儿。你读的诗书多，你来回。"

"筱雯，这怎么可以！不说这是不是莫志鸿写给我们的，单说人家写信，别人会误会的！"

"傻瓜，你以为他写给我的吗？他写给你的！你们以诗会友，有什么不可以。"

"要写你写，反正我不写。"于是，放了学，在翠儿家里蹭饭的筱雯咬着笔杆，绞尽脑汁想回信。

"你干什么呀？看你发了好阵子的呆。"

"回信啊！你说，我们回什么好呢？这是一个男青年表达鸿鹄之志！那我们作为巾帼也不能输给须眉啊！"

"唉，要回你自己回，别扯上我。"

"我就回李清照的《夏日绝句》：生当作人杰，死亦为鬼雄。至今思项羽，不肯过江东。”

“这个虽好，到底还是艳羡楚霸王的骨气。钗裙味太浓。”

“你觉得哪首好？”

“如果是我，我选鉴湖女侠的《对酒》：不惜千金买宝刀，貂裘换酒也堪豪。一腔热血勤珍重，洒去犹能化碧涛。”

“好，好，好。那我可写了！”

“写吧，写吧。”

如此一来，借书成了对诗，比谁念得多。有时，还会轮换顺序，翠儿出题，让志鸿对。男孩女孩的情谊犹如金子般闪亮和纯真，以诗会友，以书明志。

有一次，志鸿写道：“知我者谓我心忧，不知我者谓我何求。”

“这个怎么对啊？”

“唉，不知道他是从哪里看来的。”

“怎么说？”

“《诗经》里《黍离》中就出现过这句话。”

“那怎么回？”

“容我想想。对了，就回《周易》里的一句：天行健，君子以自强不息；地势坤，君子以厚德载物。”

翠儿取出志鸿那封信，放在鼻尖闻了闻，淡淡的钢笔墨水的味道，展开看了又看。

“好字，这句话配上这个字，真正是个大写的人字！”筱雯在一旁看着痴了的翠儿，拼命掩嘴偷笑。

光阴于纤指间不过提笔扫锋舒顿回勾处，信纸却垒得小山般高。翠儿身在一个大家里，没有秘密可言。何况那些字本与她无关，于是那些发烫的文字躲在筱雯的书橱里。只有两个女孩躲在书房里，才会开启偷看一眼，不，是偷看一遍又一遍。原本光阴就该这样，在每次期盼惊喜间悄悄暗淡下来。少男少女的纯真和青涩也许就静止在文字上。可是，光阴从不是玉指轻弄，顺从着人们的心意。有意无意，有趣无趣，有情无情，岂是寻常人做得主？命运浩浩荡荡，扬起千堆黄沙，呼啸而过的，不过是青春的叹息。

二十

学校停课了，大会小会地开，各种文字恣意书写，贴得学校如同一个贴满膏药的病体。翠儿向来不喜欢这种热闹，只是偶尔陪筱雯来学校看看，大部分时间躲在家里练字、看书、写日记。筱雯也只是好奇，去过三两次，觉出气氛中浓烈的火药味后，她们再不去学校，安静地在家里虚度岁月。再也收不到志鸿的书或信，志鸿最后一次留在她这里的是一本《牛虻》。

当志鸿再次走入翠儿的视线，是几周后的一次返校。这次返校，据说是有人挨家挨户敲门，叫着同学名字一个个催出来的。胆小的翠儿挤在兴高采烈的人群中，拥向下一家。就这样游闹了半日，回到学校已经下午了。大家没有吃午饭，个个精气神十足，翠儿累得两眼直冒金星，却不敢说什么。又惊又怕间，在操场远远看见一个男孩站在领操台上用喇叭神采飞扬地说着什么。

台上的青年穿着一身军服，虽不合体，却被他穿出了些军人般的神武。毕竟是已经发育的身体，人的条干是清晰的，轮廓是分明的，五官是英俊的，青春如同一枚熟透了的果子，满是律动的汁液，似乎一按就会喷涌而出勇气、躁动、骄傲。他滔滔不绝地在台上说着，翠儿一句没听见，只把这动情的演说家看了又看。

"年轻的同志们，千万别小看我们的力量。什么代表，我问过了，根本不需要派代表，只要你有一颗足够赤诚的心，只要你有勇气，走完这条京沪道路。每个人都可以见领袖！同学们，我带你们一起，去不去？"

"去！"

此起彼伏的誓言、口号、标语，青春的狂躁，还有什么比得上直抒胸臆的热情。翠儿心潮起伏，她被这股清澈单纯的爱国情怀深深感染，她也要去，她紧紧攥起拳头。一只手握上了她的手，她抬头看见两眼闪着激动泪光的筱雯，这一刻，炽烈的心情是一样的。青春一旦燃烧，就是烧不尽的星星之火，可燎原，可吞山河！

几个少男少女聚拢在筱雯家讨论，迟迟不见翠儿。筱雯有些急，和志鸿商量了下，便去翠儿家找人。乒乒乓乓地一顿敲门，王家姆妈来开的门，也没等人家说什么。这些天不怕地不怕的孩子就冲上楼。

"筱雯，怎么那么匆忙？"

“阿姨好！”

“阿姨好！”

刚刚自信嚣张的气焰在眼前这个温柔如水的女子面前烟消云散。秀珠脸上挂着淡淡的微笑，但丝毫不让步地站在筱雯他们和翠儿之间。筱雯一下就犹豫了起来，不知怎么和秀珠开口：“阿姨，你就让翠儿去吧。我们不是胡闹，我们这是去完成一项光荣的任务。”

秀珠倒也不恼，又是一个淡淡的微笑：“筱雯，阿姨不是不支持你们，也不是担心你们胡闹。可翠儿她身子弱，路遥水长，我怕她禁不住，拖累你们大家。”

“阿姨好。”志鸿先礼貌地鞠了一躬，“您还记得我吗？我是志鸿，我们排练经常来您家。”

“记得，记得。”

“我去过北京，一路上虽然有些颠簸，秩序还是很井然的，不用担心吃住。上一次是我一个人去的，真的没有什么大问题。有过上次的经验，会好很多，我们这次去二十几个男生女生，人也不少，不用担心被人家欺负。阿姨，张翠珊是我们班级的一分子，要带我就要带着班级的每个人去，不让一个掉队。”

一口气说了那么多，起初志鸿还有些紧张，说话不太自然，后来越说越坚定，倒让秀珠怔住了。眼前这个男孩言辞凿凿，说得有理有据，一腔热血，秀珠不忍打击他。翠儿在她背后拉拉衣角：“到了北京，还能见到大哥。妈妈，我想去。”

瞬间，秀珠的心软了下来。筱雯适时的撒娇成了压垮骆驼的最后一根稻草：“阿姨，去北京，其一，圆了翠儿的一个梦，也圆了大家的梦。其二，翠儿还可以见到在北京工作的大哥，捎带你们的思念。于公于私都是好的。阿姨，你就答应吧。答应吧！求你了，求你了，秀珠妈妈，秀珠妈妈。”

秀珠看了一眼一脸恳求的翠儿，勉强地点了点头。

“阿姨，我作为班长，郑重向您承诺，一定会履行职责，将张翠珊安全带回来！”

秀珠看着眼前一脸真诚一脸恳切的少年，终于重重点了点头。

这一诺，说来容易，真的践行起来实在困难。坐绿色铁皮慢车，好不容易挤上车，翠儿就被逼仄密闭的空间弄得天旋地转。一节车厢挤满了他们这样的年轻人，还不断有人拥进来，大家帮着把人拉进来，于是原本已经拥挤不堪的火车更加水泄不通。

起先，他们说着话、打着牌、哼着歌，欢歌笑语不断。时间久了，窗外是一望无际的田野。许多人横七竖八地挤在一处，或席地而坐，或挨着各种可以倚靠的地方坐着。带的干粮就着脏兮兮的热水瓶里倒出的滚烫的开水，一口一口吃着，清淡寡味，原始的饥渴却让他们甘之如饴。由于缺乏经验，他们第一步就错了，坐错了火车，列车一路行驶，带着兴高采烈的男孩女孩来到了素有江南天堂之称的杭州。

错虽错了，可这错倒是美丽。这是翠儿生平第一次离开上海，她连老家都不认得，这次倒是得着机会出了一趟门，见识了江南烟雨下的苏堤和白堤。他们听说自己方向弄错了到了杭州倒也不紧张，个个摩拳擦掌，说是难得来到杭州游历一番。加之出门在外，家里多多少少给了些盘缠，还没顾上用，自然感觉自己阔绰得很。

白天，就可劲在杭州城里逛，什么苏堤春晓、曲院风荷、平湖秋月、断桥残雪、花港观鱼、柳浪闻莺、三潭印月、双峰插云、雷峰夕照、南屏晚钟，反正该到的都到了，该看的也都看了。季节不对，不打紧，谁还非要在哪个时节去看，只要青春年少，将来有的是时间！不过这西湖，当真是美。两岸不知名的花开得紧，桥走了一座又一座，唯其不变的，是涟漪袅袅的湖面，静谧安宁，只在心底淡淡的痒痒的有些欢喜。不知谁扔了枚石子，在湖心跳了三跳，没在水中，湖心荡漾开的波纹，缓缓如同少女的心花。

男孩女孩先是攒着团走着，这一路实在美得让人流连，便有人掉队，三三两两地走松了，翠儿同筱雯浑然不觉边走边笑，就来到断桥。说来也奇，起初天空晴朗万里无云，毫无落雨的征兆，还没上断桥，突然一阵绵密的细雨就这样落了下来。抬头看见一个男孩站在桥头眺望着远处，那份凝神中的英武，让人心里一荡。翠儿赶紧低头，却见在细密雨丝下的高大男孩，转过脸来看向自己，兴奋地向自己挥手。翠儿脸一红，把头低得更沉。

“哎！你们怎么掉队了，吴筱雯、张翠珊，我们在这儿！”他奔跑如疾风，很快出现在翠儿的面前。他喘着气，温热的呼吸都快喷到翠儿脸上了，“快走吧。我还以为找不到你们了，急死我了！”顺势又挠了挠头。

当他们三人走过断桥时，雨戛然而止。

“这雨下得可真奇啊。落我一身，下了桥倒不落了。”

翠儿心里又是一动，三生石前，奈何桥头，你我可曾相见？一帘雨幕，一件心事，便是一生遗憾。

杭州城逛了个遍，逍遥得如同侠客。翠儿虽时有些不舒服和疲劳，可只消和伙伴们一起上路，便是欢喜，哪顾得母亲的叮咛犹新，母亲的忧虑犹烫。终于出发，第二站南京，要披星戴月将原本晃过的时间抓回来。仍旧是慢车，这慢是当真的慢，不仅速度慢，不仅每个驿站不分大小都停，更在于每次停歇的时间真真长。长到少男少女在路边选好了菱，剥了一手的红，吃了一嘴的甘甜，火车还是稳稳地停在原地。

“列车员同志，到底什么时候开车呀。”

“马上，马上！”

“列车员同志，这都已经二十来个马上了，马什么时候来啊！”筱雯就是这个队伍的外联部部长，大大小小的事她都爱跑在前头和人交涉。可不，停在苏州站都三四个小时了，她那猴急的性子，问了人家乘务员不下二十次。这次，她又扯着嗓子朝迎面而来的乘务员喊起来：“唉，唉，马同志，马同志。”

翠儿拉过她，悄悄问她：“你认识他？”

“不认识啊！”

“你不认识他，怎么知道他姓马？”

“你问他们什么时候发车，他们都说马上，可不姓马。”

翠儿笑得都快岔了气，苍白的脸上开了两朵桃花，煞是好看。志鸿远远看着她。

“喂，班长，你怎么老看我们啊！”

志鸿不好意思起来，急忙掩饰道：“我是看你这狗嘴里还能吐出什么象牙啊。”

筱雯不高兴了，噘起嘴，翠儿用手轻轻点了她的头：“活该，碰到对手了吧！”

“唉，我说，翠儿，你怎么不帮我，反倒帮起……”说话间筱雯戛然而止，看看翠儿又瞧瞧志鸿，突然用手掩住嘴，笑着跑开了，留下一对人尴尬地互望着。

来到南京，他们要星夜搭上长途车去浦口浦口有去北京的火车。

说是长途车，简直就是个可怕的铁罐子。车子的前门和后门已经被挤得水泄不通，翠儿看着同学一个个使出九牛二虎之力生生把自己嵌进这洞穴般的车门里，不知如何是好。“我带你上去！”一只手拉住她就往前走。没等她反应，双臂就像插了翅膀，整个人腾了起来，车门突然洞开张出好几双手，接过她的胳膊，后面一个有力的胸膛抵住她的背，仿佛一股穿云裂月的力量带着一股温热，将她牢牢托了上去。门终于阖上了，所有紧绷的肉体一下放松，才发现她正无力斜倚在莫志鸿的胸膛上。志鸿两手撑着车顶，就这样任翠儿靠着。

车子一发动，翠儿更是紧紧贴在了志鸿身上。起初，翠儿还挣扎着站直，可是一个急转，就又斜了过来。折腾了大半夜，翠儿终于不再与瞌睡抗争，稳稳地倒在志鸿的怀里睡着了。志鸿的胸膛绵软温热，困倦缺氧加舒适，让翠儿实在再没力气同志鸿客套和见外。志鸿为了让翠儿睡得舒服，将自己生生压低了几厘米。看着怀中酣然入梦的翠儿，志鸿的胸膛起伏着，心头一阵阵乱跳。有些相遇是一生的死结，志鸿怎么懂得，这悄悄缚上的心结再也解不开了。

一晚上的颠沛流离，到了浦口，不少人疲惫不堪。筱雯就没那么幸运，虽然几个男生有意护花，奈何旁边一位壮汉实在是汗如雨下，这一夜的汗水配合着密不透风的铁罐子，以及人与人之间传递的味道，筱雯就着这醉人的“香气”，差点晕过去。若是索性晕了过去，倒幸运了，可是这酸腐恶臭实在还不够熏晕一个大活人。她就活活恶心了一个晚上。

到了浦口，下了车她就开始吐，吐得面如灰土，加上一夜没睡好，本就黝黑的皮肤更加黑了起来。每个下车的人都在揉胳膊和眼睛，倒是一向病恹恹的翠儿气色不错，居然脸颊还有红晕。只是志鸿就惨了，腰都快直不起来了。

“我说，翠儿，你怎么气色那么好啊，昨晚你睡踏实了？”

翠儿脸一红，回头偷瞄了志鸿一眼，正遇上志鸿无限关切的眼神。“哦……”筱雯恍然大悟，“唉！我就惨了。不行，不行，我又要吐了。”说完就朝厕所跑。

大家打探哪班车开往北京，志鸿和大家被赶到一条天河般的队伍里，说是都在等去北京。

“别排了，别排了。”筱雯端着一张铁灰色的脸走来，“跟我走。”

“怎么了？”志鸿问。

“我刚才又去厕所吐。”筱雯说着，做出一副嫌弃的表情，“就听见里面的人说，有趟列车去北京，半小时内发车，就是这班。我一看根本没人管，就到处找你们。”

“那，我们走。”

“嘘，嘘，轻点。”

“好，大家抓紧，跟着吴筱雯，我们撤！”志鸿压低了嗓子。

“撤！”大家一股脑儿地跟着筱雯转移。

“筱雯，筱雯！”

筱雯回头看跑得上气不接下气的翠儿：“什么，翠儿？”

“你还吐吗？”

“奇怪？我一紧张就不吐了。不过，我连苦胆都快吐出来了，哪还能再吐啊！”

翠儿边跑边笑。心里想着，这串联，真是有趣！

好不容易快跑到了，远远就听见火车已经在鸣笛了。天际一抹烟尘袅袅腾起。

“不好，开车了。大家全力跑啊！”

志鸿大喝一声，声音震彻天际，让人想起《三国演义》里张飞长坂坡的一声怒吼。所有人撒开腿跑了起来，纷纷跑了上去。翠儿跑不动，却再次被志鸿擎了起来，几乎是扔上了车。可是，就在这托举腾挪间，他们的车厢已经离志鸿远去了。志鸿拼命地追着，还是越来越远了。

翠儿看着志鸿，心里腾起一阵钻心的痛，她趴在窗户上，探出半个身子，声嘶力竭地嘶喊：“莫志鸿，莫志鸿，志鸿，志鸿！”

突然，不知哪儿来的勇气，她打开了车厢的门，一节一节地往后跑，跑到最后一节，看见志鸿坐在地上，背靠着车门，呼哧呼哧地喘着粗气。又羞又恼又惊又喜，一股脑儿涌上心头，两颗豆大的泪滚了下来。

“莫志鸿，你……”

志鸿虚脱地笑了，嘴角一抹戏谑：“原来你这么在乎我。”

翠儿脸腾地红了：“谁在乎你！我，我只是担心没了班长。”

“骗人。”志鸿霍然起立，两眼灼灼光华，像是要望进翠儿心里。

翠儿惊慌失措地捂住脸，转头说道：“骗人是小狗。”

志鸿笑了：“完了，小狗你做定了。”

这时大家才赶来，看见班长好好地立在最后一节车厢，张翠珊的眼里挂着泪。

筱雯气喘吁吁赶来的第一反应却是：“啊呀，没买吃的！”

此时，不知哪个人肚子一阵乱响，才发现早就过了正午！

列车呼啸而过一个又一个小站头，大家不敢轻易下车，因为听别人说火车没个准，有时停着就不走了，有时说话间就走了。而且车上的人越来越多，别说下车，不一个劲拥上人来就好了。连餐桌上也摆地铺似的，各色坐姿。最要命的是，翠儿对这污秽憋屈的铁匣子的空气开始过敏，发起哮喘。

为了给大家弄吃的，志鸿想尽了办法，硬从水泄不通的车厢里钻出去，临了只带了一篮子也不知是从哪个土堆里摘下来的沙枣。大家此刻也顾不得干净与否，用手帕擦了擦裹在枣子上的一层灰，囫囵吞了起来。翠儿却吃不下，嘴唇发紫，整张脸铁青。饥饿、缺氧折磨得她在数小时后就烧了起来。这一路的颠簸，其实早已超出她的极限，她不是不知道。但她只是想着别拖累大家的进度，外加志鸿他们格外的照顾，她在心理上一直坚强地挺立着，继而生理上也刚强地支撑着。这次浦口转车，意外有之，惊惧有之，竭力有之，痛心有之，大喜有之，羞愤有之，情动有之，人这三魂七魄恐是全部牵动了起来，已是筋疲力尽。如今，心里松懈了，身子便溃不成军，将前些日子透支的统统还了回来。

烧在半夜陡然高了起来，筱雯吓得直问志鸿怎么办。志鸿哪经历过这些，也乱成一团，心里只有一句当初允下的诺言，他就是粉身碎骨也必须护翠儿周全。下半夜，翠儿不仅没退烧，梦里还一直喊冷。仲秋天气，距离他们出发已一月有余，来时初秋，骄阳赛虎，如今夜风已凉。此刻，志鸿自然体会不到其间的诗意，恨不得自己能与翠儿对调个身子，替她受了这一场大病。他脱下本就单薄的衣裳，盖在浑身瑟缩的翠儿身上。翠儿浑身冰凉，被一件衬衫裹着，好歹挡了些风，心里有种说不出的暖意。虽然衬衫上有些男人的汗味，却并未让她更加气短，抓着衣角，她闷哼了一声，居然睡着了。气息略平静了些，志鸿嘱筱雯去睡。自己守着翠儿，梦中听她要水，叫妈妈，便为她掖上衬衫。心里暗暗决断，明天无论如何须找个医院安置她。这样拖着万万使不得，即使这次不能成行，也万不能将翠儿的病往后拖。

第二天，还没到德州站，班里几个人便起了争执。班级分裂成了两派，以副班长应明伟为首的一派坚持带着翠儿继续赶路，不掉队，不走回头路。另一派是以筱雯为首的少数派，觉得考虑到张翠珊的身体状况，实在不适合跟随大部队继续向前，建议要么就地诊治，要么回上海。两队人一大早就吵吵嚷嚷，吵到志鸿那里，各执一词，各不相让。最后，还是被志鸿一句“身体是革命的本钱，但我们也绝不放弃任何一个人”给说服了。

于是，在德州站，一行人扶着翠儿下了火车。可是下了车，却两眼抓瞎。满车站都是繁忙的火车，好不容易在火车站门口遇见一个阿婆在卖茶叶蛋，问了医院地址，不算太远，可也有个五六站公交的路程。此时，翠儿喘得几近晕厥，这公交站似乎还要走出大半站。怎么送翠儿是个问题，看着翠儿惨白的脸，蜷缩一团的身子，志鸿犯了难。抱她？背她？其他人怎么办，跟着去还是留下？筱雯手心前额都是汗。翠儿此时虽然温度略低了下去，神志却不大清醒，开始说胡话。

正在志鸿一筹莫展的时候，一个熟悉的声音清亮于耳际：“吴筱雯！莫志鸿！”

志鸿和筱雯抬头，看见纷乱的人群中，一个男孩迎着八九点的太阳，挥舞着手中的军帽，远远地向他们奔来。

“志鸿！”

“墨白哥。”

“你们怎么在这？”

“我们本来去北京的，可是，张翠珊……她……”

“她病了？”墨白毫不避嫌地伸手去摸翠儿的头，“啊，烧得厉害！必须马上去医院！志鸿，你背起张翠珊，不能再让她走了，我去叫我兄弟。”

齐墨白吹了个口哨，一个军官模样的人从人堆里跑到了他们跟前：“怎么了？”

“小白，这是我兄弟，他们班的女同学发高烧，得马上去医院。”

那个小白马上吹了一声口哨，一队军人小跑过来。这时，筱雯才看清楚。他的墨白哥哥也是一身戎装。

“有个同学高烧，要急救，开车送他们去市医院。”

“是！”

军车开了过来，其他人都要上。那个小白指指志鸿他们：“那么多人带不了。你们谁去谁留下？”

墨白指了指翠儿：“她是病号。”又指了指志鸿和筱雯，“他和她陪，其他人要去北京。送他们上车。”

还没等其他人反应过来，一队人马已经分成两股。一股被领着回车站，也算有了照应。剩下他们四个坐在军车后面，后面原本有个篷，此番被撤了下来。因此，后面的视野很是开阔。翠儿被志鸿的衣服裹得紧紧地。其余二人便在这透风的车后坐定。墨白气定神闲地看着他们两人的惊诧神情，淡淡地说：“这是小白，我在北京时，我们大院的邻居，他爷爷是我爷爷的部下。要不是跟着我爸来上海，我没准也当兵了。”

二十一

“你醒啦？”护士说道。翠儿一脸茫然地醒来，已经是第五天的清晨。

“那个小同志，真是厉害，他都守着你四个晚上了，白天也不吃不喝，没离开你半步，又是送水又是看你打点滴。他是谁啊？”

“我同学。”翠儿以为是筱雯，别过脸，却看见倚靠在窗边和衣而睡的莫志鸿。

“翠儿，你醒啦！”筱雯和墨白各自手中拿着一壶热水，有说有笑从外面进来。

“嘘！”翠儿轻声说道，小心翼翼地摆摆手，又指指志鸿。原来一直守在自己身边的是莫志鸿！

志鸿一个激灵，惊醒了，忙凑过来看翠儿，正对上翠儿感激的眼神。四目交接，电光火石，瞬间，两人合拍地低下头，红了脸。

还是翠儿先说：“谢谢你，莫志鸿。”

“不用客气！”

“噗！”筱雯忍不住了，笑得前仰后合。翠儿也笑，眉间多了一丝血色，平添了一层妩媚。志鸿微蹙着眉，摇着头，看着她们，墨白双手插着口袋，靠在门边。多年后，翠儿忆起这段往事，觉得那是她见过的现实中最美的画面。也许在筱雯心中也如此吧。她们没有交流过，只是将今天的一幕牢牢刻在她们无奈的一生中。

翠儿这次的大病，医生说支气管炎加哮喘，并发高烧，还差点转移成肺炎。大难不死，而这救命恩人就是莫志鸿和齐墨白，志鸿果断做出了救人的决定，墨白促成了行动。当然还有筱雯，不顾一切地坚持要送翠儿去医院！翠儿的心头是暖的，滴水之恩当涌泉相报，这救命之恩呢？翠儿心底由衷地涌起波澜，久久不能平静。

终于从北京回来了，翠儿却一直处于恍惚的状态，秀珠觉得翠儿去了趟北京跟丢了魂似的。翠儿恍惚地将志鸿救自己的过程讲给秀珠听，恍惚见母亲用帕子抹泪，恍惚安慰着母亲，恍惚地看着书、练着字、写着日记。恍惚间，只有一件事是清晰的，它如同揉在蚌里的沙石日日夜夜地硌着，隐隐地痛。那个问题就是，她现在怎么办？同门外的人一样去狂热，还是，独善其身。未来怎么办，她还年轻，她将来要做什么？去工厂，去农村？那理想呢，她想当个医生，医治包括母亲在内的病人。每每母亲喊腰酸、浑身无力的时候，她多希望能给母亲最好的治疗，亲自治疗。可心底的这些要说给谁听？

自从志鸿成了翠儿的救命恩人，倒是意外地被秀珠允许常来家中坐坐。志鸿每次来，也颇有分寸，总是和齐墨白、吴筱雯一起。炎生看在眼里，感慨道：“现在的年轻人，与我们那个年代不同了。以前要见到你，有多难！”秀珠望着炎生，笑意化开如同湖心的涟漪：“那时是难，可那时，一眼就是一生。炎生！”炎生托起妻子的手，放在自己的手心里。

志鸿每次来还捎些糖果，家里上上下下都很喜欢他，哥哥们经常邀他下棋、打牌。他和墨白还不知从哪儿带了一堆手抄的书籍。这四个人常在一起看书、说话，还在秀珠妈妈家蹭饭。

“翠儿，《红楼梦》呢？”志鸿坐在后屋的窗沿上，屈着一条腿，另一条腿荡在半空中，背后是窗外一墙的爬山虎。

“我在看。你看哪儿了？”

“你放书签的地方。我们一起看可好？”志鸿纵身一跃，下了窗台。

翠儿微微红了脸，轻轻哼了句：“好。”一个好字就足以鼓舞志鸿靠过来。才过春分，乍暖还寒。两个头凑在一起，春风掠过他们年轻的脸，彼此吐纳的气息都能感受到，跳得紧的心都听得见。志鸿别过脸看着翠儿，晨光中翠儿一双明眸里蓄着两池春水。志鸿轻轻笑了，眉眼英武中透着柔情。

“不好好看书，笑什么？”翠儿道。

志鸿又笑了，眉眼温柔，如同窗外的日头：“我笑我们俩在这里看《红楼梦》。《红楼梦》里宝玉和黛玉在一处看《会真记》。我笑了，是想起宝玉说的那句‘我就是个多愁多病的身，你就是那倾国倾城的貌’。”

翠儿腮边一阵绯红，柳眉一竖嗔道：“志鸿哥哥，你怎么也说这混账话。我去告诉妈妈！不许你来我家了。”说着要走。志鸿一急，伸手抓住翠儿的手：“翠儿，是我不对。你别和秀珠妈妈说。”翠儿的脸，烧至耳根脖颈，她甩了志鸿的手，把书扔给了他：“我不看了。筱雯，你看什么？我同你一道。”

晚上，翠儿痴痴呆了良久，想起《红楼梦》第五回，贾宝玉神游太虚境时一曲《枉凝眉》的判曲：“一个枉自嗟呀，一个空劳牵挂。一个是水中月，一个是镜中花。”心里有种说不出的惆怅。

元月，千家万户点着灯，映着窗上贴的春联，鞭炮声此起彼伏。一家人围坐着吃一顿团圆饭。吃罢年夜饭，有人敲门。母亲应门，却见志鸿手里提着一条鱼。志鸿说：“秀珠妈妈，我妈妈今年做腌青鱼，说是平日总到你们家、墨白哥哥家叨扰。让我送条鱼，年年有鱼，讨讨口彩。”

“哟，这怎么使得。志鸿，这么贵重的礼物是收不得的。”秀珠说道。

“秀珠妈妈，我妈妈说，我一天天在你们家蹭的饭，都不知能买几条鱼了。

让您莫推辞。再说过年的彩头是不好退的。”志鸿真会说话，秀珠不好一口拒绝。“志鸿，实在不好意思，谢谢你妈妈。翠儿，你去厨房将做好的蛋饺拿来。”

翠儿应声，捧着一锅子的蛋饺出来，母亲接过，交在志鸿手中。

“志鸿，这是秀珠妈妈自己做的，别嫌弃。蛋饺如同元宝，来年圆圆满满！”

“那，谢谢秀珠妈妈。锅子一会儿我送回来。”

“不用了。让景明随你去一趟，反正近，让他带回来就成。”

说话间志鸿转身要走，弟弟吵闹着出门放响炮，秀珠便允了。翠儿不放心，央着母亲同去，母亲也允了。弟弟一到大街上便疯了起来，一群孩子点炮的点炮，打雪仗的打雪仗，就剩下志鸿和翠儿两人在这茫茫的雪地里走，身后两双脚印，一双宽大有力，一双绵软小巧，煞是好看。两人一路走，也没作声，只是静静地并肩走着。

“咳，咳，咳……”

“你怎么来了，二哥？”

“还问我怎么来了，弟弟呢，你不是看着嘛。行了，翠儿，我和你对调，你赶紧拿了锅子回来，一会儿着凉了。”

两人转身向志鸿家走去：“翠珊，翠珊。”志鸿声声唤着翠儿，直唤得翠儿心神激荡。“叫我做什么？志鸿哥哥。”

“翠乃翡翠，珊乃珊瑚，金玉之器，不免俗气。翠乃绿，珊瑚多红色，大红大绿，虽大俗即是大雅，终究是配不上你。倒不如改成妍字来得好。众芳摇落独暄妍，占尽风情向小园。疏影横斜水清浅，暗香浮动月黄昏。”

“好！”

逍遥的日子倏忽而过，一九六七年某一个夏日傍晚，一个晴天霹雳砸了下来，翠儿吓了一跳，手里一只盛着蝌蚪的盘子掉在地上，一条条小小的蝌蚪在土里一扭一扭，全然不知自己所在的环境早就改变。全国上山下乡，翠儿的姐姐报名去新疆，秀珠坚决不同意，不让女儿走。秀珠是街道幼儿园园长，街道轮番来家动员，做通了炎生的思想工作，又来动员秀珠。秀珠丢了工作，天天在家反省，炎生为此深怪秀珠不识大体。秀珠那时是委屈的，翠儿为此深恨了她的姐姐和父亲。

一九六九年五月，不知什么原因秀珠突然领着大家去王开照相馆拍了一张全家福。全家福里有炎生、秀珠、大哥、二哥、三哥、小弟、幺弟，翠儿和姐姐。一大家子热热闹闹，每个人都穿着整洁却打满补丁的旧衣裳，心里如同过节。翠儿时常想，凡事都不便太圆满，圆满了就该遗憾了。正如这月亮十五是圆的，第二天就该少一块了。回来后，秀珠就病倒了，断断续续时好时坏。

学校同情张家的孩子，暂时没有打发他们各奔东西。这个家靠着炎生和三个儿子微薄的收入苦苦支撑着。七月来临了，秀珠进入深度昏迷。当秋天第一丝凉意袭上心头，秀珠终于结束了她短暂而辛劳的一生，在九月的一天早晨离开了她深以为念的家，离开了她用努力争取来的爱情，离开了那些深爱她的子女们。她曾许诺倾尽一生爱炎生、照顾他，她做到了。

她走后，六弟去安徽插队，幺弟去了江西农场。三个哥哥，一个在北京读研究生，一个在南京工厂，一个是船上的水手，姐姐等到了一个在鞋帽商店当售货员的机会。翠儿是农村的命，幸而班级的老师心疼翠儿，说她有肝炎、哮喘，身体不适宜去乡下。

志鸿主动请缨去了黑龙江。临行前，他们见了最后一面。他们走在一条窄窄的巷子里，巷子蜿蜒崎岖，通向远方。那天，他们彼此相送，恨不得这条路走不到尽头。

志鸿看着憔悴的翠儿，眼底闪烁着希冀的光芒，不舍地说："翠儿，等我！"

翠儿却失魂落魄，只是问："志鸿哥哥，你会回来的，对吗？要等多久？"

"一年、两年，我不知道，"誓言轻了下来，转而又高亢嘹亮，"翠儿，只要我活着，我一定想办法回来，回来娶你！"

翠儿抬起头，眼睛里闪着光："待我长发及腰，将军归来可好？"

"待你长发及腰，征夫定当还朝。许你一世安好，双双翩然逍遥！"

筱雯也没能幸免，虽然吴家万般不愿，还是去了安徽合肥。墨白参了军，终于实现了当空军的梦想。据说，墨白在军队里进步很快，并且娶了大校的女儿。这些不知道身在安徽的筱雯晓不晓得，如果晓得，定然痛彻心扉吧。

翠儿又痛苦又绝望，带着一腔幽怨，病倒了，肝炎再次复发。那一年起，她很少说话，眼睛里带着惶恐，心里有一道深深的伤痛。母亲走了，唯一的母亲走了。那年，她才十八岁，她的母亲也只有四十岁！在她十八岁的那年，她失去了母亲，失去了年轻的爱情，失去了最好的朋友。翠儿在家待业多年，一直在等待工况，顺便照顾家里。期间，几个哥哥也曾张罗过给她介绍对象。进入街道后，身边也不乏追求者送诗作画。翠儿却不为所动，不知断然拒绝了多少门所谓的"好姻缘"。说来也怪，起初志鸿的信如同连绵的山川是不断的，随着她对别人的态度更加决绝，信却反倒少了，而且前言不搭后语，也不知哪里出了岔子。她也疑心过，可终归不能无端猜忌。直到后来，志鸿的音讯彻底断了。翠儿想，许是那里不便，才收不到志鸿的音讯。没关系，只要他同自己想一处，她就可以等。她继续写着信，一封一封地飞到志鸿身边。他一定是没办法回她，才杳无音信的。她日日攒着她的秀发，越来越长，越来越黑。她等得起，她一定会等到他还乡，迎娶她的一天。

为了断了哥哥们乃至其他好心人包括自己的念想，她偷拿了户口簿跑到派出所把名字改了。从此以后，世间再没有“张翠珊”，只有“张妍”。“妍”字是他为她取的，她便改了。她用这种方式抗争着，她以为志鸿也是同她一心的。可是万料想不到，事情骤变。在失去志鸿消息的第五个年头，她意外地接到了一封来信。寥寥数语，字字诛心：“翠儿，忘了我吧。我已另娶。志鸿。”没有交代，薄情就是交代。没有解释，无言就是解释。这世间终于再没了那个笑得如同秋夜星辰的翠儿。这世间属于翠儿的一切都没有了，母亲没有了，爱情没有了，筱雯连同她的墨白哥哥都淹没在了翠儿的记忆里。而翠儿已经没有了。二十多年后，当筱雯领着“小弟”站在张妍家门口的时候，张妍终于明了了，世间没有治愈不了的伤，只要放下，多深刻的过往都可烟消云散。如同，志鸿于她早就是一件辽远的往事，如今她已经是众人口中的“桑师母”。“小弟”是筱雯声声唤着的男子，比筱雯小了三岁，是工厂里的司机，没有齐墨白的鸿天伟志，也没有墨白能文能武的才情。人黑黑的，高高瘦瘦，更没有墨白的器宇轩昂。可就是这样一个平凡的少年降住了宛若蛟龙的筱雯。即使插队到安徽，筱雯也是光彩照人的，到哪里都有一群追随者，作为话剧团的副团长，与一个工人反差那么巨大。可是回上海见张妍的时候，筱雯一声声的“小弟”是由衷的，带着初动情时的天真。能够把近四十的女子呵护得如同少女，这便是“小弟”的神奇。

这便是关于“翠儿”的故事，是一个叫张妍的女子亲口告诉桑静的。如今，那个为她打了死结的人偏巧赶在她参加白帆聚会前回来了。是命还是运？是缘还是份？有些事，不可说，不能说，也无从说。

第九章　几时再见，也难回从前

二十二

所以，那个站在白帆秘书面前的人，不是美人迟暮的张妍，却是正值年华的桑静。秘书略略定了定，客气地为桑静开了车门。她探首入座，看见后排白帆正襟危坐，闭目养神，面色清冷。灰白的发丝精心打理，一件藏青色羊绒大衣，双手交叠稳稳搁在腿上。人却比往日更瘦了些，脸色苍白如纸，见不到一丝血色。两个月不见，怎么憔悴成这个样子，全然不似那日送口罩时的精神。他紧闭双眼，似是不想同来人言语。她只得挨着他身旁坐下，想到原本坐在这个位置上的是母亲，颇为不自在。

白帆不是个讲究排场拘泥于虚礼的人，或者说他对于那套是极其厌恶的，所以从来不坐单位派给他的车，自从机关整顿，他更是身体力行，地铁公交往来。车子是辆黑色荣威，车里散落的都是些私人物品，一看就是秘书私人的车。莫非是他晓得母亲有关节炎，特地让秘书开着私车来接母亲？白帆，你想得可算周到，难得邀母亲一回，甚是隆重。可惜，这一次母亲又爽约了。桑静心里五味杂陈。

那日，桑静淡淡施了些香水，香气似有若无，在车厢里，两个紧挨着的人之间，有些暧昧。白帆终是被女子的香气扰了清净，抬眼惶惑地看着她。一路飞驰，第一次坐得与白帆那么近，原本早已安静的心突然狂跳了起来。他略略尴尬，说道："是你。还没上班吗？"声音很轻，似是轻吐出来的气息，她却凭借他唇的翕动听懂了。

"妈妈她，要参加初中同学聚会，让我代她见见老同事。我正好公休。"

“哦。你是特地来送东西的？”他看看她手里一盒子补品。东西是宋琰快递的，说是朋友从国外带来的，想让白帆增强些抵抗力。

“我是特地来拿东西的。”她回他，看了看他手里一个袋子。他淡淡地笑了，很克制，似有若无。

“一物换一物，我的你得收下。”

“好。”

“你嗓子怎么了？”

“哑了。”

伸手换物时，他已经很小心地只露出几个手指，却还是被她看到瘀青一片的手背一角。她一把抓住他的手，拉开袖子。白帆不想桑静反应如此之大，竟被拉得身子直直往她那里探。

“桑静，桑静。”

他们彼此贴得如此之近，女子松开手，男子尴尬地一退。他们又让出了半个人的空间。她看到的是怎样一双手啊！早就没了肉，一张薄薄的皮下遍布着青筋，上面森森然都是一个个细小的针孔。

“你没空接待任何人，是你一个人又住院了？为什么不告诉我……和妈妈？不是说好了嘛，宋阿姨不在时，有事通知我……母亲的！”

他抽回手，按下车窗，一手搭着窗玻璃，大口吸着窗外的空气，一手轻轻摆了摆。“我没事。”

“你这样怎么叫没事，你到底怎么了？”

“前些日子改个稿子，局里要的，弄得太晚了，支气管炎犯了。”

“那你今天为什么还来……”

“答应大家的，难得聚，不想扫大家的兴。”

她看着他，你哪是不想扫大家的兴，你分明就是不想扫母亲的兴。这一次，桑静倒是没有哭，自从开完刀之后，感觉自己像是重生了。

开刀当日，她是第一台手术，大清早贴身穿着一层薄薄的病号衣躺在冰凉如水的手术台上，周身寒意遍起。在密闭的手术室里，没有一个亲人，医生护士来来往往，自己像一个展品横陈在手术台上。医生递来个面罩，要她带上，可手是绑着的如何接。就看见一只手覆了过来，未及她看清楚，一阵倦意袭来，便合上了沉重的眼。

蒙胧间，睁开了眼，发现自己在一个狭小而黑暗的房间，远远有个小小的光源，光亮处有人低低地唤："桑静，桑静。"黑暗中她摸索着靠近，突然眼前骤亮，抬眼看，发现自己竟站在白雪皑皑的山巅，下面是深不见底的悬崖，崖底烈烈寒风吹来，整个人都在摇晃。往后一退，跌在一个人怀里。不，准确地说是撞在了一座冰雕上。那个冰封的轮廓，分明是白帆。他手持着一束被冻住的火花站在茫茫冰原覆盖的山崖之巅。风雪在他周身肆虐，他眉宇凝霜，两眼却是灼灼地望着远方，身体冰冷僵硬，伟岸地站立在那里，如同一座神像。

她奋不顾身地抱住他，用温热的胸膛抵着他冰冷的胸膛，用温暖的怀抱环绕他冰冷的双臂，用温润的嘴唇贴上他冰冷的唇畔。渐渐地，禁锢他的冰雪在慢慢地消融，冰冷的水汩汩流淌，浸没了桑静单薄的身子，浑身湿滑、彻骨寒凉。雪已停，风已止，耳畔听见白帆的呼喊："桑静，桑静。"压抑痛苦。自己的心也跟着抽搐，浑身战栗，蜷缩成一个胚胎，躺在冰凉的雪地里。

寒冷不是来自外界，而是来自内心，她的心已经结成冰块，向外散的寒气远寒过冰山。伸出手，想去抓白帆扫在地上的衣角。却直感到山摇地动、山崩地裂，白帆手中的火花已劈开了冰山。他在大雪崩塌中遁入了万丈深渊。桑静佝偻着冻僵的身体，一点点从地上爬起，一步一步向崖边挨去。

突然，大块冰体一下子从山巅滑落，桑静感到支持不住自己，正在平衡之间，被人从背后猛地一推。在跌落深渊的那刻，回望所见的居然是顾超然闭目垂泪的一幕。耳边一声隆隆，雪山裹挟着漫天风雪压了下来，白帆和她一起极速下坠，一滴滚烫的泪滴在她的手背上，烫得她瞬间张开了眼。

事后，桑静将自己与白帆这数十年的痴缠想了个通透。她也三十五岁了，生肖盘上即将走完第三个圈，活了那么久才算明白，白帆不过是少女时代一个追逐不到的梦。正因为求之不得，才格外贪恋，不忍放手。其实，在这段感情里，一直都只有自己一个人一厢情愿地以为只要足够执着，就一定有触及梦的边缘的日子。却不知梦就是梦，不是生活，而生活本身远比梦幻残酷和现实。如同那个梦里，桑静用自己的体温去融化一座神像，又能怎样，他手中的火花最终还是毁了她构筑的梦境。虚度光阴三十载，原来白帆只是自己根本要不起的痴梦。哀莫大于心死，那个慕恋于他、痴心于他的丫头终于死了，死在自己不愿舍弃却早已坍塌的梦境里。只要他一切安好，远远地望着他，就足够了。

所以，桑静很乖巧地没有拆穿这昭然若揭的谎话。

“范叔叔，琉璃堂堂主，我记得以前见过。”

“对。”

“他还挺有名，我一个报社的朋友采访过他。听说他娶了个女学生。”

“是。”

又沉默了，白帆本就不是八卦的人，更何况为了这个琉璃堂，桑静和他还有过不愉快。之后不久，桑静便急急与季怀投入一场轰轰烈烈的恋爱，再无暇与白帆空谈风月了。他们也确实有很长一段时间，有种老死不相往来的决绝，当然主要是桑静，白帆只是没有主动找她和解而已。在摇晃的车厢里，在长长的沉默里，白帆居然睡着了，鼻息有些重。桑静摘下颈间的围巾盖在他身上，才发现走得匆忙，外加春寒料峭，她竟是围着顾超然的羊毛围巾出门的。头皮一麻，心里一片乱。

这个顾超然到底去哪儿了，连个音讯都没有，他究竟在做什么？桑静发现自己居然在想念顾超然。那个在挹翠轩里为自己围上围巾的顾超然，不知从何时起总浮现在眼前。可是，那个梦又是什么意思。是他推的自己吗？那么他的泪呢，又是为了谁？是为自己吗？

“桑静，桑静！”

听得有人叫自己，“不好意思。一晃神，有些犯困。”她打了个哈欠，不自然地笑笑，接过白帆递回的围巾，淡淡的烟味，不知道白帆有没有觉察到，女子的脸又一次不自觉地红了。

“没事，到了。”

张妍的街道同事们倒是一群知情识趣的人，品茶喝酒，泼墨写意，还有做灯的。这个琉璃堂确是个雅地，关了门，就供一群人消遣，倒不觉得逼仄。白帆领着桑静一一认识，她也将母亲临时有事不能来拜会，让自己代为致歉云云表了。反正，就是一副恭谦礼让的样子。白帆像个老师父，站在她身侧一言不发。说完该说的话，桑静就打算开溜。范堂主非要白帆陪着桑静参观他的琉璃室，他没看出白帆其实一直都不是很舒服，脸色更是添了一层霜。

“范叔叔，今天就算了，改天吧。母亲大人还等着我回去汇报呢！”女子一声娇笑，准备甩手就走。

“桑静，陪我走走吧。”走走，哼，再走就走到做灯的琉璃三境了，那盏灯桑静终究还是没有去取。

“舅舅，你的身体？”

“我没事。”他点点头，像是在央求她。

最近是怎么了，明明二月的天，气温陡升至二十摄氏度，家门外的两株桂花居然连同蜡梅一起开了，花香十里。桂花的媚、蜡梅的魂，在这明灭难辨的春日，开得妖异，北方又闻大雪，南方一片花海。这人也是，年前是顾超然半真半假地试探自己；今天白帆又主动提出让她陪，真是天下的新鲜事都让她赶上了！

桑静一看这位范堂主识趣得很，已不知所终。莫非白帆今天要对自己说什么？心下一紧，他莫不是身子真的不大好，要托付衣钵给自己吧。转眼细想，多虑了，早个十几年他有这想法正常。后来，她那么来来回回结结实实伤了他的心，他是断不会再有这种念头了。桑静为自己怎生出这般没心没肺的想法难过，什么时候自己可以拿他生病打趣了。哦，这些年受教于另一个人，对世事竟多了一层凉薄，什么都可讥笑。不过话说回来，桑静就是打心眼儿里不觉得白帆会被一个区区支气管炎打垮，弄得要找人传衣钵。唉，她兀自叹息，自己果然还是让白帆失望了，这些年的摸爬滚打，她早已不复当年的桑静。也许，他并不知，亦或许他不愿承认。

闲庭信步，一路行至琉璃三境。果然，他停了脚步。“十多年前，你在这里做了盏灯，一直存着没有取。今天，既然来了，就……”

心下一痛，“你还记得。舅舅……”

“桑静。”他唤了她的名字，却没有马上继续。

他走到一个柜子前，“吱呀”一声打开，从里面提出一盏六角琉璃灯。灯的尺寸比他先前送的那盏大了些，如今女子提着正好。花样子是当年绘的，用浅浅墨色盖住的“白羽赠白帆”的字样早就与这灯被尘封在岁月里。桑静用手抚摸着这盏灯，白帆，已断了的念想，何必再做撩拨姿态。你既是我要不起的梦，就不要再来扰我的心了。

他看她发呆，说道：“我要去汤山小住，和朋友约的，这次宋琰也同去，至少半年。医生说要静养，所以手机什么的我也会关掉。你不必记挂，如有需要，我会联系你和妈妈。”

“你们联系上了？”桑静很是诧异。不是让自己问来着嘛，还让她带药，这个宋阿姨，联系上了为什么不和自己说。心里嘀咕着，见白帆面无表情地默认了，为了缓和气氛，桑静随口说了句：“舅舅，你这是要闭关啊？”

他愣了愣，没有笑，也没有说话，半晌道：“如果，桑静，我是说如果你听说了什么关于我的，无论什么消息，答应我都不要相信。等我回来，等我回来。”他说话的语气出奇地平静，有一瞬桑静怀疑他话里有话。可是，他对自己向来知无不言，从不隐瞒。她也断无理由怀疑他有难言之隐。

她心下一沉，警惕地问道：“你要住很久？”

“是的。”

“宋阿姨会来照顾你？”

“是。”

“你这次复发，是不是很严重？”

“医生只是说需要静养，远离工作。你知道，我虽然退休，总免不了要帮着做些事。也许离开这个城市是最好的静养。”他又淡淡地笑。

“好，阿姨去我很放心。”

“你答应我，这半年注意身体，不那么拼命。早点和小林把婚事办了。”

“你知道我开刀的事？”

“傻孩子，何必瞒我。那阵子，我实在、实在顾不到你。”

“你都不打算亲眼看我结婚？催得我那么急！”

“我怕休养需要太久的时间，耽误你的婚期。别再等了，能遇上一个可以携手一生的人不容易，切莫错过。”

“怎么会，也就半年！”桑静又违心地干笑。

她还未来得及细想，突然背上被人一拍，身子一震，转身看见一个熟悉的身影。“冯老师！”

“桑静，你可不对啊！这么多年冯老师可算白疼你了。”

“冯老师，哪里话。您说，小桑哪里做得不好，让冯老师有这样的微词？”

“来，来，来，桑静。冯老师跟你说……”

冯梦龙，桑静正经八百拜师学艺的书法老师，一手扶着她的肩头，一手拿着一个酒杯就把她从白帆身边拉了出来，一把按入了隔壁的座位上。

“来，来，桑静，陪冯老师喝杯酒。”

桑静拿起酒杯，心里想到做客户经理时突然发现他们美协的户头就开在中欣，于是央了冯老师拉了一批书画家办了行里的贵宾卡。还在那里认识了睿驰，一位很有才华的先锋工笔画家，自己还为他写过推广的小文。后来，也因此结缘梁欢。梁欢与睿驰很是投契，每次睿驰的画展、通告，梁欢必会捧场。还有一次在冯老的艺术沙龙里，桑静看见了醉酒的梁欢双手环着睿驰，两人在月下激吻。这一幕深刻脑海，她却始终不敢和顾超然透露只言片语，毕竟她是他完美的妻子。

做营销的，习惯了自来熟，虽与冯梦龙多年未见，桑静也不觉尴尬。入席后，说了些感谢的言语，便陪他喝酒。当然，仅仅是“陪着”。

“桑静，你越来越像你妈妈了。如果在路上，我可要错以为你是张妍了。”

“老师，我和母亲相像天经地义。倒是老师这些年没什么变化，越发清健，更显风骨。”

说话间，桑静递了杯酒上去。其实，她夸冯梦龙绝非违心。他年轻时就英俊，犹记得他来找自己的母亲要早于白帆。他那时穿着就很时髦，格子呢大衣，纯羊毛驼色围巾，一个藏青色的贝雷帽，风流俊逸，器宇轩昂。

有趣的是，张妍对他的态度比对白帆冷淡得多。为了能在张妍跟前多出现几次，冯梦龙不惜主动开口要收自己这个天资驽钝的顽徒。母亲想着女儿这么个丑丑的孩子，性格又犟，若再没有一技之长，在未来的路上不知如何颠簸，才勉为其难地允了。话说当时冯老师可算尽心尽职，耐心授课，对桑静颇为严苛。桑静是个上手很快的孩子，可没有长心，加之搬家后没有电话，便失去了联系。在他教授她的几年里，女孩还向老师讨教过国画，他见她有些兴趣，给了她本册子自己描，原定择个好时间，正式收她入门，没想到也阴差阳错地错过了。

后来，他再找来已经是很多年后，自己的母亲同她的这位老师始终保持着你敬我一尺我还你一丈的寡淡友谊，从不主动联系。他这人的确有趣，每年总有个两三次来桑静家看看老朋友。一落座就说他这些年稀奇古怪的经历，到处游学的见闻。一说就滔滔不绝一个下午，张妍不得不留他吃晚饭。他也丝毫不客气，还一个劲夸张妍手艺好。在桑静看来，这纯粹是情人眼里出西施吧。

桑静看出冯梦龙对自己母亲也是用情够深，便多事问母亲为何当初没选他。张妍那头摇得如同筛糠，可见是真心看不上他。说到底，居然是觉得他这个人不正经，桑静父亲对他的评价也是游手好闲，放着当时商会文宣工作不做，自己开工作室。桑静心下不知把父母的话笑了几百遍。母亲看不上冯老师无非觉得他风流。风流，呵呵，他倒是有风流的资本。当年，冯的父亲就是个顶有名的书画家，书香门第，还偏生得俊俏。行事做派也是豪爽不羁，性情中人。若说不正经，似乎他的红颜纠葛是不少，不过都没什么出格的事，最大不过娶了个小他五岁的女子，同那位琉璃堂堂主相比，他可真算小巫见大巫了。如今，他一把年纪，留了长发，续了美髯，一根玉簪挽个髻，穿着中式的棉夹袄，瞧着倒有几分仙风道骨。人活到耳顺之年，还能活脱脱地潇洒，桑静打心眼儿里赞叹他的风骨。他靠着一点积蓄开了个工作室，凭着手艺吃饭，还当了美协理事，时常搞搞公益，组织组织年轻艺术家沙龙，顺便栽培年轻人，股票也赚得盆满钵满，也算是人生赢家。可悲的是，他如此精彩终究是没被母亲看上，桑静不免替老师鸣不平。

当然，据说他最近因为一个女学生和妻子闹离婚，也是据说，不辨真假。不过，他们艺术圈的人感情充沛、生活漂泊，也是正常。如此说来，才华如白帆，真真算得千万里挑一的男子，和他相比，其他人果然无法入母亲的眼了。

桑静拿起酒杯："学生敬老师。记得老师说过，待到六十大寿后，再开一次大型个展。多年不见，不知老师是否如愿？"

"还没。今年下半年，到时候请你来参加开展仪式。"

"一言为定！"

"一言为定！"她将酒杯碰了碰冯梦龙的，浅笑盈盈地看着他再次将酒杯送入自己的嘴。

"不对啊，桑静。你敬我酒，怎么也不见你喝啊！"冯梦龙缓过神，嗔道。

看他已有的几分醉意，心里偷笑，他倒还没糊涂。有几次，他自己带了酒来，说母亲的菜下酒，母亲极其克制地让他喝了。他喝得不多，刚刚有些高，就非拉着桑静陪他。桑静向来就是拿个茶杯，边听他醉后天南地北地神侃，边陪他喝茶，然后由她父亲叫了辆车，安排冯回家。还好这样的日子不多，虽然桑静也从没如何看重他，可他毕竟是她的师父，自己的字丢了他老人家的脸，他却满世界宣传桑静是他学生。特别是自己做客户经理那阵子，他真是仗义，介绍她好多朋友。所以，略想想，对他倒有几分疼惜，"你知道的，我酒精过敏，陪你喝茶可好？"

"不行，不行！桑静，你知道我今天来，是特地来见张妍的。她不来，让你来。你还不该替你母亲喝三杯酒赔罪！更何况你我师徒缘分，你这个顽徒老用茶糊弄你师父，你这徒弟怎么当的？”他说着急了，认真起来。

桑静心里偷笑，就看着好多人围了过来，那位范堂主不知何时又冒了出来，还极其不合时宜地落井下石：“桑静，你师父说得可没错。你一个晚辈是该敬敬各位前辈啊！”

桑静笑着摇摇头。唉，你个老顽童，非要拖累我，喝就喝吧，大不了过敏，不扫你的兴。她拿起杯子，倒没什么不乐意，高高兴兴地斟了一杯红酒，略晃了晃，让酒香四散开来。一只手牢牢握住她的手腕。

“桑静。”白帆一脸肃杀，对女子摇了摇头。场面本是一团热闹，经他横插进来，变得有些尴尬。

冯梦龙应该是喝多了些，耍起孩子脾气：“老林，你这什么意思啊，英雄救美啊？张妍都没说不喝，你瞎掺和什么？你是她什么人？”

老顽童是无心一说，却刺痛了白帆。他握住桑静的手在空中一滞，然后顺势把女子连同酒杯拉到他身旁，接过酒杯，一仰头就喝了下去。此时此刻，桑静整个脑子飞快地运转，却并不知道自己到底想了什么，就连拉他的反应都迟了，只在空中抓了一把他的袖子。

一杯喝完，大家都傻了眼，范堂主此时倒明白：“呀，老林，也是多年不见老冯，真是感情深笃。不过，杯酒伤身，老冯，咱这酒就收了吧。”

冯梦龙也有些蒙，知道玩笑过了，正愁没台阶，于是就顺势说：“对，对。老林，见到你我也很高兴。不过，身体还是要保重，保重。”

“老范，我不太舒服先走了。”白帆没有正面回答，便起身告辞，“桑静，我送你回家。”

桑静看看冯梦龙，又看看白帆，回头对冯梦龙说：“老师，我先回去了，改天陪你聊！”

白帆瞪了她一眼，一手拉着她就往外走，一路上许多认识的不认识的无不投来讶异的目光。

出了门，女子用力挣脱了他的手，“你弄疼我了。”

他直勾勾地盯着她半晌，桑静被他看得心里直发毛。“你就那么留恋他？”话一出口，他自知失态，沉吟半晌也没有下文。

桑静心里一肚子火，被他这句话结结实实地点燃了：“白帆，你凭什么这么说？

他是我老师，我对他好些是自然的。我敬他、重他，他还在工作上帮过我。我也不过同他说说话，陪他喝喝茶。他恣意不羁，却不放浪，你我都知道，我不过做个学生向老师敬酒，怎么就成了留恋！”

女子图一时痛快，一吐为尽。白帆隐忍不发，她反而更加委屈。“我不明白，你有什么资格这么说我？你始终高高在上，一副俯视别人的倨傲态度。想接待我就接待我，不想联系我就不联系我。你病了可以不告诉我，可我有什么事必须向你报告。在你面前我是一颗透明的心，在我面前你是一道关了的门。我的心你是知道的，这么多年，再烫也冷了。可你却若即若离，犹不肯放手。等你回来，哼，白帆，我三十五了，不是孩子了，我等你又怎样？还劝我半年里早点把婚事办了。何其可笑，如若盼我结婚，何必躲我，如若让我死心，何苦许我半年之约？是你矛盾，心口不一。冯老师说得对，你算我什么人，我又算你什么人？白帆，我想问你，这么多年，如果我的心不变，你的心意还是那么决绝吗？你一面推拒，一面又为我操心，你到底是怎么看待我的？”

白帆看着桑静，眼中闪烁不定的光芒暗潮汹涌。在这短短的时间里，他什么都没有说，似乎又把所有的话都说净了。“桑静，我的孩子，我是多么希望你快乐！”他再次伸出的手滞在空中。

“快乐。怎么可能快乐？白帆，自认识你，我就在忧惧中度过。我一直努力想做你期望的好孩子，可是对不起，我终究辜负了你。我早已不是那个与你通信的女孩。当我长大时，我就再没有快乐过。是，固然是我自作自受，可痛苦的来源，你知道吗，是你！白帆，你究竟有没有爱过我？你有没有可能不是因为对母亲的牵挂而牵挂我？”

他看着她，双眸深邃浩瀚无垠，凝着眉，紧闭双唇，此时的这张脸真是没有一丝血色。桑静默默转身，提着他给母亲的纸袋，背对着他说道：“白帆，与其希望我快乐，不如从没认识你。”

桑静知道自己终于亲手将彼此推向了再无必要相见的境地，可心里却因说出了这十几年压在心头的话，反觉得轻松。如果说，这就是我们的结局，白帆，那么我宁可再不见你。身后几声车鸣，是他称职的秘书在提示她上车，可惜她不想听懂。

白帆颓然地伫立在桑静身后，看着黄昏下女子纤细的身影，胸口猛地一痛，一抬手，手帕里接的满满是淋漓的鲜血。也许，这样也好，至少等到那一天真来了，她对他只剩下恨了吧，总好过一生的绝望。他心一绞，眼前再次漆黑一片。

回到家，屋里黑黢黢一片，开灯时，一个影子吓了桑静一跳。

“妈妈，你回来了，怎么不开灯？”

张妍转过脸，桑静看见的是一张满是泪痕的脸，那是翠儿的脸。“他结婚了，他叫我别等他了……”

桑静忙揉揉眼，定睛再看，是苍老的张妍，灰白的发卷黏在一起，双眼凹陷，鱼尾纹爬在眼角，大而无神的眼睛里除了深黛色的眼珠，什么都没有。

“他骗我，桑静，他骗我。他怎么可以？他骗了我三十年，我恨了他三十年。到头来，才知道这是个骗局，一个骗局！那这么多年的恨算什么？这么多年的泪算什么？桑静。”

“问世间情为何物，直教人生死相许。母亲，这个世界，爱到底是什么，恨又是什么？为什么心里明明是怕，还要飞蛾扑火，为什么心里明明是痛，却怎么也恨不起来？”

桑静抱着张妍瑟缩的身体，用手轻拍她的背，如同怀抱着婴孩，哄她早些入睡。

“吱呀”，门被打开了，“哟，屋里怎么那么黑？”从文探出脑袋问道。

“我今天回来晚了，饿了吧。我去做饭。”

桑静分明看见母亲偷偷抹去脸上的泪水。啊，究竟什么是爱？自己没有资格说，因为她不懂，可她的母亲懂了吗？从同学会回来，母亲哭成了个十八岁的少女。自己终于站在平等的地位诘责白帆，心里却平静如水。桑静、从文、张妍三人心照不宣地吃饭、睡觉，没人敢提志鸿、白帆或同学会、同事会。

晚上，桑静一个人躲在房里，打开没来得及给张妍却被搁置的袋子。是一本黑色封面的笔记本，翻开后，扉页上一行娟秀的题词：“知我者，谓我心忧；不知我者，谓我何求。”

知你者，是谁？不知你者，又是谁？

第一页写的是：

一九六九年　十二月二十二日　雪

站在母亲的墓碑前一阵眩晕，雪落无声，一刹那我觉得老天同我开了个玩笑。母亲答应过，只要她在绝不会放任何一个孩子去吃苦。如今，她的孩子天南地北，母亲黄泉碧落，唯剩下我一个人，孤零零地等。哥哥在母亲大礼上致辞时把母亲说得如何深明大义，可母亲在我心底只是一个母亲，一个给了我们家的女人，一个给了父亲一辈子深情的人。那些遥远的溢美之词如此不适合一个女儿心中的母亲。她走前的那几天，唯我陪在母亲左右。她的病痛也唯我最清楚。肾功能衰竭，难道不是为了这个拖也拖不动的家吗？那么多子女，那么多是非。我是个自私的人，心中容不得沙子。可母亲是用怎样的心胸原谅她子女的无知和父亲的懦弱？她走时握着我的手，声声殷切将父亲托付于我。她一遍遍细数父亲那些古怪的少爷癖好，桩桩件件，她竟是笑着说的，像是说着悠悠闲事。

我问母亲："值得吗？不顾一切地嫁给这样一个人。"

母亲闭了闭眼，像是回忆过往，一个重病的人脸上现出一个神采奕奕的笑，轻轻点了点头，说："值得。"

究竟是怎样的情，让人生死不悔！志鸿，我依诺等你，为何不给我回信？我怕自己一个人没有母亲坚定。

原来是母亲的日记，原来是母亲的困惑，难道不也是桑静自己的困惑？

二十三

刚开完刀那阵子，桑静单位就说要来人看她，姜总也是同她一约再约。桑静没盼到来看自己的人，却盼到一个熟悉的电话。

"姜总！"

"桑静，好些了没？伤口疼吗？"

"嗯，好多了。我估计再休息一周就可以上班了。"

"不急。工作搁下是一时，身体是一辈子的。你且好好养养，这几年也没见你休过假。"

"没事，领导，有你这句话，心里暖暖的。"话头到这儿突然停了，按理寒暄几句后不该谈接下来的工作了吗？

"桑静。我要走了。辞职。"

"辞职？去哪儿？"

“还没最终定。等我安定了告诉你。”

“姜总，我舍不得你走。”

“傻姑娘，就知道你又要煽情，我才不敢去看你。”

“姜总，谢谢你，一直像老师一样教导我，像姐姐一样开解我。忘不了拖着你全国疯了般一天一个城市的业务督导，忘不了和你一起没日没夜应对各种项目，忘不了你在加班的晚上对我说早些回家，女孩子应该有个家。姜总，好想见见你，当面与你道别。”

“桑静，别，我怕忍不住，才决定和你电话道别。桑静，你刻苦勤勉，人聪明，我一直希望你有更好的发展。这次推优，我尽力了，竞争太激烈，其实你真的很可惜。姜总觉得有些对不住你，让你失望了。”

“姜总，您别这么说。推优对于胡总很难，我们部门优秀的人确实很多，我理解。其实，这些虚名什么的我并不大上心，桑静求的就是真心。姜总，平时碍着上下级关系，我不方便多说，我心中一直把姜总当成心中的楷模、贴心的姐姐。姐姐的温柔心性、翩翩气度、专业能力和待人接物的刚柔并济都深刻我的心里了。姐姐对桑静有知遇之恩，桑静不会忘不能忘，何谈失望。”

“……桑静，每次看你朋友圈，总会感触良多。想到要和你道别，我是既想同你见面好好叙叙，又怕彼此伤感，影响你恢复。桑静，这次走，我想通了很多事。人来到这个世界一定要想清楚你要什么，懂得舍弃才能学会接受。等我安定好，我们再约着好好聊。另外，我要提醒你，胡总要走，洪总会代他职务。胡总和我不在了，你做事说话一定要小心谨慎。老唐他工作会有较大调整，他曾是你师父，回去后不要发表任何意见。”

“知道了。”

“好，快一点了，你好好休息。改天再聊。”

“姜总，等你定了一定告诉我。我去看你。”

“好，桑静，我这里永远欢迎你。再见，桑静。”

“再见，姜总。”

姜总走，胡总也走，老唐工作调动，洪总继任，放下电话，桑静不免唏嘘。曾是怎样的繁花盛景，却要四散飘零？桑静记得自己刚到总行零售业务部报到那天，胡总让她去他办公室，问她愿不愿做理财。那个时候真是无知者无畏，她掷地有声地说愿意。后来才渐渐懂了胡总下的这盘棋，一盘渠道为王的棋。为了打破资产管理部垄断理财产品、价格没有市场优势的局面，老胡召集了那时还是科长的姜总、老唐和桑静找券商资管部和固定收益部要产品，生生创造了行里九大系列的理财产品品牌。那些个审资产、写协议条款、开发系统、追踪资金、编制业务规则、行领导审批、监管报备、分支行培训、进行额度分配和调拨的日日夜夜，生生把老唐从面目和气不与人争辩的少年郎逼成了发际线节节败退，处处一针见血切中要害的大叔。桑静呢？随着老唐这位师父一路东突西进，从一个和人讨论方案要准备腹稿的学生，成了独自与合作机构、系统后台、营运、风险控制一群人周旋，一人舌战群儒的泼性女子。这些年的牺牲和曲折，也许真的只有老唐和桑静自己知道。

后来，姜总经胡总推荐被行领导钦点荣升总经理助理。桑静便随着姜总去了代理销售团队，留下师父独自支撑。好在老唐又收了好多徒弟，他的徒弟又收了徒弟。其实，这位“师父”不过比桑静大三岁，由于性格沉稳持重，加之专业地位不可撼动，和他日渐稀松的头发，大家都尊称他为“老唐”。连胡总，但凡有关股票、外汇方面的问题，也喜欢让老唐答疑解惑。所以，老唐在桑静他们部门可算个桃李满部门的“老师父”。如今工作调动，桑静想象不出会是何种调动？姜总还让自己不要发表任何意见，桑静更是奇怪究竟是怎样的大变动会让她惊讶到忍不住发表意见。转念至洪总，桑静心下一紧，背脊一凉。

洪总一直是总经理助理，桑静刚进总行时，部门一个副总刚调任，后来副总一直长期空缺。论理，洪总的确是副总的不二人选。可是，这个洪总似乎不是业务出身，对业务并不熟悉，在胡总面前多是奉承附庸，很少有自己的见解。除了业务，他对管人倒是很在行，经常指手画脚搞些莫名其妙的“运动”，搞得人人自危、人心惶惶。所以大家都不太喜欢他。不知他从哪里听说桑静经常向行报投稿，曾向胡总讨她去综合团队。那时作为科长的姜总一口回绝了洪总，梁子就这么结上了。

后来，姜总升至总经理助理与他平起平坐，且他这总助当了三四年都没扶正的迹象，倒是姜总深得老胡的信任。于是，梁子算是越结越深了。他在各类大小会议上打击桑静，或者直接与姜总为难。偏巧他那套调调行里也有些领导挺欣赏，加之老胡醉心业务向来我行我素，朋友结交的不多，倒是为了大力推进业务得罪了不少人，所以有些领导对老胡也颇有些看法。念及过往，桑静深深叹了一口，姜总说她想清楚了自己想要什么，究竟是什么呢？其实自己对于这些是是非非根本懒得理会，如果不是偶尔被卷入或波及，她都懒得去看去听。说到底桑静是个简单的人，复杂的不会，心也不在此，也不屑费神劳心。不想了，不想了，再休三天，回去上班！

三天须臾而过，为了方便，桑静搬回了租的房子。带了一床新的被子去，从文不放心，跟着去了。路上，从文一直叮嘱桑静不要太累。她一遍遍回答，心里隐隐有些唏嘘。如果那天不那样说白帆，此刻微信里反复叮咛自己的应该是白帆吧。

看看微信对话记录，白帆和顾超然的对话都停留在年后的那几天，再没有只言片语。尘归尘，土归土，北雁南飞没云烟，没有他们的日子，终归清冷得宁静。桑静倒是想过几天宁静的日子，可一回到部门，就觉得气氛不对。

洪总一大早把她叫到办公室，劈头盖脸地扔了一堆恶心的事。“你这个团队负责人是怎么当的？监管检查你不在，你们分管领导辞职，我只好让小张接待。人家 90 后小姑娘哪见过这世面！现在天天闹着写辞职报告，人家张局就这么一个女儿，你看看。还有，你和你们那个姜总平时是怎么和监管打交道的，人家来了一份报告，你看看，你看看！我们是上市公司，万一有个处罚，叫我们怎么向股东交代，这股价还不一路下滑。桑静，桑静，你就是我们行的千古罪人。”

他把报告扔在她面前。还好姜总已经提前提醒过，桑静心里也算有准备。他那副穷凶极恶的嘴脸早就领教过了，起先是深深地鄙视。顾超然却笑她连对领导的不满都要挂在脸上，当时他与她是这么说的：“还好他不分管你。他若分管你，我一定劝你辞职。”

“为什么？”

“人和人都有气场，别说气场不合，你脸面上直接写着‘鄙视’二字。你记住，将来无论遇到什么样的领导，都要努力从心底培养出对他的敬重，否则不合的气场他迟早是会感觉出来的。要么真心跟定，要么趁早滚蛋。”

心里一抹悲哀，捡起被他扔得远远的报告，桑静逐条读了一下。“措辞是有点过，所谓十条罪状，五条和我们条线没关系啊！剩下五条里两条可以向监管确认时申辩的。”桑静看着洪总涨红的脸，半句话还是咽了下去，等着他的训示。

“你看看你们，做得都是些什么事。有个什么基金产品亏损啊什么的，一堆舆情和投诉，都快成群访事件了。你们产品怎么准入的，怎么卖的？”

桑静看了看他，回忆了下，哦，定期开放债券基金。年前一波小跌，就有一群客户死活要赎回。由于额度限制，只能按比例赎回部分。最近，债市回暖，居然部分客户还吵着往外赎！

桑静大脑正在天人交战，就听到洪总敲了敲桌子：“你到底有没有在听我说话？”

她困惑地抬头看看他，说实话，他那絮絮叨叨没有重点的话自己还真没有听全。

“我告诉你，我们现在在监管已经挂号了，要是不解决赎回问题，行领导找我算账，你给我到下面去处理投诉去。这个是行领导批示，要求与基金公司协商做好预案。你自己去，我可没空陪你去瞎扯。”

她抬头看了他一眼，打算转身走，他又开腔了：“我还没说完，你急什么？”

“领导，我也急着与小赵核实一下这个基金的事情。”

“小赵，哼，你和你那个姜总是怎么管队伍的。小赵心理这么脆弱，你们就没发现？自杀，还好不是在银行，否则我们都有责任！”

“自杀！”桑静心头一紧，他还是没解开心结，还是没等自己回去……

“你走吧，走吧。这一堆的事，赶快给我理理，要不是姜总这么不负责任辞职，搞得你们没人分管，我哪有空管你们这些破事！”

破事？桑静恨恨地看了他一眼。

“看什么看？你还不服气，业务一塌糊涂，还好意思争推优。”

她不辩一言，转身就走。

坐回位子上，千头万绪。常规工作得做，少了一个人，另一个还要辞职。还有监管整改报告，还有投诉要处理。没想到顾超然所谓的地动山摇的好戏是这样的。此时回来，桑静真是感到焦头烂额。

“小张，你来一下，隔壁会议室。”

谈了一个多小时，桑静从小张的现在谈到她的未来，从个人发展谈到团队乃至整个行的规划，总算稳定了小张的情绪。

“桑老师，其实原来你和姜总在的时候，我觉得心里特别踏实。可是这次检查，你不知道，太可怕了。直接封电脑，拿走了查的，太吓人了。他们在网点时是一个个隔离谈的，像审犯人。我好怕。”

“没事了，我回来了，有桑老师在。整改报告写好了吗？”

“好了，是洪总亲自指导我的。”

“哦？发给我吧，我看一下。小赵他……”

“桑老师，赵老师他一直神神道道的，你也知道。自从他爸爸走了以后，他就一直没来，也不知道什么情况。”

“那他的工作现在谁做？”

“暂时没什么人做，洪总让我先顶着。”

“好的。小张，我刚回来接手，姜总又走了，这几天要辛苦你把我不在几日的事都尽量交接清楚。可能会麻烦你加加班。”

“桑老师，没事，你回来就好。我好害怕一个人坐在那里。前几天，还有个精神病老打你的电话，说他要他的钱，否则就要卸掉你的胳膊。”

“别理他。你去吧。”

一个人跌坐在椅子上，感觉天旋地转。桑静预感到接下来的日子将前所未有的困难重重。

整整一天处理积压下来的公文和邮件，头痛欲裂。从文件堆里抬起头已经晚上六点，桑静想去楼下吃顿加班餐，回来继续奋战，却在电梯口遇见了老唐。多日不见师父，感觉他气色不大好，一脸的疲惫。

“桑静，你病假单还没交给我。”

“哦，忙糊涂了。可是，为什么要交给你？你现在做综合？”

“是啊。”老唐摇摇头，头上稀松的发丝沧桑立现，“我现在整天写报告，催你们交这交那。”他的脸上一丝无奈泛起，苦笑道。

“你是专业型干部，凭什么让你做综合？这同废去你武功有什么区别！老唐，你真沉得住气。”

电梯突然打开了，一群人走了进来，他们便就此结束了话题。可是一股无名火在桑静心中熊熊燃烧。老唐，她的师父，似乎就是为做产品而生的，打破砂锅问到底的钻研精神，严丝合缝的业务逻辑，以及所见即所得的业务系统的转换能力，一切素养皆为业务而生。桑静一度深深自卑过自己与师父的差距。这样一个专业复合型的人才，居然去做管部门人事考勤、任务中转、撰写总结报告的大综合，泯灭了他的创造性，生生要把这样一个有棱有角的人磨成八面玲珑的部门后勤，她心里万分惋惜。胡总、姜总那些年的栽培算是完了，近四十岁的师父另起炉灶重新学习，这是要他把职业生涯前半生好不容易培养出的专业特长全忘了吗？桑静心下一片苍凉。

他们两人都保持着以前加班的习惯，一碗拌面草草了事。看着两人底朝天的碗，桑静无限怀念当年一起做产品的时光，愈加不能理解部门的决定，早把姜总的叮咛抛在脑后了。

“他们这算什么，算流放，算贬谪？明明一把宝刀，偏偏配了一个不合时宜的刀鞘，束之高阁永不录用？他逼走了姜总，还要逼走你吗？”

“小声点，桑静。我在一次会上说了不该说的话，顶了领导几句，不过我不后悔，好歹都是为业务，我问心无愧。”

看老唐目光如炬，桑静心下一热，终归是自己的师父，无论是专业还是人品，她都佩服。

“你本来没有卷在旋涡里，姜总走时再三叮嘱我，提醒你别冲动。”

“我，我真是替你惋惜。”

“没事，你手里也是个烂摊子。”

“小赵怎么了？”

“小赵的事你真的不知道？”

“他和他妻子性格不合，吵吵闹闹我是知道的。他去年动过离婚的念头，我也是知道的。他情绪非常低落，我也曾开解过他。可低落归低落，未见他动轻生的念头呀。”

“原来你是知晓的。他爸爸前几周刚走，心脏病突发猝死。不久，他就开煤气自杀了。还好发现及时，抢救回来了。”

“哦，那我懂了。听他说这么多年来，他父亲是他的人格榜样，他同他父亲的关系极好。可能因为至亲死得突然，外加与妻子不睦，一时没想通吧。他现在在哪儿？”

“已经从医院出来了，在家休养，等平复心情后来上班。”

“那我去看看他。”

“这都六点二十了，你还去？”

“今天肯定去不了，手里还有一大堆的工作要处理。明后天吧。”

第二日，桑静也是在浑浑噩噩中度过，如果不是和洪总直接吵了起来，她大概还要加班。如此倒还要感谢洪总，否则真不好说这一耽搁要何时有空去看小赵，没准一晃他就回来了。

下班前，桑静抱着整改报告等到了洪总本尊。

“什么事要堵我的门？”

这一次是桑静先发难：“为什么越过我让小张写整改报告？”

“你没来，行领导急着要看。人家小张替你做了，有什么不好。”

“为什么要动那么多人。监管检查每年都有，这次这种规模的三五年也总是有的。第一，事实确认时可以反驳。第二，大家都懂他们来检查必会查出问题。这次我们条线只有五条，措辞是针对全行，不是针对我们条线。五条都不是什么大问题，不罚款不停业，就是限期整改，有什么大不了，非要震动整条线，谈话、扣奖金也就罢了，本就上追一级了，为什么还要追两级，而且要职务调动！这哪是整改，这简直是……”话到嘴边终究忍了，其实桑静想说这就是在整人，想起姜总的话，硬生生把半截话吞了下去。

“桑静，我看你是昏头了。你这算什么，你是在质问我吗？我老实告诉你，你怎么知道这就仅仅是总经理室的意思？方案已定，不必再议。现在，给我出去。等等，那个定期开放债的事赶快拿方案，人家都投诉到金融党工委了。”

“我们销售没问题。”

“人家家里有困难！急等用钱！”

碰了一鼻子灰，出了洪总办公室，桑静接到一个陌生电话。“喂，你好！请讲。”

“你是 WNS 零售业务部的桑静吗？”

“我是，请问您哪位？”

“我是你们客户藤田由纪夫的兄弟。”

“对不起，我不认识什么藤田由纪夫，他也不是我们的客户。”

“你不要这么横，小姑娘，我告诉你，你还记得上次那个基金公司的经理人吗？他不是照样被我们打耳光吗？我们可是知道你的，你家住在世纪大道那里的松园小区。早上七点三刻出门，晚上九点一刻到家。”

“你到底是谁，你想干什么？”

“我也不想为难你，不过我兄弟的钱有急用，对不住你了，如果拿不到，他不好过，你也不会好过的。上次那个经理人只是轻轻被撩了一下，就吓得飞北京了。

小姐，你可就没那么方便了，你家在上海。你还有张挺漂亮的脸蛋，要是留下什么疤，可就不好看了。”

“你说什么我不知道，你们以为这是什么地方，青天白日，你们还敢打恐吓电话！”

“哼，小姑娘，你现在别嘴巴犟。你最好想想，还有一个月就打开了，到时候钱出不来，呵呵。”

桑静放下电话，心里突突直跳。恍恍惚惚过了一天，伤口隐隐有些痛，便早早告了假去看小赵。

桑静坐在小赵家的沙发上，百感交集。有多少个这样的黄昏，她和小赵坐在会议室里讨论基金的投资和过往业绩。小赵偏头疼发作时，她给他递水，两人谈了很多关于爱情和婚姻看法。一个说，一个听，然后交换。她听懂了小赵与妻子无法交汇无法融合的价值观，小赵听懂了她追逐白帆背影的辛苦。在那些闪着孤星、漆黑如墨的夜里，他们加着班，说着话，流着泪，惺惺相惜。两个痛苦的人彼此诉说着一辈子不会讲给别人听的话。

桑静开刀前对小赵说，不要失去对爱的信任，如果觉得痛苦就放弃吧，也许放弃了真能解脱了。小赵回问她，你放弃过吗？

“赵磊，你父亲如果活着，他绝不同意你用这种方式来解决问题。”

“桑老师，他不会同意，我知道。所以，不会再有了。”

“我们团队不能再少人了，小陈去了综合，姜总辞职了，我们不能再少人了。”

“桑老师，当我在意志即将消失的时候，我看见我爸爸，他负手而立，背对着我。我急急走上去，他却呵斥我，他说只要活着，任何时候都可以重生，只要活着。桑老师，我已经不再是那个痴缠于旧事，为情所困的赵磊了。我死过一次，人生就当重新开启一次。”

“好，小石头都能开花，你真能想明白就好。”

“桑老师，那你呢？”

“我？是啊！重生，只要活着，任何时候都可以。”

藤田由纪夫，桑静怎么会忘记呢？据说来购买这个产品的是个中国人，第一季度定开债业绩很好，也没人跳出来说什么。去年 11 月底，债市急跌，就来了个日籍华人吵吵闹闹说买基金的是他妻舅，钱是他的，要赎回，由于受限 100 万只折本赎回 20 万，打来电话威胁，客户经理饶不过他的烦，请分行处理。

这个自称藤田的家伙如同跳梁小丑，先是要听基金经理的运作。于是请基金公司的基金经理人前往，结果这家伙把银行客户经理一把推出门。后来发生了什么客户经理真不知道，只知道基金经理人吓得连夜飞回北京了。接着，他又要求见总行，桑静、小赵和分行约客户在网点见面，当时经警来了一圈，连被泼硫酸的预案都做好了。见了面，是个面色红润的中年男子，有些名士派头，一句阴一句阳地威胁他们。桑静看他是个知法懂法的人和他论了几句理，他便死活要桑静名片，一气之下桑静就给了他一张名片。当时，在场的人也是一句进一句退，只说想想办法，没敢激怒他，也没答应他什么。

拖延，是大家分析出来的对策。首先，客户经理销售时明明白白说清楚是中长期投资，那个藤田就不该拿可能急用的钱投资；其次，合同明示 20% 的赎回比例，以确保基金运作，哪是他说改就改的；第三，他这样嚣张，却迟迟没有实招，应该就是只纸老虎；最后，与银行发生业务的另有其人，谁知道这个藤田算什么。基于以上四点，大家共同决定按兵不动，见招拆招。桑静曾经把这事隐去了背景，只说是同业发生的事，问顾超然如何解。

他笑笑：“有什么好解的，桑静，按照合同你都没错，只要他是纸老虎，你这招是活棋。如果他发难，你最好有预案，真出事你就是罪人。反正你这就是刀口上的活儿，谁接了都是错。”

“我没说是我们行。”

“哼，你们行的事我不了解，你不说，我就不知道了？”

唉，果然，火烧到自己身上了。现在，就算怕也只能走一步看一步。

第四天的下午，正是虚火上升、头昏脑涨的时候。桑静还在理着工作，突然来了一个电话，让她赶快去大堂，桑静急急披上西装下了楼。一到楼下大堂，但见一群人围着，她一到，还没搞明白情况，便听有人高喊：“她是业务条线的。”

于是，这个本来封闭的圈呼啦啦就开了一条路。中间一名民警看看进入圈中的女子，看看圈里两个露胳膊撸袖子的男子。桑静扫了一眼，原来是他们，早上堵总行底楼大门，拖凳子闯大楼，大呼小叫的男子。早上已经照过面了，也苦口婆心谈过了，此刻又怎样，撒泼？

“你们谁报的警？”

“我们报的。”

他们报的警，桑静更是瞪大了眼吃惊地看着他们，简直不相信自己的耳朵。这不是贼喊捉贼吗？

“那麻烦你和他们一起去局里走一趟吧。”

所有人如同躲避瘟疫般为桑静让了一条路，她迟疑片刻，应了句“好”，看清了为自己让路的一张张脸。

透过派出所小小的玻璃窗，看着天际最后一抹阳光逝去，心底渐渐升起寒冷。

“告诉洪总，我去派出所了。打电话给分行，让他们派人来救我。”

这是桑静在坐上派出所的警车前打给小张说的话。抬手看表，已经六点了，还没有人来。

“你这个小姑娘怎么这么拧呢。我听下来，虽然你们销售没什么问题。可是你这个产品有问题啊，人家的确急着要钱用。人家阿姐的身体又不好。你说，他们在你们网点也没有做出格的事情，人家报警，我们得受理吧。你们这种也不算什么，顶多民事纠纷，我们也就调解调解。他们铁了心要赎，你这姑娘是铁了心不同意。我就不明白了，哪有这种产品人家要赎不让赎的。我也买过基金的，当天三点前都能赎，只是不能马上到账。对吧？”

“李师傅，您还真对我们业务挺熟悉的。不过这个基金就是这么设计的。为了获得稳定的资金，投入稳定的资产，这个基金设置了赎回比例，来控制非理性的选择导致的对其他投资人的伤害。所以，这个产品按比例赎回是一个保护机制，而不是骗钱。”

“你看看，她又来了，你还打不打算回去了？”

桑静瞥了一眼对面的两个男子，一阵悲悯涌上心头。无知带来的冲动是如此可怕，不仅伤害自己更伤及无辜。这样的对话来来回回不知重复了多少次，直到残阳如血变成了星空万里，月光从小小的窗户里射入，灯光昏黄黯然，她重复着相同的话，如同当年在小屋子里面对一场夜审。那晚自己是孤独无依的孩子迷失在幽暗的森林，今晚却如同高大的巨人走在披上月光的暮色中。桑静终于明白，原来强大是可以锻炼的，眼睛里的泪水会流干的，譬如现在。

突然，有人敲门，分行来人了。分行一来，情势却急转直下，他们再次信誓旦旦地许诺去想办法，在民警的调解下，大家先各自回去。来闹事的人回去等消息，银行方去想办法解决。出了派出所，一弯明亮的新月照亮各自回家的路。

“宁总，为什么要用这种根本没有退路的缓兵之计，您明知道没有方案。”

“小桑，已经足足七个小时了。你不想回家吗？”

“我想，可是您知道吗，这样答应了，我前面的七小时白挨了。今天我是准备把这派出所坐穿，断了他们念想的。”

“小桑，人气坏了就什么都没了。值得这样干耗着吗？我们回去想办法。”

想办法，如果有，何须自己今天空坐七小时？心里一阵凄然，不觉一个趔趄，头有些晕。

“小桑，怎么了？”

“没，没事。头有些晕，里面太闷了。”

“早点回家吧。”

拖着疲惫的躯体回到办公室拿了包回家，在路上随便买了个饭团，三两口吃完。太累了，公交居然坐过了站。再走了大半站，站在租的房子楼下时，桑静已经没了任何力气。一掏包，发现钥匙落在单位了。

此时此刻，刚好十点过一刻，桑静看见自己的影子被月光照射着，拉得颀长无比，远远望去像个外星人。天空是一种难以名状的深紫色，星子如同巧克力上那些榛果颗粒，闪闪烁烁，莫名诱人。此时此刻，她不知是悲是喜，只觉得这几天如同皮影戏，一幕幕，一桩桩，一件件，接踵而来，快得让她应接不暇。

心是麻木的，都感觉不到是痛还是哀。只是，好累，好累，伤口隐隐痛着，桑静席地而坐，台阶湿滑，夜凉如水。一阵料峭的风吹过，她在风中打了个寒战，终于辨别出那些涌动的情绪是委屈。一股强烈的委屈裹挟着寒冷，毫不客气地席卷而来。桑静抓起手机，看着二三百个联系人。在这样寒冷的春日，她一个人坐在这阴冷的水泥地上，幕天席地的苍凉，居然不知该拨通谁的电话。谁是这世间听得懂自己疯了般执着和无处安放的痴狂的人？曾经有过，可是那个人已经被自己赶走了，他，再不要她。而她，也再要不起他。泪水终于以一种无法挽回的姿态倾泻下来，在这样无人救赎的夜晚，谁是谁相思的药引，谁是谁绝望的情殇？

突然，桑静望见远处影影绰绰，一个影子缥缈在星光摇动的远处。想起那个恐吓电话，难道藤田他不是纸老虎，今晚就是自己的大限之日？桑静如同受惊的小鹿，所有感官都警惕起来，浑身的肌肉紧绷起来。万籁俱寂，她只听得见自己的心在突突地狂跳着。

远处披着月华的玄衣男子，渐渐在月光下清晰了轮廓。健硕的身形，一件黑色的羊毛大衣，踏着沁骨的寒风，翩跹而至。一阵风起，云朵遮住了新月，大地瞬时朦胧了月色，他在迷蒙清冷的月色里逐渐清晰。那熟悉的轮廓，那熟悉的味道，那熟悉的温暖，如果这是梦，就让我长醉不醒。桑静纵身而起，一头撞入来人的怀里，轻轻唤了声："师兄！"他什么都没有说，只是把她紧紧搂在怀里，他的拥抱是那样紧，紧得她无处挣扎，紧得她无法呼吸，可这一刻，她既不想挣扎，也无从呼吸……

这是桑静第一次主动拥抱他，他的前襟被她的泪湿透了，透过大衣，湿湿的。这个傻姑娘受了多少委屈，才憋出了这些泪啊。自从回上海，他夜夜驾车到这里徘徊一圈，看着一个个窗户，猜测哪个是她的，猜测她此刻是在看书还是已经睡了。这成了支撑他面对最后时光的唯一精神支柱，也成了这整夜整夜失眠的唯一的安眠药。桑静，漫漫长夜，你才是相思药引，你才能治这一世的情殇。

不知什么打在桑静脸上，凉凉的，天际忽然漫天飞舞着鹅毛。那一夜，他们两人经历的何止是相遇？

羽扇轻点，掀起千堆白雪。谈笑风生，已过百年芳华。一任红尘散去，刹那间，望断千秋。午夜梦回惊变，拍阑干，泪湿长巾。雪纷纷，难断尽头。情绵绵，叹无绝期。

许久，顾超然脱下他的大衣，盖在桑静冰凉的身体上，俯在她耳边，用她最喜欢的声音耳语道："我们走。"

他的话犹如魔音，引着她轻轻点头。他拥着她如同起舞，而她脚步虚浮，任由他带着，将自己安放在他的副驾驶位上。他为她系上安全带，发动车，一脚油门踩了下去，他的宝马如同一匹黑色的骏马载着两人疾驰而去，留下雪在他们背后纷纷扬扬。

第十章　一颗真心，永不相负

二十四

一路上，桑静疯了似的轻喃着："胡总走了，姜总走了，老唐被调去做综合了，小赵自杀，监管检查，可以辩解的，可是，可是，洪总他偏要上追两级，偏要地动山摇。师兄，为什么？为什么？这是人心吗？"

他什么都没说，只是心疼地拢了拢女子身上的衣服。

"青山遮不住，毕竟东流去。师兄，是怎样的繁华盛景，终究花自飘零。难道我们也会如同这冬天最后的花，挨不到春天吗？师兄，人心到底是什么？白帆他……"

突然，一个刹车，车稳稳停在地下车库。冰冷的唇封住了她兀自喃喃的口。桑静心下一惊，未待反应，整个人被一只手带了过去，连人带大衣倒在他怀里。他的唇紧紧盖住她的唇，霸道地撬开她的牙齿，探入索取纠缠。唇间都是淡淡的雪茄的味道，桑静有些眩晕，天地旋转，不辨日月星辰，不辨晨昏。这一刻，顾超然，你是一个男人，而我，也仅仅是一个女人。激烈的吻未结束，他就开始用手抚摸她的颈她的脸她的腰，她脸一红，往后一退，松开安全带，打开车门。逃出车外，有些尴尬，自己已无处可去了，可如果同他去酒店……

他似乎看出了女子的挣扎，一推门跟了出来，绕过车头站在她面前。他胸膛起伏，似乎很激动。初春的夜，顾超然将大衣给了桑静，只穿了件浅蓝色暗条纹衬衫，如同她第一次去外滩支行门口遇见他时的模样，只是风霜了些许，依然如此俊美。他不由分说一把横抱起她，一手遥控关了车，就这样一路抱着她走入酒店的电梯，一路接受别人侧目投来的讶异目光。她在他的怀里，贪恋着短暂的温暖，她对自己说，这十年我欠你的，你欠我的，早就难分彼此，如若非要清算，就在今晚吧，自己再也无力去同理智抗衡了。

上楼，进屋。酒店的房间很整洁，所有的东西都被悉心藏在隐蔽的地方。只有酒柜上的酒和托盘里小心放着的袖钉。房间里有股淡淡的薄荷古龙水的味道，很干净很舒服。顾超然把桑静轻轻摆在一尘不染的白色床单上，俯下身用冰冷的身体贴着她的。深夜的酒店安静得出奇，女子听见自己发抖时牙齿颤动的声音，还有男子急促的呼吸。渐渐地，他的身体热了起来，温热传遍了她的身体，他贴着她的胸膛，一颗心脏跳动得厉害。他用修长的手指摸了摸她的头，摩挲了一下她的黑发。突然，他用脸贴近她的脸，桑静的脸灼烧了起来，“超然哥哥”。

他把视线转向她：“你说什么？”

他低沉的声线如同魔咒，让她听也听不够。“叫你。”

他明亮的眸子灼灼其华，“再叫一遍。”

桑静别过脸，躲开顾超然的注视，羞怯地叫了声：“超然哥哥！”

没待她叫完，他的唇就上来了，不同于刚才的温存，此刻的他几乎野蛮地啃咬。她想逃开，他却如影随形。他的吻有野兽的蛮力，有藤与树的缠绵，她在窒息的吻里无处遁逃，正如无处遁逃的心。吻渐渐滑至她的颈间，犹如万千只小兽挠抓。桑静心里有一团火，起先被包裹着，被万千的小爪子一挠，包裹的纸破了。一把火烧尽了少女的矜持，一转头回应地吻。

如同一阵卷起的风暴，席卷着天与地的光亮，眼前一片猩红，犹如刺破天际的朝阳。桑静闭上眼，任由自己被一阵又一阵的汹涌狂潮淹没。

一夜的抵死缠绵，理智与第一缕晨光一同醒来，四顾茫茫，心中竟是前所未有的虚空。桑静以为她与顾超然是不同的，是相濡以沫是惺惺相惜。昨夜的翻云覆雨，让她清楚地意识到他们同其他人没有什么不同。那份付出和无悔逃不过庸俗的窠臼。不过红尘男女，痴与怨，灵与肉。

多年前她同白帆讨论的情爱三境界此时此刻不知为何如此清晰地在她心底浮现。她说她追寻灵魂伴侣，白帆说她不懂。原来那时的她真的不懂，白帆应该也有过肉体的爱，所以才会那样对她说。原来，我们都逃不过色与惑。

洗完澡，穿上浴衣，她看着在床上依然熟睡的顾超然。他多么俊美，那乌黑的头发两鬓染霜，殷红的唇，棱角分明的脸，健硕的体格，修长的手指，磁性的声音。桑静心里悲凉地想着，原来自己迷恋的不过是他生就的一副好皮囊。原来，爱终究躲不过一个欲字。好吧，好吧，灵也罢，肉也罢，昨天借着软弱释放了长久以来的压抑，也谈不上谁亏欠谁。既然无爱，何必纠缠，就此放开，陌路前途。生活还得继续，那一堆恼人的麻烦还等着。桑静摇摇头，梳洗完毕，出门上班。

顾超然醒来时已是日上三竿，他一摸身边哪还有人。他半裸着身子躺在酒店的被子里，自嘲地想，他有多久没赖床了，果然是春宵苦短日高起。他看着她走后的房间，觉得这冰冷的房间突然亮堂了许多。

昨晚她笨拙地回应，他又喜又悲。喜的是，她竟将自己最珍贵的东西给了他，他绝不能辜负她。悲的是，她这一路走来，竟未曾遇见一个知她懂她怜她惜她的男子。他也曾将她一人置于局中，让柔弱的她承受了那么多。明明是欠了她，她却一次次付出真心。他心里无限感激，十年了，老天终于给了他重新选择的机会，他要把少年时不曾拥有的情怀都给她。念及此，突然想起正事，穿起睡袍，打开手机给一个人打电话："李总，你好！我是超然……"

三天了，一到中午手机准时响起，桑静尴尬地跑到收发室，那里的老师都认得她了。

"你来啦，哟，今天是什么花啊！"

女子脸一红，接过花，往楼上跑。

"桑老师，这花都没地方插了。哟，这次带了个花瓶，还有花剪。真是体贴啊！桑老师，你真幸福！你男朋友真细心。"

她的脸唰地又红了，红到了耳根。打开一看，枪炮玫瑰，玫红色娇艳欲滴。里面有一张卡片，扫了二维码后一行字跃入眼帘："为什么？"

桑静把花连同瓶子塞给小张："你喜欢的话放你那里吧。"

第一天 11 朵白玫瑰："想你"，第二天 19 朵戴安娜玫瑰："别躲我"。

她不是不感动于他的浪漫，只是想到自己的年纪和他的身份，总觉得两人早已过了少男少女的阶段。更何况她觉得顾超然也许误解了自己，她并不打算因为那晚的事要死要活地让他负责。三十五岁的她对自己的身体还是做得了主的。她实在没有想好要如何面对自己凡俗的欲望，更无从面对他的关怀，仿佛过往的付出只是为了彼此在肉体上的索取，那便真正贬低了自己对顾超然由衷的钦佩与仰慕，那便轻贱了她曾以为的他们之间的只为真心无关风月的关系。

快五点时，突然接到洪总的电话："桑静，到我办公室来一趟。快点啊！"

听着他的口气，似乎挺高兴。他对着自己高兴得出来，太阳真从西边出来了。桑静放下手头的事，匆匆赶去他的办公室。走到走廊口，便听到他屋里传来谈笑声，这个声音听来十分耳熟，居然是顾超然！桑静整个人都僵在办公室门口，怎么也迈不开步。

"你怎么傻站在那里，还不快进来。"

"是。"

"桑静，你看看谁来了！哈哈，哈哈，顾行长。他今天去监管开会，路过我们这里来看看我。说起你时，才发现他是你老领导啊。来来来，打个招呼。"

"顾行长好。"

"你好！桑静，好久不见了。"

他一字一顿地说出好久不见，眼睛狠狠地瞪着她。桑静被顾超然直勾勾的眼神看怕了，低着头。洪总适时地被旁人叫了出去，就留下了她和他。

"你想干什么？"她看着他问。

"我在楼下等你。"

"不好意思刚刚走开了，你们叙过旧了？"

"洪总，我还有些事，先走一步，下次……"

洪总竟一路握着顾超然的手，送他走出走廊，进入电梯。

桑静默默地走回自己的位子，颓然地坐下。这两天，顾超然发了消息微信，还打了电话，她都没有回。她这几天每天五点半下班，回到家就把自己锁在房间里，对着空气发呆。其实，她觉得顾超然大可不必这般劳师动众地寻自己。他们早已两不相欠，再无瓜葛。今天顾超然居然动用自己的公共关系来寻她，实在不是他的作风。

故意把五点之后排得满满的，不停地打电话、写报告、做数据。再次抬起头时，已然八点，眼睛都酸了，桑静用手在穴位上按摩了会儿，估摸顾超然走了。拿包，换衣服，回家。

走到大厅，远远瞥见顾超然的宝马停在平台上。桑静看了看他的车，心想：他倒是霸气，大楼物业向来秉公，是自己行的车都未必停得了。她绕过顾超然停车的门，从另一处出门，径直往车站走去。自认速度已是极快，居然还是脚下一滞，手臂被一只手牢牢钳住。桑静拼命挣脱，顾超然上前一抱，几乎是抓小鸡似的夹着她就进了车，车门一锁，一个箭步回了驾驶座，说了句“自己系好安全带”，就一踩油门绝尘而去。

桑静被后坐力甩在椅背上，只得乖乖系上安全带。一路沉寂，她看见顾超然通过反光镜不停地看自己，脸色阴沉。下了车，他可是没了一点儿温柔，与其说是抱不如说是挟持着她往电梯里钻。门一开，就把她朝屋里一送，桑静没站稳，倒在床上。他扑了过来，正迎上她的脸。脸贴着脸，心贴着心，她听见自己的心狂跳。

顾超然看着桑静，一座愤怒的火山逐渐冷却了下来，脸上附上一层霜，终于，他的神色中再无怒意，只有无尽的悲凉。他开口了：“你就这么恨我吗？”

看着他哽咽，桑静心里一疼，一滴泪挂了下来。他起身，把她扶正，用手擦去她脸上的泪。

“本打算找个合适的机会，正式开始……没想到还是伤了你。”他深情地看着她，不知是灯光的原因还是什么，他眼中闪烁着泪光。许久，叹了口气，打算转身离开。桑静拉了拉他的衣角，他转过头跪在床前，就势用下巴抵住她的肩，把整个人的分量压在她的肩头，在她耳边轻轻说：“我以为，你不要我了。”

这是顾超然第一次在桑静面前示弱。桑静有些不知所措，伸出手轻拍他的背，哄他道：“我怎么会不要你呢？有人肯收我就不错了，更何况你呢？”

他再一次深深拥住了她：“不许胡说。”

“我是认真的。我只是不晓得如何面对你。你知道，一直以来，我是四十五度仰望你的。现在，要这样看你……”她用手比画到他额前，被他一把抓了去，牢牢攥在手里，“别，别，痛，痛！”

“我要牢牢抓住你，再不让你逃了。”

“痛，痛，我不逃了，不逃了，不敢了。”

“陪我老去。”

“陪着你老去，哪儿也不去，就守着你一个人，只守着你。”

桑静对自己说，眼前的男子，你认识了十年，他的心你是懂的。就好好爱他吧，许他这一世，与白帆的过往只当是一场梦，眼前的人才是真实的。从今后，一颗真心，只为一人，永不相负。

“超然哥哥，”桑静在顾超然热吻的间隙呢喃着，“一颗真心，永不相负。”

他抚摸着她，用略带沙哑的嗓音说道：“一颗真心，永不相负。”

窗外一轮尖尖的月牙儿娇羞地被云蒙住了眼睛。天地间，再无一物可阻止这创世以来的两情相悦。

一盏小小的台灯，鹅黄色的光晕下一个双鬓云霜的俊美男子斜倚在椅子前，面对着电脑，敲击着什么。

“几点了？”

“五点半，你再睡会儿，我开车送你。”

“怎么起得那么早，你每天都那么早吗？”

他头也不回地说道：“呵，这三天为了等你，落下了很多功课。”

桑静低了头，沉吟了会儿，穿衣起床。看了下，冰箱里有鸡蛋、培根，还有牛奶，橱里有些麦片、咖啡。里里外外搜罗一圈，居然还被她找出了牛油果。酒店式公寓就是这点好，还配了开放式厨房。而顾超然的厨房里居然有厨具、搅拌机和咖啡机！一会儿培根煎鸡蛋、牛油果奶昔加麦片就好了，一股香气弥漫了整个房间。顾超然放下手中的工作，走了过来，一把从腰间环住桑静。

“我不太会做，你尝尝。对了，有番茄酱吗？”

“我来。”

桑静看了下餐具，只有一套，有点发怔。他拍了她一下，递过番茄酱。

“你好了？”

“OA 看完了。说吧，那天晚上怎么回事？”

她把这几天的心酸史倒给他。

“真脆弱，还好你遇到的是我。”他颇为得意地说道。

她没好气地看了他一眼。

“藤田的事，你别理他。这几天下班前告诉我，我去接你。”

“不用，不用。太，太招摇。”

“就这么定了。过几天我回北京了，小沈会开我的车接你。”

桑静拼命摇头：“真的不用。我喜欢坐公交，发会儿呆。”

“此事不必再议，听我的。债券的事，你有主意了？”

桑静叹了口气，摇摇头：“人家按合同又没错，我哪有什么办法。如今所谓的方案是缓兵之计，只希望这波债券能让客户少赎些。”

“我倒有个法子。”

她拉了拉凳子靠得离他更近些：“快说快说。”

他看着她，用手里的叉子叉起一块鸡蛋送进她的嘴：“你看你，一谈工作就什么都忘了。你可以建议让机构来买他们的定开债产品，只要有人进，你们就有足够的额度可以出。”

“好是好，可谁会接呢？”

顾超然顿了顿，没接桑静的茬，半天才说道：“你们资产管理部。”

桑静摇摇头：“我们行资管部啊，我看难。”

虽说没有马上想到谁接盘，可顾超然确实给自己指了条明路，她怎么没想到呢？果然是分管资金运营的行领导。等等，桑静眼珠一转，主意打到了顾超然身上，他不就是他们行分管资产管理部的行长吗？抬眼望他，他没有注视自己，而是悠悠然啜着她冲调的咖啡看着报纸。转念一想，他是他，自己是自己，公和私要分清。就算顾超然再想帮自己，也没道理拿整个银行作赌注，这不是他的作风。他果然没有继续此话题的意思，催促她吃早饭，整装出发。

后面的几天，顾超然践行承诺，日送夜接。桑静觉得这样太过招摇，仍然不习惯曾经的领导如此殷勤，这种转变让她不太舒服。更何况她不想给顾超然徒添负担，不想麻烦他太多。他倒坦然，扔了句：“且受着吧。我回北京了，有你独守空房的日子。”

花还是一天天送，知道她喜欢白色玫瑰，就换了各色的配花。单位里炸开了窝，纷纷扬扬地传桑静交了个钻石王老五。桑静不想辩解也无从辩解，干脆三缄其口，也就让那些八卦空忙了一阵子。

真是风云突变世事难料，领行领导之命，桑静去了基金公司找他们分管投资的老总，刚抛出机构置换额度的方案，便与他们不谋而合。因为找机构、走准入、走审批也是个极磨时间的活儿，所以基金公司只是让她等，没最终说死一定能赶三月底置换出来。不过，人但凡看到了希望，自然就有了奔头。桑静把方案计划和进展向洪总汇报后，心里轻松了不少。

藤田那里仍时有电话威胁，不过迟迟不见他有后招，桑静心里也约莫有了底，加之顾超然这几日把她看得和国宝似的，心里又多了分底气，就没再把藤田放心上。

监管那里整改报告送到了，好说歹说沟通后，事情没有进一步扩大。至于下面分支行，洪总坚持要重罚，自己也拦不住，于是下面也是好一阵折腾。被处罚的名单里竟有些原来中欣的老面孔，桑静也没太在意。该撤的撤，该罚的罚，就算洪总新官上任的火吧，她心里不免一丝寒意。

略有些喘息，桑静给张妍打了个电话。张妍从同学会回来就处于游离状态。桑静搬回租屋前，把笔记本给母亲，她一直没有接，发了很久的怔，从文说送女儿，张妍才恍然初醒，嘱咐了不少。所以，桑静还是不大放心母亲，而且自己也很心虚，这几天没回去怕漏接了母亲的电话，让她起疑。桑静等八点顾超然依例看电脑加班时给张妍打电话，这是桑静和顾超然约好的独立时间，互不干扰，来接电话的是桑静的老爸。

“爸爸，是桑静。”

“你个没良心的丫头，怎么就像断了线的风筝，也不来个电话？”

“我回去后有点忙。”

“你哪天不忙？年轻人追求事业，爸爸理解，不过你还是要多打打电话，关心关心你妈妈。你看看自从你搬走后，我们都有些不习惯，一下子觉得房间空荡荡的。”

“爸爸。”桑静心里有些难过，她的这位宽厚的老父啊！是自己不孝，这么大了还让他们担心，“我想你们。”

“怎么了，工作上有不开心？”

“没有。我挺好的，就是特别想你们！”

“傻孩子，你还知道爸妈啊。你妈自从你走后，不知偷偷流了多少泪。”

“爸爸，我又不是第一次搬出去。”

“你啊，可能这次住得久了，你一下子走了，又刚开完刀，你妈想你一工作就拼命，就很难过。你妈妈多愁善感，你知道的，多开导开导她。小妍，小静来电话，你来听。”

“喂，妈妈。”

“小静，怎么才来电话。”

“你打过？”

“没有。”

桑静心里长长舒了口气，总算没露出破绽。

“又加班吧。晚饭都按点吃吗？”

“我在食堂吃的，热的，六点就吃，你放心。”

“傻孩子。一个女孩子跟个男人似的满世界拼，难怪嫁不出去！”

“你是我亲妈吗，这么说我！喜欢你家闺女的多得是，排队呢！”

“逞能！哪天带回来，就算你能耐了。”

“……”

“对了，下月清明，你外公落葬，一起去。”

“好。”好在急脾气的母亲没有在意女儿片刻的挣扎，“妈妈，爸爸说你想我都哭啦。”

长长的沉默，桑静感到了些异样。“别听你爸爸瞎说。你不知道，他现在整天唱昆曲、打牌，一点儿追求也没有。”

“哟，我爸都退休了，你还要他怎么上进啊。”

“懒，懒，懒。没救了！做个家务就说头晕，恨不得整天躺着。累，在家休息啊，还老和一群狐朋狗友去唱昆曲，找搭子打牌。你说说……”

“你又不是最近才认识他，他不抽烟不喝酒就唱曲、打牌两个嗜好，你还不让他玩。难道你要我爸像林舅舅一样，生命不息，工作不止！”

“胡闹。不过，这么说来，你林舅舅自从去汤山，也没联系过我们。我要谢谢他找到我的日记本，也没机会。他和你联系吗？”

“没有啊！宋阿姨陪着他，您操什么心呀。”

“也是。清明落葬的事别忘记，我们包车，你回来住几天。还有，你老出差，工作中和基金公司、银行的人接触多，也给自己物色物色。别自己不上心啊。对了，我忘记了，你姨妈一朋友家里条件不错，有个儿子，就是学历没你高，要不就清明小长假约着见见？”

“母亲大人，你烦不烦啊，哪有清明见面的呀！我挂电话了。”

“等等，你爸爸和你说话。”

“爸爸。”

“小静，你别听你妈的，不喜欢别委屈自己，爸爸支持你。”

“老桑，你怎么这样，我跟你说……”

桑静在一片纷争中挂了电话。纵是母亲这样的才女，中年后不免啰唆，好在父亲是极开明的，总说他女儿是块璞玉，不懂她的人只怕委屈了她。

挂了电话，就见顾超然合上电脑，朝自己走来。莫非刚才的话被他听见了？未待桑静观察，就被抱起，一个重心失衡倒在床上。只感觉自己天旋地转，刚要逃开，她被他侧身从背后环在怀里。她的头枕在他手肘上，他俯下身，用手抚摸着她的长发，“我要回北京了。”他在她耳边轻轻哼着。

桑静一转身，四目交接，顾超然明亮的眼睛看着她。“几时走？”她不自然地伸手摆弄他浴袍上的腰带。

“下周。”

“这么快？”

“不舍得了？”

“才不是。”

他放开手，仰卧在床上，任一条手臂被她枕着。“我的假期结束了！”

“假期？你每天去上海资金运营中心坐镇，也算假期？”

“是啊，强制休假。不过上海这里的事办得差不多了，公与私，都差不多了。”说到最后一句他转身，将手抽出，脉脉看着桑静，“四月小长假去北京陪我。”

她心下一松，幸好他没听见自己和母亲的对话，“我，我要陪母亲为外公落葬。”

他眼神暗淡下来，坐起身。桑静知道自己扫了顾超然的兴，起身从腰间抱住他，“好了，你还有什么其他要求，我都答应你。”

他没有说话，从床头柜中变出一个锦盒，打开是一只翡翠镯子，一圈是柔润的青绿色，中间一抹翠绿油亮欲滴。他缓缓地从她的指尖套了过去，捧起带着镯子的手看了许久，“这个是给顾夫人的。”

桑静一惊，忙抽回手，就势往下褪，可这镯子真是大小刚好，卡在拇指与食指处就是褪不下来了，手都红了，一肿更是褪不下来。

他看着她，冷冷地问：“你这是做什么？”

“也许你觉得矫情，我不想伤害梁老师，她待我不薄。”想起梁欢成为自己客户后，经常来找她，参加睿驰的沙龙，拉自己和睿驰去听音乐会，还给她介绍了不少报社的同事，还推荐她上《晨报》专栏写东西，桑静有一种说不出的愧疚。

顾超然吃了一惊，突然爆发出一阵笑声，“桑静啊桑静！你叫我说你什么好？说你不上心吧，你操心老胡操心老曹，居然还操心梁欢。说你上心吧，自己的事没一件上心的。工作，只做不争；婚姻，你打算这样不明不白地跟我一辈子？”

桑静红了脸，低下头。顾超然，我从未想过未来，我不想想也不敢想。我只知道此刻是爱你的，想对你好，就对你好。若终有分开的一日，我也珍惜当下好好爱过你的日子。自从爱上白帆，我学会的是不去看未来，只守着拥有的岁月，能爱一日便多爱一日，若失去就坚强地失去。桑静低着头，不想让他看见心里的委屈、羞愧。

“本以为你不告诉父母是因为我没有给你名分，原来，你竟然是不想伤害梁欢。那我呢，你置我于何地？你自己呢，你不委屈吗？”

手越来越肿，火辣辣的生疼，却不及顾超然的话刺得痛。他是赤裸裸地告诉自己，不管桑静是否愿意，她都是一个破坏别人婚姻的第三者。

“我和梁欢的事，不是因为你，迟早也要结束。十年了，我再来找你，就是要给你一个家。静，你懂吗？我不要你为我背负什么。我是自由的。你我都不欠梁欢。”

两行清泪落下。“超然哥哥。”

顾超然紧紧抱着桑静，待她急促的哽咽平息。“桑静，还记得你说过的我们学校中秋吹箫的男主角吗？”她用力点点头。

“他父母是知青，他从江西考回上海，发现他的故乡对他并不友好。别人唾手可得的东西，他都需要付出更多的努力和汗水。他渐渐习惯了这种不公平，并且用聪慧和努力去换取本该属于他的一切。他以优异的成绩毕业，进入银行工作，可是他看到的是更多的不公平，这种鸿沟是与生俱来的。直到遇到他的恩师，他生命中的贵人，他恩师一路高升，他也有幸得到提点，快速提升。一切来得很快，他觉得人生从此坦荡无阻。他的恩师却提出了一个要求，就是招赘他当女婿，从此利益同体。他当时毫不犹豫地答应了，迎娶一个素未谋面的女子。”顾超然顿了顿，表情凝重，桑静似乎十分痛苦，没有催促他，安静地等他。“可是第一次见面，女孩就告诉他，她有心上人，他们只有婚姻之名。一开始他还心存幻想，凭借自己的外貌和真诚可以换取一段真正的感情，直到婚后才知道，她拒绝父亲塞给她的一切，工作、婚姻和人生。”

眼前浮过梁欢与睿驰激吻的场景，桑静瞬间懂了。这十几年的寂寞，原来是上天赐予礼物的代价。

“十几年是怎样的绝望，桑静，你懂吗？在他就快忘记什么是爱的时候，他遇见了一个女孩，单纯干净，细腻脆弱。但他没有资格再爱其他人了，他只能看着她慢慢长大，远远地看着她。终于，他的恩师生病死了，离婚是妻子提的，她要和爱人远走他乡，去个没有人认识的地方，重新开始人生。桑静，那个吹《枉凝眉》的人就是我，那晚在竹林里我吹的是《凤求凰》。”

“超然哥哥。”桑静伸出手紧紧搂住顾超然的脖子。

“桑静，我要你堂堂正正地做我的夫人。”泪水断了线，潮湿了整颗心，“傻姑娘，怎么那么爱哭鼻子。不哭了，不哭了，不会让你再受委屈。”

看着他，一股暖流，一腔冲动，桑静毫无顾忌地张口道：“我，我，以前喜欢过一个人，很喜欢，很喜欢。可是他永远只给我背影，永远只有背影……你答应我，答应我，爱我，用你的心，爱我！”

“爱你，用整颗心、整个人。”

“在我脆弱时，保护我，用你的心温暖我，在我需要你时，你会立刻出现，不会突然消失。”

“我会保护你，会温暖你，会立刻出现，不会突然消失。”

白帆，让我与你握别，再轻轻抽出我的手，解开前世的羁绊，放今生各自西东。超然哥哥，一颗真心，永不相负。

看桑静哭累了，在自己怀里睡着，顾超然心里隐隐作痛。梦中，桑静紧紧抓着他的手一遍又一遍地叫着“超然哥哥”。此时的她那么脆弱，与白天在他面前逞强好胜的样子判若两人。替她掖上被角，她闷哼了一声，叹了一口气。虽然极轻，但顾超然还是听清楚了那一声“白帆”。白帆，是那个人吗，那个潜藏在她内心深处的男子。

二十五

为了熄灭顾超然不知哪儿来的醋意，桑静答应周末送他去北京，等他安顿好，再打飞的回上海。有时，她真搞不懂身边这个男子，明明什么都懂，把自己看得如同透明，却还要让她去揣测“圣意”。有时，他温柔得如同春日潺潺的流水，有时却冷得如同冬天屋外的一宿寒霜。她就不知道了，明明那日自己睡着前还好好的，又是送镯子又是立誓言的，老套是老套了一点儿，不过和他一个 70 后谈什么恋爱创新啊。自己都没同他计较，他倒好一觉醒来就醋了。

自己给他做早餐不好，去上班不好，中午不汇报请安不好，晚上各自看书她不理他不好，可是她说了话又不好。思前想后，觉得他是醋了，就因为自己说喜欢过白帆？唉，是她没考虑周详，一感动就说了，可是谁没有过去呢，爱人间不该坦诚相见吗？梁欢之前他还有个夜夜吹箫的女友呢！她桑静都没醋，二比一，自己不算多啊！还好没说季怀，否则还不知道他怎么折磨自己。

唉，真是前世欠他的，桑静不禁感慨。于是，桑静缴械投降，自己巴巴地主动提出送他去北京。他一面说着她太辛苦，一面又高兴得像个孩子。桑静甚是鄙视顾超然的幼稚行径，又不免母性大发，决定不同他计较。腕上的镯子又在单位引起一阵骚动，桑静求爷爷告奶奶地央着顾超然把花撤了，可这镯子还真是怪了，似是生了根，就是死活都取不下来。他笑她道：“嗯，早说了，你是我的，连它都认了，你就从了吧。”

姻缘这东西，桑静原是不信的，想起多年前龚老师给自己看手相，惊觉原来缘定三生，这三生之事早就刻在手掌这一方天地里了。摇摇头，自己一个唯物论者怎么可以信这些。如今和顾超然在一起，还不是自己人品好，对，主要是自己人品好。也许是老天眷顾自己在白帆那里受了太多苦，派顾超然来解救自己于水火吧。不由得，桑静对顾超然又多了份体贴。

周五一下班，桑静就提着行李直奔行外。刚走到车前，一个熟悉的身影转了出来，一照面便认出是小沈。

“小沈！”

“桑姑娘！行李我来。顾行长在后排等您。”

“谢谢。”女子羞红了脸，钻进车里，正对上望向自己的顾超然。

他饶有兴趣地看着她害羞的脸。等小沈坐上驾驶座，启动车子出发，他开腔了：“小沈，还叫桑姑娘？她可是我的夫人。”

“对，对，对。顾行长我说错了。是行长夫人。”

桑静被他们一唱一和弄得更加不好意思。

他旁若无人地一把抱住她，在她耳边耳语道：“怎么了，这就不习惯了，到北京怎么办？我就是要让所有人知道，桑静是顾超然的妻子。”

一路顺利，直奔北京，到家已是深夜一点。门一开、行李一扔桑静就睡迷了。早上是被巴赫的钢琴曲叫醒的，顾超然坐在敞亮的客厅里，任阳台上的风抚过他的额发，他还在看电脑。

“你醒了？”

“嗯，几点了？”

“九点。”

桑静拉长身体，像一只猫，深深打了个哈欠：“都九点了！”

她很久没有睡得那么安稳了，自从作了团队负责人之后，经常做噩梦惊醒。如今，居然在异乡一个都不能称为家的临时居所睡得如此沉。他关上电脑，走过来，坐在床沿，浅笑盈盈地看着她，用手轻轻点了点她的鼻尖。

“起来吧，带你吃具有北京特色的brunch（早午餐）。”

女子从床上跳起，用最快的速度穿衣洗漱，整装站在他面前。男子无限温柔地伸手压平她翘起的一缕头发，又看了看她，笑了。

七拐八弯进了一条窄窄的巷子，停在一家不起眼的门面前。窄窄的木门，有门楣、石墩，有高高的门槛。门楣上题着“那家小院”。跨了进去，桑静才发现里面真是别有洞天。进去是第一道门，中间是个“露天”的天井，上面挑高绘着蓝天白云，颇为传神。三面是一间间小包房，组成了四合院的模样。每间包房门口是块牌子，写着墨梅、冬香、云桂等等颇有些意蕴的名字，相应的房里有一副相关的画，还有题诗，十分别致雅趣。回廊层层叠叠曲折迂回，直通楼上和后面，想来这家店是极有纵深的。

“几位？”一口京片子迎了上来。

“两位。有包房吗？”

“您来早了，包房要十一点以后。”

顾超然瞅了瞅表，又看了桑静一眼，“就大堂吧。”

落座，接菜单，点菜。顾超然都没给桑静过眼的时间，“皇坛子和京八件早点上。”他看了她一眼，又浅浅一笑。

“我发现你最近心情很好啊！”

“美人在侧，当然好。”他拿起桌上的青花瓷杯，“大麦茶不伤胃。”

接过杯子，桑静拿起壶为她的超然哥哥倒了一杯，举过眉间递过去。他笑了，“娶妻如是，夫复何求？”

说笑间，点心送上来了，是个九宫格，每个格子里一个小碟子，碟子里一小块精致的点心。桑静挑几样尝了尝。呀，这北方的糕点还甚是好吃呢！桑静赞叹。

“来，这个好吃，叫豌豆黄。”

他夹到她碗里，看着她自己不吃。她被他看得不好意思。一会儿又送来了两个小坛子，景泰蓝的花纹，一盅黄汤油亮油亮的，还有小米、香菜、花生、酱菜各一碟。

“配着汤吃，趁热。看着我干什么？”

“你不吃吗？”

“吃过，不如看你吃。”

桑静一边品味着鲜香浓郁的黄汤，一边又不自觉红了脸。

“最喜欢看你害羞的样子。”顾超然似有若无地笑，眼神有一种勾魂摄魄的魅惑。

“顾行长，您回北京啦！哎哟，夫人也在。”桑静停下手里的汤，对来人礼貌地笑笑。

顾超然只是淡淡地点点头。

“您慢用，慢用。”

这位路人甲一退场，桑静便急急问道：“谁啊？”

“审计部总经理。不太熟。”

“要紧吗？”

“什么？”

“看见我呀？”

“他们只知道我已婚，你就端着夫人架子就行。”

结果倒好，他们吃个饭，大大小小两三波的人路过参观。

“我们还是走吧。这也太多人了。你们行里的人集体办贵宾卡了吧！”

“倒也不都是我们行的。这里有名才带你来。”

又来了一群人，路过他们时，有人一眼认出顾超然，其中一位跑了过来狠拍了一下他肩膀。不同于其他人，顾超然站了起来，用手紧紧握住来人，叫了声什么局。来人看看桑静，对她点点头，她也颔首笑了笑，略略欠了欠身。

“到我包房聊吧。老房间。”

“好，您先去，我就来。”

那人用手点点顾超然：“儿女情长，英雄气短。”

他笑笑，转过身对桑静说：“我去去就来。”

她点点头，拿起一块芸豆卷往嘴里送，心里琢磨顾超然今天带自己来是要和这个人碰头？

“桑静！”

桑静正一个人吃得欢，被来人打断了雅兴。她很是恼怒，这一顿饭都没吃上两口就被一个一个参观，没好气地抬眼，居然是老曹！

“怎么会在这儿遇见你？快坐，快坐！”桑静起身给老曹腾地方，伸手去拉他入座，热络得如同见了自己的亲哥哥。心下也有些难过，原来这家伙在自己心底挺有分量。

他乐呵呵地看看女子：“说这句话的该是我啊！”她细想也笑了。

是啊，她上次和他联系还是他来北京之前，后来这家伙就失踪了。顾超然来上海也再见不到他，桑静没太在意，后来每次无论在上海还是北京遇到的都是小沈，她开始觉得古怪，就发了条消息问老曹怎么回事？老曹说自己在分行，顾超然是总行领导，遇不到是正常的，不可能每次来上海都跟着。她没再追究，也就逢年过节微信短信问候问候，从此各自淡出彼此的人生轨迹。其实，回想起来，如果不是顾超然的执着，依自己的脾气，也就不过了了，也许真没有那么多纠缠。如此说来，心里倒又陡然升起一丝甘甜。顾超然，原来你这么长情！

老曹坐定，半晌也没憋出句话，桑静问服务员要了个茶盏，给他倒茶。“我来北京转转，你好吗？师父，喝茶。”

他接过茶盏，锐利地看了一眼她腕上不小心露出的镯子，突然压低了声音，没头没脑地来了句："你还是跟了他？"

桑静心下一惊，转头看他。

老曹喝了口茶："当初，我领了为你挑送别礼的差事，是有私心的。他说不管多少，他送，不要他们凑份子送你不入流的劳什子。我有个朋友是专门做翡翠的，顾……他那个时候正好在上海，就和我一起去了。他看上的是你手里的镯子，我说这个太贵重，就算直接送给你，旁人看不到，你那里也瞒不住。结果，我挑了你戴的紫翡翠，不贵，做工不错。"

桑静从胸口取出紫如意："你说这个是他送的！"

"是，在他那里留了几日才送的你。买完，他看了镯子许久，和我走了。如今却戴在你手上。这镯子妖得很，本来也一般，就是这里一块油绿色，特别漂亮，一下子提升了整个镯子的品质。凭我这么多年和朋友玩石头的经验，你这镯子我会认不出？他可能后来跳过我，向我朋友买了。"

她看了看镯子，心里有些彷徨，是承认还是否认呢，毕竟自己不想太过招摇。

"你跟了他，我本不该说什么。"

桑静将眼神从镯子移向老曹，心里嘀咕，你这不就是要开说嘛。

"他这个人心机太重，看不透。你太单纯，唉……"他叹了口气，欲言又止。

她什么都没说，等着他的下文，心里不由得警惕了起来。

"桑静，他是有太太的，你是知道的。"

"我知道。"

"那你还……"他怒了起来，又暴躁得如同多年前教训她的兄长师父。

"你放心，我知道自己在做什么，清楚自己的处境，你也知道我不会做伤人伤己的事。"

"唉。"他又叹了口气。

"你们到底怎么了，是不是有误会？"

"没有。反正，你对他小心些。"

老曹的话没说完整，一个人突然站在他面前。他俩猝不及防一抬头，顾超然！

"曹健，你好啊！"

老曹像触电似的弹了起来，看看桑静，又狠狠瞪了顾超然一眼，气哼哼地从他身边走过。顾超然眼皮都不抬地看着老曹，一抹微笑依然挂在唇边。

老曹走了，顾超然紧挨着桑静坐下，继续没事人一样地给她夹菜，自己却一点儿都不吃。桑静一个人越吃越乏味，刚才的一幕挥之不去，好奇驱使着她，还未张口，又走上一位不请自来的，今天这顿饭是真真吃不下去了。

来人是个比桑静略年轻的女子，妆容精致，举止妖娆，连桑静这样迟钝的女人都看出了那女子的风情。初春，温度忽上忽下，还有些凉意，女子穿了条火红色的紧身连衣裙，裙子很好地勾勒出她的线条。这么冷的天，这女子红裙开衩很高，里面只穿了肉色的丝袜，一双恨天高还绑着绸缎绕在脚踝处，纤细的脚踝生得真是性感，与她臀部的曲线遥相呼应。外面穿了件玄色的长大衣，与顾超然的大衣恰是同色系，就扣了中间的扣，狭长的大衣两头都敞着，一头是裸露的白色头颈和事业线，一头是恰如葱白的长腿。

“师兄，你回来啦？”说完，女子就自顾坐在顾超然的另一边，一头乌发如瀑布般倾泻下来，侧着头水样的春眸看着他。

顾超然的微笑略略勾得深了些，眼睛上下打量着她，意味深长地将笑意又扯得深了一些。

“啊呀，师兄好讨厌，多日不见，就这样看人家。”

“师妹，的确有些日子不见了，从香港回来了？”

“师兄，您又说笑！您在这儿，我哪儿舍得去啊！”

“哦，我以为你去香港分行工作了。对了，瑶瑶，这是我夫人。静，这是我读博时的师妹，陆瑶，才女加美女！”

“你好！”

“哟，师兄，您什么时候老婆孩子热炕头了，都没听您提过。”

“那是你一直没给我机会提啊。”顾超然依然淡淡一笑，眉眼间自有风流，难怪有人三笑姻缘，他这一笑比一笑销魂，定力差些的小女生早就被他勾去了三魂七魄。

远处又是一声娇媚响起：“瑶瑶！”

“师兄，我先走了，同事叫我。给我电话。我不去香港了。”她临走时，用手轻轻碰了碰顾超然垂在一边的手，还故意紧紧贴着他身旁走过。

桑静都闻到她的香奈儿 5 号了，顾超然没闻到？

“我吃饱了。”

“走走？”

“我想回去了。”

“刚吃完散散步消消食。”

“我累了。”

“这么懒，要变胖的呦！”

桑静没理顾超然，自顾走出了饭店。外面一阵春风，吹得眼睛辣辣的，桑静心里一酸，被人从背后紧紧一抱，又是耳语：“这里那么多人，你哭，别人会以为我欺负你。”

“我要回家。”

顾超然一怔，用手牵过桑静的手：“傻瓜，我就是你的家。”

一路疾驰，她钻在他大衣里，沉默。回到酒店，桑静一个人收拾明天的行李。

“吃醋了？”他居然一副幸灾乐祸的表情。

“既然相许，何必试探。你是不信我的心，还是不信你自己。”

想起老曹说他心机重，桑静回想今天早上这顿饭，去哪里，几时去，遇见谁，其实都是他说了算。念及此，心中惊恐顿生。她看了看他无辜的脸，渐渐又释然了，是自己想多了，摇摇头，忍住已经在眼眶里打转的泪水，“没有，才没有。”

“你我虽同系，却未同窗过。瑶瑶……陆瑶倒正儿八经是我读博时的小师妹，小一届，还同门，经常在一起讨论课题。”

“你同我说这些做什么？”

“我想说，作为一个男人，我面对的诱惑其实很多！”

“那你是要交代过去了？”

他一把搂过她：“起先，我挣扎过，和梁欢结婚后，有过一段荒唐的日子，毕竟我是个正常的男人。”

一个有魅力的正常男人，她心里想。

“另外，我想用背叛来报复。时间不久，我突然醒悟，肉体的快乐只能带来无尽的空虚，还会自毁前程。还好那时止步堕落，否则我再也不配遇见你，静。刚刚是故意激你的，你那么淡，我真的不知道你心里到底有没有我！”他用手捧起桑静的脸。

“我以为只有我爱得如此卑微。”面对他如炬的目光，她羞怯地垂下了头。

“卑微是因为在乎。因为在乎，所以格外怕你受伤。以后别和以前外滩、中欣的人来往。一切都过去了，那里的一切，就当从未发生过。”

“你和老曹怎么了，他那么恨你。”

“没怎么呀！曹健这个人就是有点急功近利。我跟他说让他别碰钢贸，他不听，贪图短利，坏了账。我怎么保他，怎么徇私？已经力保了，目前他做催收，还清复职。他却怪我不帮他！”

看顾超然义正词严的样子，桑静心里有些疼惜。可惜一个是爱人，一个是兄长，因为一个误会结了这么大的梁子，哪天一定要替他们解解。

“桑静，你在听吗？”

“嗯，超然哥哥，这不怪你，只是你为何不向他解释呢？”

“曹健这倔脾气，怎么可能听得进去。”

“这倒是。”一个暴跳如雷的形象在桑静脑海中油然而生，“我信你，我不怪你。但，但不许你再那样看别的女人。”

他看着她，开怀地笑了：“你想多了。我口味没那么重，我只喜欢静静。”

说着唇就贴了过来，就这样被他抱着躺在床上，她闻着他身上淡淡的烟味，居然又睡着了。

七点，约定彼此看书，相安无事。桑静从浴室走出来，才发现没带家居服。空调开得温度很高，她发丝滴着水，裹着浴巾，蹑手蹑脚从顾超然背后走过，他轻轻咳了一声。她屏住呼吸，大气都不敢出，他却没有转身看她。桑静心下一松，开了橱柜门。天啊！他的衣橱里都是衬衫，基本都是长袖，白色蓝色灰色，暗纹条纹格子纯色，居然连件T恤都没有。一眼扫到下面的抽屉，也许这里有，一打开，是一抽屉的袜子。白色、灰色、略有花纹的，里面一小格一小格，细细看还有标签：“周一，开会”“周六，高尔夫”。桑静心里连呼变态，连内衣都管理得井然有序，实在太变态了。

这时，他又轻咳了起来。她赶紧推了抽屉，从柜子里随便取了件纯棉的白色衬衫套上。用吹风机把头发吹得略干些。事毕，拿了自己的手提电脑放在床上，两腿盘起，选了个最享受的姿势开始写文章。自从白帆在桑静初中时送了她一本带锁的日记本，她就有了写作的习惯。有时不过心情日记，有时信手几笔填首词，最近在构思一个小说，所以奋笔疾书写大纲。

“写什么？”一个声音贴得极近，幽幽地问道。

她转头撞到他鼻子上：“吓死我了！”她不自在地把笔记本合上，脸一红啐到，“你不是说七点到九点各自看书，相安无事吗？你犯规！”

顾超然自上而下自下而上细细打量着她，把桑静看毛了，一纵身起来，双手抱胸站在他面前。

“你穿成这样，还在我面前晃来晃去，让我怎么集中得了！”他歪着头，一脸邪邪地笑。

经他这么一说，桑静看了看镜子里的自己。呀，镜子中的女子，眼波潋滟，朱唇微启，一头乌黑的鬈发湿淋淋地搭在双肩上，顾超然的白衬衣穿在她的身上如同一条超短的裙子。领口大敞，有些被头发打湿的衣服紧贴着身体，酥胸若隐若现，衬衫堪堪遮了臀部，露出两条腿。这一身打扮借着这撩人月色，竟似在勾引眼前这男子。她的脸又烧了起来，用双手掩了脸，却被两只大手掰开，她负隅顽抗着，他干脆一把抱起她举得高高的，轻轻平放在床上。

“你的微信里为他写过诗，你为我写什么？”

“他？”想起自己有一次把写给白帆的诗整理了一下贴在微信里，顾超然第一时间回复：“你写的？”她回道：“是。”他只是点了个赞，原来他把这事记得那么深。

还没等桑静说，顾超然用食指放在她唇边：“嘘！嫁给我，桑静。为我生个孩子，桑静，我们的孩子。嫁给我，说‘好’，桑静。”

他边说，边吻着她的唇，她的耳垂，她的颈，她的胸，还不忘调侃她：“嗯，真会挑。挑了件我最好的手工纯棉衬衫，不愧是我的女人。”

桑静喘息着说道：“好，好！”

如果人间有个地方能看见天堂，那我们此刻是站在山巅仰望着幸福的天堂。顾超然，这个世间，我只愿为你堕入滚滚红尘，地狱天堂在所不惜。此刻的桑静，如同坠入云河的仙子，爱和幸福里只有顾超然。

好一阵的交缠缱绻，他终于开口：“你是想住北京还是上海？”

“哎？”

“我是说，婚后你是打算跟着我在北京，还是留在上海？”

她低下头。他披了件睡袍起身，拿了一样东西过来，交到她手上。“拿着，以后是自己的家了，你自己上上心，想怎么装修就怎么弄，地址、装修的事你问小沈。”她疑惑地看看他，“北京上海各有一套，不算大，够住。没怎么弄，想着终有一天女主人会有自己的品位。”

“哦。”她呆呆地看着手中的钥匙。

虽然顾超然一百个不乐意桑静走，可还是亲自送她到了机场，再三嘱咐她有事找小沈，不放心地摸着她的脸颊说：“我照顾不到你了，你要好好地，不许哭。想我就发微信，我一有空就回你。”

“我又不是二十岁的小姑娘，我会照顾好自己的。”

“有时真想让你们洪总放你一年的假。”

“你认识洪总，你们是朋友？”她谨慎地试探他，觉得心里不是滋味。

“呵呵，圈子小，互相认识互相帮忙不可避免。”他的笑很干很柴，分明是很看不起洪总的样子。可是那天在洪总的办公室里两个人要好得……算了，他有他的立场，自己未必懂得。

回去又是忙碌的日子，桑静根本无暇抒发对顾超然的思念。小沈不愧是顾超然最信得过的手下，他每天忠于职守地上下班接送，害得桑静为此还和他“吵了一架”，“求”他不要再招摇过市地开着顾超然的宝马来接自己。最后无果，桑静终于明白小沈的执行力来自他领导的坚决。桑静想，算了，不为难他了。

挑了天空闲，桑静请小沈陪着去了那套房子，的确算不得什么豪宅，就是一套坐落在城中心的小别墅。因为买得早，规划的格局稍显局促了些，不过位置很好，桑静很喜欢。房子装修得十分简洁，美式风格，墙没有选常规的白色，而是鹅黄色，全部是橘黄色的灯光，温暖温馨，一进门就有家的感觉。只有顾超然的书房选了深灰色。桑静四周一转发现根本不需要再改什么，基本可以入住了。她问小沈顾超然这房子何时买的何时装修的，一问三不知。不管他是不是确实不知，桑静想，这房子本姑娘还是很喜欢的。本来以为要自己做监工结结实实出工出力，结果发现一切甚合心意，就不必自己费心了。

“房子看过了，装修的风格很喜欢。”

“你一周没有消息，一来就只谈房子的事吗？”

“不想让你嫌我太黏。”

“你都没黏，怎知我嫌？”

“超然哥哥，我想你。”桑静信手微信贴了一段文字给他：

想你

我看见的花／红了／摘下送你／我闻见的麦穗子／熟了／遣人带给你／我听见鞭炮／噼啪噼啪／风雾里传给你／我看着山涧里／微笑的自己／托月牙儿／捎信给你／妞，爷想你！

“胡闹！”

她在微信里回了个前仰后合的表情。

“你什么时候认真地为我写首诗？”

她没有回答他，许久，回：“自与你在一起，伤心就没有了，你还要那些哭着的文字吗？”

他回了句：“我要你笑着为我写。”

“好！”

一眨眼就是三月下旬了，基金公司那里下家是有了，就是流程一直没结束，桑静心里揣着七八个吊桶，天天和他们投资部老总通电话。顾超然也很忙，他们已经好久没有打过电话了。每每错过，都不会像以前错过白帆那样落寞寂寥。心里是满的，即使手里空空也不怕。

靴子在最后一刻落地，当桑静拿着行长手书的批示在三月底踏入基金公司时，每个人都用一种解脱了的欢喜表情接待她，仿佛她已不是一个絮絮叨叨没完没了的变色龙。

“流程全部搞定，明天交易！”桑静长长舒了一口气，怀揣着疑虑走出了基金公司。

三十一日是一个交易日，桑静在上午收到消息，神秘机构已经买入10亿基金，通知客户尽快赎回，特别是那些前阵子滋事的客户。消息一经传出，电话就爆了，都是向她报平安的。WNS的客户赎了4亿，还便宜了其他银行。可是那个疑团一直在桑静心中来回搅荡着。她偷偷跑到茶水间，拨通顾超然的手机。出乎意料地顺利，他居然第一时间就接了。

“找我？”

“嗯，都赎回了，就看明天价格了，希望不要太难看。”

“嗯，不会低于净值，你可以安心睡个好觉了。”

“有机构进了10亿。你不想知道哪家吗？”

“哦，你知道哪家？”

“你说呢？”

“你的事，我不好说。”

“你还装，超然哥哥，你不诚实。他们都告诉我了！”

“呵呵，没想到他们口风这么松。”

“总不会是因为我吧。”

“嗯，这点分析能力还在。”

“那为什么？”

“看中他们底仓很久了，这次票全审过了，拿不到券，拿他们的基金也是可以的。不过你要认为我是英雄救美嘛，这份情我也是可以承的。”

顾超然的为人桑静太了解了，再亲密，他也不会拿整个银行的资金收益率开玩笑，难道让自己去劝说基金公司将票转手给机构也是他计划中的一部分？那就太可怕了。她摇摇头，觉得最近老曹的话总起着不太好的影响，每个人的立场不同，还是不要多想了，既然选择信他，就信他到底。于是回他：“做梦，我才不会信你是为了我呢！不过，还是要谢谢你。”

“谢我做什么？”

“谢你为我做的一切。”

“才开始，你受着就是了，夫人。”

于是，这出闹剧沸沸扬扬地开场后，终于在一个欢欢喜喜的结局里结束。各方都得了好处，不过出了这个讨巧主意的桑静只是功过相抵。顾超然倒是坦然地说：“有我救你，你就谢天谢地吧，否则看你这猢狲怎么七十二变。”桑静确实没有备选方案，那是孤注一掷空手相搏，所以就算顾超然得了便宜还卖乖，她还是欠了他。

第十一章　我想陪着你，过完这一生

二十六

进了四月，日子就好过了起来，旺季刚过，大家能略喘息。这几天，洪总对她态度发生了很微妙的变化，她加班晚了，被他遇到，他总会说："桑静啊，这么晚还不回家啊，你男朋友该心疼你了。"说话时口吻阴阳怪气。

日子一晃就到了清明，打点衣物，桑静回家小住。回到家，她就感觉气氛不大对劲，一贯温婉隐忍的母亲性情大变，时不时爆发，挑父亲各种不是。桑从文虽笑着赔不是，却心中无奈，在女儿面前还有些没面子。家里火药味已经浓到随便抛个火星子都能烧起来的地步，而且都是为些鸡毛蒜皮的事。以前母亲不是这样的呀，桑静甚是不解。家里虽一向是张妍拿主意，可她始终秉承着求大同存小异的原则，追求家庭的和睦。桑静这才待了一个晚上，就隐隐觉得母亲处处发难，存心和父亲抬杠，只是父亲好脾气，都忍了罢了。若非父亲单方面的努力，只怕早就炸窝了。

桑静找了个独处的机会试探了一下父亲："老爸，妈妈最近怎么了，说话跟炸弹似的，动不动就炸。你怎么惹着她了？"

"我没有啊。我怕她说我打牌，我都推了。她看我天天在家看电视听昆曲又嫌我烦她。我是有些耳背，声音响了些，兴许是吵了她。可是，她最近的举动很反常。经常一个人坐在你屋里发呆，要么就看那本日记。桑静，你拿的本子，知道里面写些什么吗？"

桑静低下头，心里隐隐地痛，她当然知道，只是不能同他说，因为他会痛。

她假装一脸茫然地望着父亲："林舅舅说让我给她，我哪知道写什么？"

"难道和你林舅舅有关？"

"怎么会？如果和林舅舅有关，要反常早反常了，自从他来找我们，我们都见过多少次面，还等我长那么大？"

"小静，你误会了。我不是那个意思，你妈妈的为人，你林舅舅的为人，我都清楚。可是我就不明白了，怎么好端端地就，就变成现在这样了。我知道她怨我，跟着我一辈子受穷，可是她以前一直都很开心，我们穷得开心。她现在就是不开心，她心里有苦，有恨，没地方发泄，才冲着我来。小静，这些都没关系，可是你妈妈身体不好，眼睛开过刀，她动不得气、伤不得心，你是知道的。你帮我劝劝她，我有一千一万个不是，她也不能弄坏了自己的身体。"

"哦。我找个机会劝她。"

她这哪里是劝得好的，是心病作祟，如今见了当初的病因，怕是要复发！桑静心里想着，自己得提醒提醒母亲，别把自己纠缠在四十年前的过往里。

"爸爸，我妈除了你就没别的追求者吗？"桑静假装随口问了一句。

"你妈那时真的是出水芙蓉，天然去雕饰，追你妈的人可多了。"桑从文一脸陶醉。

"我妈就没特别要好的男性朋友？"

"你妈妈很正统，我们确立关系后，就没和哪个男性走得近过，除了我。"

"唉，我是说，在你之前呢，她就没有男性朋友？"

经女儿一问他傻了眼，茫然地看着女儿，半晌说不出话。"这个，我不知道啊。没听她提起过。"

原来志鸿只在母亲心间，如果不是偷看到她的日记……她是不会告诉任何人的。或许，在自己困惑的时候，母亲会告诉她，亦如母亲困惑时问外婆一样。桑静想，我们娘儿仨，一个一生一心为一个；一个一心给了一个，一辈子给了另一个；我呢，前半生给了一个，后半辈子少不得和那个冤家厮磨。爱，究竟是什么，如今的自己是越来越糊涂了。可三日里，桑静居然没有逮到机会和母亲谈，这还要归功于自己那位缺根筋的表姐。

正清明，雨纷纷，欲断魂。桑静不断走神：外婆，我们把外公送来了。你为之抗争，为之委屈，为之担惊，为之放不下，为之操劳一生的男子，我们送他来了。

从此，不应有恨，不应有憾。

“母亲，为什么要烧照片啊？这不是外公和外婆的照片吗嘛，他们的合照本就不多。”回头看，张妍已泣不成声。

姨妈做了个噤声的手势，轻轻对桑静说：“你不知，你外婆走时年轻，只见过你外公年轻的模样。你外公临走前特地关照，让带张他们的合照去那里寻你外婆，他怕他一头白发你外婆不认得。”是怎样的深情，让阴阳相隔半个世纪的老人临行还要如此细细叮嘱。

桑静不由得想起母亲对自己讲过的一段传奇往事。

“秀珠，我被日本人关在临时搭建的棚里，莫急！三五日自会出来。”

全家乱了套，秀珠急火攻心，好端端地说好去送亲戚离埠，没想到码头走错了，误入日本人的租界区，就被抓进日本人在码头旁搭的临时牢监。亏得抓进去后，人关不下就放出一批，里面就有隔壁李大夫前几天不知所终的大儿子。

“张家姆妈，侬不要忒担心。就是饿几天，牢监满了就放了。”

秀珠却是满头的汗珠：“阿拉先生，就是个少爷，撒时光吃过这样的苦。”

她去央大伯托托关系，通通路子，得到一句斩钉截铁的话，没有门道，爱莫能助。这三天，秀珠一头秀发白了，眼窝干涸了，她本家亲戚走了些关系，打探了下情况，说罪倒是没受，只是那里环境不大好，没得吃，也没什么睡觉的地方，少不得回来褪层皮。秀珠为了炎生能求的都求了，只是这日本人的事谁都管不了。第四天傍晚，一个一身臭气、蓬头垢面的人敲了他们家的门，景明问他：“侬寻撒人？”

那人嘴中碎碎念，也不知说的什么。

“姆妈，外头有个叫花子。”

秀珠出门一看，一把抱紧了来人：“炎生，炎生！”

来人把秀珠紧紧揽在怀里：“不是告诉你，三五天回来吗？秀珠，你头发怎么了？”

秀珠摆着手，半晌说不出一句话。炎生心中一疼，用脏手替妻子抹着泪珠，弄得秀珠白皙的脸上一道深一道浅。秀珠却笑了，笑得如同盛夏绽放的睡莲，香气四溢，恣意圆满。

有太多这样的往事了，如今都将被埋在土里。前几天，桑静同母亲整理外公遗留下来的东西，张妍留下了一本照相簿。桑静在翻看的时候，不小心碰破了照片插入的角，露出了照片的背面，上面歪歪斜斜地写着“1940年2月春秀珠在海宁上官家”“1942年7月夏与秀珠大婚小别”“1951年1月秀珠诞翠儿”，照相簿里每张照片都写着什么时间秀珠做了什么。秀珠用尽她四十多年的人生关爱着炎生，炎生用五十年的余生偿还这笔情债。谁欠谁，重要吗？谁多谁少，分得清吗？爱若能三言两语说得清缘由，也许就没有那么多不甘不舍、遗憾和遗恨吧。

各种仪式礼毕，大家各自怀着沉重的心绪坐车回家。下着纷纷细雨，桑静伸手为母亲打伞，从文扶着哭泣的张妍一路安慰。坐上车，桑静有些神思恍惚，身旁的表姐就开口了：“桑静啊，多日不见手里多个宝货。”

桑静的游魂还没从外公寻外婆的想法中回来，任由表姐无轨电车乱跑。

“乖乖！你手腕上的镯子得有六位数吧，这水头，这抹油绿。你什么时候买的，真知道疼自己。”

桑静也不知哪魂哪魄被牵走了，居然脑子都不转随口一句：“别人送的。”此言一出，就知道闯祸了。“别人送的。桑静，这么贵重的东西该不是定情信物吧？对了，是不是上次那个顾行长啊！哦，真大方啊。你不是说他有老……”桑静拼命向表姐使眼色，总算在关键时刻堵住了她的嘴。

“桑静，怎么回事？你表姐说的手镯，什么行长，怎么回事？”

桑静颇为为难，表姐啊表姐，你什么时候不能说偏偏挑这个时候，桑静心里暗暗叫苦。“啊，阿姨，没什么，没什么。我们在聊八卦，对，八卦。”桑静以为就此搁下，哪知不过山雨欲来前的平静。她在车上睡了一觉又一觉，回到家仍然精疲力竭，没想到还要招架母亲的考问。一到家，张妍就堵着桑静的门问镯子哪里来的。桑静其实也不是不想说，只是不好意思像顾超然似的昭告天下她恋爱了。既然母亲这么逼问就说吧。

“我有男朋友了，是打算结婚的对象，镯子的确是他送的。”

张妍的反应有点怪，说了段特别矛盾的话：“你都那么大了，交男朋友，按说我们管不了你。可是，第一，我们是你父母，既然是打算结婚的对象，总该先告诉我们，没道理还是你表姐先知道，我们多被动。你藏着掖着，到底是他拿不出手还是他见不得光。”

“妈妈！”桑静抗议道。

“小妍，你话重了。”

“让我说完，你们都别打断我。”在女王的命令下，大家都静默了，“第二，桑静，你从小到大，我和你说过什么，女孩子要自尊自爱，不要爱慕虚荣，要有骨气。你和他这还没怎么了，就拿人家的镯子。这个东西，你以为爸妈穷就不识了？你别忘了你外婆家是开金子楼的，好东西我也是见过的。这镯子怎么也要六位数，他是得了你什么便宜，要送你这个。双方父母没见，什么没定，就拿人家这么贵重的东西。桑静啊桑静，你糊涂啊！你老实说，他有没有占你便宜，你们，你们，有没有……”

桑静脸一红，心里想，这都什么年代了，老妈你也太……“妈，你想哪里去了？没有没有。”她头摇得如筛糠，这要是让亲妈知道自己都陪顾超然去过北京了，她还不杀了自己！

“好。桑静，我告诉你，只要你没嫁人，你都是我的孩子，我不允许你为了金钱去做伤害自己自尊的事。”

“妈妈，你女儿你不了解嘛！”桑静赶快做出一副无辜状宽慰她。

张妍看了看女儿手上的镯子，又看了看女儿：“我不晓得。自从你搬出去后，我觉得越来越不了解你了。”

是啊，桑静自己也越来越不了解自己。她究竟是从什么时候开始褪去对顾超然功利的若即若离的？爱，究竟是爱他出众的外表、磁性的嗓音、高高在上的地位，还是爱他这个人？只是他这个人。白帆呢，从什么时候，对他早就深种的情根已移栽了？自己难道真的不是爱慕虚荣吗？她可以撇得一干二净吗？如果顾超然不是那样丰姿俊朗，不是高不可攀……桑静啊，你究竟几分真心，几分虚情？她一遍遍拷问自己。原来，她并没有自己以为得淡泊超脱。母亲不过揭穿了她为自己编织的伪善的面具，面具之下谁不是体无完肤的丑陋？

“带来见见吧。”

“什么？”

“我说，既然打算结婚，就带来见见吧。”

桑静眼前一亮，从自我拷问中跳脱出来：“好呀，好呀！我给他打电话，我还以为你会生气……”

“你交男朋友，我生什么气？开心还来不及呢。我巴不得赶快把你嫁出去，就可以过自己的生活了。”

“妈，你不会的。我知道你不会不要我的。”

总算糊弄过去了，虚惊一场。待母亲一走，桑静就给顾超然打电话。他摁掉了，马上回了条微信：“有些事，不方便，等我电话。爱你！”

关上灯，把自己浸在黑暗中，循环播放在他车里听到的《琵琶引》，手机抓在手里。桑静实在太累了，一整天里外忙碌和心绪起伏。

蒙眬间，桑静看见自己低着头走在一片虚无的黑暗中，前面是一个人影，后面是一个人影，她和影子排着队在通过一座长得仿佛永远到不了头的桥，桥下是湍急的河水，一只只手从河底挣扎着向桥伸出，如同一只由千万只手集成的妖怪。她有些害怕，想呼叫，叫不出来。远处一个熟悉的声音在喊：“秀珠！秀珠！”

突然，桑静发现自己一身月白色的袍子，两耳的珍珠发出幽暗的光。声音愈来愈近，前面的人被撞倒了，一个白发苍苍垂垂老矣的男子一起倒下。未及桑静看清来人，就被推了一把，她只得迈着步子路过跌倒的男子，终于看清了他的模样。一张满是褶子的脸上，双眼锐利可怖，一头白发，修长的手指，口里声声唤的明明是秀珠，却长着一张苍老的顾超然的脸。他抬头望向她的方向，却如同没有看见她，凄然一叹：“秀珠！你去哪里了？我是炎生啊！”她不顾一切地跑过去，突然河里千万只手向自己涌来，将她束手束脚绑住。她无助地惊呼着：“超然哥哥！是我，桑静！”地上的男子却撕心裂肺地哭着：“秀珠，你不认识我了吗？我是炎生，是炎生啊！五十年了，你终究还是不记得我了。”他颓然地倒在地上。桑静感到被万千只手拉下河底，耳边一个声音在说：“如今他老成朽木，你依然爱他吗？”

眼前虚无一片，黑暗中，听见一个声音在唱“有多爱恋今生无处安放，冥冥中什么已改变”。桑静猛地醒来，手机响了许久，顾超然！

“怎么那么久才接我电话？”

“我……我睡着了。”

“今天很累吧，刚刚找我吗？”

“嗯。我想你。”

“为什么呢？你从来都不主动想我。我巴不得你黏着我。”

“爸爸妈妈知道了。他们想见你。”

“好啊！几时，你安排。地点我定。”

“他们想尽早。”

“我明天以及这周的工作日不行，开会，周六晚上吧。我周五连夜飞，周六陪你一整天。”

“太辛苦，也没那么急。”

“我急。”

“……既已许诺，不会负你。”

“我要你完完整整都是我的，人是我的，心是我的。”

“早就是你的了。”

“在你很小的时候，我就看不懂你有时流露出的忧伤，那种忧伤仿佛你是从天边来的九天玄女，随时都要离开。桑静，我有时一个人，会怕，怕一觉醒来，自己还在过去的梦里，在一个没有出路的局里。”

“然，你不是一个人，我就在你身边，陪着你。如果你在噩梦里，我就陪你在噩梦里。如果你在困境里，我就陪你在困境里。不黏你，是我不想一恋爱就变成一个什么都需要帮助的废人。我是一只自由的飞鸟，不要作缠绕你的藤蔓。我母亲为人清高低调，不讲究排场，地点别太夸张。”

“那我会很紧张。”

“你算了吧，都年纪一把了，阅历丰富，你紧张什么！”桑静自知失言，赶紧闭上了嘴。

“你造反了，敢说我年纪一把，你等着周末怎么收拾你！”

“饶命，饶命。你是领导，对群众应该有颗仁爱的心。”

“教育是必需的，否则以后怎么进步？”

“超然哥哥。”

“怎么了？”

“今天外公落葬。外婆当年下嫁外公，照顾外公二十余年。外公为外婆守节，鳏居半个世纪。若将来我死了，你会永远思念我吗？”

“不许胡说。静，我要守着你一辈子，好好地活着。不早了，真该睡了。”

“睡不着。你陪我。你声音那么好听，不如唱首歌给我听。”

“好，那我唱《All I ask of you》。”

“你还记得。”

“傻姑娘，你的事，我哪件不记得？”

“你什么时候……喜欢我的？”

“很久，久得连我都不记得了。”

“你就诓我年少无知吧。”

“也许就是你甜甜地叫我师兄时。”

桑静心里微微一抽。顾超然在电话那头唱了起来，嗓音明亮高亢，她在他的歌声里昏昏沉沉，渐渐垂下了眼帘，眼角一滴泪滑过。超然哥哥，我没有告诉你，什么时候开始喜欢你的，我也不知道，也许已是许久的往事。

他们筹划着见面的事，张妍表面没说什么，可桑静感觉得出母亲对于要见的这位女婿，是不大满意的。她只得赔笑脸，替顾超然打圆场，好在有父亲在。桑从文是女儿彻头彻尾的支持者，他说：“我们家小静，这么多年没有乱选男友，可见心里是有杆秤的。这次自己挑的，准不会错。年轻人忙事业正常，人家在北京，来趟不容易。”桑静心里却想，如果父亲知道自己以前对白帆的心思，恐怕就不大会赞赏女儿的眼光了，最多一句品味独到吧。

一转眼一周就过了，有关张妍性情突变这件事就被搁下了。桑静盼啊盼，终于盼回了顾超然。他是坐着红眼航班回来的，再三嘱咐她在酒店等他，她只好边写小说边等他。当桑静醒来时，发现自己躺在床上，身边的男子鼻息轻柔，恬静安详。女子凑到男子跟前看他，看他好看的睫毛，他紧闭的双眼，他高挑的鼻梁，他薄薄的嘴唇，一时母性大发，不自觉得凑上去想亲亲他的脸颊。就在快贴上脸颊的时候，顾超然突然张开了眼，似笑非笑地看着桑静。她本能地往后退，被他一把抓了过去。

“怎么了？”

“我……我……我看看你。”

“那好好看呀！”

桑静低下头，“我妈妈，她对我很严格。她很传统。我有些怕。我妈妈不知道我们住在一起……”她的手指一直在摆弄他的衬衫扣，他手掌一握，“我知道，我不会让你为难。我会让他们心甘情愿把你交给我。”

整整一天，桑静在一种魂不守舍的状态下度过。晚上，两人早早赶到衡山拾玖，这是白帆为桑静过三十五岁生日的地方，当天她接到了外公的噩耗。这次选那里，是因为地方比较雅致、不奢华，离家也比较近。桑静很早就站在门口等父母，顾超然陪她候着。今天他自己开车，他说家宴不方便带小沈，这样他就要操持点菜、买单等平时有人代劳的事。

他笑着对桑静说：“为你做什么都愿意。”

张妍今天是摆足了丈母娘的谱，向来准时的她姗姗来迟，足足迟到了一刻钟。桑静极其怀疑她是故意的。看见父母迎面走来，桑静有些感慨。她曾清新脱俗的母亲呀，虽然烫了头发，略施薄妆，穿了一件洋红色的毛衣，可是掩不住的风霜，她还是老了。而她的老父啊，满脸的皱纹，皮肤黝黑，唯一不变的是一米八的挺拔身姿，头发是染过后的不自然的乌黑。顾超然拉着桑静快步迎了上去。

“伯父伯母，你们好！我叫顾超然，顾盼生辉的顾，超然世外的超然。”他优雅地伸出手，人向前倾，略显谦卑。

“你好，小顾。”张妍打了声招呼，自顾拉着桑静往酒店走。桑从文倒是很愉快地与顾超然握手，还一路热闹地说着什么。

入包厢，落座。菜已点，服务员有条不紊地布菜。顾超然很是热情地为桑静的父母斟茶，不忘嘱咐桑静当心醉茶，别空着肚子喝太多，周到体贴，大方得体。还没等顾超然再施展什么，张妍开腔了：“小顾哪里人？”

“我父母是上海知青，插队去了江西，所以我算出生在江西的上海人。”

“哦，你父母和我们也算是同龄人吧。”

“是，我父母都是66届高中生。”

“比我们略大些。那现在年纪也不小了，都回上海了吧？”

“家母在我读高中时回了上海，家父是教师，放不下山里的孩子，住不惯上海，就一直在江西。”

“你是独子？”

“是。母亲在我读大学期间脑出血早亡。对家父而言，上海就只是一个伤心之地了。”

“你比桑静大……”

“虚长七岁。”

“小顾，我这个女儿，是越来越不同我贴心了。你的工作、家世、婚史，你们怎么相识的，一概三缄其口，你还真是神秘啊！”

“母亲！”桑静心里暗自叫苦，其实自己对顾超然知道得也不多，还能告诉母亲什么。

“哦，伯母。我现在是一家城商行的副行长，原来是桑静的领导。我母亲原本是会计，回上海后为了负担我上大学，做过好几份工作。我父亲是当地一所中学的校长。我同桑静算是校友，只是她读大学时我已经研究生快毕业了。故而那个时候并不认识。”整个过程顾超然都温文尔雅不动声色，让桑静想起十年前的那场面试。

“顾行长。”张妍冷冷地打断了他，“你青年才俊，在银行位高权重，就没有遇到一个合适的人吗？”她忍了那么久，终于发难了。

顾超然不疾不徐，仍然是一脸真诚一脸微笑：“伯母，不瞒您说，我的确有过一段婚姻。”

“我女儿是我们的独女，虽然出身寒门，可在家我们也待如掌上明珠。她虽不甚好，在父母眼中是无价的。你凭什么追求我女儿，就因为你事业有成，位高权重吗？如果我女儿贪图这些，我就算白养了这女儿。”桑静顿觉眼前一黑，母亲终于说出了那些覆水难收的话。

“母亲！”“小妍！”桑静和从文几乎同时喝住了张妍。

张妍双颊微红，怒目看着女儿和这个要娶自己女儿的男子。桑静实在忍不住要发作，顾超然的手在桌下盖住了她的手，轻轻拍了拍她。

“伯母，您说得好。我凭什么追求小静？伯母，如果一个人在少不更事时做出了错误的选择，并因此付出了沉痛的代价，那么明知错了，为什么不可以重新选择？”

此话一出，犹如一把利剑穿过了张妍，桑静看见母亲微微一怔，眼眶有些湿润。

“伯母，我认识桑静十年，敬她自尊自爱自强的骨气，赏她满腹诗书的才情。这十年里，桑静从未逾越一个员工对上司的尊敬，一个师妹对兄长的景仰。伯母，您问我凭什么追求小静。是，我是比她大了足足七岁，有过一段不算成功的婚姻。我什么也不凭，只凭用十年对她的了解和懂得，只凭用十年的隐忍和等待，换回一个没有伤害他人，也没有损害桑静半分自由的结果。我是堂堂正正地追求桑静的，我无愧于心，无愧小静，也绝没有让小静背负道德的枷锁。伯父伯母，我喜欢小静是真心的，我一定会让她幸福。”

张妍涨红了脸，似乎还想说什么。

“超然，你平时都有什么爱好。”

“伯父，我平时比较忙，有空就游游泳，跑跑步，打打桥牌，听听音乐，拉拉京胡。”

“这个好，这个好。改天找几个牌搭子一起打打。京胡我也喜欢啊！”

“我听桑静说您很专业，改日向您讨教讨教。”

“好，好。”

“伯父，我准备了茅台，听说您以前喝的。今天，好酒敬知己，伯父，我敬敬您。”

好吧，桑静眼皮都不抬地看着这两个人，心里暗想，这顾超然终于找到了他的强项。酒桌上，他马上和从文觥筹交错起来。桑静看了看母亲越来越难看的脸色。

顾超然在酒桌上的一颦一笑犹如排练过般娴熟自然，不带任何感情，却感染得观众都掏出真心。

顾超然对桑静淡淡地笑，在她耳边说：“我去买单。”

同时，起身向张妍告假：“伯母，我有点事，出去一下就来。”

桑静想追顾超然，却被母亲拉了回来，回手一记耳光，桑静完全没有思想准备，傻在当场。从文的酒吓了个半醒，怒斥道：“张妍，你太过分了！”

“我过分，你问问你女儿，她心里清楚。什么问心无愧，他们两个去年在梵海听泉就有来往，背着表姐偷偷幽会，连他用的围巾也不用还。若不是我追问，你表姐今天怎么会对我和盘托出！是你亲口对你表姐说的，他有老婆。”

桑静摸着滚烫的脸颊，委屈的泪水汩汩流出。

“桑静，这周五我给你租的房子打了一个晚上的电话，从八点到十点，没人接。今天早上七点到十点，你又在哪里？还敢骗我。桑静，你到底知不知道什么叫廉耻？你图他什么，长得好？早五年他的确是小白脸一个。有钱有势？桑静，你果然是这些年越活越退步了。我告诉过你的，越是穷就越要挺着脊梁，越没人爱你，就越要爱自己。你，你却为了个镯子就卖了自己。你还是我认识的桑静吗？”

“够了！你骂够了没有？我的女儿我清楚，我不相信别人说的，我只相信我的眼睛。顾超然这个人年轻有为，做事有分寸，对桑静是真心的。如果两个人是真心的，有什么不可以？小静她三十五岁了，她自己有独立的工作，也没有啃我们。她的幸福有什么不可以自己做主的。和男朋友同居又算什么？将来幸福是她的，不幸福也是她的。你这又是何必。”

张妍狠狠瞪了从文一眼，头也不回径直走出了门，桑从文一路跟着还在开解。桑静一个人在偌大的包房里，脸上生疼生疼的，心里痛得如生生撕开了，泪水不停地流了满脸。

“静，静，怎么了？”顾超然慌张地奔了进来，看见满脸泪痕的桑静，一把将她搂在怀里，“怎么了，怎么了？你说话呀，说话。”

“她为什么要那样说我，她到底是不是我的母亲？我从来不是因为你有钱有权才……”

“我知道，我知道。”

“超然哥哥，我只有你了。”

然，踏出这扇门，我把自己逼到了只有你的地步，白帆走了，母亲不信我，为什么？我只是想将一颗心安放。桑静绝望地将头埋在顾超然的怀里。

“超然哥哥，不要离开我，不要离开我。”

“不会，静，我们回家。”

“回家？”

“嗯，回家。”

“好，回家。”

家啊，如今又在哪里？然，你在哪里，家在哪里。

二十七

桑静在车里一路颠簸，昏昏沉沉，待车停，发现不是酒店，而是顾超然的小别墅。

她疑惑地望向他。他开口：“你这个小懒虫，什么都不改，那总得添置点东西啊，难道要我一直住酒店吗？我开了张清单，让小沈帮着办了，现在可以住人了。这儿有女主人了，当然要回家啊！”

她低着头：“你父亲那里，会不会……”

“呵，我不像你，我的事没人管，我自己做主。”

“你不同父亲说吗？”

“写封信告诉他就行。”

“你好像和你父亲……”

顾超然没有说话，熄灭发动机，带桑静进了门。他自如地坐在客厅的沙发上，桑静有些拘谨，他对她招招手，示意她坐他身边。她坐了过去，两人深陷在沙发里，又是沉默。他没有开灯，摸了摸她的手，脱了大衣包起她：“害你受委屈了。今天不算糟糕。”

还不算糟糕！桑静心里想着。

他淡淡地笑：“至少你爸爸不讨厌我。我料想也没那么容易，否则你怎么会那么担心。没事的。你要习惯，你就是感情上太依赖人。静，家谁也给不了，只有你自己。”

桑静摇摇头：“我不懂。”

“母亲陪我来上海的时候，是满怀希望的，亲人的团圆，儿子的独立。父亲居然不想离开，宁可守着清苦一辈子，宁可守着那座山一辈子，他说那里的孩子需要他，却从未想过，我和母亲也需要他。后来，母亲的兄弟们都以为我们要来抢他们的房子，一开始我连户口都报不进，没地方借读。母亲为了生计什么都做，商场营业员、保健品推销，边读书边工作。后来应聘上了一家公司会计，好了许多。她脑出血那天，我在学校读书，舅舅打电话说母亲颅内出血，要开刀，要十万，由于颅内积液占比过高，就算抢救过来可能也是植物人，开不开？我说开，砸锅卖铁，我顾超然自己还。母亲还是走了，连刀都没来得及开，也许她是不想拖累她心爱的儿子。母亲生前和你一样爱看书，喜欢唱歌，她最喜欢《红楼梦》。我是靠着自己打工的钱和助学金念完本科和研究生的，在那些没有星星的日子，我靠着母亲的那句话活着：‘超然，记住，记住今天的贫穷和屈辱，把仇恨当成勇气，勇敢地活下去。’所以，桑静，在我看来，人情如同薄纸。我不需要别人给我家，我只靠自己。”

桑静转过身，跪在沙发上，双手抚摸着顾超然的脸颊：“我没有想到，你心里那么苦。”

“已经不苦了，有了你，就不再苦了。”

她用手分开了他前额的头发，用嘴唇亲吻着他的前额，一路向下，他的鼻子，他的嘴唇。他抱紧了她，轻轻说：“静，我是你的家！你回家了！”

顾超然陪了桑静整整一个周末，周日晚上坐红眼航班回北京。接下来就是相聚和别离，只要周末没有事，他就回上海陪她，按照他的说法是怕她寂寞了胡思乱想，依桑静看是顾超然自己定力不足。因为四月没有好日子，所以他俩约定五月第一个吉日去登记。一切安排妥帖了，便各自放下，各自忙碌。桑静很享受这样，有相聚的缠绵，又有别离的独立。那样的别离刚好，相思是浅浅的，不痛。

已经一个多月了，桑静的月经没有来。因为一直是气虚的体质，所以自初潮至今一直都不是很准，也没怎么放在心上。可是第二个月越来越近，仍不见动静，桑静开始慌了。一天，在下班的地铁上，桑静突然抑制不住的恶心，逃也似的跑出地铁，呼吸了会儿新鲜空气，居然还是把胃酸都吐了出来。她越来越容易疲劳，晚上和顾超然视频聊天，都不等说完就自顾睡着了。顾超然叹息自己亏了，养了头小猪还不自知。桑静心里却越来越着慌，难道是……怀孕了？

一个人战战兢兢地跑到药店买验孕棒，店员问桑静要哪一种，她差一点害羞得掉头就走。看着两条线，桑静心里突然一片凄凉。完了，桑静啊桑静，所有低俗小说里的桥段你都占尽了。那晚，母亲抽自己耳光的半边脸突然又火辣辣地疼痛起来。原来，她并没那么洒脱，即使是为了最爱的人。最爱，啊，他是最爱吗？

电话里微信视频的铃声响起，桑静赶快擦了泪，打开视频。

“怎么那么久？”

“久等了吗？没听见，对不起。”

“是不是睡着了？你最近那么疲劳，要不要找个中医调理调理？等我回来给你……”

她一边拼命摇着头一边把脸埋进膝头，桑静不想让顾超然看见自己哭的样子。

“怎么了？静，怎么了？”

她不停地抽泣着，几近休克。

“静，别哭。把眼泪擦干，告诉我什么事？什么事都由我陪你承受。”

桑静用手背擦干了眼泪，一边哽咽一边说道：“我……我怀孕了，怎么办？”

“什么？你再说一遍！”

“我……我怀孕了。超然哥哥，我好怕！”

“桑静，你，你再说一遍。”顾超然一脸凝重，神情忧虑，桑静的心凉了半截。

“我，我怀孕了。”

“桑静，桑静，这是我四十多年的岁月里听到的最动听的话。我顾超然要做父亲了！桑静是我孩子的母亲！我要做父亲了，做父亲了！”

听他在电话那头傻笑，桑静心头一软，有股温热的泉水在心底游走。他那么高兴，可以看见他在北京的公寓里手舞足蹈的样子。即使是再深沉的男子，也有孩子气的一面，此刻的他多像一个温柔多情的小男孩。她笑了起来，不再恐惧。

“好了，为了我们的孩子，你该睡了。”

“我，我睡不着……再陪我聊会儿……”

“乖，我今晚有很多事要加班，你早点睡。明天我陪你。”

但第二天很早，他手机就关机了。桑静原本想问他家里有没有薄些的被子，气温起伏不定，她晚上捂出了一身汗。桑静突然有种不太好的预感，顾超然只要一关机，她就怕。多年前小黑屋夜审的记忆不知从哪里又幽灵般冒了出来。整整一天，桑静心神不宁。在单位吃完饭，她照例出门，坐进顾超然的车，说了声：“小沈，麻烦你了。”

前排的人没有说话，只是透过后视镜看着自己。她抬头看见反光镜里笑着的是顾超然。正要起身，他凑了过来，吻了吻她的额头，然后说：“系好安全带，我们回家。”

回到别墅车库，桑静刚解开安全带，顾超然已探身进来，一把将她抱出车门。一路进门，把她轻轻放在沙发上，灯没有开，漆黑中他单膝跪地，用脸贴着桑静的肚子，用手摩挲着她的腹部，亲了又亲：“小桑静，我的宝贝，爸爸想了你多少年！”

桑静啐道：“你怎么知道是小桑静，不是小超然？”

“她就是小桑静，和她妈妈一样美丽，爱看书，眼睛像星星，爱笑也爱哭鼻子。”

“我才没有。”

“还说没有。”他用温热的手掌抹去她脸上的泪，“你泪腺到底是有多发达啊，桑静。自打认识你，就是在替你擦眼泪！”

“我没有。我是高兴。”

“今天是周末，好好休息。下周你不用去上班，再下周也不用去。”

“我，我没那么多假期，我得明年才有十天！”

“不用担心，我替你向洪总告好假了。”

“你替我告什么假呀！”

“婚假！”

“婚假！顾超然，你也太胡闹了。”

顾超然用手放在嘴上做出噤声的动作，拉起桑静往卧室走去。推门的刹那，他打开了水晶吊灯，地上放着无数的红玫瑰，组成了一颗娇艳欲滴的红心，心中香槟玫瑰组成了Marry me（嫁给我）的字样，如同粉色的绸缎绣在火红的丝绒上。心的尾端放着一只蒂凡尼蓝色方形盒子。他拉她走了过去，拿起盒子，打开，一对戒指缠绵地套在一起。一只是经典六爪皇冠钻戒，中间的钻石熠熠生辉，光彩照人，另一只是一圈碎钻装饰的线戒。顾超然取出钻戒亲手为桑静戴上，把线戒交给桑静：“为你的新郎戴上戒指。”

她顺从地给他戴上。

“现在，”他说，“可以吻新娘了。”他温热柔软的嘴唇贴了上来。窗外，一轮明月硕大圆满，顾超然轻轻放开桑静，眼波荡漾地看着她，“日月做证，我，顾超然，愿娶桑静为妻，今生今世，永生永世，一颗真心，永不相负。”他深情地望向她。桑静有些害羞，低着头。顾超然温柔地说：“轮到你了。”

“天地为媒，我，桑静，愿嫁于顾超然为妻，今生今世，永生永世，一颗真心，永不相负。”

他再次横抱起她，放在了床头：“明天早起，带上身份证，我们登记去。”

“不是说好五月吗？”

“我不想再等了，不想委屈了我们的孩子，到现在还没有个法定的父亲。也不想你总是胡思乱想。”

“顾超然，你好好考虑考虑。明天就不能反悔了，我可一辈子赖定你了！”

“傻瓜，娶你曾是我这辈子唯一的梦。我只后悔为什么不在你我最好的年华相遇。”

“超然哥哥，与你相爱的日子是我此生最好的年华。”

日月为证，天地为媒，你与我，今生今世，永生永世，一颗真心，永不相负。

第二天一大早，顾超然就起身给桑静做早饭，法式煎蛋加培根、牛奶加麦片、烤面包加果昔。他自己喝着煮好的咖啡，悠悠然看她一副睡眼惺忪的样子。

“好丰盛。不太符合你的画风。”

“我做给我闺女吃。”

“唉，果然待遇每况愈下啊。”

“我养了两个闺女，一个大的现在没心没肺地吃着还不满足呢！还是小的好。”他说着，无限宠溺地吻了吻她低伏的头。桑静用沾了番茄酱的唇去蹭顾超然的脸，他被她弄烦了，说了句，“要么好好吃饭，要么好好接吻！”说罢，一把拉起她就吻，他的吻热烈缠绵，如电鳗般直击她的心脏，桑静听到自己的心脏在狂乱地跳，跳了一上午，直到领完结婚证。

那天，他们俩都穿着蓝色的长款风衣，显得尤为锦瑟和谐。民政局人不多，但各个环节都要排队，顾超然嫌麻烦，看了看桑静：“我看读这种誓言也不过是个形式。你若在乎，我便配合你。否则就免了。”

其实，看着一对对新人在那里读着千篇一律的誓词，还被后面无数对等待的男女注目参观，桑静觉得委实有些傻。她一直觉得誓言该是个私密的东西，是爱人间的体己话，不方便拿来参观和欣赏，也难怪顾超然这么反感。“求之不得。”她笑脸迎向他。

刚出民政局的门，顾超然接了个电话，停在门口。桑静只得侧身等在一旁。突然有个女子上前，不由分说为她系上一根红丝线，丝线由两股绳子编织而成，上面还打了五个结。系完，女子不说话，看着她伸出一个牌子，示意她看：阳光工程，资助残障人士，每人 20 ～ 50 元。

桑静看了皮夹子，没有零钱，只有一百的，也知道顾超然不大会带零钱，何况他正全神贯注在打电话。于是，桑静拿出一百递了过去。对方接得有些犹疑，半晌，又拿出一根，指了指顾超然。桑静懂了她的意思，便收下，笑说：“给我吧。”

那女子连连点头，然后就消失在人群里。等顾超然打完电话，桑静拉了他的手，当着整条街的人，为他系上红线。

他笑着说：“我才接了个电话，我的小仙妻已经变出一条红丝线了吗，月老送你的？”

她把刚才的遭遇告诉他，他轻哼了一声：“小把戏，你也当真？”

“超然哥哥，今天是我们的好日子，我就当月老亲手交给我红线，你一根，我一根。今日为你系上了，你便是我的了，再不能悔。别把它取下来，好吗？”

他低头看着自己的新娘，眼睛明亮得如同星辉，半晌，举起手轻触了触她的鼻子：“什么我是你的，你是我的才对！”

他看了看绳子不以为意地拉着她的手：“走，去医院孕检。”

顾超然依诺陪了桑静两周。在这两周里，遇到一件十分意外的事，桑静和顾超然居然一同碰到了宋琰！

那天，在一家母婴用品的门店，这对新婚夫妻在看婴儿床。结果偏巧撞见了为北京亲戚挑庆生礼的宋琰。

“阿姨！”

“桑静！”

“你不是陪舅舅去汤山了？”

“你这是？”

这一脸尴尬，搞得桑静都不知如何说起，自打和顾超然在一起之后，她一直避免主动去想白帆。张妍不同意，自己又意外怀孕，现如今桑静是走一步算一步，不敢也不愿想起终有面对白帆的一日。来的终将来，让她说什么呢？

“小静，怎么不介绍一下啊？”顾超然忙上前救场，顺势用手一勾桑静的肩头，如同狮子宣告自己的领地。

桑静有时觉得自己实在是挺招人的。以前，随随便便出门去总行开个会遇见大学同学，去梵海听泉碰到顾超然，去北京碰到老曹，今天又碰到宋琰。缘分这东西实在难以捉摸，桑静哭笑不得地想，自己是该好好感谢这意外的相逢，还是以后少出门？

“这是宋阿姨。”桑静顿了顿，自己怎么说呢，关系太复杂，算了，就这样。“阿姨，这是顾超然，我的……”说什么好呢？顾超然，这个名字最近变得有点复杂，桑静还需要时间来适应。

“丈夫。”顾超然没等桑静把合适的称谓找到，就急急地自报家门，“阿姨，您好！”优雅地伸手，是这个男人招牌的动作，那一瞬的确能很快捕获不少女性的心。

宋琰吃惊地看着她：“桑……桑静。好快，你都……都没告诉你林舅舅。”

“呃，这个……的确挺突然，说来话长。”桑静一头的汗，等等，不对啊！“阿姨，您不是陪舅舅去南京了吗，不是要去半年吗？怎么那么快就回来了？”

“呃，有点小曲折，你舅舅他，和我也是刚回来。”轮到宋琰尴尬了，“桑静，我有些事，先走了。”

她匆匆告辞，看着比自己还慌张，是怕自己问起白帆吗，莫非白帆有什么事？桑静刚要追出店，被顾超然拉了回来，她回过头，看他对自己摇了摇头。可她不愿就这样放过宋琰，挣脱了他的手，跑出商店，宋琰不见了。五月的天气，说热就那么热了，原本穿了件长袖T恤，桑静火急火燎地出了门，被暮色渐浓的暮春之风一吹，倒是清醒了不少，心里忽然不知哪儿来的一股子惆怅。白帆，你到底怎么了？

站在桑静的背后，顾超然把她那副失魂落魄的样子尽收眼底。她终究放不下那个人，他究竟是谁，是谁！占据了她十年的春华，在他与她最好的年华还要来纠缠！他想知道，不，他必须知道。

一路无语，她知道自己现在这个样子，顾超然一定不高兴。可是，她还是控制不了自己。自从和顾超然在一起，桑静答应自己就此放下，好好待顾超然，尽量不想起白帆。每次想到白帆，就把顾超然的好统统想一遍，然后告诫自己，好好爱他。可是，遇见宋琰后，白帆在医院里咳嗽的身影就一直在脑海中反复闪现，忘也忘不掉。心里只有一个念头，见他！一想到要见他，桑静心里一痛，这一痛是为顾超然。白帆，我到底要怎样拿捏这分寸，才能对你和顾超然情意两全呢？脑子很乱，窗外的景象往后退，一恍惚，桑静想起六年前到白帆家的景象。闭上眼，一阵温热，泪水就滚了下来。顾超然坐在驾驶座上稳稳地开着车，似乎毫无觉察。桑静却心中有愧地低下了头，希望他看不见她的泪水。

回到家，她还是坐立难安，终于趁顾超然看书时，发了条试探的短信给白帆：

“你回上海了？”没有消息，桑静想起白帆临走时说的很少看手机，心沉到湖底。假托自己累了，早早躺在床上装睡，以为便可以逃过顾超然的考问，却不知自己所有的反常都被顾超然看了去。他不过不动声色地看着她演戏，不来揭穿她罢了。

一小时过去了，桑静不时盯着手机。“睡了？”顾超然俯下身子，温柔地用脸熨帖在妻子的脸颊上。她轻轻哼了一声。“不要我读故事给你听了？”

记得有一次无聊得很，桑静在朋友圈转了个题目，说谁私信自己与她第一次认识的地点或场景，她就一句话回复对他（她）的印象。顾超然几乎是秒回的：“老总行大厦，面试。”她也秒回：“酒，红酒、白酒、啤酒。”他回了她一个失望的表情。她安慰道：“不止，不止。嗓音好听，人又帅，崇拜啊！男神，男神！”还在旁边打了个花痴的表情。为了这个，自从在一起后，有时电话时他沉默了，桑静就逼顾超然唱歌给自己听，或者读他随手拿的一本书。他大部分都读经管类的书，偶尔看些别的。有一次，他拿了本《华兹华斯诗集》念给她听，她便好上这口了，央他天天念。如今，不听倒显反常了。

“念吧。”

顾超然刚翻到上次读的地方，突然桑静的手机一亮，短信进来了。她看着手机，又看看他。他看着她，合上了书：“你有短信。今晚就早点睡吧，我也累了。”

桑静松了口气，急急抓起手机：“听说你已结婚，择日见面吧，携先生，准备了份礼物，聊表寸心。”

辗转反侧，其实桑静知道，自己在等顾超然。十一点，顾超然才从书房出来，怕吵到桑静，只开着一盏夜灯，脚步犹如夜幕下的黑猫，安静优雅。他走到她面前，俯身在夜灯下看着妻子，发现她在等他，轻轻叹了口气：“唉，怎么没睡？”

“我……我有个亲戚，一个挺重要的人，想见见你。”

“好，你定时间，我定地方。”

“不用，就老地方好了。”

“好。”

“你不问我，他是谁吗？”

“对我，你不想说，可以不说。”

桑静哑然了：“其实没什么，他是妈妈的朋友，教导了我很多东西，可以看作是我老师。关系有点复杂，所以没想好怎么说。”

“你不必解释，你家里的人，你觉得如何妥当便如何。”

“明天，十一点半，衡山拾玖。”

这次，桑静发得迅速，白帆回复得爽气。顾超然也一口应承。

于是，本命年五月初的一个中午，桑静一生中最重要的两个男子见面了。白帆是独自来的，已是初夏的五月，他却还穿着一件厚风衣，头发全部白了，稀疏松散呈现风来的姿态，整个人形容枯槁，脸色也不好，眼眸也失了往日的华彩。

白帆进包房的刹那，桑静的眼泪根本没法控制地落了下来，如断了线的珠子，怎么也停不下来。顾超然站在她身后，用臂弯一搂，她便暧昧地贴着他，实则是倚靠着他站着。白帆踏进门的时候先看见桑静，而后瞧见了顾超然，先是一怔似乎有些吃惊，然后淡然地对着他们站定。桑静心里有满腔的话，却不方便说。顾超然不等她开口已伸手自我介绍：“您好！我是桑静的丈夫，我叫顾超然，顾盼生姿的顾，超然世外的超然。”

“你好！林卓，双木林，卓尔不群的卓。”

堪堪打个平手，桑静知道顾超然是察觉了什么，暗自较着劲。接下来，整个饭局，桑静倒成了局外人，他们两个却相谈甚欢。今天，顾超然是故意的，他把长袖善舞的本领都拿了出来，白帆只是听着，赞许地点点头回应他。他们从上古聊到魏晋风度，从唐宋风流讲至明清雅趣。天上的，地下的，能聊的都聊了，绝口不提桑静。这一刻，她成了多余的人。

到了尾声，顾超然去结账，留下桑静和白帆两人独处。白帆刚要开口，桑静先说了：“关于小林变小顾别问我了，三两句解释不清。你为什么回来，怎么瘦成这样？”

“我没事，那里吃不惯才瘦的。单位有事回来小住，过三两天回去。”

沉默，桑静太熟悉的沉默，白帆，你对我，始终没有话要说。她刚要再开口，反倒是白帆先说了：“桑静，我只问一句，你如实答，你不是有苦衷才嫁给顾超然的吧？”

桑静惊讶地看了白帆一眼，明白了他的意思，摇摇头，泪水却极其不争气地落了下来：“你不知道。我是自愿的，他很爱我，我们是真心……”

“好，那和他好好过。”

“白帆对白羽还有什么说的吗？”

白帆身子轻轻一颤："我一个老头子，本不该说什么。可我觉得，他配不上你。"他说完那句话，眼中竟闪着斑斑泪痕，是自己眼花了吗？

桑静心里有些恼，恨恨地说："在你眼里，哪个男人都配不上我吧。白帆，我没那么好，我不是你心里的那样，我没那么好。"

眼前的男子点点头："你说得对，我的孩子。好好过，今后的日子，飞鸟与……飞鸟。"他低头取出一个锦盒，"这个，我让人做的，自从你工作后，就一直在等今天。终于可以亲手交给你……们。"

此时，顾超然已进来，站在桑静身边："谢谢你，林老师！"

白帆伸出一只枯瘦如柴的手紧紧抓住了桑静的手，递到了顾超然手里："超然，桑静虽非我的孩子，却如骨中骨，肉中肉。我看她一路长大，变成现在的模样。她是一块璞玉，好好待她，莫辜负她一片真心。"

顾超然接过妻子的手，神情凝重，看着她，口中说着："林老师，您放心。我顾超然一定会像爱自己一样爱桑静，今后再不让她受任何委屈。"说完一把将她搂在怀里。

白帆满意地点点头，看看桑静："白羽，飞鸟该起飞了。不和白帆道别吗？"

桑静听懂了白帆的话，泪水决堤，挣脱了顾超然与白帆深情拥抱。白帆没有拒绝，只是任她抱着他，在她耳边轻轻说了句："能陪你走了那么久，我很开心。今后的路，和同伴走吧。白帆只能送到这里了。白羽，要幸福，把我，把你母亲，不曾拥有的找回来……去吧，超然在等你。"说完，他头也不回地离开了。这一次桑静知道，白帆是真的离开了白羽的世界。

顾超然，白帆蓦地想起多年前的一幕。桑静拿到分配通知书第一时间发短信告诉他，他周五接的消息，周日就去了外滩支行。有点难找，路在转角就断了，正巧遇见一个高大健硕的年轻男子，便上前问他："请问，WNS 外滩支行在哪里？"

男子看看身后，转向他："就这里。"

他一抬头看见高高的门楣上 WNS 的匾额，耳边听见那个男子自言自语说了句："第二个。"

他没太在意地走开了。

桑静去中欣支行没多久，白帆正好去一家出版社开会，结束得早，路过中欣，拐了进去。看见一个男子在骂桑静，桑静委屈得快哭了。他刚想冲进去，只见一翩然的男子在桑静面前坐了下来，三言两语她便止了呜咽。

一次，白帆坐局里的车路过中欣附近，见桑静在一个车站等车，嘴里不知自言自语着什么。刚想让司机靠过去，但见一辆黑色宝马快速超了过去，停在她面前，窗户摇下，一个男子把桑静叫上了车。

原来，是他，都是他，如果是这样，他兴许也有些值得桑静用心的地方。

可是，那一日她失魂落魄地跌进自己怀里，昏睡了三天，睡梦中叫喊的不正是“顾超然”这个名字吗？

无论如何，从今往后，自己再无理由踏入桑静的生活，他，林卓，终于彻底退休了，他自嘲道。也好，来时自己来，走时一人走，干干净净。

二十八

顾超然的车开得很稳，面上看不出任何情绪。桑静其实最怕的就是这样没有悲喜的顾超然。她宁可他吃醋了，折磨她，或者干脆对她发脾气。可他没有，他保持着温文尔雅，却让她不寒而栗。

顾超然心里暗流汹涌，这个人总觉得在哪里见过，细想却不记得。今天的较量，原本堪堪是个平手，最后他说的话，让顾超然彻底输了。似乎是退出了，却让桑静哭成了个泪人。谁输谁赢，一目了然。他苦笑，自己在她身上用的心竟不敌他那一句“不与道别？”。白帆，你到底是什么人，把桑静牢牢地握在手中，我顾超然想要的，绝不允许有谁觊觎！

回到家，顾超然和桑静默契地谁也没有再提白帆，也没有去拆那份礼物。桑静与其说是怕顾超然，不如说是怕自己如此用功地爱顾超然，最终不得不承认还是那份不经意间对白帆的爱更深更重。如果是那样，自己有什么脸面对顾超然，更有什么脸面对未来的孩子？念及此，桑静宁可不看不听有关白帆的一切，只守着顾超然一人。打定这个主意，也就简单了。两人小心翼翼维持着看似平和的情谊，只是彼此都觉得累吧。

不得不回北京了，顾超然临行前对桑静说：“我帮你物色了个阿姨，给你做饭，帮你收拾家里。是我老家远房的亲戚，很可靠。你若觉得可以，我便让她来。”

“好。”自从白帆的事后，桑静自觉亏欠了顾超然，所以他的一切提议都接受，不想让他难过。

谁都不可能一生只有一个人经过，也不可能一生只经过一个人。既然如此，就好好爱眼前的这个，即使未来分别，至少有过一段不追究往昔，不追求未来的甜蜜时光。超然哥哥，如果你终究不过是一段插曲，我桑静只愿永远都不进入主题。

顾超然这次走，有些心神不宁。虽然他不说，但桑静从阿姨的反馈来看，他嘱了不少自己的习惯。他越是如此悉心，越让她觉得愧疚。最终，还是因为自己对白帆的执念伤了他。桑静抚摸着没有成形的孩子说道：“如果你是小桑静，你要好好爱你父亲，别像妈妈一样让他伤心。”

回到单位，桑静隐隐感觉所有人对自己出奇地客套，她只是悄悄地去综合部把婚姻状态改了，就弄得满城风雨，说她如何不择手段攀上高枝，嫁入豪门。既然百口莫辩，那也就不便再辩，随便。倒是洪总，看她的眼神怪怪的，对她十分恭敬，倒不似以前的跋扈。唉，人情，桑静想，真如同顾超然所说的是薄纸吗？

桑静一直没敢也不愿和张妍打电话，连带着与从文也没了联系。自从上一次母亲扇了她耳光，她连表姐和姨妈也不联系了。表姐那天早上给桑静发过短信，说自己被阿姨逼着都说了。你说了什么呀，桑静心想，你不过说了你见的以及你猜的部分，可是真相是怎样的你可知道？其实，连桑静自己也不知道，一切就这样自然而然地向前推进着，她做出的只是当下第一反应。人言多了，连当事人也信了，自己便是一个怎么也追究不出真相的当事人。

桑静开始过深居简出的生活，早早就下班，洪总也不来追究她。很少和人往来，倒是与阿姨越处越合得来。阿姨是个很利索的人，有些文化，看着比她大不了多少，问了才知比自己还小一岁，是顾超然父亲的学生。来上海打工，无依靠，顾超然念着父亲和乡情，让她照顾桑静。

阿姨说了很多有关顾超然父亲的事，在她眼里顾超然的父亲是许多人的老师、父亲。可惜，顾超然却并没有感受到他的父爱。也许，大爱和小我是冲突的吧，有了大爱就要舍弃小我，可是那时正处于青春期的顾超然，无论如何都无法理解这遥远的大爱与私人的父爱之间充满背离又统一的关系吧。就像白帆，他把自己的爱给了一份事业，就再也没有余力给身边的人了。唉，白帆，桑静叹了口气，听见有人对自己说话。

“啊呀，桑小姐，水都凉了，你还不喝？”

最近，桑静总是走神，神魂在各个时间片段游走，一会儿是小时候与白帆通信，一会儿是工作里与顾超然对话，一会儿是家里妈妈和爸爸拌嘴。突然，手机响了，一看是表姐。自从她闯祸后，就一直坚持不懈地给表妹打电话，桑静也不是生表姐的气，只是不想和旁人说话。手机像炸了锅的油，响个不停。

桑静还是接了起来：“喂？姐，找我做什么？”

“桑静，出大事了！你妈要和你爸离婚！”

“姐，你这玩笑开大了吧。最近，是有很多人为了买房假离婚，我就见到一对老夫妻……”

“桑静，你还有闲心说笑，我说的是真的。你妈刚提出来，你爸不同意，你妈就搬出去了。你爸找我妈劝你妈，她不接电话。桑静，你说话呀，喂，喂，喂……”

这事和那天的同学聚会一定有关，桑静陡然意识到，不行，爸爸他……桑静急急挂了电话。不知怎么，她的手不停地颤，连电话听筒都拿不稳。想起清明那几日母亲的反常，见顾超然的激动，以及顾超然说出关于纠偏的那句话时，她身子一晃。桑静心里暗叫不好，她莫不是在他话里受了什么启发？

桑静给家里打电话，电话那头通了：“喂！小妍，小妍是你吗？”

“爸爸，爸爸，是我，桑静！”

“小静。”当从文弄清楚是自己的女儿，他便如突然苍老了十岁似的，虚脱了下来，“桑静，你妈妈，她，她走了。她走了。”

“爸爸，你知道妈妈去哪儿了吗？”

“去哪儿，她能去哪儿呢？”

这里是她住了近四十年的家，外公走了，她在这世上有的不过是父亲这个至亲。如果，他给她的家都可以弃了，那天地间她到底要去哪里安家？

“爸爸，那个人，你知道吗？”

“知道！不知道。”

“你……唉！你怎么一会儿知道一会儿不知道的。难怪妈妈说你糊涂。”

“桑静。我知道，没错。初识你妈妈时，她是个冰山美人，什么事都冷冷的，不推辞，也不接受。一双眼睛如同受了伤的小鹿，看一片落叶也会落泪。我隐隐感觉，那是情伤。我不想知道，也从没问过她。桑静，娶到你母亲是我今生做得最了不起的事，我不在乎她的过去。可我不能没有她的未来，啊……”

“爸爸！爸爸！爸爸！”

“桑静——药——药——”

“爸爸！爸爸！爸爸！”想起父亲心脏不大好，桑静赶忙挂了电话，疯了似的抓起包往外冲。

“桑小姐，桑小姐，你不能这么跑，不能……”阿姨在她身后惊叫。

桑静不顾一切地冲到大街上拦了辆出租，跳上去，报了地址：“司机，请快，越快越好，我去救人！”

在车上，她急急打给张妍，手机关机。她又打给了筱雯，求证了张妍果然暂住在她那里。小的时候筱雯就是翠儿的避难所，翠儿也曾经是筱雯的。可是，筱雯说张妍一早出门了，许是去志鸿那里了。桑静心里一阵无明火。

一刻钟后，桑静已经到达了自家楼下，家门口围着好多人，邻居一看见桑家女儿跳下出租，就指着前面一辆救护车说：“桑静，你爸爸他送医院了！”

桑静跳回出租车：“人民医院，追！”

一路赶到，父亲被抬进抢救室。陪伴他的居然是母亲！站在抢救室的门口，桑静和张妍泾渭分明地站在长凳的两端。这是自上次母亲打她以后，她们第一次见面，居然是在抢救室门口。

“张妍，我告诉你，如果今天爸爸有事，我永远不会原谅你的！”

张妍呆愣地看着女儿，半晌没有说话。桑静心底突然升起一股深深的恨意：“你嫌弃了他一辈子，怨了他一辈子。你可听过他对你的评价，他对我说，娶到你是他今生做得最了不起的事，他不在乎你的过去。可他不能接受没有你的未来。为了一个少女时代的梦，为了一个莫志鸿，值得吗？你毁了的何止是你的家，你毁了的是我从小被爸爸和你呵护的家，是爸爸早就离不开的家。你真自私！”

一滴泪从张妍合着的眼中滑落，上一刻还维持着完整形象的母亲如同粉碎的雕像，整个人都碎裂了，她的哭声凄厉得如同秋夜屋外野风的哀号：“自私？桑静，五十年了，你们问过我的感受吗？妈妈走后，我和姐姐承担了家里全部的家务。起先，是哥哥们不想我出嫁。后来，又是哥哥们急着送我出嫁。他们有问过我，我是怎么想的吗？他走时，我想跟着一起走，可是哥哥不让，他们说家里需要我，父亲需要我。

我，我留了下来，让志鸿独自离开。起先，志鸿每走一处都是有信的。靠着等他的信，我挨过了第一个年头。渐渐地，哥哥们觉得志鸿回来的希望渺茫，嫌我在家待业没有收入，于是就把他的信都……都藏了。整整四年，我在音讯全无的日子里苦苦守了他四年。他们终于发现，即使没有他的信，我也不会嫁。那时，他们经人介绍，认识你父亲，觉得他家虽没钱，可有房子，我就被安排给这个人。为了彻底断了我的念头，他们写了一封信，说我在上海为了等他如何把自己大好前程拒了，逼着志鸿写一封绝交书。可怜志鸿，自觉自己永远回不来，万念俱灰给我写了最后一封信，信上只写了'翠儿，忘了我吧。我已另娶。志鸿。'桑静，你知道那是怎样的打击吗？你问过我，第一次见你父亲是什么感觉吗？什么感觉？牺牲！桑静，我的感觉是，如果这样对你外公好，对哥哥好，那就这样吧。毕竟，我亲口答应母亲，要照顾父亲。你爸爸是你外公看中的，说人老实，家里还有房子。"

"你为什么不反抗？"

"反抗？桑静，志鸿已经他乡另娶，我已经二十五岁，待业，在街道没有前途没有未来。你父亲有房子，有份教师的职业，最可贵的，他还不计代价地愿意等我，我有选择的余地吗？"桑静被问得一时语塞。

"我们的时代，你不了解，我的一生都在为别人奔忙，小的时候为兄弟们，长大了为那个家，有你后就为了你。"

"所以，在五十年后，你决定主宰自己的命运，为自己而活？"

母亲用手掩面，拼命抽泣："你不懂，桑静，你不懂。同学聚会上，我见到了莫志鸿。年轻的爱情，早就随着时光而逝，可怜的我们如同陌路。他没有结婚，在东北林场冻残了腿，在那里教书。如今，他回来后，又查出肠癌，已经……没几天了。我只是想，只是想把今生相欠的还了。桑静，从你宋阿姨那里得知你已经结婚。在这个世间，我再不用为谁奔忙。我只是想在他有生之年，陪陪他……这辈子，我送走了你外公，不亏欠你父亲，与你两契，唯一相欠的，就，就只剩志鸿了……"说完话，她颓然而坐，早已经泣不成声。

母亲的爱情，一地鸡毛，一声叹息。桑静觉得好笑，人啊，为何要在年轻不知情滋味时，便急急投入情爱婚姻的怀抱，却直到生命尽头才看清自己的心？那时的爱情才真正是熟了，可往往到了那时候我们都老得习惯了和自己相处的人，再没勇气去追求。如此来说，母亲未尝不是英雄。如今的母亲，如同困兽一般，要拼尽全部的生命做最后一搏，难道不值得同情？心下一软，桑静觉得撕裂地站在天平的中间，如果非要在母亲与父亲的立场中选一个，她知道理智向左，情感向右。她最终还是会同母亲堕入这万劫不复的情感，对父亲说声抱歉。桑静走上前抱紧了浑身瑟缩的张妍：“没事。有我在，我就是你的家。”

张妍仿佛想起四十年前，因秀珠的思念以及志鸿的情变，她彻底垮了，一直高烧不退。一个高大的男子二话不说背起她就往医院奔，意识在清醒和模糊之间，她只听到那个声音说：“小妍，莫怕，有我！有我！”那个声音是……是桑从文！

焦躁、狂乱，人生如同杂草丛生的荒野，唯求情归何处？抢救灯熄灭，从文被推了出来，心梗，送来及时，以后，他怕是与酒无缘了，也不能情绪过于激动。医生说着各种可能性和各类禁忌，张妍都一一应承着，如同一个学生聆听导师的教诲。让母亲陪着父亲，桑静去办理住院手续。办理完进病房，刚巧从文醒了。他初醒见到母亲时，犹如柳梦梅见到还魂的杜丽娘，眼波流转，一把抓住张妍：“小妍，你不走了，是不走了，对吧！”张妍犹疑地低下头，手却没有抽回。从文懂了，叹了口气：“小妍，我知道你向来是拿定了主意便不会改。这个家困了你半辈子，你跟着我只有穷苦。如今，女儿嫁了，也该散了，你走吧！走吧！”一滴泪，只一滴从眼角滚下，他把头别过，摆了摆手，示意张妍离开。

桑静靠着病房的门，已无法自已。张妍没有马上离开，拉着从文的手，就这样看着。从文突然抽了一下，一阵绞痛，手捂住胸口，张妍跳了起来：“护士，护士！医生，医生！”从文一把拉过张妍，紧紧抓住她的手腕：“小妍，你才是我的医生啊！”张妍一怔，随即用手拍打着从文，从文斜着身子靠在床上，看着妻子不停地拍打，变成轻捶，然后趴在自己身上，轻轻抽泣，嘴里不停地说“你骗我，你骗我”。像个孩童，放肆又自由。

从文用一只手搂过张妍的肩头，说了句：“不要走！”张妍轻轻点了点头，用听不见的声音叹了一口气。如此最好，桑静转身走出病房。她的母亲伶俐了一世，总觉得父亲糊涂，殊不知自己有的不过是聪明，而父亲有的却是智慧。

几日后，从文陪张妍去看了莫志鸿，并且一直陪伴他走完悲苦的一生。志鸿和从文成了挚友，而曾经的puppy love（初恋）也因时光和苦难化为了金子般的友谊。当然，那是后话了。

第十二章　在你给的世界里，画地为牢

二十九

桑静虚脱地回到家，没人来应门。她推了门进去，隐约听见阿姨在厨房里掩门说话。她打算去厨房讨个猕猴桃尝尝，于是蹑手蹑脚地来到厨房。

“没有，她没有主动打给谁，都是接的。出去一下午了，没电话回来。走前叫的是‘爸爸’。对。顾先生，我看桑小姐对你很好啊，每次和我说话都提起你……”

桑静靠在门框，没有进一步往里走。

又是一个周一，忙碌压抑。洪总下班前把桑静请到办公室，又是赐座又是客套。

“桑静，你来总行几年了？”

“七年了。”

“现在是副主管？”

“是。”

“桑静啊，我们银行缺的就是你这样的专业型干部。你呢，把个人问题先解决了，然后安安心心干。部门正需要你们，将来你们有的是机会。”他说完搓着手，笑眯眯地看着她，并没有让她走的意思。

“洪总，还有事吗？”

“没事，没事。啊，对了，桑静！这个，最近有碰到超然兄吗？”

桑静脸一红，支支吾吾地回答：“他回北京了。您找他？”

“不，不，不。啊，其实是有点事想请他帮忙。”

“我告诉他，您找他。”

“没事，不必特地，你方便的话可以提醒他一声，我们还有个约定。”

“没关系，我一定转告他。”桑静心想你不就这个目的嘛！

回到家，阿姨问长问短，桑静只是淡淡地说了句：“阿姨，我有点累。”阿姨很识趣地坐在客厅里看电视。桑静回到家连晚饭都没吃，就昏昏沉沉地睡了。恍惚间听见孩子的笑声，抬头看见床头站着个小不点，两三岁的模样，一头自然卷，顾超然的头发有些自然卷，还带些栗色，但不是特别浓密。这小家伙就明显得多，一头栗色的卷发，眼睛狭长，笑起来像一轮月牙，像她。穿着一件深蓝色的超人T恤，挺着个青蛙肚皮，下面裹着纸尿布，朝着她笑，嘴里快速但清晰地叫着：“妈妈，妈妈。妈妈，妈妈。”桑静惊讶地看着这个孩子，他边笑边向远处跑去，自己挺着肚子追不上他。突然他被黑暗吞噬了，她怎么也找不到他，低头一看，我的肚子，我的肚子，我的孩子。“我的孩子，我的孩子！”桑静惊呼，一头的冷汗，从床上惊起。阿姨赶了进来，桑静感觉下面有些潮湿，惊叫：“阿姨，打 120！”

桑静躺在医院的病床上，被告知只是见红，暂无大碍，终于累得合上了眼睛。她好累啊，这几天经历得如同一个人的一生。睡梦中，有一只温热的大手摸着她的手，她没有睁开眼：“是你吗，超然哥哥？”

有个熟悉的声音在她耳边说：“嘘！睡吧，睡醒了，我带你回家。”

桑静安心地睡了，不记得睡了多久，只记得只要眼睛睁开，就觉得困，眼皮沉重得如同两座山丘。手里的那只手一直没有离开。等她醒来，已经是第二天傍晚。

迎接她的是顾超然关切的眼神，“你怎么那么不小心，总让我担心，怎么办？”他宠溺地望着她，“医生说你太累了，最近又遇到太多的事，受了惊吓。”

“超然哥哥。”

“怎么了？”

“如果，我是说如果，到了很老很老时，你发现我们在一起是一个错误，你会和我分开吗？”

“傻瓜，你脑子里怎么满是这些古怪思想。你是我选的，这是我这辈子最清楚的事！”

“我爸爸……”

“我知道了，我和你妈妈谈了谈。”

“你和妈妈？”

“你和你妈妈之间因为我产生的误会，总要消除。其实，你妈妈不是不讲道理的人。当初也怪我不好，那天捉弄你，玩过了。对了，给你带了个苹果手机，号码小沈帮你办了个和我捆绑的。原来的手机连同号码都扔了吧。”

“那个，我有好多号码……”

“正好趁这个机会好好理理。半年以上不联系的不必联系了。我就是一个行走的资源库，以后业务需要，我帮你牵线。或者干脆别去上班了，在家带小桑静。”

桑静低下头轻声说：“我不想失去自我。”

“懂了。”顾超然点点头。

“洪总让我提醒你……”

“以后，我的事你别掺和进来。这个洪冀东，真是越来越胡来，主意打到我夫人身上。”他看了她一眼，收起冷冽的锋芒，又变回了那个桑静认识的顾超然，“手机过两天就到，你学着自己弄弄，提高提高自己的能力。”

“明白，领导。”

他伸手勾起来轻轻碰了碰她的鼻子。“不能陪你，我还得赶回去。”

“我不想你走。”

“我是溜出来的。二季度都快结束了，我可不能靠天吃饭。阿姨会照顾你，多和阿姨商量，少接电话，多休息。多开几天病假单，不行让阿姨多跑两趟。我们的孩子，你可得多上上心。”

顾超然匆匆走了，桑静在医院躺了几天便回去了。本来她也想过回父母那里，好有个照应，母亲又是过来人。后来想想爸爸才好，还需静养，这么多年，他们彼此懂得的时间并不多，还是不要打扰他们了，何况阿姨也是有经验的。阿姨的工作就是照顾自己，看着自己，随时向顾超然汇报。自己若回父母家，不就害她丢了差事。于是，桑静就在家安安心心安胎。医生开了一周的病假，桑静打了个电话告假。想到自己的消息估计又在那里炸开窝了，奉子成婚已坐实，心里又是惆怅，不过深想也就释然了。现在，顾超然该得意了，桑静里里外外都是他的人了。

起初是真的乏，桑静睡了一觉又一觉。后来，靠着阿姨各种汤滋补得都往外滋油，一周下来她就重了几斤，都快没脸见人了。医生居然又给开了一周病假，说是可以下床动动。

第一件事是弄手机，全英语，她的超然哥哥倒是好，提前布置功课，让自己给小超然做胎教吗？用原来的手机群发消息，告诉大家自己换手机号了。桑静觉得顾超然没说错，三百多个号码，好多是以前客户，关系近的常有联系，不联系的那是真不联系了，是该清理清理了。就通过这条短信来测试一下关系的远近吧！

突然，新手机上跃入一个陌生号码。桑静一看老手机的通讯录，是李敏！

“桑静，你们夫妻这唱的哪一出啊？警告我们不许靠近你的是你们，主动联系我们的也是你们。”

来者不善，可是桑静一头雾水：“不许你们靠近我？李老师，你们怎么了？”

“怎么了？”李敏冷冷地反问道，“你自己问问顾超然，他到底想怎么样？他要对我们这些知根知底的旧部怎么样？”

“我……不大明白。”

“你不明白对吧。那我告诉你，我辛辛苦苦跟随他换新环境去北京。起初，没有根基，从头打拼，我没少找资源，没少托关系，这就罢了。他顾超然副行长的位置刚坐稳就开始打击我们这些出生入死为他打江山的功臣。欧阳行长被他逼退休了。老曹被他弄得催债去了。我，他就处处给我小鞋穿，找了个机会把我一脚踢开。我想着还是离开这是非之地，去家理财公司，他倒好，全行业散布我挖他客户。害得我现在连银行体系都回不去。顾超然真是好狠！”

“李老师，你别激动。这里面恐有什么误会吧。等超然他……”

“误会？桑静，恐怕你是被他一副正人君子的伪装骗了吧。他顾超然什么干不出来？他连他的老师丈人都不放过。还有你们部门原来的那个什么总，据说是他最好的朋友，他不也适时地捅了人家一刀。你看着他仁义道德挂在嘴上，背地里的手段阴诡得很！雇私家侦探打听人的隐私，匿名举报，排挤异己，落井下石。”

“李老师，够了。我觉得还是我比较了解我的丈夫。”

“好吧，那你就好自为之。祝你们天长地久！”李敏愤怒地挂了电话。

李敏四个月前急急打电话给自己时，还口口声声唤着顾行长，如今张口闭口便是顾超然，桑静是恼的，他虽有许多让自己不安的地方，可她那样说他，她是不忍不许不答应的。

顾超然在桑静心里从来不是太阳，自打认识他的第一天起她就知道。他温润如玉的华光下，不过是皓月寒凉的温暖，他的背后是冷却的环形山和裂隙。那些沟沟坎坎的阴影里究竟是什么？是深潭，还是湖泊？她讲不清楚。他从来都不是白帆，亮得容不下任何影子。又是白帆，说好不想他的。

每次打扫顾超然的书房，桑静都是很快扫完，把门带上离开。那天走得急，撞到了他的书架，几本图册撒了一地。桑静一眼就看到了几个衣着怪异、摆出各种撩人姿态的男男女女，上面还有很多日语，大致知道是什么类型的读物。她脸一红，欲捡拾起，他突然从屋外冲了进来，先她一步捡起图册和一堆照片，一合书随手摆在书桌上。

桑静看了一眼，红了脸退了出去。桑静对那些照片有个奇怪的印象，当时只觉得自己多心，如今细细回想起来，越发肯定照片里有自己。不行，她得求证一下。

找个借口支走阿姨，桑静做贼似的进了黑灰色的书房，不敢开大灯，摸到那排无意撞到的书橱，摸到了册子，里面夹着一个文件袋。摸出文件袋，放在书桌上，开了一盏台灯，放眼望去，里面都是自己的照片，她和同事出门吃饭，和同学会面，和父母见面。还有一份自己的档案，桑静打开细细看，如同在看别人的人生。

自己的职业，初中、高中、大学、研究生履历，她的档案单薄得如同一张白纸。倒是那些花花绿绿的照片，刺眼得很，她的社交，她的工作，她的生活，如同透明地展现在她的面前，原来自己是这样被顾超然俯视着。后面是她父亲母亲的，职业，婚史，过往的履历，难得顾超然还了解了一下她父母的爱好，难怪自己从未听说过他会拉京胡，那天见面却聊得如同行家。本以为见底了，不想，还有一张。居然有白帆！

林卓，男，63 岁，市委宣传部出版集团，副局级，退休，婚史一处写着：宋琰，离异。这份履历甚是详细，许多桑静不曾知道的经历都在里面，这样一张薄薄的纸，正反两面居然书写着一个人的一生，可叹人生不过如同这张纸，举重若轻，又举轻若重。里面夹着一张出院小结复印件。灯甚是昏黄，她凑到灯旁细细看，病理一栏的结论是："肺癌晚期，建议保守治疗。"肺癌晚期，保守治疗。眼前一片模糊，纸很快被打湿，桑静手不停地颤抖着。

背后传来一声："桑小姐！"桑静含着泪，将手中的出院小结囫囵塞进资料袋里。转过身，借着黑暗用身体挡住自己不停颤抖的手，把杂志塞进了一个空隙。

"桑小姐，你怎么在这里？"

桑静拼命抑制就要流出的泪水，嘶哑地说了句："我，我有些想念超然哥哥，在这里想想他。”泪水已滑了下来，桑静用手背一把抹去泪水，吸了吸鼻子，慌慌张张走出这个如同深渊的书房。

打开手机正要打给白帆，桑静心头一悸，顾超然替自己换手机，莫不是手机也有问题？找出原来的手机，还好联系人都在，桑静看一眼门口，确认没有人。

“您拨打的电话已关机。”关机，桑静知道，即使不关机，他也不会再接自己的电话了，自从上次他从琉璃堂出来就抱定了一个人面对绝症的主意，他不想也不愿来麻烦自己，那个时候如果他如实相告，一定不是现在的结果，一定不是。

手抖得厉害，根本停不下来。桑静拨宋琰的号码，“嘟……嘟……喂，桑静！”

“阿姨，你，为什么不告诉我？白帆他，是……真的……”

“桑小姐，桑小姐！热水放好了，可以洗澡了。”

“好，我就去。”

阿姨直勾勾地看看桑静，看看她的电话。“水要凉了。”她很坚持。

“好，五分钟，我就来，现在请你出去。”

阿姨一步一回头地出了桑静的房间，门只是略略带了带，实则是虚掩的。

“宋阿姨，我现在不方便，明天四点半在那天碰到的母婴店里，我和你面谈。”匆匆挂了电话，桑静推门看见阿姨站在楼梯口等自己。原来，她是顾超然的岗哨。她和顾超然什么时候需要彼此设防了？超然哥哥，或许你从来没有卸下过伪装。

躺在浴缸里，思绪缥缈，桑静回想起许多人许多事，往事日益清晰，突然各个支离破碎的线索连在了一起。胡总被突然平调岗位，姜总被逼走，洪总上任，监管检查，分支行处罚，那些熟悉的名字，那些熟悉的人；李敏急疯了似的电话，老曹的提醒，顾超然的丈人死亡，他和梁欢离婚；顾超然给她出主意去找基金公司逼他们卖份额，他英雄救美，又得了便宜，还让洪总欠他人情，自己死心塌地地跟着他；父母见他时，父亲喝多少酒，他和父亲相谈甚欢的每句话每个眼神；他在白帆面前表现出对自己的占有……一切如同一串潘多拉的黑项链，如今每一颗黯黑的珠子都被穿了起来，穿出的是怎样一个丑陋的真相。

顾超然，你到底是天使还是魔鬼，你引我去通往天堂的路还是堕入地狱的门？事到如今，她竟连愤怒的心情都没有。桑静的心跳着，久久地跳着，连痛都没有了，只有长久的麻木。她累了，在一个没有未来的出口迷了路。顾超然，你要我怎样面对你？白帆，我是不是连关心都不配了？桑静痛苦地呻吟着，一遍又一遍。

“白帆，真不明白，现在的女孩怎么会醉心这些明星，还发誓非他们不嫁。真是不懂，她们的爱情观是怎么了？”

“哦，我的白羽君，你的爱情观是怎样的？”

“如果我来选，我要选一个顶天立地的大英雄。他不必有多华丽的外表，他要有仰不愧天，俯不怍地的气魄。他要有一颗如大海般宽广的心，他要胸怀天下，做个有鸿鹄之志的大丈夫。”

“浪漫主义！现实哪里有这样的人？”

“不知道，可我想我只要等着他，他一定会穿着玄衣、跨着黑色的骏马来救我于危难的。对，就是这样！”

初二暑假一次讲座回来，栀子花开了一路，女孩穿着白色的长裙，一边哼着歌，一边旋转着裙摆，一头浓密的乌发飘在七月的徐徐夏风中。

桑静的思绪绵延久远，回到现实又想起顾超然。超然哥哥，你可知，那日你穿着玄衣开着宝马来帮穷途末路的我，我曾坚定不移地以为你就是我要找寻的人。

第二天，好不容易挨到日头西斜，桑静对阿姨说：“阿姨，我去倒个垃圾，你帮我弄个水泼蛋！”

“桑小姐，我陪你。”

“没事，下去趟就来，你做好我上来吃，正好。”她和她心照不宣，又无比坚定，半天，阿姨败下阵来。

带了钱包、钥匙、垃圾，桑静如同往常一样出门。打了车，一眨眼的工夫就到。下了车，站在沿街的马路上，透过对面落地的玻璃，桑静看见宋琰看着自己，眼神复杂痛苦，她心下一沉。终于等到绿灯，宋琰已从店里出来站在对面的街上。桑静急切地向前走，白帆，我离真相只差一步，你等我！

宋琰看桑静的眼神从哀怨转为惊讶旋即惊恐。桑静只觉得手臂被生生一拽，整个人在往后倒退，一回头，顾超然如鬼魅般站在自己身后。在桑静愣住的刹那，顾超然一把夹住她，她没有站稳，直直栽在他怀里，被他拖着进了车里。他粗暴地把桑静扔进了后座。不容她站起，自己探身进来。她转身去开另一扇门，他一把抱住她，关了身边的门，淡淡说了句：“小沈，回家！”

车门被锁了，她才被他放开。他坐好，理了理皱了的衬衫，没有看她一眼。

整段路，车厢里没有任何声音，桑静看着顾超然平静如水的面色，没有任何情绪，那是她最害怕的神色。她见过他拿来对别人，这是第一次，他用在了她身上。一到家，他一把拉她下车，一路没有说一句话。他的手如同鹰爪，锐利有劲，桑静被顾超然硬生生地一路往楼上拖。她顺势抓住了扶梯，用力一挣，甩开了他的手。他高高地站在楼上，冰冷地俯视着站在半截台阶下的她，“你想怎样？”

桑静腾地火了，心里愤怒地咆哮着，你想怎样？你这样问我，这样俯视着我，好像今天是我做错了事！可笑！“李敏给我打过电话了。”她只说了一个事实。

顾超然眉毛一挑，突然讥讽地笑了：“哦，她说什么了？”

“你到底对她、对老曹、对欧阳行长做了什么？”

“做什么，你觉得我能做什么？”他冷冷地笑着，前所未有的冷漠，“欧阳行长年龄大了，总要退休吧。老曹，我说过了，他自己好大喜功，怨不得我。李敏，她要去理财公司，还要带走我们的客户，行业容不得她。”他一转头，桑静分明看到了一双带着寒星的眸子，闪着狼一样幽冥的光，“我告诉过你，离他们远些。”

“他们都是我曾经的同事，都是在工作上帮助过我的人……”

“帮过你？”顾超然看着她，一脸不可置信，“桑静，那份审计材料放在李敏那里足足一个月才送到总行的。为什么？如果李敏及时交的话，另外一份材料本可以不用交给你，不需要你做诱饵掩护梁欢送材料了。那一夜的苦，你也不必吃。”

他说的话，她似乎懂了又似乎没有懂，“那胡总呢，他把我从支行调上来……”

“应该早半年调的，在那件事之前，他答应我了，他有其他私心，所以……”

“所以你就害他？”

“我害他？还不是他自己不干净。”

“洪总免了的那些人和这些事有关？”

“对，他们都罪有应得。”

“那，那你的丈人，梁欢姐姐的爸爸……是你检举的？”

“他还需要检举？他只要知道自己的女儿恨他恨得要命，宁可跟三流的画家私奔，也不要他选的女婿，就够他受得了。”

“为什么？他是你的恩师！”

“恩师？哈哈……”他合上眼睛，再睁开，桑静看见泪水在他眼眶里打着圈，

“是，他是我在这世界上最尊敬的人，他给我的东西比我父亲给的多得多。可是，就是这样一个让我又敬又爱的人，亲手推我入局，要置我于死地！他一直是个阴晴不定的人，很难琢磨，这点梁欢比他好多了。我小心翼翼地跟在他身边，生怕行差踏错。可是，在得知梁欢和我的婚姻就是一个谎言后，我内心十分痛苦，做了最愚蠢的事，日日买醉，夜夜笙箫。传到了他的耳朵里，从那时起他就觉得我已经失控了。啊，桑静，他是个多么爱控制人的人。他怎么容得下我啊！亲手送我入局，毁了他最得意的学生。”他颓然地往后一退，眼神迷离，失焦，终于在他惨淡的脸上，看见了一丝情感。那是怎样的情感啊？痛苦悔恨绝望，渐渐他的表情又凝固了，再见不到人的味道。“桑静，他们都该死，该下地狱。李敏是想通过你打击我！你越这样，越正中他们下怀！”

“那我呢，我是什么？你棋局里一颗微不足道的棋子吗？一个任你玩弄在掌心的玩具吗？你派人跟踪我，派人查我、我的家庭，还有白帆！顾超然，我到底算什么，一个透明愚蠢的玩偶吗？”泪水不听话地流下，桑静仰着头，目光直视那座俯视自己的雕像。

他猛地上前一步，一把抓住她的手腕：“桑静，你到底有没有心肝？我对你怎样，你没有感受吗？倒是你，林卓一个一脚踏进棺材的老头，到底有什么好？你对他念念不忘，当着我的面还和他搂搂抱抱。”

她拼命挣扎着：“你放开我，他是君子，我连替他擦鞋都不配。”

顾超然听见桑静的话先是一怔，接着恨恨地说道：“桑静，你到底有没有真正爱过我？”他盛怒之下狠狠拉紧了她，他们面对面，靠得那么近，彼此感觉到中烧的火焰。渐渐地，他收了火焰，手不知不觉就放开了。桑静还在拼命挣扎，突然没了向前牵引的力量，顺势向后倒去，一脚踏空，从台阶上滚了下去。只觉得眼前的世界倾倒下来，天翻地覆，耳边听见顾超然疯了似的叫自己，桑静眼前一黑，再也看不见听不见。

黑暗中，她觉得好冷，远处一个光源恍恍惚惚，她睁不开眼，却看得见光。只听到一阵脚步声，是个孩子在自己身前飞快地跑着，他一声一声地叫着“妈妈”。

“小超然，是你吗？你在哪儿？妈妈在这里！”眼前突然一片漆黑，小小的光亮没有了，桑静再一次被黑暗吞噬了。一只小手拉拉她后面的衣角，她转过身去摸那只小手。突然，眼前一道强光，一双大手迎面一推，她没站稳，跌落了下去，向下看是万丈深渊，抬头看，是顾超然面无表情的脸。

“孩子，我的孩子！”猛地从梦中醒来，一只手紧紧握着自己的手，桑静睁开眼第一个看到的是顾超然满是泪痕的脸。他的手是冰凉的，却没有她的心寒冷。她用一只手掰开他的手，把脸转向另一面，泪水再次模糊了她的视线。

“小静，别再怨超然了，他已经很自责了。他不是故意的。孩子还会有的。”

桑静看了一眼关切的母亲，转过头看了一眼顾超然，心里冷冷地笑，你什么时候把母亲拿下了？闭上了眼，坚定地说：“出去。”张妍没有再说什么，和从文出去了。顾超然没有动，坐在床头看着她。她侧过身，把背留给了他。

“静，如果你恨我，你就骂吧！我宁可你恨我，也不要你这样。静！”

他的呼唤一声响过一声。可是，桑静听不见了，再也听不见了。孩子没有了，可以再要，可是爱呢？如果自己对他的敬重坍塌了，对他的信任瓦解了，对他的爱消失了，还能再重来吗？此时此刻，桑静不是没有恨，只是这恨根本不及心里的痛，而这痛根本不及心里的荒凉，她仿若一个独自走在空旷沙漠里的迷途者，看不到人烟，没有希望。顾超然，我以为你是家，原来也只是一场虚空，你不是家，你是沙暴，你要卷着所有爱你的、你爱的、恨你的、你恨的人一起堕入地狱。我曾说过愿与你共赴这红尘一堕，今生我不欠你了，我用我的骨我的血结结实实陪你走了这一遭。

“既已不爱，何必纠葛。”顾超然猛抬起头，惊恐地看着桑静。她舔了舔干涩的嘴唇，听见自己用嘶哑的声音漠然地说，“既已不爱，何必纠葛。然，我们还是分开吧。”

顾超然怒不可遏地攥紧了手，咬咬牙：“我是不会同意离婚的。桑静，我告诉你，我顾超然就算再也得不到你的爱，也要困你一辈子！纠缠你一辈子！”

听罢他的话，桑静叹了一口气，闭上了眼。

朔风狂莽，四顾苍茫，伸出的手在空中凝固。虚空，捕捉者不知猎物为何的空虚。胸中有千般的火苗在灼烧，却不知这团火由何生为何灭，何时能得超脱？寒冷算什么，有谁能寒冷过希望的灰烬？风雪算什么，泪痕早就斑驳交织在鲜血里。爱恨算什么，求之不得的苦失之交臂的悔。委顿的花草啊，是因为心已经死了。不过一场死亡的舞蹈，为来年新生的淘汰。谁也逃不过生死轮回，却在这绝望的夜，一遍遍凄厉哀号！

第十三章　落雪惊繁花，终究难逃

三十

桑静躺了足足两周，出院的那天，顾超然去接她，她如梦游般只是安静地坐在他的车上，随他飞快地开着车。回到顾超然的别墅，开始理自己的东西。他双手搂住她，温柔地求她："静，求你，不要离开我，我不能没有你，不能。"

桑静看着顾超然，心里不胜悲凉。我们用十年翻过阻隔的崇山峻岭，却用短短的半年时间走完了全部的缘分。看见他抱自己的手上还绑着的红线，心头突然一痛，原来，爱还活着，原来她还是不舍，原来，我不是不恨，只是不舍。

"让我回去吧，我好好想想。你也好好想想。也许会有答案。"

他抬起头，眼中闪烁着希望的星星，雀跃得如同孩子："我送你。"桑静默默地点头。

一路看着向后倒退的风景，她知道自己不是就此一笔勾销，她只是想给自己的爱和不舍一个出口。可是，桑静，你有没有想过，猜忌怀疑、轻视恐惧难道可以借着今天的软弱就迎刃而解吗？是啊，多可惜，我们为什么不能只爱一个人的一部分呢？他俊美的外表，他翩翩的风度，他温柔的体贴，他对你一心地付出。可这只是一部分，月亮还有背面，他还有敏感、脆弱、多疑、猜忌、阴冷、残酷无情的那一面呢？你口口声声说着爱他，却自知那些品质是你无法接受的，是你无法容忍的。人如果可以分就好了，她就可以全心全意只爱那个为爱痴狂的顾超然。可惜，人不能分，可惜爱不能分。他有皓月的光华也有黯黑的空洞，他有光彩照人的正面，也有狰狞可怖的背面。桑静，你因为一时的软弱就无视了他的另一面了吗？你永远不能忍也不想忍的另一面。人是多么矛盾，爱与不爱可以这样共生共存在一个人身上。

桑静在失魂落魄的状态下进了父母的家门。

“好的，就来。”桑静刚踏进家门，张妍刚巧挂上电话，“桑静，你林舅舅，他不行了。”

手里拿起的一只茶杯落在地上。一路疾行，谁也没有说话，顾超然拉起速度，桑静的心随着飞奔的车轮早去了医院。

她下了车，疯了似的跑到抢救室门口，白帆带着呼吸器躺在病床上被推了出来，“谁是家属？”医生问。

“我。医生怎么样？”

桑静的发凌乱散了一头，医生看看她：“这次算是抢救回来了，不过肺功能已经衰竭了，你们做好准备。”

“你说什么？我不明白！”

“准备后事吧，还有几次，救不回来就走了，现在就靠呼吸器维持。”

这几天闷在胸口的一股痛终于被释放了出来，桑静狠狠地哭了出来。来到病床边，看着床上形容枯槁的一具骷髅，那还是自己的白帆吗，我的白帆去哪儿了？

“桑静，林舅舅已经油尽灯枯了，你不要太难过。”宋琰红着眼圈对桑静说，“他上午醒过，叫了几声你的名字就昏迷了。医生说应该没有意识了，桑静，你来了，就和你林舅舅告个别吧。”

“怎么可能？你们胡说，白帆让我等他，他说他要陪我，陪白羽学会飞的。”

她抓起他干瘦的只剩下一张皮的手贴在自己的脸上，监视器上心脏有规律地跳着，只是那跳起一次比一次落了下去。桑静用嘴唇吻着他手背，轻轻唤他：“白帆，白帆。白羽来了，你的小白羽来了。你不能就这样丢下我的，你说好要看我飞，我都没有飞起来，你不能走，我不能没有你，你知道我不能没有你……白帆，你醒醒，你醒醒，你看看我，你看看我，看看我。”

监视器突然嘟嘟响起，他那颗滚烫的心醒了，白帆缓缓张开了眼睛，刹那间时间静止，一切安静得仿佛天地间只有她和他，他用毫无生气的眼睛凝望着她，许久许久，手举起又落下，举起又落下，示意把呼吸器取下，桑静不顾别人的阻拦移开了呼吸器，把耳朵凑到他嘴边。他用极其微弱的声音说道：“高，高君宇，答案在诗里。”

她用手指在他手心里写到“不要走”，合上他的手。

他闭上眼，泪水从他眼里滚出，声音细若游丝：“活，活下去，为了我。”

桑静拼命点头。白帆似是放心地仰天淡淡一笑，监视器嘟嘟响起。

“让开。快，呼吸器。”“心脏停止跳动。快用电击。”“没用了，心脏停止跳动。”

全部过程不过几分钟，医生都没来得及赶他们出病房。

“谁是家属，来签字。”

“我。”宋琰去签字。

“你们干什么？走开，走开。不许碰他。”有人上前要推走尸体，桑静双手紧紧握着护栏，不让他们把他从自己身边带走。几分钟前，眼前的男子还在对自己说活下去，他们怎么可以就这样把他从自己身边带走？

顾超然上前把桑静抱起。“放开我，放开我！”桑静歇斯底里地尖叫。眼睁睁地看着那些人给白帆裹上一身的白布推进了无尽的虚无和遥远，桑静颓然地倒在顾超然怀里喃喃地说着：“我不能没有你，不能没有。”突然眼前一黑，就在失去意识的瞬间，她看见一只熟悉的手将另一只手上的红色丝线轻轻地取了下来。顾超然，你我今生尘缘已尽。

落雪惊繁花，盛景不再来。
忆君少年时，相逢花正浓。

桑静醒来，已经是两天后。手机里都是顾超然的未接来电和微信留言。她看了一眼，放在旁边。环视四周，明亮的阳光照射进来，这是一套很小的公寓，两室一厅，一个卧房一个书房，堆满了书。多年前，她昏睡醒来时，走到书房里，看到的是白帆伏案而睡的样子。如今起来，拿起被子，手却滞在空中。白帆已随风而去，徒留一地白羽的思念。

都不记得是怎么进来的，怎么开门的。只隐约记得，那一年白帆对她说：“以后受了委屈，不方便告诉爸妈，就来我这里。无论多早多晚，我把房门钥匙藏在门垫下。一个女孩子，不要乱跑，不安全。”

女孩打趣地问男子："你不怕小偷找到吗？"

他微微抿嘴笑笑："不怕，钱没有，只有一屋子书。"

这次桑静在地垫下摸索了一阵，果然找到了钥匙，进了屋，倒头就睡。睡梦中，听见他在唤自己，用手摸自己的额头，给她递水，"桑静，桑静。我是宝剑，我是火花。我愿生如闪电之耀亮，我愿死如彗星之迅忽。"

醒来是这空空荡荡的屋子，却泻满了一屋子的阳光，她闭上眼闻着书香，香气里仿佛都是白帆的味道。她知道，他没有走，他只是幻化成了阳光照着自己。眼光落在书桌上的《高君宇文集》上，耳边响起他临终的话："高，高君宇，答案在诗里。"桑静走上前，翻至诗的那一页，里面静默地躺着白帆写给她的最后一封信。

桑静：

当你见到这封信时，我已归去。不必为我难过，我这一生无愧于心，唯一亏欠的是宋琰。但毕竟我们曾有过欢爱，分开并非不爱，只是志趣不同，无法长相厮守。这是我和你宋阿姨的共识，你不必刻薄她，这是我最后的也是唯一的澄清。

关于你的问题，一直以来我没有正面回答过。不是不愿回答，是我自己也没有答案。白帆对白羽到底是怎样的感情？

你小的时候，小小的，敏感，聪慧，倔强，个性。我如一棵大树看着一棵小草。俯视着你，陪着你长大。你像是我的孩子，我生命的延展，看着你，我又把青春过了一遍。你的偏激，你的困惑，你的苦恼，我都曾经历过，我把自己的体验告诉你，希望你不必经历这些起起伏伏。渐渐地，小草长成了橡树，与我并排，她要求平等。

白羽，在精神世界里，很早，你已与我比肩。我们是平等的，早就是平等的。如果这个世界有一种心灵的默契，那么，我想，我们在精神世界是相通的，这种相通，远远超越了男女之间的情爱。感谢你这么多年来的精神陪伴，我早已没有什么可以教授你的，相反在你身上看到了许多，看到理想、信念，看到希望和快乐。

你太脆弱，太敏感，你一面在我面前证明着长大，一面却在别人那里祈求安全和归属。白羽，你需要的是独立和坚强，从心灵上的孤独无依，走向自我回归。当你找到你内心的家，把心安放回自己的心，便会无比强大。你也不再需要白帆的保护了，而我，终将与腐朽和衰老一起埋葬在你的记忆里。

我亲爱的白羽，抱歉在你还没有足够坚强的时候，白帆要提早离场了，接下来的路要靠你自己走。我多希望老天还能给我些时间。不过，你有了爱人，希望他能用内心的力量帮助你找到回家的路！桑静，这是白帆对白羽的答复，你还满意吗?

作为林卓，对桑静只有一句话，好好活下去，无论生活给你的是盛宴还是辜负。那么，林舅舅多年来就没有白白守护你！我这一屋子的书都留给你，你曾说过喜欢我的书橱，里面好多书，都在你想看的书单里。

你忠诚的林卓

读完信，坐在他坐过的书桌前，窗外阳光如一匹华美的绸缎，一阵风轻拂过桑静的头发和衣裙，牵起裙角。一瞬间她仿佛听见一个声音在说："回家，桑静，回家！"

她轻轻拭去眼角淌下的泪，点点头："好的，我带你回家，桑静，我带你回家。"

坐在顾超然的别墅里，阿姨已经回去了，桑静面前是一张信笺和一个塑料袋。她把手套进了塑料袋，然后用另一只手拼命去拔手镯，眼泪生生被疼了下来。手都瘀青了，她对自己狠了狠心，重重一拉，卡住的地方突然一松，手镯就这样退了出来，心如同空空的左手。原来，她在自己身上扎了根，成了一部分，要将她拔出来，如同将顾超然在自己心中埋下的爱连根拔出一样。同时退下的是结婚戒指和那股红色的丝线，桑静把它与顾超然放在书桌上的一根放在一起用绢帕包了，收起来。毕竟相爱一场，就让她留个念想吧。本来紫翡翠也要还给顾超然的，桑静看她晶莹剔透如同琉璃般光华洁净，突然想留下。

平静地写完给顾超然的信，收好放在他的床头，那间书房，她是再也不会进去了。没有带走任何东西，所有的东西都是在搬进来时买的，就留在这里吧，免得见到心里来回拉锯得生疼。桑静把钥匙放在桌上，只带走了自己的笔记本电脑，里面有她小说的完本，留了一个打印本给顾超然。

关上门，心中一片清明，桑静做了三件事：第一，交辞职报告；第二，把这一年的故事整理成册投了出去；第三，远走北京。去北京，只是因为她的新工作，与顾超然没有关系。也许，也有些关系。白帆说，要她独自寻找回家的路，桑静想，回家就从流浪开始吧，飞鸟倦了，自然可以回家。如果要选择流浪的地方，她选择白帆的故乡，顾超然事业腾飞的福地——北京。

然：

当你见到我的信时，我已经走了，不要来找我，就把纠葛留在过去吧。过去的事，我从不后悔，只是累了。我们用十年跨越山水，却用半年走完一世的缘分。我只是再不要同你纠缠。

你问我，到底有没有爱过你？我怎么可能不爱你，怎么能不爱你，怎么忍不爱你呢？一个人的一生，很难只有一个人经过，也很难只经过一个人。我承认，我把灵魂交给了白帆，崇拜着他的信仰，追逐着他的理想。我曾以为在这个整日与银钱往来的行当里，我能迅速地融入。可我错了，我和白帆的本质是一样的，所以，我没有办法和你厮守。

但那些镶着金边的日子是真实的，我把凡俗的爱给了你。然，我的灵与肉，我的骨与血，我用一个平凡女子的方式爱慕着你，爱你迷人的外表，爱你过人的口才，爱你磁性的声音，爱你蛮横的身体。当我第一次把自己交给你，当我如今把这个镯子从身上拔下，都是痛，钻心的痛。爱是痛，恨是痛，交缠是痛，别离是痛。你却问我，有没有爱过你！你问，我曾写过情诗给白帆，为你写什么？超然哥哥，我把整个故事的男主角给了你。如果有一天，它真能出版，我要告诉所有看过书的人，我桑静，对顾超然，一片真心，并未相负。

离婚协议书，我已经拟好，并签字，如果哪天你想通了，放下执念就签字，放自己放我放我们死去的孩子一条出路。在此之前，桑静仍然是你的妻子。

超然哥哥，相爱浓腻，不如相见清欢；相见清欢，不如相思泪长；相思泪长，不如相忘江湖。缘已尽，就此诀别！

桑静

终章　欲说还休

没有想到书能顺利出版，桑静收到很多读者的来信。经梁欢的推荐桑静进了一家纸媒做记者，起初只是写些金融经管类的文章。后来，在桑静的积极争取下，有机会去一些政局不太稳定的国家报道战事和难民的情况。虽然忙得像狗，有时挣扎在生死边缘，却很充实。

听说顾超然很长一段时间到处找她，却没有她的消息，这也许是因为桑静一直在外面跑的缘故吧。桑静曾经感慨自己很招人，到哪里都能遇见熟人，老天却没有给过她一次与顾超然相遇的机会。在法国遭遇爆炸案的当晚，桑静在球场陪一个同事看球赛，当第二声巨响响彻天际的时候，她心里恐惧到了极点，虽然在战地时也有过类似的经历，可是那一晚，她突然很脆弱，突然只想起顾超然。如果那晚手机有信号的话，也许，她会给他电话。

你看，一个人的生命是短暂的，在灾难战争面前更是脆弱的，只有当你一次次经历着生与死，才会对活着的意义重新定义。此刻的桑静，并不知道下一刻自己是生是死，其实那些曾经无法原谅的缺陷又算什么呢？

超然哥哥，如果，我是说如果，你还是决定困我一辈子，那么，今年的12月5日，我在上海等你！